Isabel Allende

Porträtt i sepia

Översättning av Lena Anér Melin

MånPocket

Omslag av Anders Timrén
Omslagsfoto © Bulls Photonica
Originalets titel:
Retrato en Sepia
© Isabel Allende 2000
Norstedts Förlag, Stockholm
Svensk översättning av Lena Anér Melin

www.manpocket.com

Denna MånPocket är utgiven enligt överenskommelse
med Norstedts Förlag, Stockholm

Tryckt i Danmark hos
Nørhaven Paperback A/S 2002

ISBN 91-7643-865-1

MånPocket

Första delen
1862–1880

Jag kom till världen en tisdag om hösten år 1880, under mina morföräldrars tak, i San Francisco. Medan min mor där i detta labyrintiska trähus flämtade tungt och kämpade desperat för att öppna en väg för mig, sjöd på gatan utanför det brutala livet i kineskvarteret med dess outplånliga lukt av exotisk matlagning, dess brusande ström av högljudda röster med olika dialekter, dess outtömliga myller av mänskliga arbetsbin som skyndade fram och tillbaka. Jag föddes i gryningen, men i Chinatown lyder klockorna inga lagar och så dags börjar köpenskapen, trafiken av kärror och det dystra skällandet från hundarna som sitter där i sina burar och väntar på kockens slaktkniv. Jag har fått reda på detaljerna kring min födelse tämligen sent i livet, men det hade varit värre om de aldrig blivit avslöjade, då kunde de ha försvunnit för alltid i glömskans irrgångar. Det finns så många hemligheter i min släkt att tiden kanske inte räcker till för att jag ska kunna få klarhet i dem alla: sanningen flyr undan, sköljs över av strömmande regn. Mina morföräldrar tog djupt gripna emot mig – trots att jag enligt flera vittnen var ett fasansfullt fult spädbarn – och la mig på min mors bröst, där jag låg hopkrupen i några minuter, de enda jag hann få tillsammans med henne. Sedan blåste min morbror Lucky sin andedräkt i mitt ansikte för att föra över sin goda tur till mig. Tanken var vacker och metoden ofelbar, för åtminstone under dessa mina första trettio levnadsår har det gått mig väl. Men stopp, jag får inte gå händelserna i förväg. Det här är en lång historia som börjar långt innan jag föddes; det krävs tålamod för att berätta den och ännu mera tålamod för att lyssna till

7

den. Om vi tappar tråden under vägen är det inte något skäl att ge upp, för vi hittar den alldeles säkert några sidor längre fram. Vid något datum måste vi börja, så låt oss då göra det år 1862, och låt oss nu på vinst och förlust anta att den börjar med en möbel med osannolika dimensioner.

Paulina del Valles säng beställdes i Florens, ett år efter Viktor Emanuels kröning, när ekot från Garibaldis kulor fortfarande genljöd i det nya konungariket Italien. Den färdades över havet nedmonterad, ombord på en genovesisk atlantångare, landsattes i New York mitt under en blodig strejk och lastades över till ett av ångfartygen i bolaget som tillhörde mina farföräldrar, herrskapet Rodríguez de Santa Cruz, en chilensk familj bosatt i Förenta Staterna. Det föll på kapten John Sommers lott att ta emot lårarna som var märkta på italienska med ett enda ord: *najader*. Som minne av denne robuste engelske sjöman finns ingenting annat kvar än ett bleknat porträtt och en läderkoffert, hårt sliten av otaliga sjöresor och full med egendomliga manuskript. Han var min mormorsfar, enligt vad jag nyligen fick veta när mitt förflutna äntligen började klarna efter många års mysterier. Jag fick aldrig lära känna kapten John Sommers, min mormor Eliza Sommers far, men av honom har jag ärvt ett visst anlag för vagabondliv. Denne sjöfarare, idel horisonter och salt, fick åta sig att forsla den florentinska sängen i lastrummet på sitt fartyg till andra sidan av den amerikanska kontinenten. Han var tvungen att hålla sig undan från nordstaternas blockad och sydstaternas attacker, ta sig ned till Atlantens sydligaste gränstrakter, passera genom de förrädiska vattnen i Magellans sund, gå in i Stilla havet och, efter korta mellanlandningar i diverse sydamerikanska hamnar, sätta kurs mot norra Kalifornien, det gamla guldlandet. Han hade noggranna order om att öppna lårarna på kajen i San Francisco, övervaka timmerman ombord medan denne monterade ihop bitarna som ett pussel och se till att inte snidenierna blev skadade, lägga madrassen och överkastet av rubinröd brokad på plats, låta hela åbäket lastas på en kärra och i sakta mak transporteras till stadens centrum. Kusken skulle köra två varv runt Union Square och två gånger, medan han ringde i en klocka, förbi balkongen till min farfars hålldams hus, innan han levererade sängen vid slutdestinationen, hemma hos Paulina del Valle. Det där vågstycket skulle genomföras mitt under brinnande inbördeskrig, när nord- och sydstaternas trupper massakrerade varandra söderut i landet och ingen var på humör för skämt eller klocksignaler. John Sommers svor när han gav sina order, för under resans månader hade den där sängen kommit att bli en symbol för det i sin anställning han avskydde allra mest: arbetsgivarens, Paulina del Valles, påhitt. När han såg sängen på kärran drog han en lättnadens suck och beslöt att det skulle bli det sista uppdrag han utförde åt henne; i tolv år hade han tagit order av henne och nu var hans tålamod slut. Den där möbeln finns fortfarande kvar i orört skick, det är en blytung dinosaurie av mångfärgat trä. I huvudänden tronar guden Neptunus omgiven av skummande vågor och undervattensvarelser i basrelief, medan delfiner och sirener leker vid fotänden. Under några timmar kunde halva San Francisco få beskåda detta olympiska viloläger, men min farfars älskarinna, som hela spektaklet var avsett för, höll sig gömd medan kärran körde förbi två gånger om med sin klingande ringklocka.

– Min seger blev inte långvarig, anförtrodde Paulina mig många år senare, när jag absolut ville fotografera sängen och veta alla detaljer. – Mitt skämt slog tillbaka på mig själv. Jag trodde att de skulle skratta åt Feliciano men de skrattade åt mig. Jag hade missbedömt folk. Vem kunde ha tänkt sig sånt hyckleri? På den tiden var San Francisco ett getingbo av korrumperade politiker, banditer och dåliga fruntimmer.

– De gillade inte att bli utmanade, föreslog jag.

– Nej. Det är meningen att vi kvinnor ska slå vakt om den äkta mannens anseende, hur skändlig han än är.

– Din man var väl inte skändlig, invände jag.

– Nej, men han gjorde dumheter. Hur som helst ångrar jag inte den där sensationella sängen, jag har sovit i den i fyrtio år.

– Vad gjorde din man när han förstod att han var avslöjad?

– Han sa att samtidigt som landet förblödde i inbördeskriget köpte jag möbler för en Caligula. Han förnekade allt, naturligtvis. Ingen med det minsta förstånd erkänner att man är otrogen, inte ens om man blir tagen på bar gärning mellan lakanen.

– Säger du det av egen erfarenhet?

– Om det ändå vore så väl, Aurora! svarade Paulina del Valle utan att tveka.

På det första fotografiet jag tog av Paulina, när jag var tretton år, ligger hon i sin mytologiska säng, lutad mot broderade sidenkuddar, med ett spetsnattlinne och ett halvt kilo juveler på sig. Så såg jag henne många gånger, och så hade jag velat hålla likvaka över henne när hon dog, men hon ville gå i graven i karmeliternunnornas dystra dräkt och ville att mässor skulle sjungas i flera år för att hennes själ skulle få frid. "Jag har ställt till så mycket skandaler, nu är det dags att böja på nacken", blev hennes förklaring när hon försjönk i de yttersta dagarnas vintriga melankoli. När hon märkte att slutet närmade sig blev hon rädd. Hon lät förvisa sängen ned i källaren och installerade i stället en träbrits med tagelmadrass för att dö utan lyx efter allt detta överdåd, så kanske Sankte Per strök över och började på ny räkning i syndaregistret, som hon sa. Men chocken var inte kraftig nog för att hon skulle göra sig av med sina andra timliga ägodelar, och ända till sitt sista andetag höll hon fast vid tyglarna till sitt finansiella imperium, som vid det laget hade krympt betydligt. Av ungdomens övermod fanns inte mycket kvar på slutet, till och med ironin tog slut undan för undan, men farmor hade byggt upp legenden om sig själv och ingen tagelmadrass eller karmeliterdräkt kunde rubba den. Den florentinska sängen, som hon roade sig med att låta dra omkring på stadens huvudgator för att trakassera sin make, var en av höjdpunkterna. På den tiden bodde familjen i San Francisco under ett taget namn – Cross – ingen amerikan kunde uttala det välklingande Rodríguez de Santa Cruz y del Valle, beklagligt nog, för det autentiska namnet har en ålderdomlig klang av inkvisition. De hade nyligen flyttat in i stadsdelen Nob Hill, där de hade byggt sig ett helt vanvettigt palä, ett av de mest överdådiga i staden, ett fantasiprojekt skapat av flera rivaliserande arkitekter som anlitades och avskedades den ene efter den andre. Familjen blev inte rik genom guldfebern år 1849, så som Feliciano hävdade, utan tack vare hans makas magnifika företagarinstinkt. Det var hon som kom på idén att transportera färskvaror från Chile till Kalifornien vilande på en bädd av is från Antarktis. Under den där stormiga tiden kostade en aprikos ett uns guld, och sådant förstod hon sig på att dra nytta av. Företaget fick framgång och snart ägde de en hel flotta av fartyg som seglade mellan Valparaíso och San Francisco. Första året gick de tomma tillbaka, men sedan lastades de med kaliforniskt mjöl. På det sättet ruinerade de åtskilliga chilenska jordbrukare, däribland Paulinas egen far, den skräckinjagande Agustín del Valle, som fick sitt vete maskätet i magasinen därför att det inte kunde tävla med yankees kritvita mjöl. Ilskan gjorde att hans lever också blev maskstungen. När guldfebern gick över vände tusentals äventyrare tillbaka hem fattigare än då de for. De hade förlorat sin hälsa och sin själ i jakten på en dröm. Men Paulina och Feliciano blev rika. De installerade sig på samhällsstegens högsta topp i San Francisco, trots det nästan oöverstigliga hinder som utgjordes av deras spanska brytning. "I Kalifornien är alla nyrika och utan anor, men vårt släktträd går tillbaka till korstågstiden", muttrade Paulina då i stället för att ge upp och fara tillbaka till Chile. Men det var inte bara adliga titlar eller bankkonton som öppnade dörrarna för dem utan också Felicianos sympatiska natur, som skaffade honom vänner bland stadens mäktigaste män. Folk hade däremot svårare att smälta hans hustru, som var skrytsam, ohövlig, vanvördig och framfusig. Det måste medges: Paulina ingav i början samma blandning av fascination och fasa som man erfar inför en iguana; först när man lärde känna henne bättre upptäckte man hennes känslosamma sida. År 1862 fick hon sin man att ge sig in på affärsföretag i förbindelse med den transkontinentala järnvägen, vilket gjorde dem rika på allvar. Jag begriper inte varifrån den damen hade fått sin näsa för affärer. Hon kom från en inskränkt och andefattig chilensk jordägarsläkt, och hon växte upp inom hemmets fyra väggar hos föräldrarna i Valparaíso, där hon fick läsa böner och brodera, för fadern ansåg att okunskap var en garanti för kvinnors och fattigas undergivenhet. Hon kunde nätt och jämnt skriva och räkna, läste inte en bok i sitt liv och adderade på fingrarna – subtraherade gjorde hon aldrig – men allt hon rörde vid förvandlades till pengar. Om det inte hade varit för sina slösaktiga barn och släktingar skulle hon ha dött i överflöd som en kejsarinna. De där åren byggdes järnvägen som skulle förbinda östra och västra Förenta Staterna. Medan alla investerade i de bägge bolagens aktier och slog vad om vilket av dem som skulle lägga ned rälsen snabbast, bredde hon ut en karta på matsalsbordet, likgiltig för den där oväsentliga kapplöpningen, och studerade tålmodigt som en topograf järnvägens kommande sträckning och på vilka platser det fanns gott om vatten. Långt innan de oansenliga kinesiska arbetarna slog i den sista spiken som band samman järnvägen i Promontory, Utah, och det första lokomotivet korsade kontinenten med sitt skrammel av järn, sin vulkaniska rökplym och sin tjutande ångvissla som lät som ett skeppsbrott, övertalade hon sin make att köpa mark på de platser hon hade märkt ut med rött bläck på kartan.

– Där kommer de att bygga samhällen, för där finns det vatten, och på alla de ställena ska vi ha en affär, förklarade hon.

– Det kostar mycket pengar, utbrast Feliciano förskräckt.

– Låna upp dem då, sånt är ju bankerna till för. Varför ska vi riskera egna pengar om vi kan disponera andras? svarade Paulina så som hon alltid hävdade i sådana fall.

Det var så de höll på, förhandlade med bankerna och köpte mark på ett avstånd tvärs över halva landet, när affären med hålldamen brakade lös. Det rörde sig om en aktris vid namn Amanda Lowell, en läcker skotska med mjölkvitt hull, spenatgröna ögon och arom av aprikos, efter vad de försäkrade som hade smakat på henne. Hon sjöng och dansade illa men med liv och lust, uppträdde i enklare komedier och förljuvade pamparnas fester. Hon hade en orm från Panama, lång och tjock, fridsam men med skräckinjagande utseende, som brukade slingra sig runt kroppen i hennes exotiska dansnummer och som aldrig visade sig argsint förrän en fatal kväll när hon uppträdde med ett diadem av fjädrar på huvudet och djuret uppfattade prydnaden som en vilsekommen papegoja och var på vippen att strypa sin ägarinna när det försökte sluka bytet. Den sköna Lowell hörde långtifrån till de tusentals "smutsiga duvorna" i Kaliforniens galanta värld. Hon var en högdragen kurtisan vars gunst inte stod att vinna enbart med hjälp av pengar utan också med fint sätt och charm. Tack vare sina frikostiga beskyddare levde hon gott och hade tillgångar över för att bistå en skara talanglösa artister. Hon var förutbestämd att dö fattig, för hon slösade i stor stil och skänkte bort det som blev över. I blomman av sin ungdom orsakade hon trafikstockning på gatan med sin graciösa framtoning och sin röda lejonman, men smaken för att ställa till skandal skämde hennes berömmelse: i hastigt mod kunde hon fördärva ett gott namn och en familj. För Feliciano kändes den risken bara ännu mera lockande, han hade en korsriddares själ och tanken på att leka med elden var lika förförisk som Amanda Lowells praktfulla skinkor. Han installerade henne i en våning mitt i centrum, men han visade sig aldrig offentligt med henne, för han kände bara alltför väl sin hustrus karaktär. I ett anfall av svartsjuka hade hon klippt sönder byxben och ärmar på alla hans kostymer och slängt dem framför porten till hans kontor. För en man så elegant som han, som beställde sina kläder från prins Alberts skräddare i London, var det där rena dödsstöten.

I San Francisco, denna manliga stad, var hustrun alltid den sista som fick veta när mannen var otrogen, men i detta fall var det Amanda Lowell själv som avslöjade saken. Så fort hennes beskyddare vände ryggen till skar hon streck i sina sängstolpar, ett för varje älskare hon tog emot där. Hon var samlare, hon intresserade sig inte för männen på grund av deras personliga förtjänster utan bara för antalet streck. Hon hade som mål att överträffa myten om den fascinerande Lola Montez, den irländska kurtisanen som hade dragit fram som en ljungeld genom San Francisco på guldfeberns tid. Ryktet om Amandas streck spred sig mer och mer och herrarna tävlade om att få besöka henne, lika mycket lockade av den sköna, som många av dem redan känt i biblisk bemärkelse, som av nöjet att få gå i säng med hålldamen till en av stadens pampar. När ryktet nådde Paulina del Valle hade det redan varit i omlopp kring hela Kalifornien.

– Det mest förödmjukande är att den där slinkan sätter horn på dig och alla människor går omkring och säger att jag är gift med en snöping! hutade Paulina åt sin man med det råbarkade språkbruk hon använde vid sådana tillfällen.

Feliciano Rodríguez de Santa Cruz hade inte vetat något om den skönas samlarvurm, och han var nära att dö av grämelse. Aldrig hade han anat att goda vänner, bekanta och andra som stod i enorm tacksamhetsskuld till honom kunde föra honom bakom ljuset på ett sådant sätt. Däremot la han inte skulden på sin älskarinna, för han accepterade resignerat det svaga könets nycker, kvinnorna var ju älskliga varelser men utan moralisk ryggrad, alltid beredda att falla för en frestelse. Medan de var förbundna med jorden, blodet och de kroppsliga funktionerna var männen ämnade för hjältemod, höga idéer och, om än inte i hans eget fall, helighet. Han försvarade sig så gott han kunde mot hustruns anklagelser, och när han fick en syl i vädret slog han tillbaka med rigeln som hon brukade skjuta för sin sovrumsdörr. Trodde hon att en karl som han kunde leva i celibat? Alltsammans var hennes eget fel därför att hon hade avvisat honom, hävdade han. Det där med rigeln var sant, Paulina hade tagit avstånd från sådana köttsliga utsvävningar, men inte av brist på lust utan av blygsel, bekände hon för mig många år efteråt. Hon tyckte att det var motbjudande att se sig själv i spegeln och antog att vilken man som helst skulle känna lika-

14

dant om han fick se henne naken. Hon kom ihåg exakt när hon blev medveten om att hennes egen kropp höll på att bli hennes fiende. Några år tidigare, när Feliciano kom tillbaka från en lång affärsresa till Chile, hade han gripit henne om midjan och med sitt vanliga, rekorderliga goda humör försökt lyfta upp henne från golvet och bära iväg till sängen med henne, men han kunde inte rubba henne.

– För fan, Paulina! Har du sten i kalsongerna? skrattade han.
– Det är fett, suckade hon sorgset.
– Det vill jag se!
– Absolut inte. Hädanefter får du bara komma in till mig på natten och med lampan släckt.

De där bägge, som hade älskat utan att blygas, låg med varandra i mörkret en tid. Paulina förblev obeveklig inför mannens böner och ilskeutbrott, och han kunde aldrig försona sig med att behöva leta rätt på henne under ett berg av kläder i sovrummets kolmörker, eller att famna henne snabbt som en missionär medan hon höll fast hans händer så att han inte skulle kunna ta på hennes hull. Restriktionerna gjorde att de bägge blev utmattade och spända i nerverna. Till slut, med flytten till det stora nya huset på Nob Hill som förevändning, installerade Paulina sin man i andra änden av huset och riglade sin sovrumsdörr. Avsmaken för den egna kroppen vägde tyngre än lustan. Hennes hals var försvunnen bakom dubbelhakan, bröst och bak var ett enda bergmassiv, fötterna bar henne inte mer än några minuter i taget, hon kunde inte klä sig själv eller knäppa sina skor, men med sina sidenklänningar och praktfulla smycken, så som hon nästan alltid uppträdde, var hon en fantastisk syn. Hennes största bekymmer var att hon svettades mellan fettvalkarna, och hon brukade fråga mig viskande om hon luktade illa, men jag märkte aldrig att hon doftade annat än gardeniavatten och talkpuder. På den tiden ansågs det allmänt att tvål och vatten var skadligt för luftrören, men hon, däremot, låg i timmar i sitt emaljerade järnbadkar där hon kände sig lätt på nytt som i ungdomens dagar. Hon hade förälskat sig i Feliciano när han var en stilig och ambitiös ung man, ägare till några silvergruvor i norra Chile. För den där kärlekens skull trotsade hon sin fars, Agustín del Valles, vrede. Han figurerar i Chiles historiska annaler som grundare av ett mycket litet och snålt ultrakonservativt parti, som är dött sedan mer än tjugo år men då och då lever upp igen som en ruggig och ynklig Fågel Fenix. Samma kärlek till denne sin man höll henne uppe när hon beslöt att stänga honom ute från sitt sovrum vid en ålder då hennes natur mer än någonsin ropade på ett famntag. Till skillnad från henne mognade Feliciano med behag. Gråhårig hade han blivit, men han var fortfarande samma kraftfulla karl, glad, varmblodig och lättsinnig. Paulina gillade det vulgära hos honom, tanken på att den där fine herrn med sina pompösa efternamn härstammade från sefardiska judar och att han under sina sidenskjortor med broderat monogram hade en oanständig tatuering som han skaffat sig i hamnen en gång när han var full. Hon hade gärna velat höra snuskigheterna igen, som han viskade till henne på den tiden då de fortfarande rullade om i sängen med tända lampor, och hon skulle ha givit vad som helst för att ännu en gång få sova med huvudet lutat mot den blå draken som satt outplånligt ingraverad på mannens axel. Hon trodde aldrig att han längtade efter detsamma. För Feliciano var hon fortfarande den djärva fästmön som rymde tillsammans med honom när de var unga, den enda kvinna han beundrade och fruktade. Jag föreställer mig att de där bägge aldrig upphörde att älska varandra, trots sina orkanartade gräl som fick alla i huset att darra. Omfamningarna som förr gjorde dem så lyckliga byttes ut mot strider som gick över i långvariga vapenstillestånd och minnesvärda hämndaktioner, som den med den florentinska sängen, men ingen ärekränkning lyckades förstöra deras förhållande och ända till slutet, när han drabbades av slaganfall och låg för döden, var de förenade i en skälmarnas avundsvärda sammansvärjning.

När kapten John Sommers väl hade försäkrat sig om att den

mytiska möbeln låg på kärran och att kusken hade begripit hans anvisningar, gav han sig av till fots i riktning mot Chinatown, liksom varje gång han kom till San Francisco. Men den här gången räckte krafterna inte till, och efter två kvarter fick han lov att kalla på en droska. Han klättrade mödosamt in, gav adressen till kusken och lutade sig flämtande tillbaka i sätet. Det var ett år sedan han började känna av symptomen, men de senaste veckorna hade de blivit värre. Han kunde knappt stå på benen och huvudet blev fullt av dimma, han måste hela tiden kämpa mot frestelsen att sjunka ned i den bomullsmjuka likgiltigheten som var på väg att ta över hans själ. Hans syster Rose hade varit den första som märkt att det var något på tok, innan han ännu hade börjat få ont. Han tänkte på henne med ett leende: hon var honom närmast och kärast av alla, ledstjärnan i hans nomadliv, för henne kände han uppriktigare tillgivenhet än för sin dotter Eliza eller för någon av de kvinnor han famnat under sina långa vallfärder från hamn till hamn.

Rose Sommers hade tillbragt sin ungdom i Chile, hos sin äldste bror Jeremy, men när han dog flyttade hon tillbaka till England för att få åldras i sitt eget land. Hon bodde i London, i ett litet hus bara några kvarter från teatrar och opera, i en något nedgången stadsdel där hon kunde leva helt efter eget behag. Nu var hon inte längre brodern Jeremys prudentliga hushållerska, nu kunde hon låta sin excentriska läggning få fritt utlopp. Hon brukade klä sig som avdankad aktris och dricka te på Savoy, eller som rysk grevinna på promenad med hunden, hon var god vän med tiggare och gatumusikanter och gjorde av med sina pengar på krimskrams och på välgörenhet. "Ingenting är så befriande som att åldras", sa hon och räknade förtjust sina rynkor. "Det är inte åldern, lilla syster, utan det är den ekonomiska ställning som du har skaffat dig med hjälp av din penna", invände John Sommers. Denna aktningsvärda, vithåriga gamla fröken hade tjänat ihop en mindre förmögenhet på att skriva pornografi. Det var ödets ironi, tänkte kaptenen, att just nu när Rose inte längre behövde hålla sig i skymundan, som när hon levde i brodern Jeremys skugga, hade hon slutat upp att skriva erotiska berättelser och ägnade sig åt att producera romaner i svindlande fart och med osedvanlig framgång. Det fanns inte en kvinna med engelska som modersmål, inklusive drottning Victoria, som inte hade läst åtminstone en av *Dame* Rose Sommers romaner. Hederstiteln var bara bekräftelse på en ställning som Rose hade erövrat med storm åratal tidigare. Om drottning Victoria hade anat att hennes älsklingsförfattarinna, som hon personligen hade utnämnt till *Dame* Rose, var skyldig till en väldig samling oanständig litteratur under namnet "En anonym dam", då hade hon svimmat. Kaptenen tyckte att pornografin var förtjusande men att de där kärleksromanerna var rena smörjan. I många år var det han som lät publicera och distribuera de förbjudna berättelser som Rose producerade mitt för näsan på sin äldste bror, Jeremy, som avled i tron att hon var en dygdig fröken utan annan uppgift än att göra livet angenämt för honom själv. "Tänk på din hälsa, John, du får ju inte lämna mig ensam i världen. Du bara magrar och du har så underlig färg i ansiktet", sa Rose till kaptenen varenda dag när han hälsade på henne i London. Redan då höll han på att obevekligt förvandlas till en ödla.

Tao Chi'en hade just tagit bort sina akupunkturnålar ur öron och armar på en patient när assistenten meddelade att hans svärfar hade kommit. *Zhong-yi*'n la omsorgsfullt guldnålarna i ren sprit, tvättade händerna i ett handfat, tog på sig kavajen och gick ut för att ta emot besöket, lite undrande över att inte Eliza hade förvarnat honom om att hennes far skulle komma den dagen. Varje gång kapten Sommers kom på besök blev det uppståndelse. Hela familjen väntade ivrigt, i synnerhet barnen som aldrig tröttnade på att beundra de exotiska presenter som deras jättestore morfar hade med sig och höra på hans historier om sjöodjur och malajiska pirater. Kaptenen var lång och kraftig, med en hud garvad av alla världshavs salt, med vildvuxet skägg, dånande röst och oskyldiga blå barnaögon, och han var en imponerande figur i sin blå uniform, men mannen som Tao

Chi'en såg sitta där på en stol i väntrummet hade krympt så mycket att han knappt kände igen honom. Han hälsade vördnadsfullt på honom, för han hade inte lyckats komma över sin vana att buga för honom på kinesiskt vis. Han hade lärt känna John Sommers i sin ungdom, när han arbetade som kock ombord på hans fartyg. "Mig tilltalar du med sir, förstått, kines?" hade kaptenen befallt första gången han talade till Tao. Då hade de svart hår bägge två, tänkte Tao Chi'en med ett sting i hjärtat när han insåg att döden stod för dörren. Engelsmannen reste sig mödosamt, tog honom i hand och gav honom så en hastig kram. *Zhong-yi*'n märkte att nu var han själv den längste och tyngste av de två.

– Vet Eliza om att ni tänkte komma idag? undrade han.

– Nej. Ni och jag måste talas vid på tu man hand, Tao. Jag kommer snart att dö.

Zhong-yi'n hade förstått det så snart han såg honom. Utan ett ord ledde han honom in på mottagningen, där han hjälpte honom att klä av sig och lägga sig på en brits. Naken såg hans svärfar ömklig ut. Huden var grov och torr, kopparröd i färgen, naglarna var gulaktiga, ögonen blodsprängda, buken uppsvälld. Tao undersökte honom först och så tog han pulsen på handleder, hals och vrister för att förvissa sig om vad han redan hade insett.

– Er lever är förstörd, sir. Dricker ni fortfarande?

– Ni kan inte begära att jag ska avstå från en vana jag har haft hela livet, Tao. Tror ni att någon kan stå ut på sjön utan en sup då och då?

Tao Chi'en smålog. Engelsmannen drack en halv flaska gin vanliga dagar och en hel om det fanns något att vara glad eller ledsen över, utan att det tycktes påverka honom det minsta. Han luktade inte ens sprit, för hans kläder och andedräkt var inpyrda av den starka, dåliga tobaken han använde.

– Dessutom är det väl för sent att ångra sig, inte sant? la John Sommers till.

– Ni kan leva lite till och må bättre om ni slutar dricka. Ni kunde väl ta en paus? Kom och bo hos oss ett tag, Eliza och jag ska sköta om er tills ni blir bättre, föreslog *zhong-yi*'n, men utan att se på kaptenen för att det inte skulle märkas hur skakad han var. Som så ofta i sin läkargärning måste han kämpa mot den känsla av fruktansvärd maktlöshet som brukade gripa honom när han såg sin vetenskaps knappa resurser och sin medmänniskas gränslösa lidande.

– Hur kan ni bara tro att jag skulle ge mig i Elizas våld frivilligt, så att hon fick döma mig till avhållsamhet? Hur lång tid har jag kvar, Tao? frågade John Sommers.

– Det kan jag inte säga säkert. Ni borde inhämta en annan läkares åsikt också.

– Er åsikt är den enda jag har någon akting för. Sen ni drog ut en kindtand på mig smärtfritt mitt mellan Indonesien och Afrikas kust har ingen annan läkare lagt sina förbannade labbar på mig. Hur länge sen är det nu?

– Femton år ungefär. Tack för ert förtroende, sir.

– Bara femton år? Varför tycker jag att vi har känt varann hela livet?

– Vi kanske har känt varann i en annan tillvaro.

– Reinkarnationen gör mig rädd, Tao. Tänk bara om jag måste bli muselman i mitt nästa liv. Visste ni att de arma stackarna inte dricker sprit?

– Det där är säkert er karma. I varje reinkarnation måste vi lösa det som blev olöst i den förra, sa Tao skämtsamt.

– Då föredrar jag det kristna helvetet, det är inte lika grymt. Men vi säger ingenting om det här till Eliza, avgjorde Sommers medan han klädde sig och kämpade med knappar som gled ur hans darrande händer. – Eftersom det här kanske blir mitt sista besök är det inte mer än rätt att hon och barnbarnen minns mig som glad och frisk. Jag går lugnt härifrån, Tao, för ingen skulle kunna ta bättre hand om henne än ni.

– Ingen skulle kunna älska henne högre än jag, sir.

– När jag är borta måste någon ta hand om min syster Rose. Ni vet ju att Rose var som en mor för Eliza.

– Var inte orolig, Eliza och jag ska alltid hålla kontakt med henne, försäkrade hans svärson.

– Döden... jag menar... blir det snabbt och värdigt? Hur kan jag veta när slutet kommer?

– När ni kräks blod, sir, sa Tao sorgset.

Det hände tre veckor senare, mitt ute på Stilla havet, när kaptenen var ensam i sin hytt. Så snart den gamle sjöbjörnen förmådde stå på benen tvättade han bort spåren efter uppkastningen, sköljde munnen, bytte den nedblodade skjortan, tände sin pipa och begav sig till fartygets stäv. Där stod han och såg för sista gången hur stjärnorna gnistrade på en sammetssvart himmel. Flera sjömän såg honom och väntade en bit bort med mössorna i hand. När pipan var färdigrökt klev kapten John Sommers över relingen och lät sig ljudlöst falla i havet.

Severo del Valle lärde känna Lynn Sommers under en resa som han gjorde från Chile till Kalifornien tillsammans med sin far år 1872, för att hälsa på sin faster Paulina och hennes man Feliciano, som spelade huvudrollerna i släktens bästa skvallerhistoria. Severo hade träffat sin faster Paulina ett par gånger under hennes sporadiska besök i Valparaiso, men innan han sett henne i hennes kaliforniska omgivning hade han inte förstått familjens suckar av kristlig intolerans. Långt borta från den religiösa och konservativa miljön i Chile, med farfar Agustín bunden till sin rullstol, farmor Emilia med sina dystra spetsdukar och sina linfrölavemang och resten av släktingarna som var avundsjuka och fromma, fick Paulina sina sanna amasoniska proportioner. Under sin första resa var Severo del Valle för ung för att kunna bedöma det där ryktbara släktparets makt eller rikedom, men skillnaden mellan dem och den övriga klanen del Valle undgick honom inte. Det var när han kom tillbaka flera år efteråt som han förstod att de räknades bland San Franciscos rikaste familjer, vid sidan av magnaterna som blivit förmögna på silver, järnvägar, banker och transport. Under den där första resan, när Severo var femton år och satt vid fotänden av sin faster

Paulinas färgrika säng medan hon gjorde upp sina merkantila krigsplaner, blev han på det klara med sin egen framtid.

– Du ska bli advokat, så att du kan hjälpa mig att krossa mina fiender med alla lagliga medel, rådde Paulina honom den dagen mellan två bett i sin smördegsbakelse med vaniljkräm.

– Ja visst, faster. Farfar Agustín säger att i varje respektabel släkt behövs det en advokat, en läkare och en biskop, svarade brorsonen.

– Det behövs en affärsbegåvning också.

– Farfar tycker att affärer inte är något för adeln.

– Säg honom att adelskap inte går att äta, det kan han stoppa opp i röven.

Pojken hade bara hört det där fula uttrycket av kusken hemma, en karl från Madrid som hade rymt ur ett fängelse på Teneriffa och som av outgrundlig anledning också brukade säga att han sket i Gud och i mjölken.

– Sjåpa dig inte, pojkvasker, röv har vi ju alla! utbrast Paulina som höll på att skratta på sig när hon såg brorsonens min.

Samma eftermiddag tog hon honom med till Eliza Sommers konditori. San Francisco hade bländat Severo när han skymtade det från båten: en ljusskimrande stad i ett grönt landskap av trädklädda kullar som sluttade i vågor ned till randen av en bukt med lugnt vatten. På avstånd verkade staden strikt, med sin spanska stadsplan av parallella och korsande gator, men sedd på nära håll hade den det oväntades tjusning. Pojken var van vid den sömniga synen av hamnen i Valparaiso där han hade vuxit upp, och han blev förvirrad när han såg denna vanvettiga blandning av hus och byggnader i olika stilar, överdåd och armod om vartannat, allt i en enda röra, som om det hela byggts upp i rasande fart. Han såg en död häst full med flugor utanför dörren till en elegant affär där det såldes violiner och flyglar. Genom den bullrande trafiken med dragdjur och vagnar trängde sig en kosmopolitisk folkmassa fram: amerikaner, spanjorer, fransmän, irländare, italienare, tyskar, några få indianer och forna negerslavar, fria numera men fortfarande föraktade och fattiga. Vagnen tog en sväng in i Chinatown, och i nästa ögonblick befann de sig i ett land befolkat av "himmelens söner", som kineserna kallades, och som kusken schasade undan med en snärt av sin piska medan han körde droskan till Union Square. Han höll in framför ett hus i viktoriansk stil, enkelt i jämförelse med det gytter av gesimser, reliefer och rosettfönster som annars syntes där i grannskapet.

– Det här är mrs Sommers tesalong, den enda här i trakten, förklarade Paulina. Kaffe kan man dricka var som helst, men om man vill ha en kopp te ska man komma hit. Yankees har avskytt denna ädla dryck ända sen befrielsekriget, som började när rebellerna slängde engelsmännens te i Bostons hamn.

– Men var inte det för hundra år sen?

– Där ser du, Severo, hur dumt det kan vara med patriotism.

Det var inte teet som låg bakom Paulinas täta besök på salongen, utan Eliza Sommers berömda bakverk, som fyllde luften där inne med en ljuvlig doft av socker och vanilj. Huset var ett av de många som importerats från England under San Franciscos första tid, med en bruksanvisning för att sätta ihop det som en leksak. Det var i två våningar och krönt av ett torn som fick det att likna en kyrka på landet. I bottenvåningen hade två rum slagits ihop för att bilda en större matsal, där det stod ett antal fåtöljer med vridna ben och fem små runda bord med vita dukar. En trappa upp såldes askar med konfekt, tillverkad för hand av finaste belgisk choklad, marsipan gjord på mandel och flera slags sötsaker efter chilenska recept, de som Paulina del Valle tyckte mest om. Uppassningen sköttes av två mexikanska servitriser i långa flätor, snövita förkläden och stärkta serveringsmössor, telepatiskt styrda av den lilla mrs Sommers, som knappt verkade existera i kontrast mot Paulinas förkrossande uppenbarelse. Modet med smal midja och voluminösa kjolar var klädsamt på Eliza men gjorde att Paulina såg ännu mycket mera omfångsrik ut. Dessutom snålade hon inte med tyger, fransar, pomponger och plisseringar. Den där dagen var hon utstyrd till bidrottning, i gult och svart från topp till tå, med plymprydd hatt och randigt klänningsliv. Mycket randigt. Hon invaderade salongen och drog in all luft där fanns, och för varje hennes rörelse klirrade kopparna och de bräckliga träväggarna jämrade sig. När uppasserskorna såg henne komma in skyndade de sig att byta ut en av de sköra rottingstolarna mot en stadigare fåtölj där damen behagfullt slog sig ned. Hon rörde sig försiktigt, för hon ansåg att ingenting gör en så ful som brådska. Hon aktade sig också för att låta som en gammal kvinna, aldrig lät hon offentligt undslippa sig flämtningar, hostningar, stönanden eller suckar av trötthet, även om fötterna värkte olidligt. "Jag vill inte låta fet", sa hon och gurglade sig varje dag med citronsaft blandad med honung för att hålla rösten klar. Eliza Sommers, liten och rak som ett spjut, klädd i mörkblå kjol och melongul blus, med knappar vid handleder och hals och med ett diskret pärlhalsband som enda smycke, såg påfallande ung ut. Den spanska hon talade var en aning rostig av brist på användning och engelskan hade brittisk accent, och hon hoppade mellan språken i en och samma mening alldeles som Paulina. Fru del Valles förmögenhet och aristokratiska påbrå placerade henne högt ovanför Eliza på den sociala skalan. En kvinna som arbetade för sitt nöjes skull kanske bara var okvinnlig, men Paulina visste att Eliza inte längre hörde hemma i sådana kretsar som de där hon vuxit upp hemma i Chile, och att hon inte arbetade för sitt eget nöje utan av nödtvång. Hon hade också hört sägas att hon levde ihop med en kines, men inte ens Paulinas förkrossande taktlöshet räckte till för att hon skulle fråga rent ut om det.

– Eliza Sommers och jag träffades i Chile 1840. Då var hon åtta år och jag sexton, men nu är vi lika gamla, förklarade Paulina för sin brorson.

Medan uppasserskorna serverade te hörde Eliza road på Paulinas flödande prat som bara avbröts när hon tog sig en tugga till. Severo glömde bort dem, för vid ett annat bord fick han syn på en förtjusande liten flicka som satt och klistrade in bokmärken i ett album i skenet från gasbelysningen och det milda ljuset från fönstrets färgade rutor som spred ett gyllene skimmer över henne. Det var Lynn Sommers, Elizas dotter, en varelse så ovanligt vacker att flera av stadens fotografer använde henne som modell redan då, när hon bara var tolv år; hennes ansikte förekom på vykort, affischer och kalendrar med harpospelande änglar och okynniga nymfer i skogar av papier-maché. Severo var fortfarande i en ålder då flickor är ett snarast skrämmande mysterium för gossar, men han blev motståndslöst fascinerad. Han stod där bredvid henne i stum förundran och begrep inte varför han fick ont i bröstet och var nära att brista i gråt. Eliza Sommers väckte honom ur transen med att be dem bägge komma och dricka choklad. Flickungen slog igen sitt album utan att lägga märke till honom, som om hon inte såg honom, och reste sig lätt och svävade iväg. Hon slog sig ned framför sin chokladkopp utan att säga ett ord eller titta upp, fann sig lugnt i ynglingens närgångna blickar fullt medveten om att hennes utseende skilde henne från andra dödliga. Hon kände sin skönhet som något slags defekt och hoppades i hemlighet att den skulle gå över med tiden.

Några veckor efteråt reste Severo hem till Chile igen med sin far. I minnet bar han med sig intrycket av det väldiga Kalifornien och bilden av Lynn Sommers fast inpräntad i sitt hjärta.

Severo del Valle såg inte Lynn igen förrän flera år senare. Han kom tillbaka till Kalifornien i slutet av år 1876 för att bo hos sin faster Paulina, men sin förbindelse med Lynn inledde han först en vinteronsdag år 1879, och då var det redan för sent för dem bägge. När den unge mannen kom till San Francisco för andra gången hade han vuxit till sin fulla längd, men han var fortfarande benig, blek och gänglig och gjorde ett otympligt intryck som om han hade för mycket armbågar och knän. Tre år senare, när han stod där stum framför Lynn, var han en riktig karl, med sina spanska förfäders ädla ansiktsdrag, smidig i kroppen som en andalusisk torero och asketisk som en seminarist i sin framtoning. Mycket hade förändrats i hans liv sedan första

25

gången han såg Lynn. Bilden av den där tysta flickan, oberörd som en vilande katt, följde honom under de svåra uppväxtåren och genom sorgens plåga. Hans far, som han hade avgudat, dog i förtid i Chile och modern, som inte visste hur hon skulle hantera denne ännu skägglöse men alltför intelligente och vanvördige son, satte honom i en katolsk skola i Santiago där han skulle slutföra sina studier. Men snart blev han hemskickad igen med ett brev som helt barskt förklarade att ett ruttet äpple i tunnan fördärvar alla de andra, eller något i den stilen. Då begav sig den uppoffrande modern på pilgrimsfärd på sina knän till en undergörande grotta där den Heliga Jungfrun, snillrik som alltid, viskade lösningen till henne: sätt honom i militärtjänst så får en sergeant ta hand om problemet. I ett års tid marscherade Severo så i ledet, utsattes för den militära hårdheten och dumheten och kom därifrån med reservofficers rang, fast besluten att aldrig mer i sitt liv komma i närheten av en kasern. Så snart han satte foten på gatan igen återgick han till sina gamla vänner och sina oberäkneliga humörsvängningar. Den här gången gav sig hans farbröder i kast med problemet. De samlades till rådslag i farfar Agustíns dystra matsal, utan ynglingen och hans mor som saknade rösträtt vid det patriarkala bordet. I samma rum, trettiofem år tidigare, hade Paulina del Valle med rakat huvud och diamantprydd tiara trotsat männen i familjen för att få gifta sig med Feliciano Rodríguez de Santa Cruz, mannen hon själv hade valt. Där la man nu fram för farfadern alla bevis mot Severo: han vägrade att gå till bikt och ta nattvarden, han umgicks med bohemer, i hans besittning hade man upptäckt böcker som stod på svarta listan, det misstänktes att han hade blivit rekryterad av frimurarna eller, vad ännu värre var, av liberalerna. Chile befann sig mitt i en period av oförsonliga ideologiska stridigheter, och allt eftersom liberalerna erövrade poster i regeringen växte vreden bland de ultrakonservativa som var fyllda av messiansk nitälskan, så som familjen del Valle, och som ville trumfa in sina idéer med hjälp av bannlysning och kulor, krossa frimurare och antiklerikaler och en gång för alla göra slut på liberalerna. Herrarna del Valle var inte villiga att tolerera en avfälling av sitt eget blod i själva familjens sköte. Det var farfar Agustín som kom på idén att skicka honom till Förenta Staterna: "Yankees botar honom nog från lusten att ställa till bråk", spådde han. De skickade iväg honom till Kalifornien utan att låta honom få något att säga till om, i sorgkläder, med den avlidne faderns guldklocka i västfickan, med knapphändigt bagage som dock innehöll en stor kristusbild med törnekrona, och ett brev med sigill adresserat till Feliciano och Paulina.

Severo protesterade bara för formens skull, för resan passade ihop med hans egna planer. Det enda han var ledsen över var att behöva skiljas från Nívea, flickan som alla hoppades att han skulle gifta sig med en dag, enligt sedvänjan i den chilenska oligarkin att gifta sig inom släkten. Han höll på att kvävas i Chile. Han hade vuxit upp som fånge i ett snår av regler och fördomar, men kontakten med andra elever på skolan i Santiago hade satt fart på hans fantasi och tänt en patriotisk glöd hos honom. Dittills hade han trott att det bara fanns två samhällsklasser, hans egen och de fattiga, och däremellan en obestämd gråzon av tjänstemän och andra "nollor", som farfar Agustín kallade dem. I kasernen upptäckte han att de som tillhörde hans egen klass, vita och ekonomiskt välställda, bara utgjorde en handfull; den stora majoriteten var mestiser och fattiga. Men i Santiago märkte han att det också fanns en talrik, livskraftig medelklass, välutbildad och med politiska ambitioner, som i själva verket utgjorde landets ryggrad och där det ingick invandrare som flytt undan krig eller misär, forskare, pedagoger, filosofer, bokhandlare, folk med frigjorda idéer. Han blev förbluffad när han hörde sina nya vänners vältalighet, det var som att bli förälskad för första gången. Han fick lust att förändra Chile, vända upp och ned på det helt och hållet, rena det. Han blev övertygad om att de konservativa – utom de i hans egen släkt som enligt vad han ansåg inte handlade i ond avsikt utan vilseledda – hörde hemma bland Satans horder, för den osannolika händelse Satan var något mer än ett pittoreskt påhitt, och han planerade att ägna sig åt politik så snart han blev oberoende. Han insåg att det fattades några år dit, och just därför såg han resan till Förenta Staterna som en möjlighet att få andas frisk luft. Där skulle han kunna studera amerikanernas avundsvärda demokrati och lära av den, läsa vad han fick lust till utan att behöva bekymra sig om den katolska censuren och orientera sig om modernitetens framsteg. Medan monarkier störtades, nya stater föddes, kontinenter koloniserades och underbara uppfinningar gjordes i den övriga världen, diskuterade parlamentet i Chile huruvida äktenskapsbrytare skulle ha rätt att bli begravda i vigd jord. I farfaderns närvaro var det inte tillåtet att nämna Darwins teori, som höll på att revolutionera det mänskliga vetandet, men man kunde slösa bort en hel kväll på att diskutera helgons och martyrers osannolika underverk. Den andra drivfjädern till resan var minnet av den lilla Lynn Sommers, som envist blandade sig i hans känslor för Nívea, även om han inte ville erkänna det ens i sina hemligaste tankar.

Severo del Valle fick aldrig klart för sig när eller hur tanken dök upp att han skulle gifta sig med Nívea. Kanske det inte var de själva som fattade beslutet utan släkten, men varken han eller hon satte sig upp mot de planerna, för de hade känt och älskat varandra sedan de var små. Nívea tillhörde en släktgren som hade varit förmögen medan hennes far levde, men vid hans död hade änkan blivit fattig. En rik farbror, som skulle komma att bli en framstående figur under kriget, don Francisco José Vergara, hjälpte till att bekosta brorsbarnens uppfostran. "Allra svårast att vara fattig är det för dem som har haft det bra förut, för då måste man låtsas att man har det man inte har", bekände Nívea för sin kusin Severo i ett sådant där ögonblick av plötslig insikt som var typiskt för henne. Hon var fyra år yngre än han men mycket mera mogen. Det var hon som slog an tonen i deras barnakärlek och med fast hand ledde honom in i den romantiska relation de hade när Severo reste till Förenta Staterna. I de väldiga kråkslott där de tillbragte sina liv fanns det gott om dolda vrår som var som gjorda för kärlek. Kusinerna trevade i dunklet och upptäckte klumpigt som hundvalpar sina kroppars hemligheter. De smekte varandra nyfiket, avslöjade skillnader utan att fatta varför han hade det ena och hon det andra, förvirrade av blygsel och skam, alltid i tysthet, för vad de inte uttryckte i ord var som om det aldrig hade hänt och kändes mindre syndigt. De utforskade varandra brådskande och ängsligt, väl medvetna om att det inte gick att bekänna de där kusinlekarna ens i bikten, även om de blev dömda till helvetets eld för den sakens skull. Det fanns tusen ögon som spionerade på dem. De gamla tjänstekvinnorna som hade sett dem födas beskyddade den där oskyldiga kärleken, men de ogifta mostrarna och fastrarna bevakade dem som korpar. Ingenting undgick dessa torra ögon vilkas enda funktion var att notera allt som hände i släkten, dessa vissnade tungor som avslöjade hemligheter och eggade till tvister, men bara inom släkten. Ingenting nådde utanför de där husens väggar. Vars och ens främsta skyldighet var att bevara släktens heder och anseende. Nívea var sent utvecklad och hade vid femton års ålder fortfarande en liten flickas kropp och ett oskyldigt ansikte, ingenting i hennes utseende vittnade om hennes starka personlighet. Hon var kort och knubbig, hennes enda anmärkningsvärda drag var de stora mörka ögonen, hon verkade obetydlig ända tills hon öppnade munnen. Medan hennes systrar meriterade sig för sin salighet genom att läsa gudliga böcker läste hon i hemlighet artiklar och böcker som Severo smög åt henne och klassiker som hon fick låna av sin farbror José Francisco Vergara. På en tid då nästan ingen talade om sådant i hennes kretsar fick hon hum om tanken på kvinnlig rösträtt. Första gången hon nämnde saken under en släktmåltid hemma hos don Agustín del Valle blåste en storm av förfäran upp. "När ska kvinnor och fattiga få rösta i det här landet?" frågade Nívea oförmodat, utan en tanke på att barnen inte fick öppna mun i de vuxnas närvaro. Den gamle patriarken del Valle slog näven i bordet så att glasen hoppade och beordrade henne att genast gå och bikta sig. Nívea läste utan att protestera de böner prästen ålade henne som botgöring, men i sin dagbok skrev hon, temperamentsfullt som vanligt, att hon inte tänkte ge sig förrän hon utverkat grundläggande rättigheter för kvinnor, om hon så skulle bli fördriven från sin familj. Hon hade haft turen att få en mycket ovanlig lärarinna, syster María Escapulario, en nunna med lejoninnans hjärta dolt under dräkten, som hade upptäckt hur intelligent Nívea var. När hon såg den där flickan som girigt sög åt sig allt, som ifrågasatte sådant som hon själv aldrig ens hade undrat över, som utmanade henne med resonemang man inte skulle vänta sig av någon i den åldern, då kände nunnan sig rikligt belönad som lärarinna. Nívea ensam var värd mödan att i åratal ha undervisat en mängd rika flickor med påvert intellekt. Av kärlek till henne bröt syster María Escapulario systematiskt mot skolans regler, tillkomna i det uttryckliga syftet att göra eleverna snälla och fogliga. Med Nívea förde hon samtal som skulle ha gjort föreståndarinnan och skolans andlige ledare förfärade.

– När jag var i din ålder fanns det bara två alternativ: gifta sig eller gå i kloster, sa syster María Escapulario.

– Varför valde ni det andra, moder?

– Därför att det gav mig mera frihet. Kristus är en tolerant brudgum...

– Vi kvinnor har inte en chans, moder. Föda barn och lyda, det är det hela, suckade Nívea.

– Så behöver det inte vara. Just du kan ändra på det, svarade nunnan.

– Jag ensam?

– Inte ensam, det finns andra flickor som du, med lite kurage. Jag läste i en tidning att det finns några kvinnliga läkare nu, tänk bara.

– Var då?

– I England.

– Det är väldigt långt borta.

– Visst, men om de kan göra det där, så kommer det en dag att kunna göras i Chile. Tappa inte modet, Nívea.

– Min biktfader säger att jag tänker för mycket och ber för lite, moder.

– Gud har gett dig en hjärna för att du ska använda den. Men du ska veta att upprorets väg är full av faror och sorger, man måste vara mycket modig för att välja den. Det skadar inte att be den Gudomliga Försynen att hjälpa dig lite... var syster María Escapularios råd.

Så fast besluten kom Nívea att bli, att hon skrev i sin dagbok att hon ville avstå från att gifta sig och ägna sig helt och hållet åt kampen för kvinnlig rösträtt. Hon visste inte att det var ett offer som inte skulle behövas, för hon skulle gifta sig av kärlek med en man som stödde henne i hennes politiska strävanden.

Severo steg ombord med sorgsen min så att hans föräldrar inte skulle ana hur lycklig han var att få ge sig iväg från Chile – för den händelse de skulle ändra sig – och föresatte sig att dra så stor nytta som möjligt av det där äventyret. Han stal en kyss från sin kusin Nívea till farväl, sedan han lovat heligt och dyrt att skicka henne intressanta böcker genom en god väns förmedling, för att undgå familjens censur, och att skriva till henne varje vecka. Hon hade funnit sig i tanken på ett års skilsmässa, men hon anade inte att han hade planer på att stanna kvar i Förenta Staterna så länge som möjligt. Severo ville inte göra avskedet bittrare genom att avslöja de där planerna, han skulle nog förklara för Nívea i brev, tänkte han. Hur som helst var de bägge två alldeles för unga för att gifta sig. Han såg hur hon stod där på kajen i Valparaiso, omgiven av hela släkten, i oliv-grön klänning och med barett på huvudet, vinkade adjö och ansträngde sig för att le. "Hon gråter och klagar inte, därför älskar jag henne och ska alltid älska henne", sa Severo högt rakt ut mot vinden, fast besluten att sätta sig över sitt hjärtas ombytlighet och världens frestelser med hjälp av ren och skär ståndaktighet. "Heliga Jungfru, ge mig honom tillbaka frisk och välbehållen", bönföll Nívea och bet sig i läppen överväldigad av kärlek och hade alldeles glömt sitt löfte att leva i celibat tills hon nått sitt mål som suffragett.

Unge del Valle tummade på farfar Agustíns brev ända från Valparaíso till Panama, svårt frestad att öppna det, men han vågade inte, för han hade fått inpräntat i sig att en hederlig karl aldrig läser andras brev eller rör andras pengar. Men till slut segrade nyfikenheten över hedern – det rörde ju hans framtid, sa han sig – och med sin rakkniv lossade han försiktigt på sigillet, och så ångade han upp kuvertet över en vattenkittel och öppnade det oändligt varsamt. På så sätt upptäckte han att det ingick i farfaderns planer att han skulle sättas i en amerikansk kadettskola. Det var beklagligt, la farfadern till, att inte Chile befann sig i krig med något grannland, så att sonsonen kunde formas till karl med vapen i hand, så som sig bör. Severo kastade brevet i sjön och skrev ett nytt efter eget recept, stoppade det i samma kuvert och droppade smält lack över det trasiga sigillet. I San Francisco väntade faster Paulina på kajen åtföljd av två betjänter och av Williams, sin pompöse hovmästare. Hon var utstyrd i en vansinnig hatt och överdådiga mängder av slöjor som flaxade i vinden och skulle ha blåst iväg med henne om hon inte hade varit så tung. Hon skrek av skratt när hon fick se brorsonen komma nedför landgången med kristusbilden i famnen, men så slöt hon honom till en barm som på en operadiva så att han höll på att bli kvävd av liljekullar och gardeniaparfym.

– Först och främst måste vi göra oss av med den där gräsligheten, sa hon och pekade på kristusbilden. – Och så måste vi köpa kläder åt dig, ingen går omkring här och ser ut på det där viset.

– Den här kostymen har varit min pappas, förklarade Severo skamset.

– Det märks, du ser ut som en dödgrävare, kommenterade Paulina, men så fort hon sagt det kom hon ihåg att pojken hade mist sin far för inte så länge sedan. – Förlåt, Severo, det var inte meningen att såra dig. Din far var min älsklingsbror, den enda i familjen som det gick att tala med.

– De sydde om några av hans kostymer till mig så att de inte

32

skulle förfaras, förklarade Severo med bruten röst.

– Det här var en dålig början. Kan du förlåta mig?

– Visst, faster.

Vid första lämpliga tillfälle lämnade den unge mannen över det förfalskade brevet från farfar Agustín. Hon ögnade igenom det tämligen förstrött.

– Vad stod det i det andra? frågade hon.

Röd om öronen försökte Severo förneka vad han hade gjort, men hon lät honom inte få tid att snärja in sig i lögner.

– Jag skulle ha gjort likadant, pojke. Jag vill veta vad som stod i brevet från min far för att kunna svara på det, inte för att lyda honom.

– Att jag ska skickas till en kadettskola eller ut i krig, om det finns något här i trakten.

– Du kommer för sent, det är redan över. Men nu håller de på och massakrerar indianerna, om det intresserar dig. De försvarar sig inte så illa, indianerna. Kan du tänka dig, de har just slagit ihjäl general Custer och över tvåhundra soldater ur sjunde kavalleriregementet i Wyoming. Folk pratar inte om annat. Det påstås att en indian som heter Regn i ansiktet, vilket poetiskt namn, hade svurit att hämnas på general Custers bror, och att han i den där striden slet ut hjärtat på honom och åt upp det. Har du fortfarande lust att bli soldat? småskrattade Paulina del Valle.

– Jag har aldrig haft lust att bli militär, det är farfar Agustíns idéer.

– I brevet som du förfalskade säger du att du vill bli advokat, jag märker att rådet jag gav dig för flera år sen har fallit i god jord. Det är bra, pojke. De amerikanska lagarna är inte som de chilenska, men det spelar inte så stor roll. Du ska bli advokat. Du får börja som praktikant på Kaliforniens bästa advokatbyrå, någon nytta ska jag väl ha av mina kontakter, försäkrade Paulina.

– Jag kommer att stå i tacksamhetsskuld till faster i hela mitt liv, sa Severo djupt imponerad.

– Visst. Hoppas du inte glömmer bort det, för livet är långt och man kan aldrig veta när jag behöver be dig om en tjänst.

– Räkna med mig, faster.

Nästa dag infann sig Paulina med Severo på kontoret hos sina advokater, de som hade tjänat henne i mer än tjugofem år och fått enorma summor i kommission, och förkunnade rätt och slätt att hon hoppades få se sin brorson i arbete hos dem från och med nästa måndag för att lära sig yrket. De kunde inte vägra. Hon installerade brorsonen hemma i sitt hus, i ett solljust rum på andra våningen, köpte honom en god häst, avsatte ett månatligt underhåll åt honom, skaffade honom en lärare i engelska och satte igång att introducera honom i societeten, för enligt hennes åsikt fanns det inget bättre startkapital än goda kontakter.

– Två saker väntar jag mig av dig, trohet och gott humör.

– Väntar sig faster inte att jag ska studera också?

– Det är ditt problem, min gosse. Vad du gör med ditt liv är inte min sak.

Men under månaderna som följde förstod Severo att Paulina tog noga reda på hans framsteg på advokatbyrån, höll ett öga på vilka han blev vän med, bokförde hans utgifter och visste om alla hans mått och steg redan innan han hade vidtagit dem. Hur hon bar sig åt för att veta så mycket var ett mysterium, försåvitt inte Williams, den outgrundlige hovmästaren, hade organiserat ett övervakande nätverk. Den mannen styrde över en armé av tjänstefolk som utförde sina sysslor som tysta skuggor, bodde i ett särskilt hus längst bort i fastighetens park och inte hade lov att yttra sig i herrskapets närvaro om de inte blev tilltalade. Inte heller med hovmästaren fick de tala utan måste gå via hushållerskan. Severo hade svårt att förstå det där rangsystemet, för i Chile gick allting mycket enklare till. Husbondfolket, också de värsta despoterna som till exempel hans farfar, behandlade tjänarna strängt men sörjde för deras behov och såg dem som en del av familjen. Han hade aldrig varit med om att en tjänstekvinna blev avskedad. De kom i tjänst i huset när de var i puberteten och stannade kvar tills de dog. Rikemanshuset på Nob Hill skilde sig mycket från de stora klosterlika byggnadskomplex där han hade tillbragt sin barndom, med tjocka murar av lertegel och dystra, tillbommade portar och med möbler glest uppställda längs de kala väggarna. I faster Paulinas hus skulle det ha varit omöjligt att göra upp en inventarieförteckning, med allting från dörrhandtag och badrumsnycklar av gediget silver till samlingar av små porslinsfigurer, ryska lackskrin, kinesiska elfenbensartiklar och alla tänkbara konstföremål och kuriositeter som var på modet. Feliciano Rodríguez de Santa Cruz köpte för att imponera på gästerna men han var ingen barbar, som vissa av hans rika vänner som köpte böcker efter vikt och tavlor efter färg för att passa till fåtöljerna. Paulina för sin del hade inte alls någon känsla för sådana där skatter, den enda möbel hon någonsin beställt i sitt liv var sängen, och det hade hon gjort av skäl som inte hade något med estetik eller lyx att göra. Vad hon var intresserad av var pengar, enkelt och simpelt, och hennes ambition gick ut på att tjäna dem med förslagenhet, samla dem med uthållighet och investera dem klokt. Hon brydde sig inte om föremålen som hennes man köpte eller var han placerade dem, och resultatet var ett skrytsamt hus där invånarna kände sig främmande. Målningarna var enorma, ramarna massiva och ämnena krystade – Alexander den Store erövrar Persien – men där fanns också hundratals mindre tavlor ordnade efter ämne, som gav namn åt rummen: jaktsalongen, den med marinmålningarna, den med akvareller. Gardinerna var av tung sammet med överväldigande fransar, och de venetianska speglarna återgav i oändlighet marmorpelare, höga sèvresvaser, bronsstatyer och urnor överflödande av blomster och frukter. Där fanns två musiksalonger med fina italienska instrument, fastän ingen i familjen förstod sig på att spela på dem och Paulina fick ont i huvudet av musik, och dessutom fanns ett bibliotek i två våningar. I varenda vrå stod spottkoppar av silver med initialer i guld, för här i denna gränsstad var det fullkomligt accepterat att spotta offentligt. Feliciano hade sina rum i östra flygeln och hans hustru hade sina på samma plan men i andra änden av huset. Mellan dem, längs en bred korridor, radade barnens och gästernas rum upp sig, tomma allesammans utom Severos och rummet där Matías, äldste sonen, bodde, den ende som ännu fanns kvar hemma. Severo del Valle var van att ha det kallt och obekvämt, vilket ansågs nyttigt för hälsan i Chile, och det dröjde flera veckor innan han kunde vänja sig vid bolstrets och dunkuddarnas kvävande omfamning, vid kaminernas ständiga sommarvärme och den dagliga överraskningen när man vred på en kran i badrummet och det kom en ström av varmt vatten. I hans farfars hus var toaletterna stinkande skjul längst inne på gården, och om vintermorgnarna var tvättvattnet isbelagt i handfaten.

Siestatimmen brukade finna den unge brorsonen och den enastående fastern i den mytologiska sängen, henne mellan lakan med sina räkenskapsböcker på ena sidan och sina bakelser på den andra, och honom sittande i fotänden mellan najaden och delfinen, medan de diskuterade familjeangelägenheter och affärer. Det var bara med Severo som Paulina tillät sig en sådan intimitet, ytterst få hade tillträde till hennes privata domäner men tillsammans med honom kände hon sig alldeles hemmastadd i nattlinne. Den här brorsonen gav henne en glädje som hennes egna söner aldrig hade berett henne. De bägge yngsta förde arvtagarliv, med symboliska uppgifter i ledningen av klanens företag, den ene i London och den andre i Boston. Matías, den förstfödde, var ämnad att bli ledare för ätten Rodríguez de Santa Cruz y del Valle, men han visade inte den minsta böjelse för det. Han följde ingalunda sina strävsamma föräldrar i spåren, intresserade sig för deras företag eller satte söner till världen för att bevara efternamnet, utan han hade i stället gjort njutningsfilosofi och ungkarlsliv till en skön konst. "Han är bara en välklädd dumbom." Så definierade Paulina honom en gång när hon talade med Severo, men när hon märkte hur väl sonen och brorsonen kom överens bemödade hon sig om att gynna den där gryende vänskapen. "Min mor gör ingenting utan anledning, hon har säkert räknat ut att du ska frälsa mig från förfall", sa Matías skämtsamt. Severo hade inga planer på att omvända sin kusin, tvärtom hade han själv gärna velat likna honom, han kände sig stel och dyster i jämförelse med Matías. Allt hos honom gjorde Severo förundrad, hans oklanderliga stil, hans iskalla ironi och hans förmåga att strö pengar omkring sig utan betänklighet.

– Jag vill att du ska sätta dig in i mina affärer. Samhället vi lever i är materialistiskt och vulgärt och har inte mycket aktning för kvinnorna. Här gäller bara pengar och kontakter, och därför behöver jag dig, du ska bli mina ögon och öron, förklarade Paulina för sin brorson när han hade varit där ett par månader.

– Jag vet ingenting om affärer.

– Men det gör jag. Jag begär inte att du ska tänka, det är min sak. Du håller tyst, iakttar, lyssnar och berättar för mig. Sen gör du vad jag säger åt dig utan att ställa en massa frågor, är det överenskommet?

– Begär inte att jag ska göra nånting tvivelaktigt, invände Severo värdigt.

– Jag märker att du har hört skvaller om mig... Så här är det, pojke, lagarna är uppfunna av de starka för att dominera de svaga som är mycket fler. Jag har ingen skyldighet att rätta mig efter dem. Jag behöver en totalt pålitlig jurist för att kunna göra vad jag vill utan att råka ut för trassel.

– Med hederliga medel, hoppas jag... invände Severo.

– Oj då, pojke lilla. Så där kommer vi ingen vart. Din heder blir det inte någon fara med, bara du inte går till överdrift.

På så sätt slöt de en pakt lika stark som blodsbandet som förenade dem. Paulina hade tagit emot honom i tron att han var en odåga, varför skulle de annars ha skickat dit honom från Chile, men hon blev angenämt överraskad av den där kloke och renhårige brorsonen. Inom ett par år hade Severo lärt sig att tala engelska så flytande som ingen annan i släkten, han lärde känna fasterns företag som sin egen ficka, reste två gånger med tåg tvärs över Förenta Staterna – den ena resan kryddad med ett anfall av ett mexikanskt rövarband – och hann till och med utbilda sig till jurist. Med sin kusin Nívea förde han varje vecka en brevväxling som under årens lopp snarare blev intellektuell än romantisk. Hon berättade om släkten och om chilensk politik, han köpte böcker åt henne och klippte ut artiklar om suffragettkampen i Europa och i Förenta Staterna. Nyheten att man i den amerikanska kongressen hade lagt fram ett reformförslag om införande av kvinnlig rösträtt hälsades med glädje av dem bägge två på avstånd, fastän de var överens om att det vore vanvett att föreställa sig något liknande i Chile. "Vad vinner jag på att studera och läsa så mycket, Severo, när det inte finns utrymme för handling i en kvinnas liv? Mamma säger att jag aldrig kommer att bli gift därför att jag skrämmer männen, jag borde göra mig söt och hålla mun om jag vill ha en man. Min familj blir förtjust över minsta bevis på att mina bröder har lärt sig nånting – minsta, säger jag, för du vet ju hur korkade de är – men om jag visar att jag vet nånting tycker de bara att jag skryter. Den enda som gillar mig är farbror José Francisco, för till mig får han tillfälle att tala om vetenskap och astronomi och politik – såna saker som han gärna orerar om, fast mina åsikter struntar han i. Du anar inte vad jag är avundsjuk på er karlar, för hela världen står öppen för er", skrev flickan. Kärleken fick bara ett par rader i Níveas brev och ett par ord i Severos, som om de i tysthet hade kommit överens om att glömma de där intensiva och brådskande smekningarna i vrårna. Två gånger om året skickade Nívea honom ett fotografi av sig själv så att han skulle se hur hon undan för undan växte till kvinna, och han lovade att göra likadant men glömde alltid bort det, alldeles som han glömde säga henne att han inte skulle komma hem den här julen heller. En annan flicka som hade mer brått att gifta sig skulle nog ha börjat fiska efter en mindre svårfångad fästman, men Nívea tvivlade aldrig på att Severo del Valle skulle bli hennes äkta man. Hon var så säker på det att skilsmässan som drog ut år efter år inte bekymrade henne över hövan, hon var beredd att vänta hur länge som helst. Severo för sin del bevarade minnet av sin kusin som en symbol för allt gott, ädelt och rent.

När man såg Matías kunde man vara beredd att hålla med hans mor, som tyckte att han bara var en välklädd dumbom, men i själva verket var han inte dum alls. Han hade besökt alla Europas viktiga museer, förstod sig på konst, kunde deklamera dikter av alla klassiska poeter som fanns och var den ende som använde sig av husets bibliotek. Han odlade sin egen stil, som en blandning av bohem och dandy; från den förra hade han sin vana vid nattliv och från den andra sin mani när det gällde klädselns detaljer. Han ansågs som San Franciscos bästa parti, men han höll hårdnackat fast vid ungkarlslivet. Han föredrog ett banalt samtal med sin värsta ovän framför ett rendezvous med den mest lockande av sina beundrarinnor. Det enda han hade gemensamt med kvinnorna var fortplantningen, ett syfte som var orimligt i sig, sa han. När det gällde att tillfredsställa naturens krav föredrog han någon som var professionell, bland de många som fanns tillgängliga. Kvällssamkvämen bland ungherrar avslutades alltid med en konjak på baren och ett besök på en bordell. Det fanns minst en kvarts miljon prostituerade i landet, och en stor del av dem tjänade sitt uppehälle i San Francisco, allt ifrån de eländiga "sing-song girls" i Chinatown till de fina unga damer från sydstaterna som inbördeskriget hade tvingat till ett lösaktigt liv. Den unge arvtagaren, som var så föga tolerant gentemot kvinnliga svagheter, briljerade med sitt tålamod när det gällde de bohemiska vännernas bristande hyfs. Det där var också ett av hans särdrag, liksom förkärleken för tunna cigaretter som han skickade efter från Egypten, och för brottslighet, i litteraturen och i verkligheten. Han bodde i föräldrarnas stora hus på Nob Hill och disponerade dessutom en luxuös våning mitt i centrum, krönt av en rymlig vindskupa, som han kallade sin *garçonnière*, där han då och då målade och ofta höll fester. Han umgicks i den lilla bohemvärlden, ett antal fattiga satar som höll sig vid liv i stoiskt och obotligt armod, poeter, journalister, fotografer, blivande författare och konstnärer, män utan familj som hankade sig fram sjukliga, hostande och pratande, levde på kredit och inte använde klocka, för tiden var inte uppfunnen för dem. Bakom ryggen på den chilenske aristokraten drev de med hans klädsel och fasoner, men de hade fördrag med honom eftersom de alltid kunde vända sig till honom och få några dollar, en klunk whisky eller en sovplats i vindskupan där de kunde tillbringa en dimhöljd natt.

– Har du märkt att Matías har bögfasoner? sa Paulina till sin man.

– Hur kan du säga nånting så vansinnigt om din egen son! Nån sån har det då aldrig funnits i min släkt och inte i din heller! invände Feliciano.

– Känner du en enda normal karl som väljer färgen på sin kravatt efter tapeterna? fnös Paulina.

– För helvete! Du är hans mor och det är din sak att skaffa fram en fästmö åt honom! Pojken är tretti år redan och fortfarande ungkarl. Det är nog säkrast att du skaffar en fort, innan han blir alkoholist eller tuberkulös eller nånting ännu värre, varnade Feliciano, som inte visste att det redan var för sent för valhänta räddningsförsök.

En iskall stormnatt, en sådan som är typisk för sommaren i San Francisco, knackade hovmästaren Williams i sin frack på dörren till Severo del Valles rum.

– Ursäkta att jag stör, sir, mumlade han och harklade sig diskret där han kom in med en trearmad ljusstake i sin behandskade hand.

– Vad är det fråga om, Williams? undrade Severo förskräckt, för det var första gången någon väckte honom mitt i natten där i huset.

– Jag är rädd att det har inträffat ett litet missöde. Det gäller herr Matías, sa Williams med den där pompösa brittiska artigheten som var okänd i Kalifornien och alltid lät ironisk snarare än respektfull.

Han förklarade att det vid denna sena timme hade kommit ett bud till huset, skickat av en dam med tvivelaktigt rykte, en viss Amanda Lowell, som unge herrn brukade umgås med, en person i "andra kretsar", som Williams kallade det. Severo läste biljetten i skenet från ljusen: bara tre rader där hon bad om omedelbar hjälp till Matías.

– Vi måste underrätta farbror och faster, Matías kanske har råkat ut för en olycka, sa Severo del Valle förskräckt.

– Titta på adressen, sir, det är mitt i Chinatown. Jag tror det är att föredra att herrskapet inte får veta om det här, var hovmästarens åsikt.

– Vad nu då? Jag trodde inte att ni hade några hemligheter för faster Paulina.

– Jag försöker bespara henne obehag, sir.

– Vad tycker ni att vi ska göra?

– Om det inte är för mycket begärt, att ni klär er, tar med er vapen och följer med mig.

Williams hade väckt en stalldräng och sagt åt honom att göra en av vagnarna klar, men han ville sköta det hela så diskret som möjligt, så han tog själv tömmarna och styrde utan att tveka genom mörka och tomma gator i riktning mot kineskvarteret, ledd av hästarnas instinkt, för blåsten släckte ideligen vagnslyktorna. Severo fick ett intryck av att det inte var första gången mannen rörde sig i de där gränderna. Snart lämnade de vagnen och fortsatte till fots in genom en passage som slutade på en dunkel innergård där luften var fylld av en egendomlig, sötaktig lukt som av rostade nötter. Inte en själ syntes till, det hördes inte ett ljud utom av vinden, och det enda ljuset trängde ut genom springorna i ett par fönstergluggar på bottenplanet. Williams strök eld på en tändsticka, läste om igen adressen på papperet och sköt så utan vidare upp en av dörrarna som ledde ut på gården. Severo, med handen på sitt skjutvapen, följde efter. De kom in i ett litet rum, utan ventilation men rent och snyggt, där det knappt gick att andas för den tjocka opiumlukten. I mitten stod ett bord och runt om fanns avbalkningar av trä, uppradade längs väggarna, den ena över den andra som britsar på ett fartyg, med ett flätat rottingunderlag och en urholkad träbit som huvudkudde. Där inne låg kineser, ibland två på samma liggplats, på sida med små brickor framför sig där det stod en ask med svart smet i och en liten brinnande lampa. Det var sent på natten och drogen hade gjort sin verkan på de flesta. Männen låg som i dvala, försjunkna i sina drömmar, bara ett par stycken orkade ännu doppa en liten metallstav i opiet, värma den över lampan, stoppa sitt lilla piphuvud och suga in genom ett bamburör.

– Herregud, mumlade Severo, som hade hört talas om sådant men aldrig sett det på nära håll.

– Det är bättre än sprit om jag får säga min mening, anmärkte Williams. Det förleder inte till våld och det skadar ingen annan, bara den som röker. Ni ser hur mycket lugnare och renare här är än på vilken bar som helst.

En gammal kines klädd i långrock och vida bomullsbyxor kom haltande emot dem. De rödsprängda små ögonen syntes knappt bland ansiktets djupa rynkor. Han hade en mustasch som var sliten och grå liksom den tunna hårpiskan som hängde längs ryggen. Alla naglar utom de på tumme och pekfinger var så långa att de krökte sig om sig själva som gamla kräldjurssvansar. Munnen såg ut som ett svart hål och de glesa tänder han hade kvar var färgade av tobak och opium. Denne linkande farfarsfar tilltalade nykomlingarna på kinesiska, och till Severos förvåning svarade Williams med några gläfsande ord på samma språk. Under en lång stund rörde sig ingen av dem. Kinesen höll blicken fäst på Williams som om han granskade honom, men till slut sträckte han fram handen och den andre la några dollar i den. Gubben stoppade in dem på bröstet under sin rock, och så tog han en ljusstump och gav tecken åt dem att följa med. De gick vidare in i ett annat rum och därifrån in i ett tredje och fjärde, alla likadana som det första, vidare längs en slingrande korridor och nedför en kort trappa, och så stod de i ännu en korridor. Vägvisaren gjorde tecken åt dem att vänta och var försvunnen i några minuter som kändes oändliga. Severo svettades, höll fingret på den spända hanen till sitt vapen, på sin vakt, utan att våga ge ett ljud ifrån sig. Till slut kom gubben tillbaka och ledde dem genom en labyrint fram till en stängd dörr. Där stod han och såg på den, orimligt noga, som om han försökte läsa en karta, ända tills Williams stack åt honom ett par dollar till. Då öppnade han. De steg in i ett rum ännu mindre än de andra, mörkare, ännu mera rökfyllt och kvavt, för det låg under gatunivå och hade ingen luftväxling alls, men för övrigt var det exakt likadant som de tidigare. På träbritsarna låg fem vita amerikaner, fyra män och en kvinna, som var mogen men fortfarande strålande vacker, med en kaskad av rött hår som låg utbrett omkring henne som en utmanande mantel. Att döma av deras fina kläder var de rika människor. Alla befann de sig i samma tillstånd av salig bedövning, utom en som låg på rygg och nästan inte andades, med sönderriven skjorta, armarna slappt åt sidorna, askgrå i ansiktet och med ögonvitorna uppåtvända. Det var Matías Rodríguez de Santa Cruz.

— Hjälp till här, sir, beordrade Williams Severo del Valle. Tillsammans lyfte de mödosamt upp honom, la varsin av den medvetslöses armar över axlarna och bar honom med sig som en korsfäst. Huvudet hängde, kroppen var slapp, fötterna släpade längs det stampade jordgolvet. De tog sig den långa vägen tillbaka längs de trånga korridorerna och genom de kvava rummen, ett efter ett, tills de plötsligt var ute i friska luften, i den makalöst rena natten där de kunde andas djupt och ivrigt, yra i huvudet. De placerade Matías så gott det gick i vagnen och Williams körde till Matías garçonnière, som Severo hade trott att fasterns anställde inte kände till. Ännu mer förvånad blev han när Williams tog fram en nyckel, låste upp porten till fastigheten och sedan tog fram ännu en nyckel som gick till vindsvåningen.

— Det här är visst inte första gången ni räddar min kusin, Williams?

– Vi kan nog säga att det inte blir den sista heller, svarade han.

De la Matías på sängen som fanns i ett hörn, bakom en japansk skärm, och Severo satte igång att badda honom med våta dukar och ruska honom för att han skulle komma tillbaka från himlen dit han hade försvunnit. Williams gav sig iväg efter husläkaren, efter att först ha varnat Severo för att det inte vore lämpligt att underrätta föräldrarna om det som hänt.

– Min kusin kan ju dö! ropade Severo, fortfarande chockad.

– I så fall blir det nödvändigt att tala om det för herrskapet, medgav Williams artigt.

I fem dygn var Matías nära döden i våldsamma krampanfall, förgiftad ända in i märgen. Williams skaffade en sjukvårdare som skötte honom där uppe på vinden och såg till att det inte väckte uppmärksamhet hemma när han inte visade sig. Den där händelsen åstadkom ett egendomligt band mellan Severo och Williams, ett tyst samförstånd som aldrig tog sig uttryck i åtbörder eller i ord. Om det gällt någon annan person, mindre otillgänglig än hovmästaren, skulle Severo ha känt att de mer eller mindre var vänner, eller åtminstone att de hyste sympati för varandra, men engelsmannen var omgiven av en ogenomtränglig mur av diskretion. Severo började iaktta honom. Han behandlade de underlydande tjänarna med samma kyliga och oantastliga hövlighet som han visade sina arbetsgivare och lyckades på så sätt skrämma dem. Ingenting undgick hans vakande öga, varken glansen hos besticken i drivet silver eller varje invånares hemlighet där i det väldiga huset. Det var omöjligt att räkna ut hans ålder eller var han kom ifrån, han verkade ha stannat för gott i fyrtioårsåldern, och förutom den brittiska accenten fanns ingenting som visade hans ursprung. Han bytte sina vita vantar trettio gånger om dagen, hans kostym i svart kläde såg alltid nypressad ut, hans snövita skjorta av finaste holländska linne var styvstärkt som kartong och skorna glänste som speglar. Han sög på mintpastiller för andedräkten och använde eau de cologne, men han gjorde det så diskret att Severo aldrig kände lukten av mynta och lavendel utom den enda gången då de snuddade vid varandra medan de lyfte upp den medvetslöse Matías där i opiehålan. Den gången la han också märke till att Williams hade muskler hårda som trä under kavajen, hans spända halssenor, hans styrka och smidighet, allt sådant som inte stämde med den mannens sätt att uppträda, som en urspårad engelsk lord.

Kusinerna Severo och Matías hade ingenting gemensamt utom sina patriciska ansiktsdrag och smaken för sport och litteratur, för övrigt verkade de inte vara av samma blod. Den ene var lika högsint, djärv och okonstlad som den andre var cynisk, håglös och lastbar, men trots sina diametralt motsatta karaktärer och åren som skilde dem åt blev de vänner. Matías gjorde sitt bästa för att lära Severo fäktning, fast han saknade den elegans och snabbhet som krävs för den sporten, och att vägleda honom i San Franciscos nöjesliv, men den unge mannen var ingen god sällskapsbroder för han höll på att somna av uttråkning. Fjorton timmar om dagen arbetade han på advokatkontoret, och resten av tiden läste han och studerade. De brukade bada nakna i husets simbassäng och utmana varandra i brottning. De dansade runt varandra, avvaktande, beredda till språng, och gick så i närkamp, fattade sina grepp, kastade sig och rullade runt ända tills den ene lyckades betvinga den andre och trycka ned honom mot golvet. De blev svettvåta, flämtande, upphetsade. Severo gjorde sig bryskt lös, förvirrad, som om matchen hade varit ett otillåtligt famntag. De pratade om böcker och diskuterade klassikerna. Matías älskade poesi, och när de var ensamma reciterade han ur minnet, så gripen av dikternas skönhet att tårarna rann utför kinderna. Vid sådana tillfällen blev Severo också orolig, för den andres intensiva känslor liknade ett slags intimitet som var förbjuden karlar emellan. Severo var mycket fängslad av vetenskapens framsteg och av forskningsresor, som han förgäves försökte intressera Matías för, men de enda nyheter som lyckades bryta igenom kusinens pansar av likgiltighet var sådana som rörde den lokala brottsligheten. Matías hade en egendomlig relation, byggd på litervis av whisky, med Jacob Freemont, en gammal och samvetslös journalist, alltid i penningnöd, som var lika fascinerad av brott. Freemont lyckades fortfarande placera polisreportage i pressen, men han hade definitivt mist sitt anseende många år tidigare, när han hittade på historien om Joaquín Murieta, en fingerad bandit på guldfeberns tid. Hans artiklar skapade en mytisk person som hetsade upp den vita befolkningen till hat mot de spansktalande. För att lugna sinnena erbjöd myndigheterna en viss kapten Harry Love en belöning om han kunde gripa Murieta. Efter tre månaders letande runt om i Kalifornien tog kaptenen till en nödlösning: han dödade sju mexikaner i ett bakhåll och kom tillbaka med ett huvud och en hand. Ingen kunde identifiera kvarlevorna, men Loves bedrift lugnade de vita. De makabra troféerna fanns fortfarande utställda på ett museum, fastän alla insåg att Joaquín Murieta var en monstruös skapelse av pressen och i synnerhet av Jacob Freemont. Den episoden, och andra där journalistens lögnaktiga penna förfalskade verkligheten, gav honom ett välförtjänt rykte som svindlare och stängde alla dörrar för honom. Tack vare sin egendomliga kontakt med brottsreportern Freemont lyckades Matías få se mordoffren innan de förts bort från platsen och få närvara vid obduktionen på bårhuset, scener som stötte hans känsliga sinnen samtidigt som de eggade honom. Från sådana expeditioner till brottets undre värld kom han berusad av fasa, begav sig direkt till turkiska badet där han satt i timmar och svettades bort lukten av död som klibbade vid huden, och efteråt låste han in sig i sin ungkarlslya och målade fasansfulla scener med människor sönderskurna av knivar.

– Vad ska allt det där betyda? frågade Severo första gången han såg de skräckinjagande tavlorna.

– Blir du inte fascinerad av tanken på döden? Mord är ett enormt äventyr och självmord är en praktisk lösning. Jag leker med tanken på bägge. Det finns vissa människor som förtjänar att bli mördade, tycker du inte det? Och för egen del, min bäste kusin, tänker jag inte dö av ålderdom, jag föredrar att avsluta mina dagar lika omsorgsfullt som jag väljer mina kostymer, och därför studerar jag brottslighet, för att öva mig.

– Du är galen, och dessutom har du ingen talang, avgjorde Severo.

– Det behövs ingen talang för att bli konstnär, bara djärvhet. Har du hört talas om impressionisterna?

– Nej, men om det är så där de arma satarna målar kommer de inte att gå långt. Skulle du inte kunna hitta ett trevligare motiv? En söt flicka till exempel?

Matías brast i skratt och berättade att på onsdag skulle det komma en verkligt söt flicka till hans *garçonnière*, den vackraste i San Francisco enligt allmänna meningen, la han till. Hon var en modell som hans vänner slogs om att få odödliggöra i lera, på duk och på fotografiplåtar, därtill i förhoppning om att få bli hennes älskare. De slog vad sinsemellan om vem som skulle komma först, men än så länge hade ingen kommit åt att så mycket som röra hennes hand.

– Hon lider av en avskyvärd defekt: hon är dygdig. Hon är den enda oskuld som finns kvar i Kalifornien, men det är lätt att råda bot på saken. Skulle du ha lust att träffa henne?

Det var så det kom sig att Severo del Valle fick träffa Lynn Sommers igen. Fram till den dagen hade han bara i smyg köpt vykort med hennes bild på i turistbutikerna och gömt dem mellan bladen i sina lagböcker som en skamlig hemlighet. Många gånger strök han omkring i närheten av tesalongen vid Union Square för att få se henne på avstånd, och han gjorde diskreta förfrågningar genom kusken som hämtade sötsaker där åt hans faster Paulina varje dag, men han hade aldrig vågat träda fram ärligt hos Eliza Sommers och be om lov att få hälsa på hennes dotter. Om han hade gjort någonting direkt skulle det ha känts som ett ohjälpligt svek mot Nívea, hans ljuva och trogna fästmö. Men det var en annan sak att träffa Lynn av en slump, tyckte han, för i så fall skulle det vara en ödets nyck och ingen skulle kunna anklaga honom. Han hade aldrig föreställt sig att han skulle få se henne i sin kusins ateljé under så egendomliga omständigheter.

Lynn Sommers var en rasblandningens lyckträff. Egentligen borde hon heta Lin Chi'en, men föräldrarna beslöt att anglikanisera sina barns förnamn och ge dem moderns efternamn, Sommers, för att göra det lättare för dem att leva i Förenta Staterna där kineser behandlades som hundar. Den äldste fick namnet Ebanizer, efter en gammal god vän till fadern, men de kallade honom Lucky, för han var den mest turbegåvade pojke som någonsin setts i Chinatown. Den yngre systern, född sex år senare, fick heta Lin efter sin fars första hustru, begravd i Hongkong många år tidigare, men när de lät registrera henne stavade de namnet på engelska: Lynn. Tao Chi'ens första hustru, som gav sitt namn i arv till flickan, hade varit en bräcklig varelse med minimala, lindade fötter, dyrkad av sin man men förstörd av lungsoten redan som mycket ung. Eliza Sommers lärde sig att leva med minnet av Lin ständigt närvarande och kom småningom att se henne som en medlem av familjen, ett slags osynlig skyddande som vakade över hemmets väl. Tjugo år tidigare, när Eliza märkte att hon var gravid ännu en gång, hade hon bett Lin om hjälp att föra havandeskapet till slut, för hon hade redan förlorat flera barn och det fanns inte mycket hopp om att hennes uttröttade kropp skulle kunna behålla den lilla. Det hade Tao Chi'en förklarat för henne. Varje gång hade han använt alla sina kunskaper som *zhong-yi* för att hjälpa henne och dessutom tagit henne till Kaliforniens bästa specialister inom västerländsk medicin.

– Den här gången kommer en frisk flicka att födas, försäkrade Eliza.

– Hur kan du veta det? undrade hennes man.

– För jag har bett Lin om det.

Eliza var alltid övertygad om att den första hustrun stödde henne under havandeskapet, gav henne styrka att föda fram

48

flickan och sedan lutade sig över vaggan som en fe för att ge skönhetens gåva åt den lilla. "Hon ska heta Lin", sa den utmattade modern när hon till slut fick hålla sin dotter i famnen, men Tao Chi'en blev förskräckt: det var inte bra att uppkalla henne efter en kvinna som hade dött så ung. Till slut kom de överens om att ändra stavningen för att inte utmana ödet. "Det uttalas likadant, det är huvudsaken", konstaterade Eliza.

På sin mors sida hade Lynn Sommers engelskt och chilenskt blod, på faderns hade hon gener från de långa invånarna i norra Kina. Tao Chi'ens farfar, en enkel naturläkare, hade givit sina manliga avkomlingar i arv sin kunskap om medicinalväxter och om magiska formler mot olika kroppens och sinnets åkommor. Tao Chi'en, den siste i släkten, hade berikat fadersarvet genom att utbilda sig till *zhong-yi* hos en vis man i Kanton och genom ett helt livs studier inte bara av traditionell kinesisk läkekonst utan också av allt han kom över om västerländsk medicin. Han hade skaffat sig solitt anseende i San Francisco, amerikanska läkare konsulterade honom och han hade patienter av flera olika raser, men han hade inte tillstånd att arbeta på sjukhus och hans praktik begränsades till kineskvarteret, där han hade köpt ett stort hus med mottagning i bottenvåningen och bostad en trappa upp. Anseendet skyddade honom, ingen blandade sig i hans verksamhet bland "sing-song girls", som man i San Francisco kallade de stackars sexslavinnorna, allesammans mycket unga flickor. Tao Chi'en hade tagit på sig uppgiften att rädda så många han kunde från bordellerna. San Franciscos *tongs* – ligor som styrde, bevakade och sålde beskydd bland kineserna – visste om att han köpte upp de små prostituerade för att ge dem en ny chans långt borta från Kalifornien. De hade hotat honom ett par gånger, men de vidtog inte mer drastiska åtgärder, för förr eller senare kunde vem som helst bland dem behöva den berömde *zhong-yi*'ns tjänster. Så länge Tao Chi'en inte vände sig till de amerikanska myndigheterna utan agerade i det tysta och räddade flickorna en efter en med tålmodigt arbete som en myra kunde de tolerera det, för det gjorde ingen skillnad i de enorma vinster deras verksamhet inbringade. Den enda som betraktade Tao Chi'en som en fara var Ah Toy, San Franciscos mest framgångsrika bordellmamma, ägarinna till ett antal ställen med asiatiska småflickor som specialitet. Hon importerade ensam hundratals flickor varje år medan vederbörligen mutade yankeetjänstemän tittade bort. Ah Toy hatade Tao Chi'en, och som hon många gånger hade sagt ville hon hellre dö än anlita honom igen. Hon hade gjort det en enda gång, när hostan blev för mycket för henne, men den gången insåg de bägge utan att behöva uttrycka det i ord att de skulle vara dödsfiender för all framtid. Varje "sing-song girl" som Tao Chi'en räddade var en nagel i ögat på Ah Toy, även om flickan inte tillhörde henne. För henne, alldeles som för honom, var det där en principfråga.

Tao Chi'en steg upp före soluppgången och gick ut i trädgården, där han gjorde sina gymnastiska övningar för att hålla kroppen i form och huvudet klart. Sedan mediterade han i en halvtimme, och efter det gjorde han upp eld för att laga te. Han väckte Eliza med en kyss och en skål grönt te som hon långsamt drack medan hon låg kvar i sängen. Den stunden var helig för dem bägge: teet som de drack tillsammans fulländade natten de hade tillbragt tätt omfamnade. Det som hände mellan dem innanför den stängda sovrumsdörren uppvägde alla dagens mödor. Deras kärlek hade börjat som en varsam vänskap, en subtil vävnad som växte fram ur en härva av hindrande svårigheter, allt ifrån tvånget att göra sig förstådda på engelska och ta sig över kulturella och rasmässiga fördomar och till skillnaden i ålder. De levde och arbetade under samma tak i mer än tre år innan de vågade ta sig över den osynliga gränsen som skilde dem åt. Först måste Eliza färdas i cirklar hundratals mil under sitt ändlösa sökande efter en tvivelaktig älskare som försvann som en skugga ur hennes händer, hon måste lämna efter sig i spillror längs vägen sitt tidigare liv och sin naivitet, och hon måste stå öga mot öga med sin egen besatthet framför den legendariske banditen Joaquín Murietas avhuggna huvud konserverat i gin, innan hon förstod att hennes öde var länkat till Tao Chi'en. *Zhong-yi*'n, däremot, hade insett det mycket tidigare och väntade på henne med en mogen kärleks tysta uthållighet.

Kvällen då Eliza till sist vågade gå längs de åtta meter korridor som skilde hennes rum från Tao Chi'ens blev deras liv helt förändrade, som om det förflutna hade huggits av med yxa. Efter den intensiva natten fanns det inte minsta möjlighet eller lust att vända tillbaka, bara svårigheten att skapa sig utrymme i en värld som inte tolererade rasblandning. Eliza kom barfota, i nattlinne, trevade sig fram i mörkret och sköt upp Tao Chi'ens dörr, övertygad om att den inte var låst, för hon anade att han åtrådde henne lika mycket som hon honom, men trots att hon var säker kände hon sig förskräckt inför det oåterkalleliga i sitt beslut. Hon hade tvekat länge innan hon tog det där steget, för *zhong-yi*'n var hennes beskyddare, hennes far, hennes bror, hennes bästa vän, hennes enda närstående här i detta främmande land. Hon var rädd att förlora honom helt om hon blev hans älskarinna, men nu stod hon redan vid tröskeln och längtan efter att röra vid honom var starkare än förnuftets betänkligheter. Hon steg in i rummet, och i skenet från ett ljus såg hon honom sitta med korslagda ben på sängen, klädd i rock och byxor av vitt bomullstyg, och vänta på henne. Eliza kom sig inte för att fråga hur många kvällar han hade suttit så där och lyssnat efter hennes steg i korridoren, för hon var förvirrad av sin egen djärvhet och darrade av blyghet och föraningar. Tao Chi'en lät henne inte få tid att dra sig tillbaka. Han kom henne till mötes och öppnade sin famn för henne, och hon gick framåt i blindo tills hon stötte emot hans bröst, gömde ansiktet där och drog in mannens välkända lukt, en saltdoft som av havsvatten, hon höll sig fast med bägge händer i hans bomullsrock, för hon kände knäna vika sig, medan en flod av förklaringar ohejdbart strömmade över hennes läppar och blandades med kärleksorden på kinesiska som han mumlade. Hon kände armarna som lyfte henne från golvet och försiktigt la henne på sängen, hon kände den varma andedräkten mot sin hals och händerna som höll henne, och då greps hon av övermäktig ängslan och började darra, ångerköpt och skrämd.

Sedan Tao Chi'ens hustru dog i Hongkong hade han då och då tröstat sig med brådskande famntag hos köpta kvinnor. Han hade inte älskat av kärlek på mer än sex år, men han tillät sig inte att i otålighet gå för hastigt fram. Så ofta hade han utforskat hennes kropp i tankarna, och så väl kände han henne, att det var som att ta sig fram bland mjuka dalsänkor och små kullar med karta i handen. Eliza trodde att hon hade lärt känna kärleken i sin förste älskares armar, men intimiteten tillsammans med Tao Chi'en uppenbarade hur okunnig hon hade varit. Passionen som förvred huvudet på henne när hon var sexton år, som fick henne att resa över halva jorden och riskera sitt liv gång på gång, hade varit en hägring som nu kändes orimlig. På den tiden hade hon förälskat sig i själva kärleken och nöjt sig med de smulor hon fick av en man som var mer intresserad av att försvinna än av att vara tillsammans med henne. Hon sökte efter honom i fyra år, övertygad om att den unge idealisten hon hade lärt känna i Chile hade förvandlats i Kalifornien till den legendariske banditen Joaquín Murieta. Under hela den tiden väntade Tao Chi'en på henne med sitt karakteristiska lugn, övertygad om att hon förr eller senare skulle ta steget över tröskeln som skilde dem åt. Det var han som fick följa med henne när Joaquín Murietas huvud ställdes ut till förnöjelse för amerikaner och till varnagel för spanskspråkiga. Han trodde att Eliza inte skulle stå ut med att se den där motbjudande trofén, men hon ställde sig framför glasburken där den påstådde brottslingen vilade och såg på honom, oberörd som om det hade varit fråga om ett marinerat kålhuvud, tills hon var helt säker på att det inte var mannen som hon hade spanat efter i flera år. I själva verket gjorde det Eliza detsamma vem han var, för under sin långa färd i spåren efter en omöjlig kärlek hade hon erövrat någonting lika dyrbart som kärleken: sin frihet. "Nu är jag fri", var allt hon sa där framför huvudet. Tao Chi'en förstod att hon till slut hade gjort sig fri från den forne älskaren, att det var henne likgiltigt om han levde eller hade dött medan han sökte efter guld på Sierra Nevadas sluttningar. Hur som helst skulle hon inte söka mer, och om mannen dök upp en dag skulle hon kunna se honom i hans rätta dimension. Tao Chi'en tog hennes hand och de gick bort från den kusliga utställningen. Väl utanför andades de in den friska luften och började gå därifrån i frid, färdiga att börja en ny etapp i sina liv.

Natten då Eliza gick in i Tao Chi'ens rum blev något helt annat än de hemliga och brådskande kärleksstunderna tillsammans med hennes förste älskare i Chile. Den natten lärde hon känna några av njutningens otaliga möjligheter och tog det första steget in i en djup kärlek som skulle bli hennes enda för resten av livet. Lugnt och sakta befriade Tao Chi'en henne från lager efter lager av ansamlad rädsla och värdelösa minnen, han smekte henne med outtröttligt tålamod tills hon slutade upp att darra och slog upp ögonen, tills hon slappnade av under hans kunniga händer, tills han kände hur hon började röra sig rytmiskt, öppna sig, komma till klarhet; han hörde henne jämra sig, kalla på honom, bönfalla honom, han såg henne utmattad och fuktig, beredd att överlämna sig och ta emot honom helt och fullt, ända tills ingen av dem längre visste var de befann sig, eller vilka de var, eller var han slutade och hon började. Tao Chi'en förde henne med sig bortom orgasmen, till en mystisk dimension där kärleken och döden är varandras like. De kände att deras själar vidgades, att begär och minne försvann, att de lät sig gå upp i ett enda oändligt ljus. Tätt tillsammans där i den sällsamma rymden kände de igen sig, för kanske hade de varit där tillsammans i tidigare liv och skulle vara det många gånger till i kommande liv, så som Tao Chi'en föreställde sig. De var eviga älskande, att söka och finna varandra om och om igen var deras karma, sa han i gripen ton. Men Eliza svarade med ett skratt att det inte var något så högtidligt som karma, utan helt enkelt kättja, för sanningen att säga hade hon längtat otroligt i flera år efter att älska med honom och hoppades att Tao hädanefter aldrig skulle göra henne besviken, för det skulle bli vad hon mest önskade i livet. De älskade hela natten och en stor del av nästa dag, men till slut drev hunger och törst dem att vackla ut ur sovrummet, berusade och saliga, utan att släppa varandras händer av rädsla att plötsligt vakna och upptäcka att de hade förirrat sig i en hallucination.

Lidelsen som förenade dem sedan den natten, och som de vårdade med oändlig omsorg, styrkte och skyddade dem genom stunder av oundvikliga svårigheter. Med tiden blandades den där lidelsen med ömhet och skratt, de behövde inte längre utforska de tvåhundratjugotvå olika sätten att älska, för tre eller fyra var tillräckligt och de behövde inte längre bereda varandra överraskningar. Ju bättre de lärde känna varandra, desto större blev sympatin. Ända sedan den där första kärleksnatten hade de sovit nakna tätt intill varandra, andats samma luft och drömt samma drömmar, men deras liv var inte lätt, de hade hållit ihop i nära trettio år i en värld där det inte fanns plats för ett par av deras slag. Under årens lopp hade den där lilla vita kvinnan och den där långe kinesen kommit att bli en vanlig syn i Chinatown, men de blev aldrig helt accepterade. De lärde sig att inte röra vid varandra i folks åsyn, att sitta var för sig på teatern och att gå ute på gatan med flera stegs mellanrum. På somliga restauranger och hotell kunde de inte gå in tillsammans, och när de reste till England – hon för att hälsa på sin adoptivmor Rose Sommers och han för att hålla föreläsningar om akupunktur på Hobbskliniken – kunde de inte resa i första klass ombord och inte heller dela hytt, även om hon tyst smög iväg om nätterna för att få sova tillsammans med honom. De gifte sig diskret enligt buddistisk ritual, men deras äktenskap var inte giltigt i lagens mening. Lucky och Lynn stod registrerade som illegitima barn, erkända av fadern. Tao Chi'en hade lyckats bli amerikansk medborgare efter ändlösa formaliteter och mutor, han var en av de få som lyckades kringgå lagen om uteslutande av kineser, en av Kaliforniens många diskriminerande lagar. Han hyste oreserverad beundran för och trohet mot sitt nya fosterland, det visade han under inbördeskriget då han reste tvärs över kontinenten, erbjöd sig som frivillig vid fronten och arbetade som medhjälpare till yankees läkare under krigets fyra år, men innerst inne kände han sig som utlänning och önskade att få bli begravd i Hongkong även om han levde hela sitt återstående liv i Amerika.

Eliza Sommers, Tao Chi'en och deras barn bodde i ett rymligt och bekvämt hus, solidare och bättre byggt än de övriga i Chinatown. Runt omkring talades huvudsakligen kantonesiska och allting, från mat till tidningar, var kinesiskt. Några kvarter därifrån låg La Misión, de spansktalandes stadsdel, där Eliza Sommers brukade gå omkring ibland och njuta av att få tala spanska. Men i vardagslag förflöt hennes liv i trakten av Union Square, där hennes eleganta tesalong låg. Med sina bakverk hade hon ända från början bidragit till familjens försörjning, för en stor del av Tao Chi'ens inkomster hamnade i främmande händer: det som inte gick till att hjälpa fattiga kinesiska arbetare i tider av sjukdom och nöd kunde sluta på de olagliga auktionerna där flickor såldes som sexslavar. Att rädda dessa arma varelser undan ett liv i förnedring hade blivit ett heligt uppdrag för Tao Chi'en. Eliza Sommers insåg det från början och accepterade det som ett av sin mans särdrag, ett av många skäl till att hon älskade honom. Hon satte upp sitt finbageri för att inte behöva plåga honom med böner om pengar; hon behövde göra sig självständig för att kunna ge sina barn den bästa amerikanska utbildning, för hon ville att de helt och hållet skulle integreras i Förenta Staterna och leva utan de begränsningar som kineser och spansktalande påtvingades. Med Lynn lyckades hon, men i fråga om Lucky strandade hennes planer, för pojken var stolt över sitt ursprung och ville inte lämna Chinatown.

Lynn avgudade sin far – det var omöjligt att inte älska denne milde och generöse man – men hon skämdes för hans ras. Mycket tidigt förstod hon att enda platsen för kineser var Chinatown, i det övriga San Francisco var de avskydda. Vita pojkars älsklingssport var att kasta sten på "himmelens söner" eller först prygla dem duktigt med käppar och så skära hårpiskan av dem. Liksom sin mor levde Lynn med en fot i Kina och en i Förenta Staterna, de talade bara engelska med varandra och kammade och klädde sig i amerikansk stil, även om de hemma i huset brukade gå i blus och byxor av siden. Lynn hade inte ärvt mycket från sin far, utom att hon var lång och hade orientaliska ögon, och ännu mindre från sin mor. Ingen kunde säga varifrån hon hade fått sin sällsynta skönhet. Hon fick aldrig lov att leka på gatan, som sin bror Lucky, för i Chinatown levde kvinnor och flickor i välbeställda familjer helt instängda i hemmet. Vid de sällsynta tillfällen då hon visade sig ute höll hon sin far i handen och tittade hela tiden ned i marken för att inte utmana de mötande som nästan bara var män. De väckte uppmärksamhet bägge två, hon därför att hon var så vacker och han därför att han klädde sig som en yankee. För åtskilliga år sedan hade Tao Chi'en slutat med den typiska kinesiska hårpiskan och gick med kortklippt, bakåtkammat, pomaderat hår, oklanderlig svart kostym, skjorta med stärkkrage och cylinderhatt. Men utanför Chinatown gick Lynn alldeles fritt omkring, liksom vilken vit flicka som helst. Hon sattes i en presbyteriansk skola, där hon fick lära sig kristendomens grunder, vilka i förening med faderns buddistiska traditioner småningom fick henne att tro att Kristus var en inkarnation av Budda. Hon gick ensam och handlade och gick också till sina pianolektioner och hem till sina skolkamrater, och på eftermiddagarna kom hon till sin mors tesalong där hon läste sina läxor och sysselsatte sig med att om igen läsa romaner, som hon köpte för tio cent eller som "mormor" Rose skickade från London. Eliza Sommers försökte förgäves intressera henne för matlagning eller några andra husliga sysslor: dottern verkade inte skapad för vardagligt arbete.

När Lynn växte till behöll hon sitt ovanliga änglaansikte, men kroppen fylldes ut av oroande kurvor. I åtskilliga år hade fotografier av henne varit i omlopp utan att något särskilt anmärkningsvärt hänt, men allt förändrades när hon vid femton år hade fått sina slutliga former och blev medveten om den förödande dragningskraft hon utövade på männen. Hennes mor var förfärad vid tanken på vad den där enorma makten skulle kunna föra med sig, och hon försökte lägga band på sin dotters förförelseinstinkt genom att inpränta regler om blygsamhet i henne och lära henne att gå som en soldat, utan att svänga på vare sig axlar eller höfter, men det tjänade ingenting till. Allt mankön, av alla åldrar, raser och villkor, vände sig om och beundrade henne. När Lynn själv insåg vilka fördelar hon kunde ha av sin skönhet slutade hon upp att förbanna den så som hon hade gjort ända sedan hon var liten, och bestämde sig för att stå modell för konstnärer en kort tid, tills en prins kom sprängande på sin snabba häst och bar henne med sig till äktenskaplig lycka. Medan hon var liten hade föräldrarna tolererat att hon blev fotograferad som fe och i gungor och sett det som ett oskyldigt påhitt, men de ansåg att det var enormt riskabelt att hon skulle stoltsera framför kameran med sin nya kvinnliga uppenbarelse. "Det där med att posera är inte ett anständigt yrke utan rena fördärvet", bedömde Eliza Sommers med sorg i hjärtat, för hon insåg att hon inte skulle kunna avskräcka sin dotter från hennes fantasier eller skydda henne mot skönhetens faror. Hon la fram sina betänkligheter för Tao Chi'en under en av de där fulländade stunderna då de vilade efter att ha älskat, men han förklarade för henne att var och en har sin karma, det är omöjligt att styra andras liv, man kan bara ibland förbättra sin egen levnads kurs. Men Eliza var inte villig att låta sig överrumplas av olyckan. Hon hade alltid följt med Lynn när hon poserat för fotografer och varit noga med att allt gått anständigt till – inga nakna vader under förevändning att det skulle vara konstnärligt – och nu när flickan var nitton år var Eliza betänkt på att fördubbla sin vaksamhet.

– Det är en målare som är ute efter Lynn. Han vill att hon ska posera för en tavla som ska föreställa Salome, berättade hon en dag för sin make.

– Föreställa vem då? undrade Tao Chi'en nästan utan att titta upp från sin medicinska uppslagsbok.

– Salome, hon med de sju slöjorna, Tao. Läs bibeln.

– Om det är i bibeln är det nog bra, förmodar jag, mumlade han förstrött.

– Vet du hur modet såg ut på Johannes Döparens tid? Om jag inte ser upp kommer de att måla din dotter med brösten bara.

– Se upp då, log Tao och grep sin hustru om midjan, satte ned henne på den tjocka boken han hade i knät och förmanade henne att inte låta sig skrämmas av hjärnspöken.

– Å, Tao! Vad ska vi göra med Lynn?

– Ingenting, Eliza, hon gifter sig snart och ger oss barnbarn.

– Hon är bara ett barn fortfarande!

– I Kina skulle hon redan vara för gammal för att bli gift.

– Men vi är i Amerika och hon ska inte gifta sig med nån kines, sa Eliza bestämt.

– Varför inte? Tycker du inte om kineser? skämtade *zhong-yi*'n.

– Det finns ingen som du i hela världen, Tao, men jag tror att Lynn kommer att gifta sig med en vit.

– Amerikanerna förstår sig inte på att älska, har jag hört sägas.

– Du kunde kanske lära dem, sa Eliza och rodnade där hon satt med näsan inborrad i sin mans hals.

Lynn poserade för porträttet av Salome klädd i hudfärgade trikåer under slöjorna, outtröttligt bevakad av sin mor, men Eliza Sommers kunde inte lika resolut sätta sig emot när man erbjöd hennes dotter den enorma äran att stå modell för statyn föreställande Republiken, som skulle sättas upp mitt på Union Square. Kampanjen för att samla ihop medel hade pågått i månader, folk bidrog med vad de förmådde, skolbarn med några cent, änkor med några dollar och magnater som Feliciano Rodríguez de Santa Cruz med feta checkar. Varje dag noterade tidningarna vilket belopp som hade nåtts dagen innan, och till slut hade tillräckligt mycket samlats in för att monumentet skulle kunna beställas av en berömd skulptör som hämtats dit från Philadelphia enkom för detta storslagna projekt. Stadens mest framstående familjer tävlade med fester och baler för att ge konstnären tillfälle att välja just deras döttrar. Alla visste att den som stod modell för Republiken skulle komma att bli symbol för San Francisco, och alla unga damer eftersträvade den hedern. Skulptören var en modern herre med djärva idéer och han letade i veckor efter den idealiska unga flickan, men han blev inte nöjd med någon. Som representant för den framåtsträvande amerikanska nationen, uppbyggd av oförvägna immigranter från världens alla hörn, ville han ha någon av blandat blod, hävdade han. Projektets finansiärer och stadens myndigheter blev förfärade; de vita kunde inte föreställa sig att personer av annan hudfärg var helt och hållet mänskliga, och ingen ville höra talas om att en mulatska skulle få representera staden uppspetad på obelisken på Union Square, så som den där karln ville. Kalifornien gick visserligen i främsta ledet vad konst beträffade, ansåg tidningarna, men det där med mulatskan var ändå för mycket begärt. Skulptören var på väg att ge efter för trycket och välja en danskättad flicka, men så steg han av en slump in på Eliza Sommers konditori i avsikt att trösta sig med en chokladéclair, och där fick han se Lynn. Hon var kvinnan han så ivrigt hade sökt till sin staty; hon var lång, välväxt, med perfekt benstomme och hade inte bara en kejsarinnas värdighet och ett ansikte med klassiska drag utan också den exotiska särprägel som han önskade. Det fanns hos henne någonting mer än harmoni, något enastående, en blandning av öster- och västerland, av sensualitet och oskuld, av kraft och finess, som förförde honom totalt. När han meddelade modern att han hade valt hennes dotter till modell, övertygad om att han bevisade den där enkla familjen en väldig heder, mötte han hårdnackat motstånd. Eliza Sommers var trött på att slösa bort tid med att vaka över Lynn i ateljéerna hos fotografer som bara behövde trycka på en knapp med fingret. Tanken att sitta och göra det hos den där lille karln som planerade en flera meter hög staty i brons kändes förkrossande. Men Lynn var så stolt inför utsikten att bli Republiken, att Eliza inte förmådde vägra. Skulptören fick svårt att övertyga modern om att en kort tunika var rätta utstyrseln i det här fallet, för hon såg inte något samband mellan den nordamerikanska republiken och klassisk grekisk klädedräkt, men till sist kom de överens om att Lynn skulle posera med ben och armar bara men med brösten övertäckta.

Lynn stod helt främmande inför sin mors ansträngningar att slå vakt om hennes dygd, försjunken som hon var i sin egen värld av romantiska fantasier. Så när som på sitt uppseendeväckande yttre var hon inte märkvärdig på något sätt, hon var en alldeles vanlig ung flicka som kopierade dikter i anteckningsböcker med rosafärgade sidor och samlade på miniatyrfigurer i porslin. Hennes passivitet var inte elegans, utan lättja, och hennes melankoli var inte mystik, utan tomhet. "Låt Lynn vara i fred, så länge jag lever ska jag ta hand om henne", hade Lucky lovat många gånger, för han var den enda som verkligen insåg hur dum hans syster var.

Lucky, flera år äldre än Lynn, var en äkta kines. Utom de sällsynta gånger då han måste uträtta något ärende hos myndigheterna eller låta fotografera sig gick han klädd i arbetsblus, vida byxor, gördel om midjan och skor med träsula, men alltid med cowboyhatt på huvudet. Han hade ingenting av faderns distingerade hållning, moderns grace eller systerns skönhet. Han var småväxt med korta ben, fyrkantigt huvud och grönaktig hud, men han verkade ändå sympatisk tack vare sitt oemotståndliga leende och sin smittande optimism, som kom sig av att han var säker på att vara född med tur. Ingenting ont kunde hända honom, tänkte han, han hade fått lycka och framgång garanterade vid födseln. Den gåvan hade han upptäckt vid nio års ålder, när han spelade *fan-tan* på gatan med andra pojkar. Den dagen kom han hem och talade om att hans namn hädanefter skulle vara Lucky – i stället för Ebanizer – och han lystrade aldrig mer till något annat namn. Turen följde honom överallt, han vann i alla tänkbara hasardspel och trots att han var bångstyrig och djärv fick han aldrig några problem med de kinesiska *tongs* eller med de vita myndigheterna. Till och med irländska poliser föll för hans charm, och när hans kamrater fick prygel klarade han sig ur klämman med ett skämt eller ett av de många trick han kunde göra med sina fenomenala jonglörhänder. Tao Chi'en kunde inte riktigt försona sig med sonens sorglösa läggning och förbannade den där lyckliga stjärnan som lät honom slippa undan alla vanliga dödligas mödor och svårigheter. Det var inte lycka han önskade honom utan andlig styrka. Tao Chi'en blev orolig när han såg sonen gå genom livet som en glad fågel, för med den inställningen skulle hans karma kunna förstöras. Tao trodde att själens väg till himlen gick genom medkänsla och lidande, genom att besegra hindren ädelmodigt och storsint, men om Lucky inte mötte några svårigheter på sin väg, hur skulle han då kunna göra framsteg? Tao Chi'en var rädd att sonen skulle återfödas som ett uselt kryp. Han ville att den förstfödde, som borde hjälpa honom själv på ålderns dagar och ära hans minne efter döden, skulle fortsätta den ädla släkttraditionen att bota sjuka, han drömde till och med om att få se honom som den förste utexaminerade kinesamerikanske läkaren, men Lucky fasade för akupunkturnålar och illaluktande dekokter, ingenting bjöd honom så mycket emot som andras sjukdomar och han kunde inte förstå hur fadern kunde njuta av att se en inflammerad blåsa eller ett ansikte fullt av utslag. Ända tills han fyllde sexton år och gav sig ut på egen hand var han tvungen att hjälpa Tao Chi'en på mottagningen, där fadern trumfade i honom medicinernas namn och användning och försökte lära honom den svårdefinierade konsten att ta puls, balansera energier och identifiera kroppsvätskor, subtiliteter som gick in genom ena örat på pojken och ut genom det andra men som åtminstone inte gjorde honom paralyserad så som de västerländska medicinska läroböcker hans far så ivrigt studerade. Illustrationerna, flådda kroppar med muskler, ådror och skelett synliga, men iförda kalsonger, förfärade honom, alldeles som de kirurgiska ingreppen som beskrevs i grymmaste detalj. Han hade aldrig svårt att hitta en förevändning för att försvinna från mottagningen, men han fanns alltid till hands när det gällde att gömma någon av de olyckliga "sing-song girls" som hans far brukade komma hem med. Den där hemliga och farliga verksamheten passade honom perfekt. Ingen var bättre än han på att förflytta de medvetslösa små flickorna mitt för näsan på *tongs*, ingen skickligare i att föra bort dem från Chinatown så snart de hämtat sig lite, ingen mer uppfinningsrik när det gällde att låta dem försvinna för alltid med frihetens alla vindar. Han gjorde det inte gripen av medlidande, så som Tao Chi'en, utan eggad av lust att utmana faran och sätta sin goda tur på prov.

Innan Lynn Sommers blev nitton år hade hon redan avvisat flera friare och var van vid manliga hyllningar som hon tog emot med en drottnings nedlåtenhet, för ingen av beundrarna stämde med hennes bild av den romantiske prinsen, ingen sa sådana ord som hennes släkting Rose Sommers skrev i sina romaner, hon ansåg alla ordinära, ovärdiga henne. Hon trodde att hon mötte det sublima öde som var hennes rättighet när hon lärde känna den ende man som inte såg två gånger på henne, Matías Rodríguez de Santa Cruz. Hon hade sett honom på avstånd vid några tillfällen, på gatan eller i vagnen tillsammans med Paulina del Valle, men de hade aldrig talat med varandra, han var åtskilliga år äldre och rörde sig i kretsar dit Lynn inte hade tillträde, och om det inte varit för statyn av Republiken skulle de kanske aldrig ha stött ihop.

Politiker och pampar som bidrog till finansieringen av statyn träffades i skulptörens ateljé under förevändning att bevaka det kostsamma projektet. Konstnären var en vän av äran och det glada livet; medan han arbetade och tillsynes var fullt upptagen med att bereda gjutformen där bronsen skulle hällas, avnjöt han robust manligt sällskap och de champagneflaskor, färska ostron och goda cigarrer som besökarna hade med sig. På ett podium, belyst från ett takfönster där dagsljuset trängde in, balanserade Lynn Sommers på tå med lyftade armar, i en ställning omöjlig att uthärda mer än några minuter i taget, med en lagerkrans i ena handen och ett pergament med amerikanska konstitutionen i den andra, klädd i en lätt, veckad tunika som hängde från ena axeln ned till knäna och avslöjade kroppen lika mycket som den dolde den. San Francisco utgjorde en god marknad för kvinnlig nakenhet, på alla barer fanns bilder av yppiga odalisker, fotografier av kurtisaner med ändan bar och gipsfresker med nymfer jagade av outtröttliga satyrer. En helnaken modell skulle ha väckt mindre nyfikenhet än denna flicka som vägrade att klä av sig och aldrig undgick moderns vakande öga. Eliza Sommers satt mörkklädd och mycket stel på en stol och vaktade bredvid podiet där hennes dotter poserade, och hon tog varken emot ostronen eller champagnen som skulle avleda hennes uppmärksamhet. De där gubbstruttarna kom dit av ren kättja, inte av kärlek till konsten, det var klart som dagen. Hon hade inte makt att hindra dem, men åtminstone kunde hon se till att dottern inte accepterade några inbjudningar och, i möjligaste mån, inte skrattade åt skämten eller svarade på dumma frågor. "Ingenting är gratis här i världen. För sånt där krimskrams får du betala dyrt", varnade hon när flickan blev förargad över att tvingas avvisa en present. Poseringen för statyn visade sig bli en trist och evighetslång procedur, som gav Lynn kramp i benen och gjorde henne stel av köld. Det var i början av januari och kaminerna i vrårna förmådde inte värma upp rummet, som var högt i tak och genomkorsat av kalldrag. Skulptören arbetade med överrocken på och förödande långsamt, förstörde ena dagen vad han gjort dagen innan, som om han inte hade någon färdig idé trots de hundratals skisser till Republiken som fanns uppsatta på väggarna.

En olycksalig tisdag dök Feliciano Rodríguez de Santa Cruz upp med sin son Matías. Han hade hört talas om den exotiska modellen och ville få se henne innan monumentet restes på torget, hans namn kom i tidningen och flickan blev ett oåtkomligt byte, för den osannolika händelse att monumentet verkligen blev avtäckt. Så långsamt som arbetet gick kunde det mycket väl hända att motståndarna till projektet vann striden innan statyn hann gjutas och det hela gick om intet. Det fanns många som var emot tanken på en republik som inte var anglosaxisk. Felicianos gamla förförarhjärta klappade fortfarande starkare när han vädrade en erövring, det var därför han kom dit. Han var över sextio, men det faktum att modellen ännu inte hade fyllt tjugo kändes inte som något oöverstigligt hinder, han var övertygad om att det fanns ytterst lite som inte kunde köpas för pengar. Inom ett ögonblick hade han situationen klar för sig när han såg Lynn på podiet, så ung och sårbar, stå där darrande under sin utmanande tunika och med ateljén full av karlar beredda att sluka henne. Men det blev inte medkänsla med flickan eller rädsla för konkurrensen människoätare emellan som hejdade hans första impuls att kurtisera henne, utan Eliza Sommers. Han kände ögonblickligen igen henne trots att han bara hade sett henne några få gånger. Han hade inte anat att den där modellen som han hade hört så mycket talas om kunde vara dotter till en av hans hustrus väninnor.

Lynn Sommers upptäckte inte Matías förrän en halvtimme senare, när skulptören avslutade sessionen och hon fick lägga ifrån sig lagerkransen och pergamentet och kliva ned från podiet. Eliza la en schal över axlarna på henne, gav henne en kopp choklad och ledde henne in bakom skärmen där hon skulle klä sig. Matías stod vid fönstret och tittade tankfullt ut på gatan, hans ögon var de enda som just i det ögonblicket inte stirrade på Lynn. Hon la genast märke till den där mannens manliga skönhet, ungdom och goda stil, hans utsökta klädsel, hans högdragna hållning, den kastanjebruna hårlocken som föll i noga arrangerad oordning ned i pannan, de perfekt formade händerna med guldringar på lillfingrarna. Hon blev häpen över att han inte verkade bry sig om henne och låtsades snubbla för att väcka hans uppmärksamhet. Ett antal händer sträcktes fram för att stödja henne, men inte dandyns där vid fönstret. Han nätt och jämnt snuddade vid henne med blicken, totalt likgiltig, som om hon hörde till möblemanget. Och då satte Lynns fantasi fart och hon blev utan rimlig anledning säker på att den mannen var riddaren som hon i åratal hade läst om i kärleksromanerna, nu hade hon äntligen mött sitt öde. Medan hon klädde sig där bakom skärmen var hennes bröstvårtor hårda som små stenar.

Matías likgiltighet var inte låtsad, han hade faktiskt inte fäst sig vid flickan för han var där av helt andra skäl än lystnad. Han behövde tala om pengar med sin far och hade inte hittat något annat tillfälle. Han var skuldsatt upp över öronen och måste ha en check genast för att täcka sina skulder i en spelhåla i Chinatown. Fadern hade sagt åt honom att han inte tänkte fortsätta att bekosta den sortens nöjen, och om det inte hade gällt liv eller död, så som fordringsägarna tydligt hade låtit honom förstå, skulle han ha ordnat saken genom att lirka ut pengarna lite i taget av sin mor. Men i det här fallet var "himmelens söner" inte villiga att vänta, och Matías antog alldeles riktigt att besöket hos skulptören skulle göra hans far på gott humör så att det blev lättare att få det han ville av honom. Först flera dagar efteråt, på en fest med sina bohemvänner, fick han klart för sig att han hade varit i samma rum som Lynn Sommers, stadens för tillfället mest åtrådda unga kvinna. Han fick anstränga sig för att komma ihåg henne och undrade faktiskt om han skulle känna igen henne ifall han såg henne på gatan. När man började slå vad om vem som först kunde förföra henne uppträdde han först påfallande likgiltigt men hävdade sedan med sin vanliga fräckhet att han tänkte göra det i tre steg. Det första, sa han, var att få henne att ensam komma till hans ungkarlslya och bli presenterad för hans kumpaner, det andra att övertala henne att posera naken för dem och det tredje att förföra henne, allt inom en månad. När han bjöd in sin kusin Severo del Valle att träffa San Franciscos vackraste flicka en onsdag eftermiddag, var han i färd med att vinna första delen av sitt vad. Det hade visat sig lätt att locka på Lynn med en diskret gest genom fönstret till hennes mors tesalong, vänta i gathörnet när hon kom ut under någon påhittad förevändning, gå ett par kvarter längs gatan med henne, säga några komplimanger som en erfarnare kvinna skulle ha tyckt lät löjliga, och så stämma möte med henne i hans ateljé och framhålla att hon måste komma ensam. Han kände sig besviken, för han hade utgått från att uppgiften skulle bli intressantare. Före den där onsdagen behövde han inte ens anstränga sig speciellt med att förföra henne, det räckte med några smäktande ögonkast, hans läppar som nuddade vid hennes kind, några suckar och rutinerade fraser mumlade i hennes öra, för att göra flickan försvarslös där hon stod darrande inför honom, beredd till kärlek. Den där feminina driften att ge sig hän och lida kändes patetisk för Matías, det var precis vad han avskydde mest hos kvinnor. Därför kom han så bra överens med Amanda Lowell, som hade samma inställning som han: känsloförakt och njutningsdyrkan. Lynn var hypnotiserad som en råtta av en kobra, och nu fick hon användning för konsten att skriva högtravande små kärleksbrev och kort med urmodiga damer och pomaderade kavaljerer på. Hon anade inte att Matías visade de där romantiska biljetterna för sina kumpaner. När han ville låta Severo del Valle läsa dem, vägrade Severo. Ännu visste han inte att det var Lynn Sommers som skickade dem, men tanken på att göra narr av en oskyldig ung flickas förälskelse bjöd honom emot. "Du är visst en gentleman fortfarande, käre kusin, men var lugn, det går att bota lika fort som oskulden", var Matías kommentar.

Severo del Valle gick till sin kusin den där minnesvärda onsdagen för att träffa San Franciscos vackraste kvinna, efter vad Matías hade sagt, och det visade sig att han inte var den ende inbjudne. Där fanns minst ett halvdussin bohemer som drack och rökte i Matías *garçonnière*, och dessutom samma rödhåriga kvinna som han hade sett i några sekunder ett par år tidigare, när han for med Williams för att rädda Matías i en opiehåla.

Han visste vem hon var, för kusinen hade berättat om henne och hennes namn var välkänt i de frivola nöjenas och nattlivets kretsar. Det var Amanda Lowell, Matías mycket goda vän. Tillsammans med henne brukade han göra sig lustig över skandalen hon gav upphov till på den tiden då hon var älskarinna till Feliciano Rodríguez de Santa Cruz. Matías hade lovat att när hans föräldrar var döda skulle hon få neptunsängen som Paulina del Valle hade beställt i Florens i sin förbittring. Amanda Lowell var inte längre mycket till kurtisan, vid mogen ålder hade hon upptäckt hur inbilska och tråkiga de allra flesta karlar är, men med Matías hade hon mycket gemensamt trots att de var så olika. Den här onsdagen höll hon sig i bakgrunden, hon låg i en soffa och drack champagne, medveten om att det för en gångs skull inte var hon som var centrum för uppmärksamheten. Hon hade bjudits med för att Lynn Sommers inte skulle bli ensam bland idel män vid det första sammanträffandet, för då kunde hon bli förskräckt och gå sin väg igen.

Efter några minuter knackade det på dörren och där stod den berömda Republik-modellen, insvept i en tjock yllekappa med kapuschong över huvudet. När hon tog av sig kappan såg de ett jungfruligt rent ansikte; håret var svart och mittbenat och bakåtkammat i en enkel knut. Severo del Valle kände hur hjärtat tog ett språng och allt blod rusade upp i huvudet och dunkade i tinningarna som en regementstrumma. Han hade aldrig kunnat ana att offret för kusinens vadslagning var Lynn Sommers. Han kunde inte få fram ett ord, kunde inte ens hälsa på henne som de andra gjorde; han drog sig undan i en vrå och stod kvar där under hela den timme som flickans besök varade, och stirrade på henne förlamad av ångest. Han tvivlade inte det minsta på hur de där karlarnas vadslagning skulle sluta. Han såg Lynn Sommers som ett offerlamm på slaktbänken, omedveten om sitt öde. En våg av hat mot Matías och hans anhängare steg upp från fötterna genom hans kropp, blandad med ett dovt ursinne riktat mot Lynn. Han kunde inte förstå att flickan inte märkte vad som höll på att hända, att hon inte såg försåten i detta tvetydiga smicker, i champagneglaset som de fyllde på åt henne gång efter gång, i den fulländade röda rosen som Matías fäste i hennes hår, alltsammans så förutsägbart och vulgärt att han mådde illa. "Hon måtte vara hopplöst dum", tänkte han, lika äcklad av henne som av de andra men övermannad av en ohjälplig kärlek som i åratal hade väntat på ett tillfälle att få gro och som nu exploderade och gjorde honom omtöcknad.

– Vad är det med dig då? undrade Matías ironiskt och räckte honom ett glas.

Han kunde inte svara utan vände bort huvudet för att dölja hur mordisk han kände sig, men den andre hade anat sig till hans känslor och beredde sig att driva skämtet ett steg till. När Lynn Sommers sa att hon måste gå, sedan hon lovat att komma tillbaka nästa vecka och posera för de där "konstnärernas" kameror, bad Matías sin kusin att han skulle följa henne. Och på så sätt fann sig Severo del Valle ensam med kvinnan som hade lyckats fördunkla den uthålliga kärleken till Nívea. Han gick tillsammans med Lynn de få kvarteren mellan Matías ateljé och Eliza Sommers tesalong, och han var så omtumlad att han inte visste hur han skulle inleda ett vanligt samtal. Det var för sent att avslöja vadslagningen, han insåg att Lynn var lika ohjälpligt blint förälskad i Matías som han själv var i henne. Hon skulle inte tro honom, hon skulle bli sårad, och även om han gjorde klart att hon bara var en leksak för Matías skulle hon ändå gå raka vägen till slaktbänken, förblindad av kärlek. Det blev hon som bröt den tvungna tystnaden med att fråga om han var den chilenske kusinen som Matías hade talat om. Severo förstod mycket väl att flickan inte hade det svagaste minne av deras första sammanträffande åratal tidigare, när hon satt och klistrade bokmärken i ett album i ljuset från ett färgat glasfönster. Hon hade ingen aning om att han ända sedan dess hade älskat henne med den första kärlekens uthållighet, och inte heller hade hon märkt att han höll till i närheten av konditoriet och ofta råkade möta henne på gatan. Hennes ögon hade helt enkelt inte uppfattat honom. När de skildes åt räckte han henne sitt visitkort, bugade sig som för att kyssa hennes hand och stammade fram att om hon någon gång behövde hans tjänster skulle hon inte tveka att kalla på honom. Efter den dagen undvek han Matías och grävde ned sig i studier och arbete för att slippa tänka på Lynn Sommers och det skändliga vadet. När kusinen följande onsdag bjöd in honom till session nummer två, där det var meningen att flickan skulle klä av sig, gav han ett ohövligt svar. På flera veckor kunde han inte skriva en rad till Nívea och inte heller läsa hennes brev utan la undan dem oöppnade, nedtyngd av skuldkänsla. Han kände sig smutsig, som om han också deltog i övergreppet att solka ned Lynn Sommers.

Matías Rodríguez de Santa Cruz vann vadet utan ansträngning, men under tiden svek cynismen honom och oavsiktligt fann han sig snärjas av vad han mest av allt var rädd för, nämligen sentimentalitet. Han blev inte förälskad i den vackra Lynn Sommers, men hennes hängivna kärlek och oskyldiga sätt att underkasta sig gjorde honom ändå rörd. Flickan överlämnade sig i hans händer med totalt förtroende, beredd att göra allt han bad om, utan att ifrågasätta hans avsikter eller tänka på följderna. Matías visste sin absoluta makt över henne när han såg henne stå där naken i hans vindskupa och täcka för sitt kön och sina bröst med armarna, mitt i kretsen av hans kumpaner som låtsades fotografera henne utan att dölja att det där grymma spektaklet gjorde dem upphetsade som hundar. Lynns kropp hade inte den då för tiden så moderna timglasformen, med svällande höfter och byst och onaturligt smal midja, hon var slank och smidig, hade långa ben och runda bröst med mörka bröstvårtor, hud med en färg som mogen frukt och tjockt svart hår som låg som en slät mantel ned över halva ryggen. Matías beundrade henne på samma sätt som de många konstföremål han samlade, han tyckte att hon var förtjusande vacker men konstaterade belåtet att han inte kände sig lockad av henne. Utan att ta någon hänsyn till henne, bara för att göra intryck på sina vänner och för att visa sig grym, gav han tecken åt henne att flytta på armarna. Lynn såg på honom några sekunder och lydde sedan långsamt, medan tårar av blygsel rann nedför kinderna på henne. Den där oväntade gråten åstadkom en isande tystnad i rummet, männen vände bort sina blickar och väntade med kamerorna i hand, osäkra på vad de skulle göra, ett ögonblick som kändes mycket långt. Då blev Matías generad för första gången i sitt liv, och han tog en kappa, svepte den om Lynn och höll henne i sin famn. "Gå härifrån! Nu är det slut på det här!" beordrade han sina gäster, som förbryllade började dra sig tillbaka den ene efter den andre.

När Matías blev ensam med henne satte han henne i sitt knä och började vagga henne som ett litet barn. Inom sig bad han om förlåtelse men han kunde inte få fram orden, och flickan fortsatte gråta tyst. Till slut ledde han henne milt in bakom skärmen, till sängen, och la sig där med henne, höll henne i famnen som en bror, smekte hennes huvud och kysste henne på pannan, gripen av en ny och överväldigande känsla som han inte kunde definiera. Han åtrådde henne inte, ville bara skydda henne och ge henne oskulden välbehållen tillbaka, men Lynns otroligt lena hud, hennes levande hår som slöt sig om honom och hennes friska äppeldoft blev för mycket för honom. Han blev överrumplad när den där mogna kroppen gav sig åt honom utan förbehåll och öppnade sig under hans händer, och plötsligt fann han sig i färd med att utforska henne, kyssa henne med en förväntan som ingen kvinna hade ingett honom förut, han förde in sin tunga i hennes mun, hennes öron, överallt, vältrade sig över henne, trängde in i henne i en storm av ohejdbar lidelse, red henne skoningslöst, blint, ohämmat, tills han exploderade inne i henne i en förödande orgasm. Ett flyktigt ögonblick fanns de i en annan dimension, försvarslösa, nakna till kropp och själ. Matías hann uppleva en intimitet som han alltid hade undvikit utan att ens veta att den existerade, han gick över en sista gräns och befann sig på andra sidan, berövad all sin viljekraft. Han hade haft fler älskarinnor – och älskare – än han gärna ville minnas, men aldrig hade han på samma sätt tappat kontrollen, ironin, avståndet, känslan av sin egen suveräna individualitet, och bara smält samman med en annan människa. På sätt och vis gav också han upp sin oskuld i det där famntaget. Upplevelsen varade bara ett tusendels ögonblick, men det var nog för att göra honom förskräckt; han vände utmattad tillbaka till sin kropp och förskansade sig genast bakom sin vanliga sarkasm. När Lynn slog upp ögonen var han inte längre samme man som hon hade älskat med, utan densamme som förut, men hon var för oerfaren för att märka det. Ömmande, nedblodad och lycklig lät hon sig invaggas i illusionen om kärlek, medan Matías höll henne i sina armar fastän hans tankar redan var långt borta. Så låg de ända tills dagsljuset helt försvann i fönstret och hon insåg att hon måste tillbaka till sin mor. Matías hjälpte henne att klä sig och följde med henne nästan ända fram till tesalongen. "Vänta mig i morgon, jag kommer vid samma tid", viskade hon när hon tog adjö.

Ingenting fick Severo del Valle veta om vad som hände den dagen eller i fortsättningen, inte förrän tre månader senare. I april 1879 förklarade Chile krig mot sina grannar, Peru och Bolivia, ett mellanhavande som gällde mark, salpeter och arrogans. "Salpeterkriget" hade brutit ut. När nyheten nådde San Francisco gick Severo till Feliciano och Paulina och meddelade att han tänkte gå ut i kriget.

– Sa vi inte att du aldrig mer ville sätta din fot i en kasern? påminde faster Paulina honom.

– Det här är en annan sak, mitt fosterland är i fara.

– Du är ju inte militär.

– Jag är sergeant i reserven, förklarade han.

– Kriget är nog slut innan du hinner fram till Chile. Vi ska se vad tidningarna säger och vad släkten tycker, rådde hon.

– Det är min plikt, invände Severo och tänkte på sin farfar, patriarken Agustín del Valle. Han hade avlidit nyligen, hopkrympt och inte större än en schimpans men med sitt ilskna humör ograverat.

– Din plikt är att stanna här hos mig. Kriget är bra för affärerna. Nu är det rätta tillfället att spekulera i socker, svarade Paulina.

– Socker?

– Inget av de där tre länderna producerar socker, och i dåliga tider äter folk mera sötsaker, försäkrade Paulina.

– Hur vet faster det?

– Av egen erfarenhet, pojke lilla.

Severo gick och packade sina väskor, men han reste inte med båten som avgick några dagar efteråt, som han planerade, utan först i slutet av oktober. Den där kvällen talade fastern om för honom att de skulle få ett egendomligt besök och hoppades att han skulle vara närvarande, för maken var bortrest och frågan kunde kräva goda råd av en jurist. Klockan sju på kvällen kom Williams, med den nedlåtande min han använde när han såg sig tvungen att betjäna socialt underlägsna personer, och visade in en lång kines, gråhårig och strikt svartklädd, och en liten kvinna som såg ungdomlig och oskyldig ut men lika högdragen som Williams själv. Tao Chi'en och Eliza Sommers stod där i vilddjurens salong, som den kallades, omgivna av lejon, elefanter och andra afrikanska bestar som stirrade på dem ur guldramarna på väggarna. Paulina såg ju ofta Eliza på konditoriet, men de hade aldrig träffats någon annanstans, de tillhörde skilda världar. Inte heller kände hon den där "himmelens son", som måtte vara Elizas man eller älskare att döma av hur han höll henne under armen. Paulina kände sig löjlig där i sitt lustslott på fyrtiofem rum, klädd i svart siden och fullhängd med diamanter, inför det där anspråkslösa paret som hälsade okonstlat men reserverat. Hon märkte att hennes son Matías tog emot dem lite förvirrat, böjde på huvudet men inte tog dem i hand, och höll sig på avstånd från de andra bakom ett skrivbord i jakaranda där han verkade upptagen med att kratsa ur sin pipa. Severo del Valle å sin sida gissade utan minsta tvekan varför Lynn Sommers föräldrar befann sig i huset, och han hade helst velat vara hundra mil därifrån. Paulina var förbryllad och med antennerna på helspänn, och hon slösade inte bort tid med att bjuda på något att dricka utan gav tecken åt Williams att han skulle gå ut och stänga dörren. "Vad kan jag stå till tjänst med?" frågade hon. Då förklarade Tao Chi'en, utan att verka upprörd, att Lynn var gravid, att Matías var den skyldige och att han väntade sig den enda tänkbara gottgörelsen. För första gången i sitt liv blev Paulina del Valle mållös. Hon satt där gapande som en strandad val och när hon till slut fick fram ett ljud blev det ett kraxande.

– Mamma, jag har ingenting med de här människorna att göra. Jag känner dem inte och vet inte vad de talar om, sa Matías bortifrån jakarandaskrivbordet, med sin snidade elfenbenspipa i handen.

– Lynn har berättat alltsammans för oss, avbröt Eliza och reste sig upp, med bruten röst men utan tårar.

– Om det är pengar ni vill ha... började Matías, men hans mor hejdade honom med en ursinnig blick.

– Ni måste ursäkta, sa hon och vände sig till Tao Chi'en och Eliza Sommers, min son är lika överraskad som jag. Jag är övertygad om att vi kan klara upp det här anständigt, som sig bör...

– Lynn önskar gifta sig, naturligtvis. Hon har sagt oss att ni älskar varandra, sa Tao Chi'en, som också hade rest sig upp, till Matías. Han svarade med ett kort gapskratt som lät som ett hundskall.

– Ni verkar vara anständiga människor, sa Matías. Men det är inte er dotter, det kan vem som helst av mina vänner intyga. Jag vet inte vilken av dem som är skuld till hennes olycka, men det är verkligen inte jag.

Eliza Sommers hade mist färgen helt, hon var kritblek och darrade och var nära att falla omkull. Tao Chi'en tog henne stadigt i armen och stödde henne som en invalid medan han ledde henne mot dörren. Severo del Valle trodde att han skulle dö av ångest och skam, som om han ensam hade haft skulden till det som hände. Han gick före dem och öppnade och följde dem ut, där en hyrvagn stod och väntade. Han kom inte på något att säga. När han var tillbaka i salongen hann han höra slutet på diskussionen.

– Jag tänker inte tåla att det finns oäktingar av mitt blod utspridda i stan! skrek Paulina.

– Bestäm vem du är lojal med, mamma. Vem ska du tro på, din son eller en bagerska och en kines? svarade Matías, gick ut och slog igen dörren bakom sig.

Den kvällen tog Severo del Valle itu med Matías. Han visste tillräckligt mycket för att kunna sluta sig till vad som hänt och tänkte avväpna sin kusin genom ett ihärdigt förhör, men det behövdes inte, för Matías erkände alltsammans med en gång. Han kände sig fångad i en absurd situation som han inte var ansvarig för, sa han. Lynn Sommers hade förföljt honom och bjudit ut sig åt honom på en bricka, han hade aldrig egentligen haft för avsikt att förföra henne, vadslagningen hade bara varit skryt. I två månader hade han försökt bli av med henne utan att det blev hennes fördärv, han var rädd att hon skulle göra en dumhet, hon var en sån där hysterisk flicka som är i stånd att gå i sjön av kärlek, förklarade han. Han medgav att Lynn bara var en barnunge och att hon hade kommit i hans armar som oskuld, med huvudet fullt av sötsliskiga dikter och totalt okunnig om sexualitetens grunder, men han upprepade att han inte hade några skyldigheter mot henne, att han aldrig hade talat om kärlek till henne och ännu mycket mindre om äktenskap. Flickor som hon ställde alltid till komplikationer, fortsatte han, och därför skydde han dem som pesten. Aldrig hade han trott att den korta affären med Lynn skulle få sådana följder. De hade varit tillsammans bara några få gånger, sa han, och han hade rekommenderat henne att göra sköljningar med vinäger och senap efteråt, han kunde ju inte veta att hon var så förvånansvärt fertil av sig. Ändå var han beredd att ta på sig kostnaden för ungen, kostnaden var en bisak, men han tänkte inte ge den sitt efternamn, för det fanns inget bevis på att den var hans. "Jag tänker varken gifta mig nu eller någonsin, Severo. Känner du någon som passar mindre som borgare än jag?" slutade han.

En vecka senare kom Severo del Valle till Tao Chi'ens mottagning. I sina tankar hade han vridit och vänt på det skamliga uppdrag han hade fått av sin kusin. Zhong-yi'n hade just haft sin sista patient för dagen och tog emot honom ensam i mottagningens väntrum, en trappa upp. Han lyssnade lugnt på Severos erbjudande.

– Lynn behöver inte pengar, hon har sina föräldrar, sa han utan att visa några känslor. – Men tack för att ni bekymrar er, mr del Valle.

– Hur är det med miss Sommers? frågade Severo, förödmjukad av den andres värdighet.

– Min dotter tror fortfarande att det är ett missförstånd. Hon är säker på att mr Rodríguez de Santa Cruz snart kommer för att anhålla om hennes hand, inte av pliktkänsla utan av kärlek.

– Mr Chi'en, jag vet inte vad jag skulle ge för att kunna ändra situationen. Saken är den att min kusin inte är frisk, han kan inte gifta sig. Jag är oändligt ledsen, mumlade Severo del Valle.

– Vi är ännu ledsnare. För er kusin är Lynn bara ett tidsfördriv, för Lynn är han hela hennes liv, sa Tao Chi'en milt.

– Jag skulle gärna vilja ge er dotter en förklaring, mr Chi'en. Skulle jag kunna få träffa henne?

– Det måste jag fråga Lynn. Just nu vill hon inte träffa någon, men jag ska meddela er om hon ändrar sig, svarade zhong-yi'n och följde honom till dörren.

Severo del Valle väntade tre veckor utan att höra ett ord från Lynn, men så stod han inte ut längre utan gick till tesalongen för att bönfalla Eliza Sommers att låta honom få tala med hennes dotter. Han väntade sig att möta ogenomträngligt motstånd, men hon tog emot honom omvärvd av sin doft av socker och vanilj lika lugnt och sansat som Tao Chi'en hade bemött honom. I början hade Eliza anklagat sig själv för vad som hänt: hon hade inte sett upp, inte kunnat skydda sin dotter, och nu var Lynns liv förstört. Eliza grät i sin makes famn, men så påminde han henne om att hon själv vid sexton år hade råkat ut

75

för en liknande erfarenhet: samma omåttliga kärlek, älskarens svek, graviditeten och skräcken. Skillnaden var att Lynn inte var ensam, hon behövde inte rymma hemifrån och färdas över halva jordklotet i lastrummet på ett fartyg på spaning efter en ovärdig man, så som hon själv hade gjort. Lynn hade sökt hjälp hos sina föräldrar, och de hade den enorma lyckan att kunna hjälpa henne, så sa Tao Chi'en. I Kina eller i Chile skulle deras dotter vara förlorad, samhället skulle inte ha någon misskund med henne, men i Kalifornien, ett land utan traditioner, fanns utrymme för alla. *Zhong-yi*'n samlade sin lilla familj och förklarade att barnet var en gåva från himlen och att de borde vänta det med glädje. Tårar var skadliga för människans karma, de skadade barnet i moderns sköte och förutbestämde det till ett liv i osäkerhet. Den här lilla pojken eller flickan skulle bli välkommen, morbror Lucky och han själv, barnets morfar, skulle vara värdiga ersättare för den främmande fadern. Och vad Lynns svikna kärlek beträffade, nå, den saken skulle de tänka på längre fram, sa han. Tao verkade så entusiastisk inför utsikten att bli morfar att Eliza skämdes för sina bigotta betänkligheter, torkade sina tårar och slutade upp att förebrå sig. Om medkänslan med dottern betydde mer för Tao Chi'en än familjens heder skulle det vara likadant för henne själv, beslöt hon; hennes plikt var att skydda Lynn, och det var det enda som betydde något. Det visade hon vänligt för Severo del Valle den där dagen i tesalongen. Hon förstod inte varför chilenaren absolut ville tala med hennes dotter, men hon förde hans talan och till slut gick flickan med på att träffa honom. Lynn mindes honom knappt, men hon tog emot honom i hopp om att han skulle komma med bud från Matías.

Under månaderna som följde blev Severo del Valles besök hemma hos familjen Chi'en till en vana. Han kom i skymningen, på väg från sitt arbete, lämnade hästen tjudrad vid porten och steg in med hatten i ena handen och en eller annan present i den andra, så att Lynns rum undan för undan fylldes med leksaker och babykläder. Tao Chi'en lärde honom spela mahjong, och tillsammans med Eliza och Lynn satt de i timmar och flyttade de vackra elfenbensbrickorna. Lucky deltog inte, för han såg det som bortkastad tid att spela utan att satsa pengar. Tao däremot spelade bara hemma i familjen, för i sin ungdom hade han bestämt sig för att avstå från hasardspel och var övertygad om att en olycka skulle drabba honom om han bröt det löftet. Familjen blev så van vid att se Severo där att de oroligt tittade på klockan när han var försenad. Eliza Sommers passade på att öva sin spanska och ta upp minnen från Chile, landet långt borta där hon inte hade satt sin fot på över trettio år men som hon fortfarande såg som sitt hemland. De diskuterade krigshändelserna och de politiska förändringarna: efter flera årtionden av konservativt styre hade liberalerna tagit över, och kampen för att lägga band på prästerskapets makt och genomföra reformer hade delat varenda familj i Chile. De flesta män, även goda katoliker, ville modernisera landet, men kvinnorna som var mycket mer religiösa vände sig emot sina fäder och män och försvarade kyrkan. Efter vad Nívea förklarade i sina brev var de fattigas lott densamma hur liberal regeringen än månde vara, och hon tillfogade att överklassens kvinnor och prästerskapet alldeles som förut manipulerade maktens tyglar. Att skilja stat och kyrka åt var utan tvekan ett stort steg framåt, skrev flickan bakom ryggen på klanen del Valle, som inte tålde den sortens idéer, men det var fortfarande samma familjer som hade kontroll över läget. "Låt oss grunda ett nytt parti, Severo, ett som strävar efter rättvisa och jämlikhet", skrev hon, upplivad av sina hemliga samtal med syster María Escapulario.

I södra delen av kontinenten fortsatte "salpeterkriget", allt blodigare, medan de chilenska trupperna gjorde sig beredda att börja sitt fälttåg i öknen i norr, ett område lika ödsligt och ogästvänligt som månen, där det var en gigantisk uppgift att förse soldaterna med förnödenheter. Enda sättet att transportera trupper till platser där strider skulle utkämpas var sjövägen, men det var den peruanska flottan inte beredd att tillåta. Severo del Valle trodde att kriget såg ut att luta åt seger för Chile, vars organisation och hänsynslöshet verkade oslagbara. Det var inte bara beväpning och stridslystnad som avgjorde konfliktens utgång, förklarade han för Eliza Sommers, utan en handfull hjältemodiga mäns föredöme, som lyckats sätta nationens själ i brand.

– Jag tror att kriget avgjordes i maj, señora, i ett sjöslag utanför hamnen Iquique. Där stred en urmodig chilensk fregatt mot en mycket överlägsen peruansk flottstyrka. Befälhavare var Arturo Prat, en ung, mycket religiös och snarast anspråkslös kapten, som inte brukade delta i militärens sedvanliga festande och upptåg, en man så föga framstående att hans överordnade inte hade tilltro till hans mod. Den dagen blev han hjälten som eggade alla chilenare till tapperhet.

Eliza kände till detaljerna, hon hade läst dem i ett gammalt exemplar av *Times*, skickat från London, där episoden beskrevs som "...en av de mest ärorika strider som någonsin utkämpats; ett gammalt fartyg som nästan föll i bitar höll stånd i tre och en halv timme mot kanoneld från land och mot ett mäktigt slagskepp och med flaggan i topp in i det sista." Det peruanska krigsfartyget, under befäl av amiral Miguel Grau, också han en hjälte i sitt land, anföll den chilenska fregatten i högsta fart och genomborrade den med sin ramm, vilket kapten Prat utnyttjade för att i samma ögonblick ta ett språng och borda motståndaren åtföljd av en av sina mannar. Bägge stupade inom ett par minuter, ihjälskjutna på fiendens däck. Då fregatten rammades för andra gången sprang ytterligare flera man över, följande sin kaptens exempel, och stupade även de för kulorna. Till slut hade tre fjärdedelar av besättningen fallit innan fregatten sjönk. Denna vansinniga heroism ingav deras landsmän mod och imponerade så starkt på deras fiender att amiral Grau förbluffad upprepade: "Så dessa chilenare kan slåss!"

– Grau är ridderlig. Han tog själv vara på Prats svärd och personliga tillhörigheter och lät skicka tillbaka dem till hans änka, berättade Severo och la till att den heliga parollen i Chile

alltsedan den striden var "kämpa till seger eller död", så som de
där tappra männen.

– Och ni då, Severo, tänker ni inte gå ut i kriget? undrade
Eliza.

– Jo, det ska jag göra mycket snart, svarade den unge mannen
skamset, för han visste inte riktigt vad som avhöll honom från
att göra sin plikt. Under tiden svällde Lynn upp utan att förlora
det minsta av sin grace eller skönhet. Hon slutade upp att an-
vända klänningarna som inte gick på henne längre och klädde
sig i stället i bekväma, färgglada sidentunikor köpta i China-
town. Hon gick nästan aldrig ut, fastän fadern insisterade på
att hon skulle röra på sig. Ibland hämtade Severo del Valle hen-
ne med vagn och tog henne med att promenera i Presidioparken
eller vid stranden. Där slog de sig ned på en pläd för att äta
mellanmål och läsa, han sina tidningar och lagböcker, hon ro-
manerna med en handling som hon inte längre trodde på men
som ännu fungerade som en tillflykt. Severo levde dag för dag,
från det ena besöket hos Chi'ens till det andra, utan annat mål
än att få träffa Lynn. Han skrev inte längre till Nívea. Många
gånger hade han fattat pennan för att bekänna för henne att
han älskade en annan, men han skickade inte iväg breven utan
rev sönder dem eftersom han inte kunde hitta de rätta orden för
att bryta med sin fästmö utan att såra henne dödligt. För övrigt
hade Lynn aldrig antytt något som kunde fungera som utgångs-
punkt för tanken på en framtid tillsammans med henne. De
talade inte om Matías, liksom Matías aldrig nämnde Lynn,
men frågan svävade alltid i luften. Severo aktade sig för att säga
något hemma hos släktingarna om sin nya vänskap med famil-
jen Chi'en, och han antog att ingen anade något om den, förut-
om den otillgänglige hovmästaren Williams som han inte be-
hövde tala om något för, eftersom Williams visste det lika väl
som han visste allt som hände där i det stora huset. När Severo
i två månader hade kommit hem sent om kvällarna med ett få-
nigt leende på läpparna, tog Williams honom med upp på vin-
den och visade honom, i skenet från en fotogenlykta, ett före-

mål inlindat i lakan. När det packades upp visade det sig vara en blänkande vagga.

– Den är av drivet silver, silver från herrskapets gruvor i Chile. Här har alla barn i släkten sovit. Om ni vill kan ni ta den med er, var allt vad han sa.

Paulina del Valle var skamsen och visade sig inte mera i tesalongen, för hon var inte kapabel att lappa ihop spillrorna av sin långa vänskap med Eliza Sommers. Hon fick lov att avstå från de chilenska sötsakerna som hade varit hennes svaghet i åratal, och nöja sig med sin kocks franska bakverk. Hennes despotiska kraft, som var så användbar för att sopa undan hinder och tjäna hennes egna syften, vände sig nu mot henne själv. När hon nu var dömd till overksamhet blev hon våldsamt otålig, hjärtat hoppade i bröstet på henne. "Nerverna blir min död, Williams", klagade hon och kände sig som en krasslig käring för första gången i sitt liv. Hon räknade ut att med en otrogen äkta man och tre lättsinniga söner fanns det med all sannolikhet en hel del oäkta barn med familjens blod utspridda här och var, så det var inte lönt att bli så upprörd. Men de där hypotetiska oäktingarna hade varken namn eller ansikten, den här hade hon däremot mitt för näsan. Om det åtminstone inte hade varit Lynn Sommers! Hon kunde inte glömma Elizas besök med den där kinesen som hon inte kunde komma ihåg namnet på; minnet av det där värdiga paret i hennes salong plågade henne. Matías hade förfört flickan, ingen logikens eller konvenansens spetsfundighet kunde vederlägga detta faktum, som hennes intuition hade insett från första ögonblicket. Att sonen förnekade det och gjorde sarkastiska kommentarer om Lynns bristande dygd hade bara gjort henne mera övertygad. Barnet som den där flickan bar i sitt sköte väckte en orkan av motstridiga känslor hos henne, å ena sidan en dov vrede mot Matías och å den andra en oundviklig ömhet för detta första barnbarn. Så fort Feliciano kom hem från sin resa berättade hon vad som hänt.

– Sånt händer hela tiden, Paulina, det behöver inte bli någon tragedi. Hälften av alla ungar i Kalifornien är oäkta. Det gäller bara att undvika skandal och ställa upp för Matías. Familjen är viktigast, var Felicianos åsikt.

– Det där barnet hör till familjen, invände hon.

– Det är inte fött än, och du räknar redan in det! Jag känner till den där Lynn Sommers. Jag såg henne posera nästan naken i ateljén hos en skulptör, hon visade upp sig mitt bland en massa karlar, vilken som helst av dem kan vara hennes älskare. Fattar du inte det?

– Det är du som inte fattar, Feliciano.

– Det här kan utvecklas till utpressning som aldrig tar slut. Jag förbjuder dig att ha någon som helst kontakt med de där människorna, och om de visar sig här ska jag nog ta hand om saken, bestämde Feliciano raskt.

Efter den dagen nämnde Paulina inte ämnet i sin mans eller sons närvaro, men hon kunde inte hålla tyst utan anförtrodde sig till slut till den trogne Williams, som hade den goda egenskapen att kunna höra henne till punkt och inte yttra någon egen åsikt såvitt han inte blev ombedd. Om hon kunde hjälpa Lynn Sommers skulle det kännas lite bättre, tänkte hon, men för en gångs skull var hennes förmögenhet inte till någon nytta.

De där månaderna blev katastrofala för Matías. Det var inte bara trasslet med Lynn som gjorde honom gallsjuk, utan värken i lederna blev dessutom så mycket svårare att han inte klarade av att fäkta och måste avstå från andra sporter också. Han brukade ha så ont när han vaknade, att han undrade om det inte var dags att tänka på självmord, en idé som han hade umgåtts med ända sedan han fick veta namnet på sin sjukdom, men när han kom ur sängen och började röra på sig kände han sig bättre, och då vände livslusten tillbaka med ny styrka. Handleder och knän svullnade, händerna darrade och opiet övergick från att ha varit ett nöje i Chinatown till att bli helt oumbärligt. Det var Amanda Lowell, hans goda kamrat i svirandet och enda förtrogna, som visade honom fördelen med att injicera opium, effektivare, renare och elegantare än att röka det i pipa: en minimal dos bara och genast var ångesten borta och friden infann sig i stället. Skandalen med oäktingen som var på väg förstörde humöret totalt för honom, och när halva sommaren gått meddelade han plötsligt att han endera dagen tänkte resa till Europa för att ta reda på om luftombyte, hälsobrunnar i Italien och engelska läkare kunde lindra hans symptom. Han sa ingenting om att han tänkte träffa Amanda Lowell i New York och fortsätta resan tillsammans med henne, för hennes namn nämndes aldrig i familjen, där minnet av den rödhåriga skotskan gav Feliciano magbesvär och fyllde Paulina med dovt ursinne. Det var inte bara ohälsa och önskan att komma långt bort från Lynn Sommers som låg bakom Matías plötsliga resa, utan också nya spelskulder, vilket blev känt kort efter det han hade farit, när ett par allvarliga kineser visade sig på Felicianos kontor och ytterst artigt meddelade att antingen betalade han den summa som sonen var skyldig, med vederbörlig ränta, eller också skulle någonting rent ut sagt obehagligt hända någon medlem av hans ärade familj. Rikemannens enda svar var att låta kasta dem huvudstupa från sitt kontor ut på gatan, och sedan kallade han på Jacob Freemont, journalisten som var expert på stadens undre värld. Freemont lyssnade med sympati, för han var god vän med Matías, och så gick han genast med honom till polismästaren, en australier med skumt rykte som var skyldig honom vissa tjänster, och bad honom klara upp ärendet på sitt eget sätt. "Det enda sätt jag känner till är att betala", svarade tjänstemannen och förklarade att ingen vågade komma i delo med Chinatowns *tongs*. Han hade fått lov att ta vara på kroppar som var uppskurna uppifrån och ned, med tarmarna prydligt förpackade i en låda vid sidan om. Det där var förstås hämndeaktioner "himmelens söner" emellan, la han till, för när det gällde vita styrde de i alla fall om att det såg ut som en olyckshändelse. Hade han inte lagt märke till hur många personer som brändes ihjäl i oförklarliga eldsvådor, trampades till döds under hästarnas hovar på någon enslig gata, drunknade i buktens lugna vatten eller krossades av tegelpannor som oförklarligt ramlade ned från ett bygge? Feliciano Rodríguez de Santa Cruz betalade.

När Severo del Valle talade om för Lynn Sommers att Matías hade rest till Europa utan avsikt att komma tillbaka inom den närmaste framtiden, brast hon i gråt och fortsatte gråta i fem dagar, trots att Tao Chi'en gav henne lugnande medel och att hennes mor gav henne två örfilar rakt i ansiktet och tvingade henne att se verkligheten i ögonen. Hon hade burit sig obetänksamt åt och nu hade hon inget annat val än att betala priset; hon var ingen barnunge längre, hon skulle bli mor och borde vara tacksam över att hon hade en familj som ville hjälpa henne, för andra i hennes situation blev utslängda på gatan och fick försörja sig med skamliga medel, medan deras oäktingar hamnade på barnhem; nu var det på tiden att hon insåg att hennes älskare hade gått upp i rök, hon skulle få vara både mor och far för ungen och bli fullvuxen en gång för alla, för där i huset var de trötta på att finna sig i hennes påhitt; i tjugo år hade hon bara tagit emot, hon skulle inte tro att hon kunde ligga hela livet på en säng och jämra sig; dags att snyta sig och klä på sig, för nu skulle de gå ut och gå och det skulle de göra två gånger om dagen antingen det regnade eller åskade, hade hon hört? Ja, Lynn hade hört allthop med ögonen uppspärrade av förvåning och med kinderna brännande av de enda örfilar hon fått i hela sitt liv. Hon klädde på sig och lydde stumt. Från den stunden var hon plötsligt sansad och förnuftig, hon fann sig i sitt öde med häpnadsväckande lugn, hon klagade inte mera, svalde Tao Chi'ens dekokter, gick långa promenader med sin mor och kunde till och med skratta hjärtligt när hon fick höra att projektet med statyn av Republiken hade gått åt helsike, som hennes bror Lucky förklarade, men inte av brist på modell utan därför att skulptören hade rymt till Brasilien med pengarna.

I slutet av augusti vågade sig Severo del Valle äntligen på att tala om sina känslor med Lynn Sommers. Vid det laget kände hon sig tung som en elefant och kände inte igen sitt eget ansikte i spegeln, men i Severos ögon var hon vackrare än någonsin. De var varma och trötta på väg hem efter en promenad, och han tog upp sin näsduk för att torka av hennes panna och hals men hann inte göra det färdigt. Utan att han visste hur det gått till fann han sig stå framåtlutad, med ett fast grepp om hennes axlar, och kyssa henne på munnen mitt på gatan. Han bad henne gifta sig med honom, men hon förklarade helt uppriktigt att hon aldrig skulle älska någon annan man än Matías Rodríguez de Santa Cruz.

– Jag begär inte att ni ska älska mig, Lynn, min kärlek till er räcker för oss båda, svarade Severo på det lite ceremoniella sätt han alltid använde till henne. – Barnet behöver en far. Gör det möjligt för mig att skydda er bägge, så lovar jag att jag med tiden kommer att göra mig värd er kärlek.

– Min far säger att i Kina gifter man sig utan att känna varandra och lär sig älska varandra senare, men jag är säker på att det aldrig blir så för mig, Severo. Jag beklagar verkligen... svarade hon.

– Ni behöver inte leva tillsammans med mig, Lynn. Så fort barnet är fött reser jag till Chile. Mitt land är i krig och jag har väntat alltför länge med att göra min plikt.

– Men om ni inte kommer tillbaka från kriget?

– Då har ert barn åtminstone mitt efternamn och får arvet efter min far, som jag har kvar ännu. Det är inte mycket, men det räcker till barnets uppfostran. Och ni, Lynn, blir respektabel.

Samma kväll skrev Severo del Valle brevet till Nívea som han inte hade kunnat skriva förut. Han berättade allt i några få meningar, utan omsvep eller ursäkter, för han insåg att hon inte skulle tolerera det på något annat sätt. Han vågade inte ens be henne om förlåtelse för det slöseri med kärlek och tid som de där fyra fästfolksåren per korrespondens hade inneburit för henne, för sådana småaktiga beräkningar var inte värdiga hans kusin med hennes ädelmodiga hjärta. Han bad en tjänare gå med brevet till posten nästa morgon, och så la han sig påklädd på sängen, alldeles utmattad. Han sov drömlös för första gången på länge. En månad senare vigdes Severo del Valle och Lynn Sommers vid en kort ceremoni, i närvaro bara av hennes familj och av Williams, den enda från sitt hem som Severo inbjöd. Han visste att hovmästaren skulle berätta det för Paulina och beslöt sig för att vänta på att hon skulle ta första steget och fråga honom om saken. Han meddelade ingen annan, för Lynn hade bett om största möjliga diskretion tills barnet var fött och hon hade fått tillbaka sitt normala utseende. Hon vågade inte visa sig med mage som en pumpa och fullt med fläckar i ansiktet, sa hon. På kvällen tog Severo adjö av sin nyblivna hustru med en kyss på pannan, for hem som vanligt och la sig att sova på sitt ungkarlsrum.

Samma vecka utkämpades ett nytt sjöslag i Stilla havet och den chilenska flottan oskadliggjorde två fientliga slagskepp. Den peruanske amiralen Miguel Grau, samme riddare som några månader tidigare hade återlämnat kapten Prats svärd till hans änka, stupade lika heroiskt som han. För Peru var det en katastrof, för när landet miste kontrollen till sjöss bröts kommunikationerna och trupperna blev splittrade och isolerade. Chilenarna gjorde sig till herrar över havet, kunde transportera sina trupper till känsliga punkter i norr och genomföra sin plan att rycka fram genom fientligt territorium och inta Lima. Severo del Valle följde nyheterna med samma lidelse som alla hans landsmän i Förenta Staterna, men hans kärlek till Lynn vägde betydligt tyngre än hans patriotism och han tidigarelade inte sin återresa.

Tidigt på morgonen den andra måndagen i oktober vaknade Lynn med nattlinnet genomvått och gav upp ett skrik av fasa, för hon trodde att hon hade kissat i sängen. "Inte bra, vattnet har gått för tidigt", sa Tao Chi'en till sin hustru, men tillsammans med dottern uppträdde han leende och lugn. Tio timmar senare, när sammandragningarna nätt och jämnt var märkbara och familjen var uttröttad på att spela mahjong för att distrahera Lynn, beslöt Tao Chi'en att ta till sina örter. Den blivande modern skämtade utmanande: var det här födslovärkarna som hon hade blivit så mycket varnad för? De kändes ju inte värre än magknip som man kunde få av kinesisk mat, sa hon. Hon var mera uttråkad än besvärad och dessutom hungrig, men fadern lät henne bara få dricka vatten och örtavkok, och under tiden använde han akupunktur för att skynda på förlossningen. Kombinationen av droger och guldnålar gjorde verkan och i kvällningen, när Severo del Valle kom dit på sitt dagliga besök, möttes han av en uppskakad Lucky i dörren. Hela huset skälvde av Lynns jämmerrop och av oväsendet från en kinesisk jordemoder som talade högljutt och sprang omkring med trasor och vattenkannor. Tao Chi'en fann sig i att ha jordemodern där, för på det här området hade hon större erfarenhet än han, men han tillät henne inte att plåga Lynn genom att sätta sig på henne eller slå henne med knytnävarna i magen, som hon ville göra. Severo del Valle stannade kvar i salen, tätt tryckt mot väggen, och försökte göra sig osynlig. Varje gång Lynn jämrade sig skar det honom i hjärtat, han ville fly så långt bort som möjligt men förmådde varken röra sig ur fläcken eller få fram ett ord. Då kom Tao Chi'en, till synes oberörd och lika prydligt klädd som vanligt.

– Får jag vänta här? Är jag inte i vägen? Kan jag göra nånting? stammade Severo och torkade svetten som rann längs halsen på honom.

– Ni är inte alls i vägen, min vän, men ni kan inte hjälpa Lynn, hon måste göra sitt arbete själv. Men däremot kan ni hjälpa Eliza, hon är lite upprörd.

Eliza Sommers hade själv fött barn med möda och visste, som alla kvinnor, att det var själva dödens tröskel. Hon kände väl till den riskabla och gåtfulla färden då kroppen öppnar sig för att släppa fram ett nytt liv, hon mindes ögonblicket då man börjar störta hejdlöst utför ett stup, krystar och pressar utan kontroll, hon mindes skräcken, smärtan och den oerhörda förundran man känner då barnet äntligen gör sig fritt och kommer ut i ljuset. För Tao Chi'en med hela hans kunskap som läkare dröjde det längre än för henne att inse att någonting var mycket fel i Lynns fall. Den kinesiska läkekonsten hade åstadkommit kraftiga sammandragningar, men barnet låg fel och hejdades av moderns benbyggnad. Det var en hård och svår förlossning, förklarade Tao Chi'en, men deras dotter var stark och det gällde att Lynn bevarade sitt lugn och inte tröttade ut sig mer än nödvändigt. I en paus kom Eliza Sommers, lika utmattad som Lynn själv, ut ur rummet och träffade på Severo i en korridor. Hon gav honom ett tecken och han följde bestört efter till det lilla rummet med altaret, där han aldrig hade varit förut. På ett lågt bord fanns ett enkelt kors, en liten staty av Kuan Yin, medlidandets gudinna i Kina, och i centrum en enkel tuschteckning som föreställde en kvinna i grön tunika och med två blommor vid öronen. Han såg ett par tända ljus och små fat med vatten, ris och blomblad. Eliza föll på knä framför altaret på en kudde av orangefärgat siden och bad Kristus, Budda och Lins, den första hustruns, ande att komma till dotterns hjälp i förlossningen. Severo stod där bakom henne och mumlade mekaniskt de katolska böner han hade lärt sig som liten. Så bad de en liten stund, förenade av skräcken och av kärleken till Lynn, men Tao Chi'en kallade på sin hustru att komma och hjälpa honom, för han hade skickat bort jordemodern och gjorde sig beredd att vända barnet och dra ut det handgripligen. Severo stod kvar tillsammans med Lucky utanför porten och rökte, medan Chinatown undan för undan vaknade.

I gryningen på tisdagen föddes barnet. Modern kämpade för att föda, våt av svett och skälvande, men hon skrek inte längre, hon bara flämtade och försökte lyda sin fars uppmaningar. Till slut bet hon ihop tänderna, grep hårt tag i sänggaveln och krystade med brutal viljekraft, och då visade sig en mörk hårtofs. Tao Chi'en grep tag i huvudet och drog stadigt och mjukt tills axlarna var ute. Då vände han den lilla kroppen och fick snabbt ut den i en enda rörelse, medan andra handen lossade den blå-röda navelsträngen som satt lindad runt halsen. Eliza Sommers tog emot ett litet blodigt bylte, en pytteliten flicka med tillplattat ansikte och blåaktig hud. Medan Tao Chi'en skar av navelsträngen och tog hand om efterbörden torkade mormodern sin dotterdotter ren med en svamp och klappade henne i ryggen tills hon började andas. När hon hörde skriket som förkunnade flickans inträde i världen och såg att hon började få normal färg, la hon henne på Lynns mage. Utmattad reste modern sig upp på armbågen för att ta emot henne, medan hennes kropp fortfarande drog ihop sig, och hon la barnet till bröstet, kysste henne och välkomnade henne med en blandning av engelska, spanska och fantasiord. En timme efteråt kallade Eliza på Severo och Lucky för att de skulle få hälsa på flickan. De fann henne fridfullt sovande i vaggan av drivet silver som hade tillhört släkten Rodríguez de Santa Cruz, klädd i gult siden och med en röd mössa som kom henne att se ut som en diminutiv tomte. Lynn halvsov, blek och lugn, mellan rena lakan, och Tao Chi'en satt bredvid och bevakade hennes puls.

– Vad tänker ni ge henne för namn? frågade Severo del Valle djupt rörd.

– Det ska Lynn och ni bestämma, svarade Eliza.

– Jag?

– Är ni inte fadern? undrade Tao Chi'en och blinkade skämtsamt åt honom.

– Hon ska heta Aurora, för hon föddes i gryningen, mumlade Lynn utan att slå upp ögonen.

– Hennes kinesiska namn är Lai-Ming, som betyder gryning, sa Tao Chi'en.

– Välkommen till världen, Lai-Ming, Aurora del Valle... log Severo och kysste den lilla på pannan. Han visste att det här var den lyckligaste dagen i hans liv och att den där skrynkliga lilla varelsen klädd som en kinesisk docka var lika mycket hans egen dotter som om hon verkligen hade varit av hans blod. Lucky tog sin systerdotter i famnen och gav sig till att blåsa sin andedräkt, med tobaksrök och sojasåslukt, i ansiktet på henne.

– Vad är det du gör! ropade mormodern och försökte rycka henne ur hans händer.

– Jag blåser på henne för att ge henne min goda tur. Vad skulle jag annars kunna ge Lai-Ming för en värdefull gåva? skrattade hennes morbror.

Vid middagen, när Severo del Valle kom till huset på Nob Hill och berättade att han hade gift sig med Lynn Sommers för en vecka sedan och att hans dotter just hade fötts, blev hans farbror och faster lika bestörta som om han hade kommit och lagt en död hund på matsalsbordet.

– Och vi som allihop la skulden på Matías! Jag visste hela tiden att han inte var fadern, men jag kunde aldrig ha trott att det var du, spottade Feliciano ur sig så fort han hämtat sig en smula från sin överraskning.

– Jag är inte den biologiske fadern, men jag är den laglige. Flickan heter Aurora del Valle, förklarade Severo.

– Det här är en oförlåtlig fräckhet! Du har svikit vår familj som tog emot dig som en son! röt hans farbror.

– Jag har inte svikit någon. Jag har gift mig av kärlek.

– Men den där kvinnan var väl förälskad i Matías?

– Den där kvinnan heter Lynn och är min hustru, jag kräver att ni behandlar henne med tillbörlig aktning, sa Severo strängt och reste sig.

– Du är en idiot, Severo, en fullkomlig idiot! skrek Feliciano ilsket och stegade ut från matsalen med stora, ursinniga kliv.

Den outgrundlige Williams, som i samma ögonblick kom in för att övervaka efterrättens servering, kunde inte låta bli att ge Severo ett hastigt leende av samförstånd innan han diskret drog sig tillbaka. Paulina lyssnade misstroget till Severo som förklarade att han om några dagar skulle bege sig till kriget i Chile. Lynn skulle bo kvar hos sina föräldrar i Chinatown, och om allt gick väl skulle han i en framtid komma tillbaka och ta på sig sin roll som make och far.

– Sitt ner, Severo, och låt oss prata som folk. Matías är far till flickan, inte sant?

– Fråga honom själv, faster.

– Nu förstår jag. Du har gift dig för att göra Matías en tjänst. Min son är en cyniker och du är en romantiker. En sån idé, att förstöra sitt liv av överdriven ridderlighet! utropade Paulina.

– Faster tar fel. Jag har inte förstört mitt liv, tvärtom, jag tror att det här är min enda möjlighet att bli lycklig.

– Med en hustru som älskar en annan? Med en dotter som inte är din egen?

– Tiden är på min sida. Om jag kommer tillbaka från kriget kommer Lynn att lära sig älska mig och flickan kommer att tro att jag är hennes far.

– Matías kan komma tillbaka före dig, konstaterade hon.

– Det förändrar ingenting.

– Matías behöver bara säga ett ord så följer Lynn Sommers honom till världens ände.

– Den risken går inte att undvika, svarade Severo.

– Du har tappat vettet. De där människorna hör inte hemma i våra kretsar, avgjorde Paulina del Valle.

– Det är den hederligaste familj jag känner, faster, försäkrade Severo.

– Jag märker att du inte har lärt dig nånting av mig. För att få framgång här i världen måste man tänka först och handla sen. Du är advokat med en lysande framtid och har ett av Chiles äldsta namn. Tror du att societeten kommer att acceptera din hustru? Och din kusin Nívea, går hon inte och väntar på dig kanske?

– Det där är över, sa Severo.

– Jaha, du har verkligen gjort en dumhet, Severo, men jag förmodar att det är för sent att ångra sig. Vi ska försöka ordna det hela så gott det går. Pengar och social ställning betyder mycket både här och i Chile. Jag ska hjälpa dig så gott jag kan, inte för intet är jag ju farmor till den där flickan, hur var det du sa att hon hette?

– Aurora, men morföräldrarna kallar henne för Lai-Ming.

– Hon bär efternamnet del Valle, det är min plikt att hjälpa henne, eftersom nu Matías vägrar befatta sig med den här bedrövliga historien.

– Det behövs inte, faster. Jag har ordnat så att Lynn får peng-
arna som jag ärvde.

– Pengar behövs alltid. Åtminstone kan jag väl få se mitt
barnbarn?

– Det ska vi fråga Lynn och hennes föräldrar, lovade Severo
del Valle.

Medan de ännu satt kvar i matsalen kom Williams in med ett
brådskande bud om att Lynn hade fått en störtblödning och att
det var fara för hennes liv, så Severo måste komma dit genast.
Han rusade iväg till Chinatown. När han kom fram till Chi'ens
hus fann han den lilla familjen samlad kring Lynns säng, så stil-
la att de såg ut att posera för en målning av en tragedi. Ett ögon-
blick greps han av en vanvettig förhoppning när han såg att allt
var rent och välordnat, utan några spår efter förlossningen,
inga smutsiga trasor och ingen blodlukt, men så märkte han
sorgen i Taos, Elizas och Luckys ansikten. I rummet hade luften
blivit tunn, Severo andades häftigt och flämtande som om han
stått på en bergstopp. Darrande gick han fram till sängen och
såg att Lynn låg med händerna på bröstet, slutna ögon och ge-
nomskinligt bleka drag, en vacker skulptur i askgrå alabaster.
Han tog hennes ena hand, den var hård och iskall, han lutade
sig över henne och kände att hennes andning knappt var märk-
bar, läppar och fingrar var blåaktiga, han kysste hennes hand-
flata länge, länge, hans tårar rann över den, han var förkrossad
av sorg. Lynn viskade Matías namn, och så suckade hon ett par
gånger och gick bort lika lätt som hon hade svävat fram genom
livet. De tog emot dödens mysterium under absolut tystnad och
väntade orörliga oändligt länge medan Lynns ande höjde sig
och försvann. Severo kände ett långt jämmerrop stiga upp ur
jordens inre och gå rakt igenom honom från fötterna till mun-
nen, men det kunde inte ta sig ut över hans läppar. Ropet fyllde
honom helt, tog över hela hans varelse och briserade inne i hans
huvud i en ljudlös explosion. Han låg där på knä vid sängen och
kallade utan röst på Lynn, kunde inte fatta att ödet plötsligt

hade ryckt ifrån honom kvinnan som han drömt om i åratal, tagit henne med sig just när han trodde sig ha vunnit henne. En evighet senare kände han att någon rörde vid hans axel och mötte Tao Chi'ens förvandlade blick. "Så ja, så ja", tyckte han att han mumlade, och längre bort såg han Eliza Sommers och Lucky som grät i varandras armar, och han insåg att han var en inträngling där i familjens sorg. Så kom han ihåg barnet. Vacklande som en berusad gick han bort till silvervaggan, lyfte upp den lilla Aurora, bar henne till sängen och förde henne till Lynns ansikte så att hon skulle få ta adjö av sin mor. Sedan satte han sig med henne i knät och vaggade henne otröstligt.

När Paulina del Valle fick veta att Lynn Sommers var död kände hon en svallvåg av glädje, och det undslapp henne ett triumfrop, men så tog skammen över en så tarvlig känsla ned henne på jorden igen. Hon hade alltid önskat sig en dotter. Ända sedan hon väntade barn för första gången hade hon drömt om flickan som skulle få hennes eget namn, Paulina, och bli hennes bästa väninna och kamrat. För var och en av de tre sönerna hon födde hade hon känt sig lurad, men nu vid mogen ålder fick hon den där gåvan i knät: en sondotter som hon kunde uppfostra som sin dotter, någon hon kunde ge alla de möjligheter som kärlek och pengar hade att erbjuda, tänkte hon, någon som skulle hålla henne sällskap på ålderdomens dagar. När nu Lynn Sommers var ute ur bilden kunde hon göra anspråk på den lilla i Matías namn. Just när hon firade den oväntade lyckliga slumpen med en kopp choklad och tre gräddbakelser, påminde henne Williams om att den lilla juridiskt sett var dotter till Severo del Valle, den enda person som hade rätt att bestämma över hennes framtid. Desto bättre, ansåg hon, för brorsonen befann sig åtminstone på plats, medan det vore en långsiktig uppgift att få hem Matías från Europa och övertala honom att göra anspråk på sin dotter. Hon hade aldrig kunnat ana sig till hur Severo skulle reagera när hon förklarade sina planer för honom.

– I juridisk mening är du hennes far, så du kan ta hem flickan hit till huset i morgon dag, sa Paulina.

– Det tänker jag inte göra, faster. Lynns föräldrar ska behålla sitt barnbarn medan jag är ute i kriget. De vill ta hand om henne och det är jag med på, svarade brorsonen i en bestämd ton som hon aldrig förut hade hört från honom.

– Är du galen? Vi kan inte lämna min sondotter i händerna på Eliza Sommers och den där kinesen! utbrast Paulina.

– Varför inte? De är hennes morföräldrar.

– Vill du att hon ska växa upp i Chinatown? Vi kan ge henne uppfostran, möjligheter, lyx, ett aktat namn. Ingenting av det kan de ge henne.

– De ger henne kärlek, invände Severo.

– Det gör jag också! Kom ihåg att du har mycket att tacka mig för, min brorson. Här har du ditt tillfälle att återgälda och att göra nånting för den där lilla.

– Jag är ledsen, faster, men det blir som jag säger. Aurora stannar hos sina morföräldrar.

Paulina del Valle fick ett av sitt livs många ilskeutbrott. Hon kunde inte fatta att brorsonen, som hon trodde var hennes trogne bundsförvant, som hade blivit som en son för henne, kunde svika henne så skändligt. Hon skrek, svor och argumenterade förgäves och blev så uppriven att Williams fick lov att tillkalla en läkare som gav henne en dos lugnande medel tillräcklig för hennes volym, så att hon fick sova ett bra tag. När hon vaknade, trettio timmar senare, var brorsonen redan ombord på ångfartyget som skulle ta honom till Chile. Hennes make och den trogne Williams lyckades med gemensamma krafter få henne att inse att det inte var lämpligt att ta till våld, så som hon hade tänkt, för hur korrumperat rättsmaskineriet än var i San Francisco fanns det ingen juridisk möjlighet att ta barnet från morföräldrarna, i synnerhet som den förmodade fadern hade givit skriftliga instruktioner. De rådde henne att inte heller ta till den banala utvägen att erbjuda pengar för flickan, för det skulle kunna slå tillbaka mot henne själv som en sten i ansiktet. Den enda möjliga vägen var diplomati tills Seve-

93

ro del Valle kom tillbaka, sedan kunde man komma till något slags avtal, var deras råd till henne. Men hon ville inte höra på det örat, och två dagar senare infann hon sig i Eliza Sommers tesalong med ett förslag som hon var övertygad om att mormodern inte kunde säga nej till. Eliza tog emot henne sorgklädd efter sin dotter men genomlyst av den tröst hon hade i barnbarnet som fridfullt låg och sov bredvid henne. När Paulina fick se silvervaggan, som hennes söner hade haft, stå där bredvid fönstret blev hon häpen, men strax kom hon ihåg att hon hade givit Williams lov att lämna den till Severo, och hon bet sig i läppen, för hon var ju inte där för att slåss om en vagga, hur värdefull den än var, utan för att förhandla sig till sin sondotter. "Vinner gör inte den som har rätt utan den som kan köpslå bäst", brukade hon säga. Och i det här fallet tyckte hon att det var uppenbart inte bara att hon hade rätten på sin sida utan också att ingen behärskade konsten att köpslå bättre än hon.

Eliza lyfte upp den lilla ur vaggan och räckte henne till Paulina. Hon höll det lilla paketet, som var så lätt att det bara kändes som ett klädbylte, och det var som om hjärtat skulle brista av en alldeles ny känsla. "Herregud, herregud", sa hon gång på gång, förskräckt inför denna okända sårbarhet som gjorde henne svag i knäna och fick en snyftning att gå genom bröstet på henne. Hon satte sig i en fåtölj med sitt barnbarn som nästan försvann i hennes enorma famn, medan Eliza Sommers beställde fram teet och bakelserna hon brukat servera henne förut, på den tiden då Paulina var hennes flitigaste kund i konditoriet. Under de där minuterna hann Paulina del Valle hämta sig från sinnesrörelsen och formera sitt artilleri i anfallsposition. Hon började med att beklaga sorgen efter Lynn och medgav sedan att hennes son Matías utan tvekan var far till Aurora, man behövde bara se den lilla för att förstå det: hon såg ut precis som alla i familjen Rodríguez de Santa Cruz y del Valle. Det var mycket beklagligt, sa hon, att Matías skulle vara i Europa för sin hälsas skull och inte kunna göra anspråk på flickan ännu. Därefter la hon fram sin önskan att få ta hand om sondottern, med tanke på att Eliza arbetade så mycket, hade ont om tid och ännu mera om medel, säkert skulle det bli omöjligt för henne att erbjuda Aurora samma levnadsstandard som hon skulle få hos Paulina på Nob Hill. Hon sa det i en ton som den som gör någon en tjänst och dolde att ängslan fick halsen att snöras ihop och händerna att darra. Eliza svarade att hon tackade för det generösa erbjudandet men var övertygad om att Tao Chi'en och hon kunde ta hand om Lai-Ming, så som Lynn hade bett dem göra innan hon dog. Självklart, la hon till, skulle Paulina alltid vara välkommen att träffa flickan.

– Vi bör inte skapa någon förvirring i fråga om vem som är Lai-Mings far, fortsatte Eliza Sommers. Så som ni och er son försäkrade för några månader sen hade han ingenting med Lynn att skaffa. Ni kommer ju ihåg att er son klart och tydligt sa att vilken som helst av hans vänner kunde vara barnets far.

– Det är sånt som man säger i stridens hetta, Eliza. Matías tänkte inte på vad han sa... stammade Paulina.

– Att Lynn gifte sig med señor Severo del Valle bevisar att er son talade sanning, Paulina. Min dotterdotter är inte avkomling till er, men jag säger om igen att ni kan få se henne när ni så önskar. Ju fler som fäster sig vid henne, desto bättre är det för henne.

Under halvtimmen som följde stod de två kvinnorna emot varandra som gladiatorer, var på sitt sätt. Paulina del Valle gick från smicker till påstridighet, från vädjan till desperata försök att muta och när allt slog fel till hot, allt medan flickans mormor inte rubbades en halv centimeter från sin position, förutom att hon milt och försiktigt tog den lilla och la henne tillbaka i vaggan. Hur det nu var steg ilskan Paulina åt huvudet, hon miste helt kontrollen över sig själv och skrek till slut att Eliza Sommers skulle få se vad Rodríguez de Santa Cruz var för en familj, vilken makt de hade där i stan och hur de kunde ruinera henne och hennes löjliga bakelsebutik och hennes kines också, att det var säkrast för alla att akta sig för att bli ovänner med Paulina del Valle och att hon förr eller senare skulle ta flickan ifrån henne, det kunde hon vara alldeles övertygad om, för ännu var ingen född som kunde sätta sig emot henne. I ett slag med handen sopade hon bort de fina porslinskopparna och de chilenska bakverken som hamnade på golvet i ett moln av pudersocker, och så marscherade hon ut frustande som en tjur på arenan. Väl ute i vagnen, med blodet dunkande i tinningarna och hjärtat bankande under fettlagren som stretade innanför korsetten, började hon storgråta som hon inte hade gråtit sedan hon riglade sin sovrumsdörr och blev ensam i den stora mytologiska sängen. Alldeles som då hade hon låtit sig svikas av sitt bästa verktyg: förmågan att köpslå som en arabisk handelsman, den som hade gett henne så mycket framgång i andra livets skiften. Hon hade gapat över för mycket och mist hela stycket.

Andra delen
1880–1896

Det finns ett porträtt där jag är tre eller fyra år, det enda från den tiden som har överlevt ödets växlingar och Paulina del Valles fasta föresats att sudda ut mitt ursprung. Det är en nött kartongbit i ett reseetui, en sådan där gammalmodig hopfällbar ram av sammet och metall som var så modern på adertonhundratalet men som ingen använder längre. På fotografiet kan man se en mycket liten flickunge, utstyrd i samma stil som kinesiska brudar, med en lång tunika av broderat siden och under den byxor i en annan färg. På fötterna har hon fina små tofflor med sula av vit filt och med en tunn träplatta underst. Det mörka håret är uppkammat i en knut som är alltför hög för hennes storlek och hålls fast med två grova nålar, kanske av guld eller silver, förenade av en liten blomranka. Den lilla flickan håller en uppslagen solfjäder i handen och det kan hända att hon skrattar, men dragen går knappt att urskilja, ansiktet är bara en ljus rundel och ögonen ett par små mörka fläckar. Bakom flickan skymtar det stora huvudet på en pappersdrake och lysande stjärnor från ett fyrverkeri. Bilden är tagen under det kinesiska nyårsfirandet i San Francisco. Jag minns inte det tillfället och jag känner inte igen flickan på det där enda porträttet.

Min mor Lynn Sommers däremot finns på åtskilliga fotografier som jag har räddat undan glömskan tack vare envishet och goda kontakter. För några år sedan for jag till San Francisco för att lära känna min morbror Lucky och ägnade mig åt att leta igenom gamla bibliotek och fotografiateljéer på jakt efter kalendrar och vykort som hon poserade för; fortfarande får jag mig en del tillskickade när min morbror Lucky träffar på dem.

Min mor var mycket söt, det är allt jag kan säga om henne, för jag känner inte igen henne heller på de där porträtten. Naturligtvis minns jag henne inte eftersom hon dog när jag föddes, men kvinnan i kalendrarna är en främling, jag liknar henne inte alls, jag kan inte föreställa mig henne som min mor, bara som ett spel av ljus och skugga på papper. Hon ser inte heller ut att vara syster till Lucky, han är en kortbent och storhuvad kines med alldagligt utseende men mycket sympatisk. Jag är mera lik min far, jag har hans typiska spanska utseende och tyvärr har jag nästan inte ärvt någonting från min fantastiske morfar Tao Chi'en. Om det inte vore för att denne morfar är mitt livs klaraste och mest bestående minne, min äldsta kärlek som har fått alla män jag träffat att komma till korta, eftersom ingen är som han, skulle jag inte kunna tro att jag har kinesiskt blod i ådrorna. Tao Chi'en finns alltid hos mig. Jag kan se honom, lång, stilig, alltid oklanderligt korrekt klädd, gråhårig, med runda glasögon och ett uttryck av genuin godhet i sina mandelformade ögon. När jag frammanar honom småler han alltid, ibland hör jag honom sjunga för mig på kinesiska. Han finns omkring mig, håller mig sällskap, visar mig vägen, alldeles som han sa till min mormor Eliza att han skulle göra efter sin död. Det finns en dagerrotyp av mina morföräldrar när de var unga, innan de gifte sig: hon sitter på en stol med högt ryggstöd och han står bakom den, bägge är klädda enligt den tidens amerikanska bruk, de ser rakt in i kameran med ett obestämt uttryck av rädsla. Det porträttet, som jag till sist lyckades rädda undan förgängelsen, står på mitt nattduksbord och är det sista jag ser innan jag släcker lampan varje kväll, men jag skulle gärna ha velat ha det hos mig när jag var liten och så väl skulle ha behövt de där morföräldrarna.

Så länge jag kan minnas har samma mardröm plågat mig. Bilderna ur den där envisa drömmen stannar kvar i timmar och fördärvar min dag och mitt sinne. Alltid är det samma saker som händer: jag går på tomma gator i en okänd och främmande stad, hand i hand med någon vars ansikte jag aldrig lyckas urskilja, jag ser bara hans ben och tåhättorna på blanka skor. Plötsligt är vi omgivna av pojkar i svarta pyjamas som dansar en grym ringdans. En mörk fläck, kanske av blod, sprider sig på gatstenarna medan ringen av pojkar obönhörligt sluter sig, allt mer och mer hotande, runt den som leder mig vid handen. De inringar oss, knuffar oss, rycker i oss, skiljer oss åt, jag söker efter den vänliga handen men känner bara tomrum. Jag skriker utan röst, faller utan ljud, och så vaknar jag med hjärtat i halsgropen. Ibland är jag tyst i flera dagar, minnet av drömmen trycker mig, jag försöker tränga igenom lagren av mysterier som omger den och kanske upptäcka någon detalj som dittills har undgått mig och som kan ge mig en ledtråd till vad den betyder. Sådana dagar går jag in i ett slags kall feber där kroppen stänger sig och mitt medvetande är fånget i ett iskallt land. I ett sådant tillstånd av förlamning befann jag mig under de första veckorna i Paulina del Valles hem. Jag var fem år när jag blev förd till det stora huset på Nob Hill och ingen brydde sig om att förklara för mig varför mitt liv plötsligt tog en dramatisk vändning, var mina morföräldrar Eliza och Tao fanns och vem den där väldiga damen med mängder av smycken var, som satt på en tron och tittade på mig med ögonen fulla av tårar. Jag sprang och gömde mig under ett bord och satt där som en pryglad hund, efter vad jag har fått mig berättat. På den tiden var Williams hovmästare hos familjen Rodríguez de Santa Cruz – det är faktiskt svårt att föreställa sig – och nästa dag kom han på lösningen att ställa min mat på en bricka med ett snöre fastbundet; de drog i snöret lite då och då och jag kröp efter brickan när jag var utom mig av hunger, så att de lyckades få fram mig från min tillflyktsort, men varje gång jag vaknade av mardrömmen gömde jag mig under bordet igen. Det där höll på i ett år, ända tills vi kom till Chile och den där manin gick över tack vare resans förvirring och att vi installerade oss i Santiago.

Min mardröm är i svartvitt, tyst och obönhörlig, den har en prägel av ändlöshet. Jag antar att jag numera har fått reda på tillräckligt för att kunna tyda vad den går ut på, men den slutar ändå inte upp att plåga mig. På grund av mina drömmar är jag annorlunda, liksom sådana människor som har en medfödd sjukdom eller missbildning och därför ständigt måste anstränga sig för att kunna leva ett normalt liv. De har synliga kännetecken, mitt går inte att se men det finns där, jag kan jämföra det med epilepsianfall som kommer på plötsligt och lämnar efter sig ett stråk av förvirring. Jag är rädd när jag lägger mig om kvällen, jag vet aldrig vad som kommer att hända medan jag sover eller i vilket tillstånd jag vaknar. Jag har prövat många olika medel mot mina nattliga demoner, allt från apelsinlikör med några droppar opium till hypnotisk trans och andra former av svartkonst, men ingenting garanterar mig fridfull sömn, ingenting utom gott sällskap. Att sova i någons famn har hittills varit mitt enda säkra hjälpmedel. Jag borde gifta mig, det råder alla mig till, men jag har gjort det en gång och det blev en katastrof, jag kan inte ta den risken på nytt. Som trettio år och inte gift är jag mer eller mindre ett avskräckande exempel, mina väninnor ser medlidsamt på mig även om somliga kanske avundas mig mitt oberoende. Jag är inte helt ensam, jag har en hemlig kärlek, utan band eller löften, något som väcker anstöt överallt men i synnerhet här där vi råkar leva. Jag är varken ogift eller änka eller skild, jag lever i de "separerades" gränsland där de olyckliga kvinnor hamnar som väljer att bli offentligt begabbade hellre än att leva med en man som de inte älskar. Hur skulle det annars kunna gå till i Chile, där äktenskapet är evigt och oåterkalleligt? Det händer någon sällsynt gång i gryningen, när min älskares kropp och min egen, fuktiga av svett och matta av drömmar vi delat, ännu vilar i det där tillståndet av halvmedveten, total ömhet, lyckliga och förtroendefulla som sovande barn, att vi frestas att tala om att gifta oss, att resa någon annanstans, till Förenta Staterna till exempel, där det är gott om utrymme och ingen känner oss, och leva tillsammans som ett normalt par, men sedan vaknar vi av att solen börjar komma in genom fönstret, och då talar vi inte om det mera, för vi vet bägge att vi inte skulle kunna leva någon annanstans, bara i detta Chile med dess geologiska katastrofer och mänskliga petitesser men också dess barska vulkaner och snöklädda toppar, uråldriga smaragdbeströdda sjöar, skummande floder och doftande skogar, detta land smalt som ett band, hem för fattiga och fortfarande oskyldiga människor trots så många och skiftande övergrepp. Landet kan inte flytta sig, och jag kan inte tröttna på att fotografera det. Jag skulle gärna vilja ha barn, visserligen, men jag har accepterat att jag aldrig kommer att bli mor; jag är inte steril, jag är fertil på andra sätt. Nívea del Valle säger att en människa inte definieras av sin förmåga att fortplanta sig, vilket kan låta malplacerat i hennes mun, hon som har fött mer än ett dussin barn. Men här ska vi inte tala om de barn jag inte kommer att få eller om min älskare, utan om händelserna som gjorde mig till den jag är. Jag inser att jag när jag skriver den här minnesteckningen säkert sviker vissa andra, det går inte att undvika. "Kom ihåg att smutsig byk ska tvättas hemma", säger ofta Severo del Valle, som liksom alla vi andra växte upp med det mottot. "Skriv ärligt och bry dig inte om vad andra tycker, för vad du än säger kommer de ändå att hata dig", är däremot Níveas råd. Så låt oss gå vidare.

Eftersom det är omöjligt att bli av med mina mardrömmar försöker jag åtminstone dra någon nytta av dem. Jag har märkt att efter en stormig natt blir jag liksom synsk, överkänslig, ett utmärkt tillstånd om man vill skapa. Mina bästa fotografier har tagits sådana dagar, då det enda jag längtar efter är att få krypa in under bordet, så som jag gjorde den första tiden hos min farmor Paulina. Det var drömmen om pojkarna i svarta pyjamas som ledde mig att börja fotografera, det är jag övertygad om. När Severo del Valle gav mig en kamera i present var min första tanke att om jag kunde fotografera demonerna skulle jag besegra dem. När jag var tretton år försökte jag göra det många gånger. Jag konstruerade invecklade system med små hjul och snören för att få en inställd kamera att ta bilder medan jag sov, men det visade sig att de där ondsinta varelserna var osårbara för teknikens angrepp. När en tingest eller en kropp som ser alldaglig ut granskas ytterst noga förvandlas den till något heligt. Kameran kan avslöja hemligheter som man inte uppfattar med blotta ögat eller med förståndet, allt försvinner utom det som är i fokus på bilden. Fotografering är en övning i att iaktta, och resultatet är alltid en sinkadus; bland de tusentals negativ som fyller flera lådor i min ateljé finns bara några få som är exceptionella. Min morbror Lucky Chi'en skulle känna sig lite besviken om han visste hur liten verkan hans lyckobringande andedräkt har haft på mitt arbete. Kameran är en enkel apparat, även den oskickligaste kan använda den, svårigheten är att med hjälp av den skapa den kombination av sanning och skönhet som kallas konst. Det sökandet är framför allt andligt. Jag söker sanning och skönhet i ett genomskinligt höstlöv, i den perfekta formen hos en snäcka på stranden, i kurvan hos en kvinnas axel, i barkens textur på en gammal trädstam, men också i andra av verklighetens svårfångade former. Ibland, när jag arbetar med en bild i mitt mörkrum, visar sig en människas själ, känslan i en händelse eller ett föremåls innersta väsen, och då sprängs mitt bröst av tacksamhet och jag brister i gråt, jag rår inte för det. Till den uppenbarelsen är det som mitt yrke siktar.

Severo del Valle hade flera veckors seglats framför sig för att sörja Lynn Sommers och grubbla över hur resten av hans liv skulle bli. Han kände sig ansvarig för den lilla Aurora och hade skrivit ett testamente innan han gick ombord så att det lilla arv han hade fått efter sin far, och hans besparingar, skulle gå direkt till henne i händelse av hans frånfälle. Tills vidare skulle hon få räntan varje månad. Han visste att Lynns föräldrar skulle sköta om henne bättre än någon annan och antog att hur despotisk hans faster Paulina än var skulle hon inte försöka ta barnet ifrån dem med våld, för hennes man skulle inte tillåta henne att göra saken till en offentlig skandal.

Där Severo satt i fören på fartyget och stirrade ut över det oändliga havet kände han att han aldrig skulle kunna komma över förlusten av Lynn. Han ville inte leva utan henne. Att stupa i strid var det bästa som framtiden kunde ha i beredskap för honom: att få dö snart och fort var allt han begärde. I månader hade hans kärlek till Lynn och hans beslut att hjälpa henne tagit hans tid och uppmärksamhet, därför hade han dag efter dag skjutit upp att resa tillbaka medan alla chilenare i hans ålder tog värvning massvis för att gå ut i strid. Ombord fanns flera andra unga män som ville ställa in sig i ledet alldeles som han – att få ikläda sig uniform var en hederssak – och tillsammans med dem studerade han krigsunderrättelserna som kom via telegraf. Under de fyra år Severo varit i Kalifornien hade han helt ryckt upp sina hemlandsrötter, och han hade hörsammat kallelsen till kriget som ett sätt att fördjupa sig i sin sorg, men han kände sig inte det ringaste stridslysten. Allt eftersom fartyget stävade söderut började han ändå bli smittad av de andras entusiasm. Han tänkte om igen på att tjäna Chile så som han hade önskat att få göra det under skoltiden, när han diskuterade politik på kaféerna med andra studerande. Han antog att hans forna kamrater hade kämpat i månader nu, medan han själv gick omkring i San Francisco och väntade på att få hälsa på hos Lynn Sommers och spela mahjong. Hur kunde han stå till svars för en sådan feghet inför vänner och släktingar? Bilden av Nívea ansatte honom under de där grubblerierna. Kusinen skulle inte kunna förstå att han dröjt så länge med att resa tillbaks och försvara fosterlandet för, det var han säker på, om hon hade varit man skulle hon ha gett sig ut till fronten först av alla. Som väl var skulle han inte behöva förklara sig inför henne, han hoppades bli skjuten till döds innan han kunde träffa henne igen; det krävdes mycket mera mod för att möta Nívea efter att ha burit sig så illa åt mot henne än för att slåss mot den grymmaste fiende. Fartyget gick så sakta framåt att man kunde bli galen, i den här farten skulle kriget vara över när han kom fram till Chile, räknade han oroligt ut. Han var säker på de sinas seger, trots motståndarnas numerära överläge och det höga chilenska befälets utmanande oduglighet. Arméns överbefälhavare och amiralen som kommenderade flottan var ett par gamla narrar som inte kunde enas om den mest elementära strategi, men chilenarna hade bättre militär disciplin än peruaner och bolivianer. "Det var nödvändigt att Lynn skulle dö för att jag skulle besluta mig för att resa tillbaka till Chile och göra min patriotiska plikt, jag är en ynkedom", muttrade han skuldmedvetet för sig själv.

Hamnen i Valparaíso glittrade i det strålande decemberljuset när ångfartyget kastade ankar i bukten. När de kommit in i peruanska och chilenska territorialvatten hade de siktat några fartyg ur bägge ländernas flottor ute på manöver, men dittills hade inte Valparaíso blivit anfallet, så där syntes inga spår av kriget. Hamnen såg mycket annorlunda ut än Severo mindes den. Staden var militäriserad, trupper var förlagda dit i väntan på transport, den chilenska flaggan vajade på byggnaderna och det pågick livlig trafik med roddbåtar och bogserbåtar kring flera krigsfartyg men man såg knappast några passagerarfartyg. Severo hade meddelat sin mor vilken dag han skulle komma, men han väntade sig inte att se henne i hamnen, för sedan ett par år bodde hon i Santiago med de yngre syskonen och resan från huvudstaden var mycket besvärlig. Därför brydde han sig inte om att spana efter bekanta ansikten på kajen som de flesta passagerarna gjorde. Han tog sin resväska, stack till en i besättningen ett par slantar för att han skulle ta hand om koffertarna och gick så nedför landgången och drog in djupa andedrag av den saltmängda luften i staden där han var född. När han satte foten på landbacken vacklade han till som en drucken, för under veckorna till havs hade han vant sig vid sjögången och nu fick han svårt att gå på fast mark. Han visslade på en bärare att hjälpa till med bagaget och skickade honom efter en vagn som skulle ta honom till hans farmor Emilias hus, där han tänkte bo ett par nätter tills han kunde inställa sig vid armén. Då kände han att någon rörde vid hans arm. Överraskad vände han sig om och fann sig stå ansikte mot ansikte med den sista människa på jorden som han önskade se: sin kusin Nívea. Det tog ett par sekunder innan han hade känt igen henne och hämtat sig från intrycket. Flickan som han hade lämnat fyra år tidigare hade förvandlats till en okänd kvinna, fortfarande liten till växten men mycket smalare och med välformad figur. Det enda som var sig likt var ansiktets intelligenta och koncentrerade uttryck. Hon hade på sig en sommarklänning i blå taft och en stråhatt med en stor rosett av vit organdi, knuten under hakan som en ram kring hennes ovala ansikte med de fina dragen där de mörka ögonen glänste oroligt och skämtsamt. Hon var ensam. Severo kom sig inte för med att hälsa på henne, han stod där och gapade och såg på henne tills han fick sitt förnuft tillbaka och ängsligt lyckades fråga om hon hade fått hans senaste brev, och då menade han brevet där han hade meddelat att han gift sig med Lynn Sommers. Eftersom han inte hade skrivit sedan dess antog han att kusinen inte visste något om Lynns död eller Auroras födelse och alltså inte kunde ana att han hade blivit änkling och far utan att någonsin ha varit äkta man.

– Det får vi tala om sen, nu vill jag bara önska dig välkommen. Jag har en vagn som väntar, avbröt hon honom.

När väl bagaget var placerat i vagnen gav Nívea kusken order att köra sakta längs strandpromenaden. Det skulle ge dem tid att prata innan de kom hem, där resten av familjen väntade.

– Jag har burit mig samvetslöst åt mot dig, Nívea. Det enda jag kan säga till mitt försvar är att det aldrig har varit min mening att du skulle få lida, mumlade Severo som inte vågade titta på henne.

– Jag medger att jag var ursinnig på dig, Severo, jag fick bita mig i tungan för att inte förbanna dig, men nu är jag inte ond längre. Jag tror att du har lidit mera än jag. Jag är verkligen mycket ledsen för det som hände med din hustru.

– Hur vet du vad som hände?

– Jag fick ett telegram, det var undertecknat av någon som hette Williams.

Severo del Valle blev uppbragt först, hur vågade hovmästaren blanda sig i hans privatliv på det sättet, men sedan kunde han inte låta bli att känna sig tacksam, för det där telegrammet besparade honom smärtsamma förklaringar.

– Jag kan inte hoppas att du ska förlåta mig, bara att du ska glömma mig, Nívea. Du, mest av alla, förtjänar att bli lycklig...

– Vem har sagt att jag vill bli lycklig, Severo? Det är det sista adjektiv jag skulle använda för att beskriva vilken framtid jag önskar mig. Jag vill ha ett intressant, äventyrligt liv, annorlunda, intensivt, ja vad som helst snarare än lyckligt.

– Å, lilla kusin, det är fantastiskt att se hur lite du har förändrats! Men hur som helst, om ett par dagar marscherar jag med armén mot Peru, och uppriktigt sagt hoppas jag få dö med stövlarna på, för mitt liv har ingen mening längre.

– Men din dotter då?

– Jag förstår att Williams har gett dig alla detaljer. Morföräldrarna tar hand om henne, och hon ska inte lida brist på pengar, jag har sett till att hon är väl försörjd.

– Vad heter hon?

– Aurora.

– Aurora del Valle... vackert namn. Försök komma helskinnad hem från kriget, Severo, för när vi gifter oss kommer flickan säkert att bli vår första dotter, sa Nívea och rodnade.

– Vad sa du?

– Jag har väntat på dig hela mitt liv, så jag kan nog vänta lite till. Det är ingen brådska, jag har mycket att göra innan jag gifter mig. Jag arbetar.

– Arbetar! Varför då? utbrast Severo chockerad, för ingen kvinna i hans släkt, eller i någon annan släkt han kände till, arbetade.

– För att lära mig nånting. Farbror José Francisco har anställt mig att ordna hans bibliotek och har gett mig lov att läsa allt vad jag vill. Kommer du ihåg honom?

– Jag vet inte mycket om honom, var det inte han som gifte sig med en arvtagerska och har ett palats i Viña del Mar?

– Just det, han är släkt till mamma. Han är den klokaste och snällaste karl jag känner, och stilig också, fast inte så stilig som du, skrattade hon.

– Skoja inte med mig, Nívea.

– Var din fru vacker? frågade flickan.

– Mycket vacker.

– Du måste komma över din sorg, Severo. Kriget kanske hjälper. Det sägs att mycket vackra kvinnor är oförglömliga. Jag hoppas att du lär dig leva utan henne. Jag ska be till Gud att du blir kär på nytt, och måtte det bli i mig... mumlade Nívea och tog hans hand.

Och då gjorde det fruktansvärt ont i bröstet på Severo del Valle, som ett spjutsting genom revbenen, och en snyftning bröt fram över hans läppar, och så började han gråta hejdlöst så att han skakade i hela kroppen, medan han snyftade fram Lynns namn gång efter gång, Lynn, tusen gånger Lynn. Nívea drog honom intill sig och slog sina smala armar om honom, klappade honom tröstande på ryggen som om han var ett barn.

Salpeterkriget började till havs och fortsatte till lands, i strider man mot man med påskruvade bajonetter och med kroksablar i världens torraste och ogästvänligaste öknar, i de landområden som i dag bildar norra Chile men som före kriget tillhörde Peru och Bolivia. De peruanska och bolivianska trupperna var illa förberedda på sådana strider, de var små och dåligt beväpnade och leveranserna av förnödenheter var så bristfälliga att en del bataljer och skärmytslingar avgjordes av bristen på dricksvatten eller därför att kärrorna lastade med gevärskulor i lådor körde fast med hjulen i sanden. Chile var ett land i utveckling, med solid ekonomi, hade Sydamerikas bästa flotta och en armé på över sjuttiotusen man. Det var berömt för sin medborgaranda på en kontinent av lantliga despoter, systematisk korruption och blodiga revolutioner; den chilenska nationalkaraktärens måttfullhet och de solida institutionerna väckte grannländernas avund, dess skolor och universitet lockade till sig lärare och studenter från utlandet. Tillströmningen av engelska, tyska och spanska immigranter hade haft en viss dämpande inverkan på det eldfängda inhemska temperamentet. Armén drillades enligt preussisk modell och kände inte till någon fred, för under åren närmast före salpeterkriget hade den legat i ständig stridsberedskap och slagits mot indianerna i södra delen av landet i zonen som kallades La Frontera. Dit hade nämligen civiliseringens arm sträckt sig, men där bortom började det oberäkneliga indianska territoriet dit ända till helt nyligen inga andra än jesuitmissionärerna hade vågat sig. De skräckinjagande araukanska krigarna, som kämpat oavlåtligt ända sedan de spanska erövrarnas tid, gav inte vika för kulor eller inför de värsta grymheter, men de föll den ene efter den andre nedmejade av spriten. Medan soldaterna slogs mot dem övade de sig i grymhet. Snart nog lärde sig peruaner och bolivianer att frukta chilenarna, dessa blodtörstiga fiender som var i stånd att sticka ned och skjuta ihjäl sårade och fångar. Chilenarna spred så mycket hat och skräck omkring sig att de väckte våldsam antipati i utlandet, vilket ledde till en ändlös rad av protester och diplomatiska tvister och gjorde motståndarna ännu fastare beslutna att slåss till sista blodsdroppen eftersom det inte var någon mening med att kapitulera. De peruanska och bolivianska trupperna bestod av en handfull officerare, kontingenter av illa utrustade reguljära soldater och massor av tvångsrekryterade indianer, som knappt visste vad de slogs för och deserterade vid första tillfälle. De chilenska styrkorna däremot omfattade till största delen civila, lika ursinniga i strid som militärerna, som slogs av fosterlandskärlek och aldrig gav sig. Ofta var omständigheterna helvetiska. Under marschen genom öknen släpade de sig fram i moln av saltmängt damm, uttorkade, i sand upp på halva låret, med en obarmhärtig sol lågande över sina huvuden och tyngda av ränslar och utrustning de bar på ryggen, fastklamrade vid sina gevär, desperata. Smittkoppor, tyfus och tredagarsfeber tog mångas liv; på militärsjukhusen fanns fler sjuka än sårade. När Severo del Valle slöt upp i armén ockuperade hans landsmän Antofagasta – Bolivias enda tillträde till havet – och de peruanska provinserna Tarapacá, Arica och Tacna. Vid mitten av året 1880 dog krigs- och marinministern av slag mitt under ökenkampanjen, vilket skapade total förvirring i regeringen. Till slut utnämnde presidenten till hans efterträdare don José Francisco Vergara, Níveas släkting, en outtröttlig resenär och bokslukare som fick ta vapen i hand vid fyrtiosex års ålder för att leda krigföringen. Han var bland de första som observerade att medan Chile avancerade i erövringståget i norr, la sig Argentina i det tysta till med Patagonien i söder, men ingen lyssnade på honom för den landsdelen ansågs lika onyttig som månen. Vergara var lysande intelligent, med fint sätt och utmärkt minne, intresserade sig för allt från botanik till poesi, var omutbar och totalt i avsaknad av politiska ambitioner. Han planerade den militära strategin med samma lugna noggrannhet som han skötte sina affärer. Trots misstron från de uniformerade och till allmän förvåning ledde han de chilenska trupperna raka vägen till Lima. Som hans unga släkting Nívea sa: "Krig är en alldeles för allvarlig sak för att anförtros åt militären." Talesättet spred sig från familjens sköte och blev till ett sådant kärnfullt omdöme som ingår i ett lands historiska anekdotskatt.

I slutet av året beredde sig chilenarna för slutanfallet på Lima. Då hade Severo del Valle kämpat i elva månader, omgiven av smuts, blod och det grymmaste barbari. Vid det laget hade minnet av Lynn Sommers trasats sönder, han drömde inte längre om henne utan om de förstörda kroppar som hade varit samma män som han delat sin ranson med dagen innan. Kriget bestod mest av ilmarscher och tålmodig väntan; inslagen av strid kändes nästan som en lättnad i den enformiga tillvaron av förflyttning och dröjsmål. När han kom åt att sitta ned och röka en cigarrett passade han på att skriva några rader till Nívea i samma kamratliga ton som han alltid hade använt till henne. Han sa ingenting om kärlek, men småningom började han inse att hon skulle bli den enda kvinnan i hans liv och att Lynn Sommers bara hade varit en långvarig fantasi. Nívea skrev regelbundet till honom, även om inte alla hennes brev kom fram, och berättade om släkten, om livet i staden, om de sällsynta gånger hon träffade farbror José Francisco och vilka böcker han rekommenderade henne att läsa. Hon skrev också om den andliga förändring som skakade henne, hur hon kom allt längre bort från vissa katolska riter, som hon tyckte var exempel på hedendom, och i stället sökte efter rötterna till en snarare filosofisk än dogmatisk kristendom. Hon var orolig för att Severo, där i en rå och grym värld, skulle mista kontakten med sin själ och förvandlas till en främling. Tanken på att han var tvingad att döda kändes outhärdlig för henne. Hon försökte låta bli att tänka på det, men beskrivningarna av soldater genomborrade av knivstick, huvudlösa kroppar, våldtagna kvinnor och barn spetsade på bajonetter gick inte att komma undan. Deltog Severo i sådana gräsligheter? Skulle en man som blivit vittne till sådana handlingar kunna återanpassa sig till fred, bli make och familjefar? Skulle hon kunna älska honom trots allt detta? Severo del Valle undrade detsamma medan hans regemente beredde sig till anfall några kilometer från Perus huvudstad. I slutet av december stod den chilenska kontingenten redo för aktion i en dal söder om Lima. De var noga förberedda, hade en stor truppstyrka, mulor och hästar, förråd, proviant och vatten, flera segelfartyg för trupptransport och dessutom fyra fältsjukhus med sexhundra sängar och två lasarettsfartyg under Röda Korsets flagg. En av befälhavarna kom till fots med hela sin brigad intakt, efter att ha tagit sig fram över ändlösa sankmarker och berg, och uppenbarade sig som en mongolisk furste med ett följe av femtonhundra kineser med kvinnor, barn och djur. När Severo del Valle fick se dem trodde han att han fallit offer för en hallucination där hela Chinatown övergett San Francisco och givit sig ut i samma krig som han själv. Den pittoreske befälhavaren hade rekryterat kineserna under vägen, de var immigranter som arbetade under slaveriliknande förhållanden, som hade hamnat mellan två eldar och som, eftersom de inte hade några lojalitetsband med någondera sidan, hade valt att sluta sig till de chilenska styrkorna. Medan de kristna höll mässa innan de gick ut i strid anordnade asiaterna sin egen ceremoni, och sedan bestänkte fältprästerna samtliga med vigvatten. "Det här ser ut som en cirkus", skrev Severo den dagen till Nívea, utan att ana att det skulle bli hans sista brev. Minister Vergara var där personligen, han stod från klockan sex på morgonen till långt efter mörkrets inbrott, ingav soldaterna mod och dirigerade inskeppningen av tusentals man, av djur, kanoner och förnödenheter.

Peruanerna hade organiserat två försvarslinjer ett par kilometer från staden på platser där angriparna hade svårt att ta sig fram. Förutom branta och sandiga sluttningar fanns där befästningar, bröstvärn, artilleri och skyttegravar med sandsäckar som betäckning för skyttarna. Dessutom hade de lagt ut minor gömda i sanden, som detonerade när någon kom i kontakt med dem. De bägge försvarslinjerna var förbundna sinsemellan och med Lima genom järnväg för att garantera transport av manskap, sårade och förnödenheter. Severo del Valle och hans kamrater visste alltså redan innan anfallet inleddes i mitten av januari 1881 att segern – om den blev vunnen – skulle komma att kosta många liv.

Den januarieftermiddagen var trupperna beredda att marschera mot Perus huvudstad. Sedan man serverat mat och brutit läger brändes brädskjulen som hade tjänat till nattkvarter och trupperna delades i tre delar för att ta det fientliga försvaret med överrumpling i skydd av den täta dimman. De gick tysta, var och en med sin tunga utrustning på ryggen och med gevären redo, beredda att anfalla "rakt fram och på chilenskt vis", så som generalerna hade beordrat, medvetna om att deras starkaste vapen var de våldsberusade soldaternas dristighet och ursinne. Severo del Valle hade sett fältflaskorna med brännvin och krut gå runt, en eldfängd blandning som satte inälvorna i brand men ingav okuvligt mod. Han hade prövat den en gång, men efteråt hade han plågats av kräkningar och huvudvärk i två dygn, så han föredrog att uthärda striden opåverkad. Mar-

schen under tystnad på den kolsvarta slätten kändes evighets-
lång trots korta raster. Efter midnatt gjorde den väldiga soldat-
massan halt för en timmes vila. Avsikten var att de skulle anfal-
la en kurort nära Lima före gryningen, men motstridande order
och förvirring bland befälet fick planen att misslyckas. Inte
mycket var känt om läget bland förtrupperna, där striden tydli-
gen redan hade inletts, och det tvingade de utmattade mannarna
att fortsätta utan vilopaus. Severo gjorde som de andra, satte
ifrån sig ränsel, vapenrock och sina övriga tillhörigheter, skru-
vade fast bajonetten och började rusa framåt i blindo och vråla
som ett rasande vilddjur, för nu gällde det inte längre att över-
rumpla fienden, utan att sätta skräck i honom. Peruanerna var
beredda, och så snart de hade chilenarna inom skotthåll avlos-
sade de en skur av kulor mot dem. Dimma, rök och damm dol-
de horisonten bakom ett ogenomträngligt töcken medan luften
fylldes av skräck när signalhornen blåste till anfall, stridslar-
met skallade, de sårade skrek, hästarna gnäggade och kanoner-
na dånade. Marken var minerad, men chilenarna ryckte fram
ändå med sitt vilda stridsrop "Ingen pardon!". Severo del Valle
såg två av sina kamrater slitas i bitar när de trampade på en
mina några meter bort. Han fick inte tid att tänka att nästa
explosion kunde drabba honom själv, det fanns inte tid att tän-
ka på någonting alls, för nu hoppade de första husarerna redan
över fiendens skyttegravar, föll ned i dikena med sina krokkni-
var mellan tänderna och med dragna bajonetter, massakrerade
och dog i strömmar av blod. De peruaner som överlevde drog
sig tillbaka och angriparna började klättra uppför kullarna och
storma försvarsställningarna som byggts trappstegsvis längs
sluttningarna. Plötsligt fann sig Severo del Valle med sabel i
hand i färd med att hugga ihjäl en man, och strax med att skjuta
en flyende i nacken på nära håll. Ursinne och skräck hade helt
tagit makten över honom, liksom alla de andra hade han för-
vandlats till ett vilddjur. Hans uniform var trasig och nedblo-
dad, en bit av någons tarm hängde över ena ärmen, han var hes
av att skrika och svära, rädslan var borta och han var inte sig

själv längre, bara en maskin som dödade, som utdelade hugg utan att se var de träffade, med det enda slutmålet att ta sig upp på toppen av kullen.

Klockan sju på morgonen, efter två timmars strid, fladdrade den chilenska fanan på en av höjderna, och där Severo låg på knä uppe på kullen såg han en mängd peruanska soldater fly hals över huvud och sedan samlas på gården till en hacienda där de i formation mötte det chilenska kavalleriets anfall. Inom några minuter var allt ett inferno. Severo del Valle, som sprang ditåt, såg sablarna blänka i luften och hörde skottlossningen och jämmerropen. När han kom fram till haciendan flydde fienderna på nytt, förföljda av de chilenska trupperna. Just då hörde han sin majors röst som beordrade honom att samla sin avdelning för att anfalla byn. Det korta uppehållet medan leden samlades gav honom ett ögonblicks andrum; han sjönk ned med pannan mot marken, flämtande och darrande, med händerna stelnade om geväret. Han tänkte att framryckningen var vanvettig, för hans regemente kunde inte ensamt stå emot de stora fientliga styrkor som hade förskansat sig i olika byggnader, det skulle bli strid från hus till hus; men det var inte hans uppgift att tänka, utan att lyda sina överordnade och förvandla den peruanska byn till spillror, aska och död. Ett par minuter senare travade han i täten för sina kamrater, medan projektilerna ven omkring dem. De gick in på två led, ett på vardera sidan av huvudgatan. De flesta invånare hade flytt när de hörde ropet "Chilenarna kommer!", men de som fanns kvar var fast beslutna att slåss med allt de hade till hands, från köksknivar till grytor med kokande olja som de hällde ut från balkongerna. Severos regemente hade order att gå ur hus i hus ända tills de utrymt byn, ingen lätt uppgift eftersom den var full av peruanska soldater som förskansat sig på taken, i träden, i fönstren och i portgångarna. Severo var torr i halsen och ögonen sved, han såg knappt en meter framför sig; luften var tjock av rök och krut och hade blivit omöjlig att andas, förvirringen var så stor att ingen visste vad han skulle göra, alla härmade bara efter den som gick framför. Plötsligt hörde han kulor vina runt omkring sig och insåg att han inte kunde rycka fram längre, han måste söka skydd. Med gevärskolven slog han upp närmaste dörr och rusade in i huset med dragen sabel, förblindad av kontrasten mellan brinnande sol där ute och dunklet innanför. Han skulle ha behövt några minuter för att ladda sitt gevär, men det fick han inte; ett genomträngande tjut kom honom att stelna av överraskning och han skymtade en figur som hade legat hopkrupen i ett hörn och som nu reste sig framför honom med en yxa i högsta hugg. Severo hann skydda sitt huvud med armarna och kasta kroppen bakåt. Yxan föll som en blixt ned mot hans vänstra fot och naglade fast den i golvet. Han fattade inte vad som hänt utan reagerade rent instinktivt. Med hela sin kroppstyngd stötte han geväret med bajonetten i buken på angriparen och drog den sedan uppåt med en våldsam ansträngning. En stråle blod träffade honom rakt i ansiktet. Då fattade han att fienden var en ung flicka. Han hade skurit upp henne på mitten, hon stod på knä och försökte hålla kvar sina inälvor som började välla ut på brädgolvet. De såg på varandra, förvånade, undrade där i ögonblickets andlösa tystnad vilka de var, varför de möttes på det sättet, varför de förblödde, varför de måste dö. Severo tänkte stödja henne men kunde inte röra sig, och först då kände han en fruktansvärd smärta i foten, en eldtunga som löpte genom benet ända upp i bröstet. I det ögonblicket rusade en annan soldat in i rummet, uppfattade situationen med en enda blick och sköt utan att tveka på en meters håll mot kvinnan, som hur som helst redan var död, och så grep han yxan och drog med våldsam kraft, tills Severo blev fri. "Kom, löjtnant, vi måste bort härifrån, artilleriet börjar strax skjuta!" varnade han, men Severo förlorade blod i strömmar, han svimmade, fick medvetandet tillbaka ett ögonblick men så slöt sig mörkret omkring honom på nytt. Soldaten satte sin fältflaska till munnen på Severo och tvingade honom att ta en stor klunk, sedan gjorde han en provisorisk turniket under knät med hjälp av en halsduk, tog den sårade på ryggen och släpade honom med sig ut. Utanför kom andra händer till hjälp och fyrtio minuter senare, medan det chilenska artilleriet beströk byn med kanoneld och förvandlade den fredliga kurorten till spillror och förvridna metallstycken, låg Severo utanför sjukhuset tillsammans med hundratals illa tilltygade lik och tusentals sårade som låg där i blodpölar, plågade av flugor, och väntade på döden eller ett räddande underverk. Smärtan och skräcken gjorde honom omtöcknad, ibland störtade han rakt ned i barmhärtig medvetslöshet och när han vaknade såg han hur himlen höll på att mörkna. Efter dagens brännande hetta följde *camanchaca*, den täta ökendimman, med sin fuktiga köld och svepte in natten i sin kappa. Under sina klara ögonblick kom han ihåg bönerna han lärt sig som barn och bad att få dö snabbt, medan bilden av Nívea visade sig för honom som en ängel, han tyckte att han såg henne luta sig över honom, stödja honom, torka hans panna med en fuktig duk och tala kärleksord till honom. Nívea, Nívea upprepade han och bad hest om ett glas vatten.

Striden för att erövra Lima var slut klockan sex på kvällen. Under de närmaste dagarna, när det gick att få fram antalet döda och sårade, beräknades att omkring tjugo procent av de stridande på bägge sidor stupat under de där timmarna. Många fler skulle dö senare av sina infekterade sår. Provisoriska fältsjukhus inrättades i en skola och i tält utspridda i omgivningarna. Vinden bar med sig stanken av kadaver flera kilometer bort. Uttröttade läkare och sjuksköterare tog i mån av möjlighet hand om dem som fördes dit, men bland chilenarna fanns mer än tvåtusenfemhundra sårade, och uppskattningsvis minst sjutusen bland de peruanska truppernas överlevande. De sårade hopades i korridorer och på gårdar, de fick ligga på marken tills det blev deras tur. De svåraste fallen fick vård först, och Severo del Valle var inte döende ännu trots att han förlorat enormt mycket krafter, blod och hopp, så bårbärarna lät gång på gång andra få företräde. Samme menige som hade tagit honom på ryggen och burit honom till sjukhuset skar upp hans känga med sin kniv, drog av honom den nedblodade skjortan och gjorde en provisorisk kompress till den sönderhuggna foten, för det fanns varken bandage eller medikamenter och inte heller fenol till desinficering, opium eller kloroform, allt hade tagit slut eller försvunnit i stridens kaos. "Lossa på turniketen då och då så det inte blir kallbrand i benet, löjtnant", rekommenderade soldaten Severo. Innan han tog avsked önskade han honom lycka till och gav honom det dyrbaraste han ägde, ett paket tobak och sin fältflaska med resten av brännvinet. Severo del Valle fick aldrig veta hur länge han låg där på gården, kanske en dag, kanske två. När han till slut blev upphämtad och förd till läkaren var han medvetslös och uttorkad, men när de flyttade honom blev smärtan så fruktansvärd att han vaknade upp med ett vrål. "Vänta bara, löjtnant, det här är inte det värsta", sa en av bärarna. Han bars in i en stor sal med golvet täckt av sand, där då och då ett par hantlangare tömde ut nya hinkar med sand för att suga upp blodet, och i samma hinkar bar de bort amputerade lemmar och brände dem utanför på ett väldigt bål som fyllde luften med oset av bränt kött. På fyra träbord klädda med metall opererades de arma soldaterna, på golvet stod handfat med rödaktigt vatten där svamparna sköljdes som användes för att hämma blodflödet från såren, och där låg högar med sönderrivna tygtrasor att använda till bandage, alltsammans smutsigt och överstrött med sand och sågspån. På ett bord intill låg skräckinjagande tortyrinstrument uppradade – tänger, saxar, sågar och nålar – fläckiga av intorkat blod. De amputerades jämmerrop fyllde luften och stanken av förruttnelse, spyor och exkrementer var kvävande. Läkaren visade sig vara en immigrant från Balkan, en skicklig kirurg som uppträdde bestämt, säkert och raskt. Han hade två dagars skäggstubb och var rödögd av trötthet, och hans grova förskinn var rött av färskt blod. Han tog bort det provisoriska bandaget från Severos fot och lossade turniketen, och det räckte med en blick för att han skulle se att infektionen hade börjat och bestämma sig för att amputera. Säkert hade han skurit av många lemmar under de där dagarna, för han rörde inte en min.

– Har ni någon sprit? frågade han med tydlig utländsk brytning.

– Vatten... bad Severo del Valle med uttorkad tunga.

– Sedan får ni vatten. Nu behöver ni något som bedövar er lite, men här har vi inte kvar en enda droppe sprit, sa läkaren. Severo visade på fältflaskan. Doktorn tvingade honom att dricka tre stora klunkar, de hade inget bedövningsmedel, förklarade han, och så använde han resten till att blöta några tygbitar för att göra ren sina instrument. Sedan gav han tecken åt hantlangarna att ställa sig på varsin sida om bordet och hålla fast patienten. Det här är slutet, hann Severo tänka, och han försökte se Nívea för sig för att slippa dö med bilden för ögonen av flickan som han hade sprättat upp med bajonetten. En sjukvårdare applicerade en ny turniket och höll benet stadigt fast uppe vid låret. Kirurgen tog en skalpell, stack in den två decimeter under knät och skar med en skicklig cirkelrörelse genom köttet ända in till skenbenet och vadbenet. Severo del Valle vrålade av smärta och förlorade genast medvetandet, men hantlangarna släppte honom inte utan höll honom ännu hårdare fast på bordet medan läkaren med sina fingrar sköt tillbaka hud och muskler så att benet blottades. Så tog han en såg och kapade av det med tre välriktade sågtag. Sjukvårdaren drog fram de avkapade blodkärlen ur benstumpen och läkaren knöt om dem med otrolig skicklighet. Sedan släppte han gradvis efter på turniketen medan han täckte över det amputerade benet och sydde ihop. Därpå förband de Severo snabbt och bar iväg med honom till en vrå i salen för att lämna plats åt en annan sårad som skrikande fördes fram till operationsbordet. Hela proceduren hade tagit mindre än sex minuter.

Under dagarna efter slaget gick de chilenska trupperna in i Lima. Enligt de officiella kommunikéer som publicerades i chilenska tidningar skedde det i god ordning; enligt vad det framgår av limabornas minne var det rena slakten, därtill ovanpå de övergrepp som besegrade och ursinniga peruanska soldater begick därför att de kände sig svikna av sina ledare. En del av civilbefolkningen hade flytt, och de förmögna familjerna sökte trygghet ombord på fartygen i hamnen, på konsulaten och på en strand under beskydd av utländsk marin, där diplomatiska kåren hade satt upp tält för att ta emot flyktingarna under neutrala flaggor. De som stannade kvar för att försvara sina ägodelar måste under resten av sina liv minnas de helvetiska scenerna med soldathopen som var berusad och galen av våld. De plundrade och brände ned husen, de våldtog och de misshandlade och mördade alla som kom i deras väg, också kvinnor, barn och åldringar. Till slut la en del av de peruanska regementena ned sina vapen och kapitulerade, men många soldater spred sig i vild flykt upp i bergen. Två dagar efteråt tog sig den peruanske generalen Andrés Cáceres ut ur den ockuperade staden med sitt ena ben förstört, med hjälp av sin hustru och ett par trogna officerare, och försvann upp i de oländiga bergen. Han hade svurit att så länge han hade liv i kroppen skulle han fortsätta striden.

I hamnstaden Callao beordrade de peruanska kaptenerna sina besättningar att lämna fartygen och satte fyr på krutförrådet, så att hela flottan gick till botten. Explosionerna väckte Severo del Valle där han låg i en vrå på den smutsiga sanden i operationssalen, tillsammans med andra som liksom han nyss hade gått igenom amputationens skärseld. Någon hade lagt en filt över honom och ställt en fältflaska med vatten bredvid, han räckte ut handen men darrade så våldsamt att han inte kunde öppna flaskan utan blev liggande med den tryckt mot bröstet, jämrande, tills en ung marketenterska kom dit och öppnade den och hjälpte honom att föra den till sina torra läppar. Han drack alltsammans i ett enda tag. På uppmaning av flickan, som hade kämpat tillsammans med karlarna i månader och visste lika mycket som läkarna om att sköta sårade, stoppade han en nypa tobak i munnen och tuggade den girigt för att dämpa krampryckningarna efter operationschocken. "Att döda är ingen konst, konsten är att överleva, kära du. Om du inte aktar dig kommer döden smygande och tar dig", varnade marketenterskan. "Jag är rädd", försökte Severo säga, och hon kanske inte hörde vad han stammade fram men hon förstod hans skräck, för hon tog av sig en liten helgonmedaljong av silver som hon bar om halsen och la den i hans händer. "Måtte den Heliga Jungfrun hjälpa dig", mumlade hon, lutade sig fram och kysste honom hastigt på munnen innan hon gick sin väg. Severo låg där och kände den lätta beröringen av hennes läppar och höll medaljen hårt tryckt i sin hand. Han darrade, tänderna skallrade och han brann av feber; då och då somnade han eller svimmade och när han kom till medvetande igen blev han omtöcknad av smärta. Några timmar senare kom samma marketenterska tillbaka med sina svarta flätor och gav honom ett par fuktiga tygbitar, så att han skulle få tvätta bort svetten och det torkade blodet, och en plåttallrik med majsgröt, en bit torrt bröd och en skål cikoriakaffe, en ljum och mörk vätska som han inte ens försökte smaka på, så svag och illamående som han var. Han gömde huvudet under filten och gav efter för smärta och förtvivlan, jämrade sig och grät som ett barn, och till slut somnade han på nytt. "Du har förlorat mycket blod, min son, om du inte äter kommer du att dö." Med de orden väckte honom en fältpräst som gick omkring och bjöd tröst åt de sårade och sista smörjelsen åt de döende. Då kom Severo del Valle ihåg att han hade gått ut i krig för att få dö. Det var vad han hade föresatt sig när han förlorade Lynn Sommers, men nu när döden fanns där, lutad över honom som en gam, väntande på sitt tillfälle att ge honom det sista hugget, väckte livsinstinkten upp honom igen. Driften att rädda livet var starkare än den brännande smärtan som skar igenom honom från benet ända ut i kroppens alla fibrer, den var starkare än ångesten, ovissheten och skräcken. Han förstod att han inte alls ville lägga sig och dö, han längtade förtvivlat efter att få stanna kvar i världen, leva i vilket tillstånd och på vilka villkor som helst, på vilket sätt som helst, enbent, besegrad, sak samma bara han fick vara kvar i denna världen. Liksom alla soldater visste han att bara en på tio av dem som amputerats lyckades övervinna blodförlusten och kallbranden, det gick inte att komma undan, det var bara en fråga om tur. Han beslöt sig för att han skulle bli en av de där överlevande. Han tänkte att hans underbara kusin Nívea förtjänade en man som var hel och inte krympling, han ville inte att hon skulle få se honom som en trashank, han skulle inte stå ut med hennes medlidande. Men när han blundade kom hon fram för hans inre syn igen, han såg Nívea, obesudlad av krigets våld och världens gemenhet, luta sig över honom med sitt intelligenta ansikte, sina mörka ögon och sitt okynniga leende, och då smälte hans stolthet bort som salt i vatten. Han tvivlade inte det minsta på att hon skulle älska honom lika mycket med ett halvt ben som hon hade älskat honom förut. Han tog skeden med sina stelnade fingrar, försökte behärska darrningarna och tvingade sig att öppna munnen och svälja en tugga av den där äckliga majsgröten som hade kallnat och var fullsatt med flugor.

De chilenska regementena tågade i triumf in i Lima i januari 1881 och försökte därifrån påtvinga Peru nederlagets fredsvillkor. När väl de första veckornas barbariska förvirring lugnat sig lämnade de arroganta segrarna kvar en kontingent på tiotusen man för att kontrollera det ockuperade landet, och de övriga började återfärden söderut för att skörda sina välförtjänta lagrar, men de bortsåg övermodigt från de tusentals besegrade soldater som lyckats fly upp i sierran och tänkte fortsätta slåss därifrån. Segern hade varit så överväldigande att generalerna inte kunde föreställa sig att peruanerna skulle ansätta dem i tre långa år till. Själen i det där envisa motståndet var general Cáceres, som mirakulöst undsluppit döden och med ett fasansfullt sår tagit sig upp i bergen för att väcka liv i det envisa modet hos en armé i trasor, av spöksoldater och indianska rekryter. Med den förde han en blodig gerillakamp genom bakhåll och skärmytslingar. Cáceres soldater, med uniformerna i trasor, ofta barfota, undernärda och desperata, slogs med knivar, lansar, påkar, stenar och några få föråldrade gevär, men de hade fördel av att vara hemma i terrängen. De hade valt rätt slagfält för att stå emot en fiende som var disciplinerad och välbeväpnad, om också inte alltid tillräckligt underhållen med förnödenheter, för att ta sig upp i de där branta bergen var en uppgift för kondorer. Peruanerna gömde sig bland de snöklädda topparna, i grottor och raviner, på stormpiskade ishöjder där luften var så tunn och ödsligheten så väldig att inga andra än de, sierrans folk, kunde överleva. De chilenska soldaternas trumhinnor sprack så att blodet rann ur öronen, de föll medvetslösa omkull av syrebrist och förfrös i Andernas isiga hålvägar. Medan chilenarna knappt förmådde ta sig uppför när hjärtat inte stod emot en sådan ansträngning, klättrade indianerna från högslätten som lamadjur, med en börda på ryggen lika tung som de själva, utan annan näring än örnarnas beska kött och en grön cocaboll som de rullade i munnen. Det blev tre år av krig utan uppehåll och utan fångar men med tusentals stupade. De peruanska styrkorna vann en enda öppen drabbning, i en by utan strategiskt värde, försvarad av sjuttiosju chilenska soldater varav åtskilliga var sjuka i tyfus. Försvararna hade bara etthundra kulor per man, men de slogs hela natten så tappert mot hundratals soldater och indianer att de peruanska officerarna, i den tröstlösa gryningen då bara tre skyttar återstod, bönföll dem att kapitulera därför att det kändes skändligt att döda dem. Men det gjorde de inte, de fortsatte att slåss och stupade med dragna bajonetter medan de ropade sitt fosterlands namn. Tillsammans med dem fanns tre kvinnor, som den indianska hopen släpade ut på det blodiga bytorget, våldtog och högg i stycken. En av dem hade fött barn inne i kyrkan under natten, medan hennes man kämpade utanför, men de slog ihjäl den nyfödde också. De stympade liken, sprättade upp buken på dem och drog ut tarmarna, och efter vad det berättades i Santiago åt indianerna upp inälvorna stekta på spett. Sådan brutalitet var inget undantag, barbariet var detsamma på bägge sidor i detta gerillakrig. Den slutgiltiga kapitulationen och fredsfördragets undertecknande skedde i oktober 1883, sedan Cáceres styrkor besegrats i en sista sammandrabbning, en massaker med knivar och bajonetter som lämnade över tusen stupade på slagfältet. Chile tog tre provinser från Peru. Bolivia miste sin sista tillträdesväg till havet och tvangs att underteckna ett vapenstillestånd på obestämd tid, som skulle förlängas tjugo år i taget tills ett fredsavtal ingicks.

Severo del Valle, liksom tusentals andra sårade, transporterades med fartyg till Chile. Medan många andra dog av kallbrand eller i tyfus och dysenteri på de provisoriska fältlasaretten, kunde han hämta sig tack vare Nívea. Så fort hon fått veta vad som hänt tog hon kontakt med sin släkting, minister Vergara, och lät honom inte få någon ro förrän han gav order om att man skulle leta rätt på Severo, hämta ut honom från ett sjukhus där han bara var en bland tusentals sjuka i kritiskt tillstånd och skicka honom till Valparaíso med första tillgängliga transport. Han utfärdade också ett särskilt tillstånd för Nívea så att hon fick komma in på militärt område i hamnen och avdelade en löjtnant att hjälpa henne. När Severo bars i land på en bår kände hon inte igen honom, han hade magrat tjugo kilo, han var smutsig och såg ut som ett gult och hårbevuxet lik, med flera veckors skägg och skräckslagna, feberyra ögon som på en galning. Nívea övervann sin förfäran med samma amasoniska viljestyrka som höll henne uppe i alla livets skiften och tog emot honom med ett glatt "välkommen, kusin, så roligt att se dig!" som Severo inte förmådde svara på. Han kände en sådan lättnad när han fick se henne att han måste sätta händerna för ansiktet så att hon inte skulle märka att han grät. Löjtnanten hade ordnat transport, och i enlighet med de order han fått förde han den sårade och Nívea direkt till ministerns residens i Viña del Mar, där Vergaras maka hade ställt i ordning ett rum. "Min man hälsar att du ska stanna här ända tills du kan gå igen, min pojke", meddelade hon. Familjens läkare tog till alla vetenskapens resurser för att få honom frisk, men när såret ännu inte var läkt efter en månad och Severo fortfarande hade svår feber, förstod Nívea att han var sjuk i själen på grund av krigets fasor och att det enda botemedlet mot dessa samvetskval var kärleken, och hon beslöt att ta till extrema åtgärder.

– Jag tänker be mina föräldrar om lov att få gifta mig med dig, sa hon till Severo.

– Jag är döende, Nívea, suckade han.

– Alltid kommer du med någon ursäkt, Severo! Att vara döende har aldrig varit något laga förfall om man ska gifta sig.

– Vill du bli änka utan att ha varit gift? Jag vill inte att det ska gå likadant för dig som för mig med Lynn.

– Jag blir inte änka, för du kommer inte att dö. Skulle du nu vackert kunna fria till mig, kusin? Säga till exempel att jag är kvinnan i ditt liv, din ängel, din musa eller nånting i den stilen. Hitta på nånting, hör du! Säg att du inte kan leva utan mig, det är väl sant i alla fall? Jag får medge att det inte är särskilt roligt att vara den enda som är romantisk i det här förhållandet.

– Du är tokig, Nívea. Jag är ju inte ens en hel karl, bara en eländig invalid.

– Är det nånting mer än en bit av ett ben som fattas? frågade hon förskräckt.

– Tycker du det är så lite?

– Om du har allting annat på rätt plats så tycker jag inte du har förlorat så mycket, Severo, skrattade hon.

– Gift dig med mig då, snälla du, mumlade han, enormt lättad och med gråten i halsen, alltför svag för att kunna ta henne i famn.

– Gråt inte, Severo, kyss mig, det behöver du inget ben till, svarade hon och böjde sig fram över sängen med samma åtbörd som han hade sett för sig många gånger i sin feberyra.

Tre dagar senare vigdes de genom en kort ceremoni i en av ministerresidensets vackra salonger, med bägge familjerna närvarande. Med tanke på omständigheterna blev det ett privat bröllop, men bara de närmaste anhöriga uppgick till nittiofyra personer. Severo uppträdde blek och mager, med håret klippt i Byronfrisyr, nyrakad och festklädd, med stärkkrage på skjortan, guldknappar och sidenkravatt, i rullstol. Det fanns inte tid att sy någon brudklänning eller någon passande utstyrsel till Nívea, men hennes systrar och kvinnliga kusiner fyllde två koffertar med linne som de hade broderat på i åratal till sina egna hemgifter. Hon bar en vit sidenklänning och en tiara med pärlor och diamanter, lånade från Vergaras hustru. På bröllopsfotografiet ser man henne stå strålande bredvid sin makes stol. Den kvällen hölls en familjemiddag där Severo del Valle inte var med, för dagens sinnesrörelse hade gjort slut på hans krafter. När gästerna hade gått förde värdinnan Nívea till rummet som gjorts i ordning åt henne. "Så ledsamt att din bröllopsnatt skulle bli så här..." stammade den värda damen rodnande. "Var inte orolig, tant, jag ska trösta mig med att läsa en bön", svarade flickan. Nívea väntade tills hela huset sov, och när hon var säker på att där inte fanns något annat liv än den salta vinden från havet som rörde träden i trädgården, steg hon upp i sitt nattlinne, gick genom de långa korridorerna i detta stora främmande hus och kom in i Severos rum. Nunnan som anställts för att vaka över den sjukes nattsömn låg med spretande ben i en länstol och sov djupt, men Severo var vaken och väntade på Nívea. Hon förde ett finger till munnen för att han skulle vara tyst, och så släckte hon gasbelysningen och kröp ned i sängen.

Nívea hade gått i skola hos nunnorna och kom från en gammalmodig familj där man aldrig talade om kroppens funktioner och allra minst om dem som hade med fortplantningen att göra, men hon var tjugo år och hade ett lidelsefullt hjärta och gott minne. Hon kom mycket väl ihåg de hemliga lekarna med sin kusin i mörka vrår, Severos kroppsliga former, den alltid otillfredsställda lustens oro och syndens lockelse. På den där tiden hade blygsel och skuldkänsla lagt hämsko på dem, och bägge hade de kommit fram ur vrårna darrande, trötta och med brännhet hud. Under åren de hade levat skilda åt hade hon hunnit se tillbaka på vartenda ögonblick tillsammans med kusinen och omvandla barndomens nyfikenhet till djup kärlek. Dessutom hade hon dragit stor nytta av sin släkting José Francisco

Vergaras bibliotek. Han var en man med liberala och moderna idéer som inte ville veta av några begränsningar i sitt intellektuella sökande och ännu mindre tålde någon religiös censur. Medan Nívea katalogiserade böckerna om vetenskap, konst och krigföring upptäckte hon av en slump hur man kunde öppna ett hemligt hyllfack och träffade på en icke föraktlig mängd av kyrkan svartlistade romaner och erotiska texter, däribland en underhållande samling japanska och kinesiska teckningar med kärlekspar i ställningar som var anatomiskt orimliga men ägnade att inspirera den strängaste asket och ännu mera någon så fantasifull som Nívea. Men de lärorikaste texterna var de pornografiska romanerna av någon som kallade sig "En Anonym Dam", mycket illa översatta från engelska till spanska, som flickan tog med sig en i taget gömda i sin handväska, noga läste och omsorgsfullt satte tillbaka på rätt plats, en onödig försiktighetsåtgärd eftersom Vergara ägnade sig åt krigföringen och ingen annan i residenset gick in i biblioteket. Vägledd av de där böckerna utforskade hon sin egen kropp, lärde sig grunderna för mänsklighetens äldsta konst och förberedde sig för den dag då hon skulle kunna omsätta teorin i praktik. Hon visste förstås att det var en fasansfull synd hon begick – njutning är ju alltid syndig – men hon aktade sig för att ta upp ämnet med sin biktfader, för hon tyckte att det nöje hon beredde sig själv och skulle komma att bereda sig i framtiden var väl värt risken att hamna i helvetet. Hon bad en bön om att döden inte skulle drabba henne plötsligt utan att hon innan hon gav upp andan skulle hinna avlägga bikt om de stunder av vällust som böckerna beredde henne. Aldrig hade hon föreställt sig att de där ensamma övningarna skulle kunna hjälpa henne att ge livslusten tillbaka åt mannen som hon älskade, och allra minst att hon skulle få göra det på tre meters avstånd från en sovande nunna. Efter den första natten med Severo såg Nívea till att ta med sig en kopp varm choklad och några kex till nunnan när hon kom in och sa godnatt till sin make, innan hon gick till sitt eget rum. Chokladen innehöll en dosis valeriana stor nog att söva en kamel. Severo del Valle hade aldrig kunnat ana att hans kyska kusin var kapabel till så många och så fantastiska bedrifter. Den skärande smärtan i det sårade benet, febern och svagheten gjorde att han bara kunde spela en passiv roll, men det som fattades honom i styrka kompenserade hon med sin företagsamhet och kunskap. Severo hade inte haft en aning om att sådana akrobatkonster var möjliga och han var övertygad om att de inte var kristliga, men det hindrade honom inte att njuta helt och fullt av dem. Om det inte varit för att han känt Nívea sedan de var små skulle han ha trott att hans kusin utbildat sig i ett turkiskt harem, men om han var undrande över hur denna ungmö hade lärt sig så många olika hetärkonster var han klok nog att inte fråga. Han följde henne lydigt på sinnenas vägar så långt kroppen förmådde och utlämnade under färden sin själ intill minsta skrymsle. De sökte varandra mellan lakanen på alla de sätt som pornograferna beskrev i den rekorderlige krigsministerns bibliotek och på andra som de själva uppfann sporrade av lusta och kärlek, men med hänsyn till den bandagerade benstumpen och till att nunnan satt där och snarkade i sin länstol. Gryningen överrumplade dem där de låg och flämtade i en härva av armar och andades i samma takt med munnarna tillsammans, och så snart det första dagsljuset skimrade i fönstret gled hon som en skugga tillbaka till sitt rum. De forna lekarna blev till sannskyldiga maratonlopp i liderlighet, de smekte varandra med glupande aptit, kysste, slickade och trängde in överallt, alltsammans i mörker och under den mest absoluta tystnad, de höll tillbaka sina suckar och bet i kuddarna för att kväva ljudet av den glada vällusten som förde dem till salighetens höjder gång på gång under dessa alltför korta nätter. Klockan rusade: knappt hade Nívea uppenbarat sig som en ande i rummet och smugit ned i Severos säng förrän det redan var morgon. Ingen av dem slumrade till, de ville inte förlora en minut av de där välsignade nätterna tillsammans. Efteråt sov han som ett spädbarn ända till mitt på dagen, men hon steg tidigt upp, fast hon såg ut att gå i sömnen, och skötte sina vanliga sysslor.

Framåt kvällen vilade Severo del Valle i sin rullstol på terrassen och såg solen gå ned i havet, medan hans maka höll på att somna där hon satt bredvid och broderade. Inför andra uppförde de sig som syskon, rörde inte vid varandra och såg nästan inte på varandra, men luften omkring dem var laddad med längtan. Hela dagen räknade de timmarna och väntade med vild iver på att det skulle bli dags att få omfamna varandra i sängen igen. Det de gjorde om nätterna skulle ha förfärat läkaren, bägge familjerna och hela societeten, för att inte tala om nunnan. Under tiden kommenterade släkt och vänner hur uppoffrande Nívea var, denna så rena och gudfruktiga unga kvinna som var dömd till platonisk kärlek, och hur moraliskt högtstående Severo var som hade förlorat ett ben och ödelagt sitt liv för att försvara sitt fosterland. Skvallertanterna spred ett rykte att det inte bara var ett ben han hade förlorat på slagfältet utan också sina manliga attribut. Stackars små barn, mumlade de och suckade, utan att ana hur skönt det där utsvävande paret hade det. En vecka efter det att de hade börjat söva nunnan med choklad och börjat älska hejdlöst hade såret efter amputationen ärrat sig och febern försvunnit. Inom två månader gick Severo del Valle med kryckor och började tala om ett träben, medan Nívea kräktes inälvorna ur sig i hemlighet i något av residensets tjugotre badrum. När de inte såg sig någon annan råd än att bekänna Níveas grossess för familjen blev den allmänna häpnaden så våldsam att det kom att påstås att grossessen var ett underverk. Värst chockerad var utan tvivel nunnan, men Severo och Nívea hade alltid misstänkt att den fromma kvinnan trots de väldiga doserna valeriana haft tillfälle att få reda på en hel del; hon hade låtsats sova för att inte gå miste om nöjet att spionera på dem. Den enda som lyckades räkna ut hur de burit sig åt och som storskrattande gratulerade det påhittiga paret var minister Vergara. När Severo kunde ta sina första steg med sitt konstgjorda ben och Níveas mage inte gick att dölja, hjälpte han dem att installera sig i ett annat hus och ordnade arbete åt Severo. "Landet och partiet behöver män så djärva som du", sa han, fastän det sanningen att säga var Nívea som var den djärva.

Jag fick aldrig lära känna min farfar Feliciano Rodríguez de Santa Cruz, han dog några månader innan jag kom att bo i hans hus. Han fick hjärtslag när han satt vid huvudänden av bordet vid en bankett i sitt stora hus på Nob Hill, han satte i halsen och blev kvävd av hjortpastej och franskt rödvin. Flera man lyfte upp honom från golvet och la honom döende på en soffa med det vackra huvudet, som på en arabisk furste, i Paulina del Valles knä. För att få liv i honom sa hon gång på gång: "Dö inte, Feliciano, änkor blir aldrig inbjudna... Andas, snälla du! Om du andas lovar jag att dra bort rigeln från min dörr redan i dag." Det påstås att Feliciano hann småle innan hans hjärta brast. Det finns otaliga porträtt av denne robuste och glade chilenare; det är lätt att föreställa sig honom som han var i livet, för inte på någon bild verkar han posera för artister eller för fotografer, utan överallt ser han ut att ha överraskats mitt i en spontan gest. Han skrattade med hajtänder, gestikulerade när han talade, rörde sig säkert och fräckt som en pirat. När han dog föll Paulina del Valle ihop; hon blev så deprimerad att hon inte kunde vara med på begravningen och inte heller vid de många tillfällen då staden hyllade hans gärning. I alla tre sönernas frånvaro blev det hovmästaren Williams och familjens advokater som fick ordna begravningen. De bägge yngre sönerna kom hem ett par veckor senare, men Matías höll till i Tyskland och anförde sin hälsa som skäl till att inte komma hem och trösta sin mor. För första gången i livet miste Paulina sitt koketteri, sin aptit och sitt intresse för bokföringen, hon vägrade att gå ut och tillbragte hela dagar i sängen. Hon tillät inte att någon fick se henne i det tillståndet, de enda som visste hur hon grät var kammarjungfrurna och Williams, som låtsades att han ingenting märkte utan bara vakade över henne på lämpligt avstånd för att kunna hjälpa henne om hon begärde det. En kväll blev hon händelsevis stående framför den stora guldinramade spegeln som tog upp en halv vägg i hennes badrum och såg vad det hade blivit av henne: en fet och sjaskig häxa, med ett litet huvud som på en sköldpadda krönt av ett snår av gråa hårtestar. Hon gav upp ett skrik av fasa. Ingen man i världen – och allra minst Feliciano – var värd en sådan uppoffring, tyckte hon. Hon hade nått botten, det var dags att sparka ifrån och ta sig upp till ytan igen. Hon ringde på sina kammarjungfrur och beordrade dem att hjälpa henne bada och skicka efter hennes frisör. Efter den dagen hämtade hon sig från sorgen med järnvilja, utan annan hjälp än berg av sötsaker och långa karbad. Varje kväll låg hon där i badkaret, med munnen full, men hon grät inte längre. Vid jul kom hon ut ur sin isolering med flera extra kilon och fullkomligt samlad, och då fann hon till sin förvåning att jorden rullade vidare utan henne och att ingen hade saknat henne, vilket var ytterligare en sporre för att definitivt få henne på benen igen. Hon skulle inte tillåta sig att bli ignorerad, bestämde hon, för hon hade nyligen fyllt sextio och tänkte leva kanske trettio år till, om också bara för att förödmjuka sin nästa. Hon skulle vara sorgklädd några månader, det var det minsta hon kunde göra av aktning för Feliciano, men han skulle inte ha tyckt om att se henne som en sån där grekisk änka som gräver ner sig i svarta paltor resten av livet. Hon beredde sig att planera en ny garderob i pastellfärger till nästa år och en nöjesresa till Europa. Hon hade alltid velat fara till Egypten, men Feliciano ansåg att det var ett land av sand och mumier där allt intressant hade hänt för tretusen år sedan. När hon nu var ensam kunde hon förverkliga den drömmen. Men snart började hon inse hur mycket hennes liv hade förändrats och hur föga San Franciscos societet uppskattade henne. Hela hennes förmögenhet var inte nog för att de skulle ursäkta hennes spanska rötter och hennes engelska som lät som en kokerskas. Alldeles som hon hade sagt på skämt var det ingen som bjöd in henne, hon var inte längre den första som blev inviterad till fester, hon ombads inte att inviga ett sjukhus eller ett monument, hennes namn slutade upp att förekomma i societetsspalterna och det var knappt någon som hälsade när hon gick på operan. Hon var utestängd. Samtidigt hade hon svårt att kunna utvidga sin affärsverksamhet, för utan sin make hade hon ingen som representerade henne i finanskretsar. Hon gjorde en noggrann översikt av sina tillgångar och upptäckte att de tre sönerna öste ut pengarna fortare än hon kunde tjäna ihop dem, det fanns skulder överallt och innan Feliciano dog hade han gjort några usla investeringar utan att rådfråga henne. Hon var inte så rik som hon hade trott, men hon kände sig långt ifrån besegrad. Hon kallade på Williams och gav honom order om att anlita en inredningsspecialist för att göra om salongerna, en köksmästare för att planera en serie banketter som hon skulle ge med anledning av nyåret, en researrangör för att tala om Egypten och en skräddare för att planera hennes nya klänningar. Medan hon var sysselsatt med detta, och hämtade sig med hjälp av nödåtgärder från chocken att bli änka, uppenbarade sig en liten flicka i hennes hus, klädd i vit poplin, med en spetsprydd kråka på huvudet och i lackskor, ledd vid handen av en sorgklädd kvinna. Det var Eliza Sommers och hennes dotterdotter Aurora, som Paulina del Valle inte hade sett på fem år.

– Här har ni flickan, så som ni ville, Paulina, sa Eliza sorgset.

– Herregud, vad är det som har hänt? frågade Paulina överrumplad.

– Min man är död.

– Då är vi alltså änkor bägge två, mumlade Paulina.

Eliza Sommers förklarade att hon inte kunde ta hand om sin dotterdotter, för hon måste föra Tao Chi'ens kropp till Kina så som hon alltid hade lovat. Paulina del Valle kallade på Williams och sa åt honom att ta flickan med ut i trädgården för att se på påfåglarna medan de bägge damerna samtalade.

– När tror ni att ni kommer tillbaka, Eliza? undrade Paulina.

– Det kan bli en mycket lång resa.

– Jag vill inte fästa mig vid flickan och sen vara tvungen att lämna henne tillbaka efter ett par månader. Det skulle göra mig förtvivlad.

– Jag lovar er att det inte ska hända, Paulina. Ni kan erbjuda min dotterdotter ett mycket bättre liv än det jag kan ge henne. Jag hör inte hemma någonstans. Utan Tao är det ingen mening för mig med att bo i Chinatown, jag passar inte bland amerikanerna heller och har ingenting i Chile att göra. Jag är utlänning överallt, men jag vill att Lai-Ming ska få rötter, en familj och god uppfostran. Det är ju hennes juridiske fars, Severo del Valles, uppgift att ta hand om henne, men han är långt borta och har andra barn. Eftersom ni alltid har velat ha flickan tänkte jag att...

– Ni har gjort alldeles rätt, Eliza, avbröt Paulina.

Paulina del Valle lyssnade ända till slut på Elizas berättelse om tragedin som hade drabbat henne och fick reda på alla detaljer som rörde Aurora, inklusive vilken roll Severo del Valle spelat i hennes liv. Hur det nu gick till smälte agget och stoltheten bort under tiden och plötsligt fann hon sig djupt rörd ta den där kvinnan i famn som hon strax förut sett som sin värsta fiende, tacka henne för den otroliga generositeten att vilja lämna över sitt barnbarn och svära på att bli en riktig farmor, kanske inte lika god som Eliza och Tao Chi'en säkert hade varit, men beredd att ägna resten av sitt liv åt att ta hand om Aurora och göra henne lycklig. Det skulle bli hennes främsta uppgift i denna världen.

– Lai-Ming är en klok flicka. Snart kommer hon att fråga vem som är hennes far. Ända till alldeles nyligen trodde hon att hennes far, hennes morfar, hennes bästa vän och Gud själv var en och samma person, Tao Chi'en, sa Eliza.

– Vad vill ni att jag ska säga om hon frågar? undrade Paulina.

– Säg sanningen, den är alltid lättast att förstå, rådde Eliza henne.

– Att min son Matías är hennes biologiske far och min brorson Severo hennes juridiske far?

– Varför inte? Och säg henne att hennes mor hette Lynn Sommers och var en god och vacker ung kvinna, mumlade Eliza med bruten röst.

Mormor och farmor kom då överens om att, för att inte förvirra flickan ännu mera, det var bäst att helt avbryta förbindelsen med moderns familj, och att hon inte skulle tala kinesiska mera eller ha någon kontakt med sitt tidigare liv. Vid fem års ålder har man inte sitt fulla förstånd, ansåg de; med tiden skulle den lilla Lai-Ming glömma sitt ursprung och de traumatiska händelserna hon nyligen varit med om. Eliza Sommers lovade att inte på något sätt försöka ta kontakt med flickan, och Paulina del Valle att dyrka henne som hon skulle ha gjort med den dotter hon så gärna hade velat ha men aldrig fick. De tog avsked av varandra med en hastig kram, och Eliza gick ut köksvägen för att dotterdottern inte skulle se henne försvinna.

Jag är mycket ledsen över att de där bägge värda damerna, min mormor Eliza Sommers och min farmor Paulina del Valle, avgjorde min framtid utan att alls låta mig själv delta. Med samma enorma beslutsamhet som när hon vid aderton år rymde med rakat huvud från ett kloster för att fly med sin fästman, och vid tjugoåtta samlade en förmögenhet genom att forsla förhistorisk is ombord på ett fartyg, gick min farmor Paulina nu in för att sudda bort mitt ursprung. Och om det inte varit för en ödets nyck som i sista stund kom hennes planer att stranda, skulle hon ha lyckats. Jag minns mycket väl mitt första intryck av henne. Jag ser mig själv på väg in i ett palats högt uppe på en kulle, jag går genom trädgårdar med vattenspeglar och formklippta buskar, jag ser marmortrappstegen med bronslejon i naturlig storlek på vardera sidan, den dubbla porten av mörkt trä och den väldiga hallen, upplyst genom färgade glasrutor i en majestätisk kupol som krönte taket. På ett sådant ställe hade jag aldrig varit, jag blev både fascinerad och förskräckt. Strax stod jag inför en förgylld fåtölj med medaljongrygg där Paulina del Valle satt som en drottning på sin tron. Eftersom jag såg henne många gånger senare sittande i samma fåtölj kan jag lätt föreställa mig hur hon såg ut den där första dagen: utstyrd i ett överflöd av smycken och i tyg tillräckligt för att sy gardiner av, imponerande. Bredvid henne försvann världen i övrigt. Hon hade vacker röst, stor naturlig elegans och vita och jämna tänder, egentligen en perfekt porslinsprotes. Vid det laget var hon säkert redan gråhårig, men hon färgade håret i sin ungdoms kastanjebruna ton och ökade på det med ett antal löslockar, skickligt arrangerade så att frisyren såg ut som ett torn. Jag hade aldrig förr sett en varelse med sådana dimensioner, perfekt anpassade till proportionerna och överdådet i hennes väldiga hus. Nu när jag äntligen har fått veta vad som hänt dagarna före den där stunden inser jag att det inte är rättvist att skriva min förfäran bara på den där väldiga farmoderns konto. När jag blev förd till hennes hus var skräcken en del av mitt bagage, liksom den lilla resväskan och den kinesiska dockan som jag höll hårt fast. Williams gick först omkring med mig i trädgården och satte mig sedan i en väldig, tom matsal framför en skål med glass, och efter det tog han mig med in i akvarellsalongen, där jag antog att mormor Eliza väntade på mig, men i stället fanns där bara Paulina del Valle, som närmade sig försiktigt, som om hon försökte fånga en skygg katt, och sa att hon tyckte mycket om mig och att jag nu skulle bo i det stora huset och få många dockor, och en ponny och en liten vagn också.

– Jag är din farmor, förklarade hon.

– Var är mormor då? ska jag ha frågat.

– Nu är du farmors flicka, Aurora. Mormor har gett sig av på en lång resa, förklarade Paulina.

Jag rusade iväg, sprang genom hallen med kupolen, förirrade mig in i biblioteket, hamnade i matsalen och gömde mig under bordet, där jag kröp ihop stum av förvirring. Det var en jättestor möbel med skiva av grön marmor och skulpterade ben som föreställde karyatider, omöjlig att rubba. Snart kom Paulina del Valle, Williams och ett par tjänare, fast beslutna att ställa sig in hos mig, men jag slank undan som en vessla så fort någon hand lyckades komma i närheten. ”Låt henne vara, madam, hon kommer nog ut av sig själv”, föreslog Williams, men när det gick flera timmar och jag satt kvar förskansad under bordet kom de med mera glass, en kudde och ett täcke. "När hon somnar tar vi ut henne", hade Paulina del Valle sagt, men jag somnade inte, i stället satte jag mig på huk och kissade, fullt medveten om hur illa jag bar mig åt men alldeles för rädd för att leta efter en toalett. Jag satt kvar under bordet också medan Paulina åt middag; från mitt gömställe såg jag hennes tjocka ben, hennes små sidenskor där fötternas fettvalkar vällde över, och de svarta byxbenen på betjänterna som gick förbi och serverade. Hon lutade sig ned med väldig möda ett par gånger och blinkade åt mig, men jag bara gömde huvudet mot mina knän. Jag var utsvulten, dödstrött och kissnödig, men jag var lika styvsint som Paulina själv och gav mig inte så lätt. Efter en liten stund sköt Williams in en bricka under bordet med en tredje glass, kex och en stor bit chokladtårta. Jag väntade tills han hade avlägsnat sig, och när jag kände mig säker försökte jag äta, men ju mer jag sträckte ut handen, desto längre bort fanns brickan, som hovmästaren drog undan med hjälp av ett snöre. När jag äntligen kunde få tag i ett kex var jag redan utanför mitt göm-ställe, men eftersom det inte fanns någon i matsalen kunde jag sluka godsakerna i fred och kila tillbaka in under bordet så fort jag hörde ett ljud. Samma sak upprepades många timmar senare, när det började bli ljust. Jag följde efter den vandrande brickan ända bort till dörren, och där stod Paulina del Valle och väntade med en gul hundvalp som hon la i min famn.

– Varsågod, den är till dig, Aurora. Den här lilla valpen känner sig också ensam och rädd, sa hon.

– Jag heter Lai-Ming.

– Du heter Aurora del Valle, sa hon med eftertryck.

– Var är toaletten? mumlade jag med benen i kors.

Och så inleddes mitt förhållande till denna kolossala farmor som ödet hade tilldelat mig. Hon installerade mig i ett sovrum intill hennes eget och gav mig lov att ha hundvalpen i sängen. Jag kallade den för Caramelo, för den hade den färgen. Mitt i natten vaknade jag av mardrömmen med pojkarna i svarta pyjamas, och oreflekterat rusade jag raka vägen in till Paulina del

Valles legendariska säng, alldeles som jag förut, tidigt varenda morgon, hade krupit upp i min morfars säng för att han skulle krama om mig. Jag var van att tas emot i Tao Chi'ens trygga famn, ingenting kändes så trösterikt som hans doft av hav och litanian av milda kinesiska ord som han halvsovande mumlade till mig. Jag visste inte att normala barn aldrig får gå in i de vuxnas sovrum och ännu mindre kliva upp i deras sängar, jag var uppfödd i nära fysisk kontakt med mina morföräldrar, överöst med kyssar och vaggad i det oändliga, och jag visste inte om någon annan form av tröst eller vila än i någons famn. När Paulina del Valle fick syn på mig visade hon chockerad bort mig igen, men jag började sakta jämra mig tillsammans med den stackars hunden, och så bedrövligt måtte vårt tillstånd ha verkat att hon gav oss tecken att komma in. Jag hoppade upp i hennes säng och drog lakanet över huvudet. Jag måtte ha somnat genast, i alla fall vaknade jag hopkrupen intill hennes stora bröst som doftade gardenia, och med hundvalpen vid fötterna. Det första jag gjorde när jag vaknade där bland de florentinska delfinerna och najaderna var att fråga efter mina morföräldrar, Eliza och Tao. Jag sökte efter dem i hela huset och i trädgården, och sedan satte jag mig innanför porten och väntade på att de skulle komma och hämta mig. Likadant var det resten av veckan, trots att Paulina gav mig presenter, gjorde utflykter med mig och gjorde allt för att skämma bort mig. På lördagen rymde jag. Jag hade aldrig varit ensam ute på gatan, och jag visste inte var jag var, men instinkten sa mig att jag borde ta mig nedför sluttningen, så på det sättet kom jag ned i San Franciscos centrum där jag förfärad irrade omkring i flera timmar. Men så fick jag syn på ett par kineser som drog en kärra med smutstvätt och följde efter dem på behörigt avstånd, för de påminde om min morbror Lucky. De gick till Chinatown – där låg alla stans tvättinrättningar – och så fort jag kom in i den där välkända stadsdelen kände jag mig trygg, fastän jag inte visste gatornas namn eller morföräldrarnas adress. Jag var blyg och alltför skrämd för att be om hjälp, så jag gick vidare på måfå, vägledd av matlukten, ljudet av språket och åsynen av de hundratals små butikerna som jag så många gånger hade gått förbi vid morfar Tao Chi'ens hand. Plötsligt blev jag överväldigad av trötthet, satte mig på tröskeln till ett gammalt hus och somnade. Jag väcktes av att någon knuffade till mig och muttrade, det var en gammal kvinna som hade tunna ögonbryn uppritade med kol mitt i pannan så att det såg ut som om hon hade en mask på sig. Jag skrek till av rädsla, men det var för sent att springa därifrån, för hon höll mig fast med bägge händerna. Hon bar mig sprattlande till ett snuskigt kyffe och låste in mig. Där luktade avskyvärt, och skräcken och hungern fick mig väl att må illa, för jag började kräkas. Jag hade ingen aning om var jag befann mig. Så fort jag hade hämtat mig från illamåendet började jag ropa av alla krafter på morfar, och då kom gumman tillbaka och gav mig ett par örfilar så att jag tappade andan; jag hade aldrig blivit slagen och jag tror att chocken var värre än smärtan. Hon befallde mig på kantonesiska att hålla mun, annars skulle hon klå mig med en bambukäpp, och så klädde hon av mig och granskade mig överallt, särskilt mun, öron och könsorgan, satte på mig ett rent linne och tog med sig mina nedsmutsade kläder. Och så var jag ensam igen i kyffet, där det blev allt dunklare allt eftersom ljuset avtog i den enda vädringsgluggen.

Jag tror att den där upplevelsen präglade mig, för det har gått tjugofem år och jag darrar fortfarande när jag minns de där oändliga timmarna. Man såg aldrig flickor ensamma ute i Chinatown på den tiden, familjerna vaktade dem noga, för i ett obevakat ögonblick kunde de när som helst försvinna in i barnprostitutionens irrgångar. Jag var för liten för sådant, men ofta blev barn i min ålder bortrövade eller sålda för att redan som små utbildas till alla möjliga slags perversion. Kvinnan kom tillbaka flera timmar senare, när det redan var alldeles mörkt, och hade med sig en lite yngre man. De studerade mig i skenet från en lampa och började diskutera hetsigt på sitt språk som jag visserligen förstod, men jag begrep nästan ingenting eftersom jag var utmattad och dödsförskräckt. Jag tyckte flera gånger att jag hörde min morfar Tao Chi'ens namn. De gick och jag blev ensam igen, darrande av köld och rädsla, hur länge vet jag inte. När dörren öppnades på nytt bländades jag av ljuset från en lampa, jag hörde mitt kinesiska namn, Lai-Ming, och kände igen min morbror Luckys karakteristiska röst. Hans armar lyfte upp mig, men så märkte jag ingenting mer, för lättnaden gjorde mig bedövad. Jag minns inte färden i vagn eller hur jag kom tillbaka till det stora huset på Nob Hill och till min farmor Paulina. Jag minns inte heller något från veckorna som följde, för jag fick vattkoppor och blev mycket sjuk; det var en förvirrad tid med många förändringar och motsättningar.

När jag nu knyter ihop mitt förflutnas trådar kan jag utan minsta tvekan konstatera att det var min morbror Luckys goda tur som räddade mig. Kvinnan som rövade bort mig på gatan gick till en representant för sin *tong*, för ingenting hände i Chinatown utan att de där sammanslutningarna visste om och godkände det. Hela samhället var uppdelat i olika *tongs*. Slutna och vaksamma brödraskap som höll uppsikt över sina medlemmar och krävde lojalitet och provisioner i utbyte mot beskydd, kontakter för att skaffa arbete och löftet att föra tillbaka sina medlemmars kroppar till Kina om de dog på amerikansk jord. Mannen hade sett mig ledd vid handen av min morfar många gånger, och av en lycklig slump tillhörde han samma *tong* som Tao Chi'en. Det var han som kallade dit min morbror. Luckys första tanke var att ta mig hem till sig och låta sin nyblivna hustru, som han just skickat efter från Kina utvald ur en katalog, ta hand om mig, men så insåg han att föräldrarnas vilja måste respekteras. När mormor Eliza hade lämnat mig i Paulina del Valles händer, hade hon rest med sin makes kropp för att begrava honom i Hongkong. Både hon och Tao Chi'en hade alltid hävdat att kineskvarteret i San Francisco var en alltför begränsad värld för mig, de ville att jag skulle höra hemma i Förenta Staterna. Även om Lucky Chi'en inte höll med om den principen kunde han inte gå emot sina föräldrars vilja, och därför betalade han dem som rövade bort mig den summa som begärdes och tog mig tillbaka hem till Paulina del Valle. Jag skulle inte se honom igen förrän tjugo år senare, när jag sökte upp honom för att få reda på de sista detaljerna i min historia.

Mina farföräldrars bördsstolta familj levde i San Francisco i trettiosex år utan att lämna många spår efter sig. Jag har försökt följa dem. Det stora huset på Nob Hill är hotell i dag och ingen minns vilka som var de första ägarna. När jag gick igenom gamla tidningar på biblioteket hittade jag familjen omnämnd många gånger på societetssidorna, och även historien om statyn av Republiken och min mors namn. Där finns också en kort notis om min morfar Tao Chi'ens död, en mycket berömmande dödsruna skriven av en viss Jacob Freemont och en kondoleansannons från Läkarsällskapet där man framhåller de värdefulla bidrag *zhong-yi*'n Tao Chi'en tillfört den västerländska läkekonsten. Det är något sällsynt, för kineserna bland befolkningen var nästan osynliga på den tiden, och de föddes, levde och dog utanför den amerikanska sinnevärlden, men Tao Chi'ens anseende nådde utöver Chinatowns och Kaliforniens gränser, han kom att bli känd till och med i England, där han höll flera föreläsningar om akupunktur. Utan dessa tryckta vittnesbörd skulle de flesta personerna i den här berättelsen ha sopats bort av glömskans vind.

Min eskapad till Chinatown för att leta efter mina morföräldrar var en av flera anledningar som fick Paulina del Valle att flytta tillbaka till Chile. Hon insåg att det inte skulle bli några överdådiga fester eller andra utsvävningar som kunde ge henne tillbaka den sociala position hon haft när hennes make levde. Hon var på väg att bli gammal i ensamhet, långt borta från sina söner, sina släktingar, sitt språk och sitt land. De pengar hon hade kvar räckte inte för att uppehålla den livsstil hon vant sig vid i sitt hus på fyrtiofem rum, men det var en väldig förmögenhet i Chile där allt var betydligt billigare. Dessutom hade hon plötsligt fått ett främmande barnbarn i knät. Hon ansåg det nödvändigt att helt och hållet rycka henne loss från hennes kinesiska rötter om det skulle gå att göra en chilensk señorita av henne. Paulina kunde inte stå ut med tanken att jag skulle rymma igen, utan hon anställde en engelsk barnsköterska som skulle vaka över mig dag och natt. Hon inställde sina planer på resan till Egypten och nyårsbanketterna, men hon skyndade på sin nya garderob och satte sedan igång med att metodiskt dela upp sina pengar mellan Förenta Staterna och England, medan hon bara överförde det allra nödvändigaste till Chile eftersom hon tyckte att det politiska läget verkade ostadigt. Hon skrev ett långt brev till sin brorson Severo del Valle för att försona sig med honom, berättade om vad som hade hänt Tao Chi'en och om Eliza Sommers beslut att överlämna flickan till henne och förklarade utförligt vilka fördelarna var med att det blev hon själv som fick uppfostra den lilla. Severo del Valle förstod hennes resonemang och gick med på förslaget, för han hade själv redan två barn och hans hustru väntade det tredje, men han vägrade att göra henne till laglig förmyndare så som hon ville.

Paulinas jurister hjälpte henne att få finanserna i ordning och att sälja huset, medan hennes hovmästare Williams tog hand om de praktiska frågorna med att organisera hushållets flyttning till södra halvklotet och att packa alla sin arbetsgiverskas tillhörigheter, för hon ville inte sälja någonting så att elaka tungor skulle säga att hon gjorde det av penningnöd. Enligt planen skulle Paulina ta ett kryssningsfartyg tillsammans med mig, den engelska barnsköterskan och andra pålitliga tjänare, medan Williams skulle skicka bagaget till Chile och sedan vara fri, efter att ha fått en rejäl gratifikation i engelska pund. Det där skulle bli den sista tjänst han gjorde sin arbetsgiverska. En vecka innan hon skulle resa bad hovmästaren att få tala enskilt med henne.

– Ursäkta, madam, men får jag fråga varför jag har sjunkit i er aktning?

– Vad pratar ni om, Williams? Ni vet hur mycket jag uppskattar er och hur tacksam jag är för era tjänster.

– Ändå vill ni inte ha mig med till Chile...

– Människa då! Det har aldrig föresvävat mig. Vad skulle en brittisk hovmästare i Chile att göra? Ingen där har en sån. De skulle skratta åt både er och mig. Har ni tittat på en karta? Det landet ligger långt borta och ingen talar engelska, ni skulle få ett ganska otrivsamt liv där. En sån uppoffring har jag ingen rätt att begära av er, Williams.

– Om jag så får säga, madam, skulle det bli en större uppoffring för mig att skiljas från er.

Paulina del Valle stirrade på sin hovmästare med ögon runda av förvåning. För första gången blev hon medveten om att Williams var något mer än en automat i frack och vita vantar. Hon såg en man i femtioårsåldern, bredaxlad och med behagligt ansikte, med tjockt gråsprängt hår och genomträngande blick; han hade grova händer som en stuveriarbetare och tänder gula av nikotin, fast hon aldrig hade sett honom röka eller spotta ut en tobaksbuss. De var tysta en lång stund, hon granskade honom och han lät sig beskådas utan att verka besvärad.

– Madam, jag har inte kunnat undgå att märka vilka svårigheter änkeståndet har inneburit för er, sa Williams till slut på det indirekta språk han alltid använde.

– Skämtar ni med mig? log Paulina.

– Ingenting är mig mera fjärran, madam.

– Hmm... harklade hon sig när det hade blivit en lång paus efter hovmästarens svar.

– Ni undrar säkert vad allt det här ska betyda, fortsatte han.

– Vi kan ju säga att ni har gjort mig undrande, Williams.

– Min tanke är att eftersom jag inte kan fara till Chile som er hovmästare, kanske det inte skulle vara en så alldeles dum idé om jag reste som er make.

Paulina del Valle trodde att golvet öppnade sig och att hon sjönk ned till jordens medelpunkt med stol och allt. Hennes första tanke var att karln hade fått en skruv lös, det fanns ingen annan förklaring, men när hon märkte hur värdig och lugn hovmästaren såg ut svalde hon förolämpningarna som hon hade på tungan.

– Tillåt mig förklara hur jag ser på saken, madam, fortsatte Williams. Jag har naturligtvis inte för avsikt att utöva en makes funktion i känslomässig bemärkelse. Inte heller har jag några anspråk på er förmögenhet, som skulle vara helt säkrad, till den änden skulle ni vidta lämpliga juridiska åtgärder. Min roll visa-vi er skulle bli praktiskt taget oförändrad: att hjälpa er efter bästa förmåga och med största diskretion. Jag förmodar att en ensam kvinna i Chile, liksom i världen för övrigt, möter många olägenheter. För mig skulle det vara en ära att fungera som er mellanhand.

– Men vad vinner ni själv på det där märkliga arrangemanget? frågade Paulina utan att kunna dölja sin bitande ton.

– För det första skulle jag vinna anseende. För det andra måste jag erkänna att tanken på att inte se er mera har plågat mig ända sedan ni började planera att resa. Jag har levat halva mitt liv nära er, jag har vant mig vid det.

Paulina satt stum en evighetslång stund till, medan hon funderade på sin anställdes egendomliga förslag. Så som det lagts fram var det en god affär, med fördelar för dem bägge; han skulle få åtnjuta en hög levnadsstandard som han aldrig skulle nå på annat sätt, och hon skulle ha en figur vid sin sida som när allt kom omkring gav ett ytterst distingerat intryck. I själva verket såg han ut som en medlem av den brittiska adeln. Vid blotta tanken på vad hennes släktingar i Chile skulle göra för min, och hur avundsjuka hennes systrar skulle bli, började hon gapskratta.

– Ni är åtminstone tio år yngre och tio kilo lättare än jag, är ni inte rädd att det ska verka löjligt? frågade hon och vred sig av skratt.

– Inte jag. Men ni själv, är ni inte rädd att bli sedd med någon i min ställning?

– Jag är inte rädd för någonting i detta livet och jag älskar att chockera min omgivning. Vad heter ni i förnamn, Williams?

– Frederick.

– Frederick Williams... Bra namn, mycket aristokratiskt.

– Tyvärr måste jag erkänna att det är det enda aristokratiska jag äger, madam, log Williams.

Och så kom det sig att, en vecka senare, min farmor Paulina del Valle, hennes nyblivne make, frisören, barnsköterskan, två kammarjungfrur, en betjänt, en uppassare och så jag avreste med tåg till New York med en skeppslast koffertar och där gick ombord på ett brittiskt kryssningsfartyg till Europa. Vi hade också med oss Caramelo, som hade hunnit till det stadiet i sin utveckling då hundar kopulerar med allt de ser, i det här fallet farmors rävskinnscape. Capen hade hela svansar runt om, och Caramelo blev tydligen sårad av att de visade sig så likgiltiga för hans kärleksoffensiver, för han slet dem i strimlor med tänderna. Paulina del Valle blev ursinnig och var nära att kasta både hund och cape överbord, men förskräckelsen gjorde att jag fick ett våldsamt utbrott som räddade skinnet på dem bägge två. Farmor hade en svit på tre lyxhytter och Frederick Williams en lika stor på andra sidan korridoren. Hon sysselsatte sig på dagarna med att äta ideligen, byta klänning för varje ny aktivitet, lära mig räkna så att jag i framtiden skulle kunna sköta hennes bokföring och berätta släktens historia för mig så att jag skulle veta var jag kom ifrån, dock utan att någonsin göra klart vem som var min far, som om jag hade uppstått spontant i klanen del Valle. Under tiden spelade Frederick Williams bridge och läste engelska tidningar, liksom de övriga gentlemännen i första klass. Han hade låtit polisongerna växa och skaffat sig en frodig mustasch med vaxade spetsar som fick honom att se betydande ut, och han rökte pipa och kubanska cigarrer. Han bekände för farmor att han var inbiten rökare och att det svåraste med anställningen som hovmästare hade varit att aldrig få röka offentligt, nu kunde han äntligen njuta av sin tobak och kasta mintpastillerna som han hade köpt en gros och som hade förskaffat honom magkatarr. På den tiden, när välbärgade herrar gärna hade både mage och dubbelhaka, var Williams snarast magra och atletiska figur något sällsynt i den högre societeten, fastän hans oklanderliga sätt verkade mycket mera över-tygande än min farmors maner. På kvällarna, innan de gick ned till danssalongen tillsammans, kom de in och sa godnatt i hyt-ten som sköterskan och jag delade. De var en festlig syn, hon sminkad och koafferad av sin frisör, galaklädd och glittrande av juveler som en fet avgudabild, och han förvandlad till en distingerad prinsgemål. Ibland kikade jag in i den där salongen och tittade förundrad på dem: Frederick Williams kunde ma-növrera Paulina del Valle på dansgolvet rutinerat som den som är van att flytta tungt gods.

Vi kom till Chile ett år senare, när farmors vacklande välstånd hade kommit på fötter igen tack vare hennes spekulation i socker under salpeterkriget. Hennes teori stämde: folk äter mera sötsaker i dåliga tider. Vi kom fram samtidigt med att den oförlikneliga Sarah Bernhardt uppträdde på teatern i sin mest berömda roll: Kameliadamen. Den berömda skådespelerskan lyckades inte få publiken lika gripen som i den övriga civilisera-de världen, för de bigotta chilenarna sympatiserade inte med den lungsjuka kurtisanen, alla såg det som fullkomligt normalt att hon skulle offra sig för sin älskares anseende, de kunde inte se något skäl till all denna dramatik eller denna dystra kamelia. Den ryktbara aktrisen for sin väg övertygad om att hon hade besökt ett land av sorgliga dumbommar, en åsikt som Paulina del Valle helt och fullt delade. Min farmor hade dragit runt med sitt följe till flera olika städer i Europa, men hon förverkligade inte sin dröm om att resa till Egypten, för hon misstänkte att där inte fanns en kamel som förmådde bära hennes tyngd utan att hon skulle ha blivit tvungen att besöka pyramiderna till fots under en sol som brännande lava. 1886 var jag sex år gammal och talade en blandning av kinesiska, engelska och spanska, men jag behärskade de fyra enkla räknesätten och kunde med otrolig fermitet förvandla franska francs till pund sterling och dessa till tyska mark eller italienska lire. Jag hade slutat upp att ideligen gråta efter morfar Tao och mormor Eliza, men samma oförklarliga mardrömmar plågade mig fortfarande regelbundet. Det fanns ett svart tomrum i mitt minne, något alltid närvarande och farligt som jag inte kunde sätta fingret på, något okänt som skrämde mig, särskilt i mörker eller mitt i en folksamling. Jag kunde inte tåla att ha människor runt omkring mig, då började jag skrika som en galning och farmor Paulina måste ge mig en björnkram för att lugna mig. Jag hade blivit van att ta min tillflykt till hennes säng när jag vaknade och var rädd, och på så sätt växte det fram en intimitet mellan oss som säkert räddade mig från den sinnesförvirring och ångest jag annars skulle ha drunknat i. Genom att Paulina del Valle måste trösta mig ändrade hon också gradvis sitt sätt mot alla, utom mot Frederick Williams. Hon blev mer tolerant och älskvärd och gick till och med ned lite i vikt, för hon fick jämt springa efter mig och var så upptagen att hon glömde bort sötsakerna. Jag tror att hon avgudade mig. Det säger jag utan falsk blygsamhet, eftersom hon gav mig många bevis, hon hjälpte mig att få växa upp med så mycket frihet som var möjligt på den tiden, eggade min vetgirighet och visade mig världen. Hon tillät mig inte att bli sentimental eller klaga, "man ska inte se tillbaka" var ett av hennes motton. Hon skämtade med mig, ganska grovt ibland, tills jag lärde mig att ge igen med samma mynt, det präglade tonen i vår relation. En gång hittade jag inne på gården en tillplattad ödla, överkörd av ett vagnshjul, som hade legat flera dagar i solen och var mumifierad, stelnad för alltid i sin sorgliga skepnad, med sin tomma reptilmage. Jag tog upp den och gömde undan den, utan någon speciell avsikt, tills jag kom på en perfekt användning. Jag satt vid ett skrivbord och gjorde min räkneläxa, och farmor hade just tankspritt kommit gående in i rummet. Då låtsades jag få ett hejdlöst hostanfall och hon kom fram och började dunka mig i ryggen. Jag vek mig dubbel med ansiktet i händerna, och till den stackars Paulinas fasa "spottade" jag ut ödlan så att den hamnade i mitt knä. Farmor blev så förskräckt att hon satte sig, när hon fick se odjuret som mina lungor verkade ha stött upp, men sedan skrattade hon lika mycket som jag och sparade det torkade krypet som minne mellan sidorna i en bok. Det är svårt att förstå varför denna starka kvinna var så rädd för att tala om sanningen om mitt förflutna för mig. Kanske var det så att hon, trots sin utmanande inställning till alla konventioner, ändå aldrig riktigt kunde sätta sig över sin samhällsklass fördomar. För att skydda mig från att bli avvisad dolde hon noga den kinesiska fjärdedelen i mitt blod, min mors blygsamma sociala ursprung och det faktum att jag egentligen var oäkting. Det är det enda jag kan förebrå min väldiga farmor.

I Europa träffade jag Matías Rodríguez de Santa Cruz y del Valle. Paulina höll inte löftet hon hade givit min mormor Eliza Sommers, att tala om sanningen för mig, och i stället för att presentera honom som min far sa hon att han också var en farbror, en av de många som varje chilenskt barn har eftersom alla släktingar eller vänner i familjen gamla nog att bära benämningen med en viss värdighet automatiskt kallas för farbror eller tant, så jag sa alltid *farbror* Frederick till den gode Williams. Jag fick veta att Matías var min far flera år senare, när han kom hem till Chile för att dö och själv talade om det för mig. Han gjorde inte något nämnvärt intryck på mig, han var mager, blek och såg bra ut, han verkade ung när han satt ned men mycket äldre när han försökte röra på sig. Han gick med käpp och var alltid åtföljd av en tjänare som öppnade dörrarna, satte på honom rocken, tände hans cigarretter och räckte honom vattenglaset han hade på ett bord bredvid sig, för det var för ansträngande för honom att sträcka ut armen. Farmor Paulina förklarade att den farbrodern hade ledgångsreumatism, en mycket smärtsam sjukdom som gjorde honom skör som glas, sa hon, och därför måste jag vara mycket försiktig när jag kom i närheten av honom. När farmor dog många år senare hade hon aldrig fått veta att hennes äldste son inte hade ledgångsreumatism, utan syfilis.

Familjen del Valles häpnad blev monumental när farmor kom till Santiago. Från Buenos Aires reste vi landvägen tvärs genom Argentina ända till Chile, en verklig safari med tanke på mängden bagage som kom från Europa plus de elva kappsäckarna med inköp gjorda i Buenos Aires. Vi reste i vagn, med bagaget på en lång rad packmulor och åtföljda av beväpnade vakter under befäl av farbror Frederick, för det fanns rövare på bägge sidor om gränsen, men tyvärr anföll de oss inte och vi kom fram till Chile utan något intressant att berätta om färden över Anderna. Under vägen hade vi mist barnsköterskan, som förälskade sig i en argentinare och föredrog att stanna kvar där, och en tjänsteflicka som dog i tyfus, men farbror Frederick såg till att anställa tjänstefolk för varje etapp av vår långa resa. Paulina hade beslutat att slå sig ned i Santiago, huvudstaden, för efter så många år i Förenta Staterna trodde hon att den lilla hamnstaden Valparaíso där hon var född skulle kännas för trång. Dessutom hade hon vant sig vid att bo långt ifrån sin klan, och tanken att träffa sina anhöriga varenda dag, en förskräcklig vana i varje beklagansvärd chilensk släkt, kändes avskräckande. Men i Santiago slapp hon dem inte heller, eftersom hon hade flera systrar där gifta med "bättre folk", som medlemmarna av överklassen kallades sinsemellan, i den övertygelsen, antar jag, att alla andra ingick i kategorin "sämre folk". Hennes brorson Severo del Valle, som också bodde i huvudstaden, kom på besök tillsammans med sin fru för att hälsa oss välkomna så snart vi anlände. Av mitt första möte med dem har jag ett klarare minne än av det med min far i Europa, för de tog emot mig med så överdrivna ömhetsbevis att jag blev skrämd. Det man mest märkte hos Severo var att han trots sin hälta och sin käpp såg ut som en prins på en bild i en sagobok – sällan har jag sett en vackrare man – och hos Nívea var det att hon hade en stor, rund mage. På den tiden sågs barnafödande som något opassande, och bland borgerskapet stängde havande kvinnor in sig i sina hem, men hon hade inte lust att dölja sitt tillstånd utan visade upp det alldeles likgiltig för den uppståndelse det väckte. På gatan låtsades folk inte se henne, som om hon hade varit vanskapt eller gått omkring naken. Jag hade aldrig sett något sådant, men när jag frågade vad det var med den där damen förklarade farmor Paulina att den stackaren hade svalt en melon. Jämförd med sin stilige man såg Nívea ut som en liten mus, men man behövde bara prata med henne ett par minuter för att fängslas av hennes charm och enorma energi.

Santiago var en vacker stad som låg i en bördig dal omgiven av höga berg, rödbruna om sommaren och snötäckta om vintern, en lugn och sömnig stad med en doft av blommande trädgårdar blandad med hästgödsel. Den hade en lite fransk anstrykning, med sina åldriga träd, sina torg, moriska fontäner, valv och arkader, sina eleganta damer, sina exklusiva butiker där man sålde de finaste varor importerade från Europa och från orienten, sina alléer och promenader där de rika visade upp sina vagnar och fantastiska hästar. På gatorna gick försäljare och ropade ut de anspråkslösa varor de bar i sina korgar, där sprang flockar av strykarhundar och på taken hade duvor och sparvar sina bon. Kyrkklockorna mätte timmarnas gång en efter en, utom under siestan då gatorna låg öde och människorna vilade. Det var en förnäm stad, mycket olik San Francisco med dess omisskänneliga prägel av gränstrakt och dess kosmopolitiska och färgrika atmosfär. Paulina del Valle köpte ett hus vid den mest aristokratiska gatan, Calle Ejército Libertador, nära Alameda de las Delicias, där varje vår republikens president defilerade i sin napoleoniska galavagn med plymprydda hästar och hedersvakt under militärparaden vid de patriotiska festligheterna i Parque de Marte. Huset var inte lika lysande elegant som palatset i San Francisco, men för att vara i Santiago verkade det utmanande påkostat. Ändå var det inte uppvisningen av välstånd och bristen på takt som fick den lilla huvudstadssocieteten att häpna, utan maken med "pedigree" som Paulina del Valle "hade köpt sig", som de sa, och ryktena som gick om den enorma förgyllda sängen med mytologiska havsvarelser på, där det gamla paret begick Gud vet vilka synder. Williams tillskrevs både adelstitlar och onda avsikter. Vad skulle en brittisk lord, så fin och stilig, ha för skäl att gifta sig med

149

en kvinna med erkänt elakt lynne och betydligt äldre än han själv? Det kunde bara vara en ruinerad greve, en lycksökare med planer på att lägga sig till med hennes pengar och sedan överge henne. Innerst inne önskade alla att det skulle vara så, för att få min arroganta farmor satt på plats, men ändå var det ingen som visade sig ovänlig mot hennes make, för de följde den chilenska traditionen med gästfrihet mot utlänningar. Dessutom vann Frederick Williams aktning i alla kretsar med sina fina maner, sin realistiska syn på livet och sina monarkistiska åsikter, han ansåg att allt ont i samhället berodde på bristande disciplin och avsaknad av respekt för rangordning. Han, som hade varit tjänare i så många år, hade som valspråk: "var och en på sin plats och en plats för var och en". När han i stället blev min farmors make intog han sin plats som ståndsperson lika naturligt som han förut uppfyllt sina plikter som tjänare; förut försökte han aldrig beblanda sig med dem som stod högre och sedan hade han ingen beröring med dem som stod på ett lägre plan; åtskillnaden mellan samhällsklasser ansåg han oumbärlig för att undvika kaos och vulgaritet. I en släkt av passionerade barbarer, så som del Valles, väckte Williams häpnad och beundran med sin överdrivna artighet och sitt orubbliga lugn, resultat av hans många år som hovmästare. Han talade ytterst lite spanska, och hans påtvungna tystlåtenhet tolkades som klokhet, stolthet och gåtfullhet. Den ende som hade kunnat avslöja den påstådde brittiske ädlingen var Severo del Valle, men han gjorde det aldrig, för han uppskattade den forne tjänaren och beundrade denna faster som utmanade alla människor och stoltserade med sin elegante make.

Min farmor Paulina kastade sig ut i en välgörenhetskampanj för att tysta ned avunden och förtalet som hennes rikedom gav upphov till. Hon visste hur hon skulle göra, för hon hade ju levat sina tidigaste år i detta land där det är välbärgade kvinnors obligatoriska uppgift att bistå de behövande. Ju mer de uppoffrar sig för de fattiga genom att gå runt till sjukhus, asyler, barnhem och slumkvarter, desto högre anseende har de, och därför sprider de sina allmosor för alla vindar. Att försumma den plikten för med sig så många dolska blickar och prästerliga förmaningar att inte ens Paulina del Valle skulle ha kunnat undgå att känna sig skyldig och rädd att bli fördömd. Hon övade mig i sådana barmhärtighetsverk, men jag måste medge att det alltid kändes obehagligt att komma åkande till ett fattigkvarter i vår eleganta vagn lastad med matvaror, med två betjänter som delade ut gåvorna till en samling trashankar som tackade oss med livliga tecken på ödmjukhet men med intensivt hat lysande i ögonen.

Min farmor blev tvungen att ge mig undervisning hemma, för jag rymde från varenda en av de religiösa skolor där hon satte mig. Familjen del Valle övertalade henne om och om igen att ett internat var enda sättet att göra mig till en normal liten flicka, de hävdade att jag behövde sällskap av andra barn för att komma över min patologiska blyghet och nunnornas fasta hand för att tämjas. "Den här lilla flickan har du skämt bort alldeles för mycket, Paulina, du håller på att göra henne till ett vidunder", sa de, och till slut insåg farmor det som var alldeles uppenbart. Jag sov med Caramelo i sängen, åt och läste precis vad jag ville och roade mig hela dagen med fantasilekar, utan nämnvärd disciplin eftersom det inte fanns någon i min omgivning som hade lust att ålägga mig den. Med andra ord hade jag en ganska lycklig barndom där. Jag stod inte ut på internatskolorna med deras mustaschprydda nunnor och massor av skolflickor som fick mig att tänka på min hemska mardröm med pojkarna i svarta pyjamas. Inte heller stod jag ut med reglerna, tidsschemats monotoni och kölden i de där koloniala klostren. Jag vet inte hur många gånger samma sak upprepades: Paulina del Valle klädde mig fin, rabblade upp instruktionerna för mig i hotfull ton, drog mig med sig praktiskt taget med våld och lämnade mig, med mina kappsäckar, i händerna på någon stark novis, och sedan försvann hon så fort hennes tyngd tillät, förföljd av samvetsförebråelser. Det där var skolor för rika flickor där undergivenhet och gemenhet var lag och där slutmålet var att ge oss en smula undervisning så att vi inte skulle bli totalt okunniga, eftersom lite kulturell fernissa hade ett värde på äktenskapsmarknaden, men inte så mycket att vi skulle börja ställa frågor. Det gällde att trycka ned den individuella viljan till förmån för det allmänna bästa, att göra oss till goda katoliker, uppoffrande mödrar och lydiga hustrur. Nunnorna skulle börja med att behärska våra kroppar, upphovet till högmod och andra synder; de förbjöd oss att skratta, springa och leka i friska luften. De lät oss bada en gång i månaden, klädda i långa nattlinnen så att inte våra skamliga delar skulle bli synliga inför Guds öga, som vakar överallt. Man utgick från principen att kunskap ska piskas in, och därför sparade de inte på strängheten. De gjorde oss rädda för Gud, för djävulen, för alla vuxna, för spöet de slog oss på fingrarna med, för gruset vi måste knäböja på under botgöring, för våra egna tankar och önskningar, vi var rädda för själva rädslan. Aldrig fick vi höra ett berömmande ord, för det kunde locka oss att yvas, men straff fick vi övernog av, för att bli härdade. Innanför dessa tjocka murar överlevde mina kamrater i skoluniform, med flätor så hårt åtdragna att hårbottnen blödde ibland och med frostknölar på händerna av den ständiga kölden. Kontrasten mot deras hem, där de blev bortskämda som prinsessor under skolloven, måste ha varit nog för att göra den mest sansade galen. Jag stod inte ut. En gång lyckades jag få en trädgårdsdräng att hjälpa mig hoppa över stängslet och rymma. Jag vet inte hur jag på egen hand tog mig till Calle Ejército Libertador, där Caramelo mötte mig hysterisk av förtjusning, men Paulina del Valle fick nästan slag när hon såg mig dyka upp med leriga kläder och igensvullna ögon. Jag fick vara hemma i ett par månader, men så tvingade påtryckningarna utifrån min farmor att upprepa experimentet. Nästa gång gömde jag mig bland några buskar på yttergården och satt där hela natten för att frysa och svälta ihjäl. Jag föreställde mig nunnornas och familjens ansikten när de hittade mitt lik, och jag grät av medlidande med mig själv, arma flicka, martyr vid så späd ålder. Nästa dag skickade skolan bud till Paulina del Valle om att jag var försvunnen, och hon slog ned som en tromb och begärde förklaring. Medan hon och Frederick Williams av en rodnande novis blev förda till abbedissans kontor, smög jag från buskarna där jag hade gömt mig till vagnen som väntade på gården, klättrade in utan att kusken såg mig och kröp ihop under sätet. Frederick Williams, kusken och abbedissan måste hjälpas åt att få upp min farmor i vagnen, hon skrek hela tiden att om jag inte strax dök upp skulle de nog få se på Paulina del Valle! När jag kom fram ur mitt gömställe innan vi var hemma glömde hon sina förtvivlade tårar, högg mig i kragen och gav mig ett kok stryk som varade längs ett par kvarter, tills farbror Frederick lyckades lugna ned henne. Men disciplin var inte den goda damens starka sida, så när hon fick veta att jag inte hade ätit sedan dagen innan och varit ute hela natten överhöljde hon mig med kyssar och tog mig med för att äta glass. På den tredje institutionen där hon försökte skriva in mig blev jag avvisad direkt, för i förhöret med föreståndarinnan påstod jag att jag hade sett djävulen och att han hade gröna tassar. Till slut blev farmor tvungen att erkänna sig besegrad. Severo del Valle övertygade henne om att det inte fanns anledning att tortera mig, eftersom jag lika bra kunde lära mig det jag behövde hemma med privatundervisning. Genom min barndom drog så en rad av engelska, franska och tyska guvernanter, som i tur och ordning föll offer för det förorenade vattnet i Chile och för Paulina del Valles raseriutbrott. De arma kvinnorna for hem till sina ursprungsländer med kronisk diarré och otrevliga minnen. Min utbildning blev tämligen slumpartad, men så kom en utomordentlig chilensk lärarinna in i mitt liv, señorita Matilde Pineda, som lärde mig nästan allt viktigt jag vet, förutom sunt förnuft, för det hade hon inte själv. Hon var en lidelsefull idealist, skrev filosofisk poesi som hon aldrig fick utgiven, led av omättlig kunskapshunger och hade den ofördragsamhet med andras svagheter som är utmärkande för de alltför intelligenta. Hon tålde ingen lättja, i hennes närvaro var det förbjudet att säga "jag kan inte". Farmor anställde henne därför att hon förklarade sig vara agnostiker, socialist och anhängare av kvinnlig rösträtt, tre skäl som var mer än tillräckliga för att hon aldrig skulle bli anställd av någon utbildningsinstitution. "Få se om ni kan motverka det konservativa och patriarkala hyckleriet i min släkt lite grann", sa Paulina del Valle vid sitt första samtal med henne, understödd av Frederick Williams och Severo del Valle, de enda som anade señorita Pinedas begåvning, medan alla andra hävdade att den där kvinnan skulle komma att ge näring åt det vidunder som redan förut höll på att utvecklas i mig. Tanterna klassificerade henne genast som "uppkomling" och varnade farmor för denna underklasskvinna som "gjort sig märkvärdig", som de sa. Williams däremot, den mest klassmedvetne man jag träffat, fattade sympati för henne. Sex dagar i veckan, utan att någonsin mankera, kom lärarinnan klockan sju på morgonen till farmors hus där jag väntade fullt beredd, styvstärkt, med rena naglar och nyflätat hår. Vi åt frukost i en liten vardagsmatsal medan vi gick igenom de viktiga nyheterna i tidningarna, sedan gav hon mig ett par timmars reguljär undervisning och resten av dagen gick vi på museer och till bokhandeln Siglo de Oro för att köpa böcker och dricka te med bokhandlaren don Pedro Tey, vi besökte konstnärer, gick ut och studerade naturen, gjorde kemiska experiment, läste sagor, skrev poesi och satte upp klassiska teaterpjäser med utklippta pappfigurer. Det var hon som ingav farmor idén att grunda en damklubb för att kanalisera välgörenheten; i stället för att ge de fattiga begagnade kläder eller överbliven mat från sina kök skulle de bilda en fond, administrera den som om det var en bank och ge lån till kvinnor så att de kunde starta någon liten verksamhet: en hönsgård, en systuga, några bykkar för att ta emot tvätt, en liten hyrvagn för att utföra transporter med, alltså det nödvändigaste för att ta sig upp ur den totala fattigdom där de försökte överleva med sina barn. Inte till männen, sa señorita Pineda, för de skulle använda lånet att köpa vin för, och hur som helst åtog sig myndigheterna i sin sociala planering att bistå männen medan däremot ingen på allvar bekymrade sig om kvinnor och barn. "Folk vill inte ha gåvor, de vill tjäna sitt bröd med värdighet", förklarade min lärarinna, och Paulina del Valle fattade precis och satte igång med det där projektet lika entusiastiskt som när hon gjorde upp de girigaste planer på att tjäna pengar. "Med ena handen håvar jag in allt jag kan och med den andra ger jag bort, på så sätt slår jag två flugor i en smäll, jag har roligt och gör mig förtjänt av att komma till himlen", gapskrattade min originella farmor. Hon gick vidare med initiativet och inte bara grundade Damklubben, som hon styrde med sin vanliga effektivitet – de andra damerna var dödsförskräckta för henne – utan finansierade också skolor och ambulerande läkarmottagningar och organiserade ett system för att samla in sådant som inte blev sålt på torget och i bagerierna, men som fortfarande var i gott skick, och distribuera det till barnhem och anstalter.

När Nívea kom på besök, alltid i grossess och med flera småbarn burna i famnen av sina respektive barnflickor, lämnade señorita Matilde Pineda griffeltavlan, och medan tjänstefolket tog hand om barnflocken drack vi te tillsammans och de där bägge ägnade sig åt att skissera ett rättvisare och fullkomligare samhälle. Trots att Nívea varken hade tid eller pengar över var hon den yngsta och mest aktiva av damerna i farmors klubb. Ibland gick vi och hälsade på hennes gamla lärarinna, syster María Escapulario, som förestod en asyl för gamla nunnor eftersom hon inte längre fick lov att utöva sitt älskade yrke som lärarinna; församlingen hade slagit fast att hennes avancerade idéer inte var lämpliga för skolflickor och att hon gjorde mindre skada med att vårda veliga gummor än med att så upprorsfrön i barnasinnen. Syster María Escapulario hade en liten cell i ett hus som var förfallet men omgivet av en förtrollad trädgård där hon alltid lika förtjust tog emot oss, för hon älskade intellektuella samtal, ett omöjligt nöje på den där inrättningen. Vi hade med oss böcker som hon beställde och som vi köpte i den dammiga bokhandeln Siglo de Oro. Vi gav henne också kakor eller en tårta till teet, som hon lagade på ett fotogenkök och serverade i kantstötta koppar. Vintertid höll vi till i cellen, nunnan satt på den enda stolen, Nívea och señorita Pineda på britsen och jag på golvet, men om vädret tillät gick vi ut i den fantastiska trädgården bland hundraåriga träd, klättrande jasminer, rosor, kamelior och så många andra slags blomster i förvirrande oordning att blandningen av dofter brukade göra mig alldeles yr. Jag lät inte ett ord av de där samtalen undgå mig även om det säkert inte var så mycket jag förstod; jag har aldrig mera hört så intressanta saker sägas. De viskade hemligheter, var nära att dö av skratt och talade om allt utom religion, av hänsyn till señorita Matilde Pineda som hävdade att Gud var ett människornas påfund för att behärska andra människor och framför allt kvinnor. Syster María Escapulario och Nívea var religiösa, men ingen av dem verkade fanatisk, till skillnad från de flesta i min omgivning på den tiden. I Förenta Staterna var det ingen som talade om religion, i Chile däremot var det allmänt konversationsämne. Farmor och farbror Frederick tog mig med i mässan då och då för att vi skulle bli sedda, för inte ens Paulina del Valle, med all sin djärvhet och sin rikedom, kunde kosta på sig att inte gå dit. Släkten och societeten skulle inte ha tolererat det.

– Är du religiös, farmor? frågade jag varje gång jag måste skjuta upp att gå på promenad eller att läsa en bok och gå i mässan i stället.

– Tror du att man kan slippa vara det i Chile? svarade hon.

– Señorita Pineda går inte i mässan.

– Ja, och se så illa det går för den stackaren. Så intelligent som hon är skulle hon kunna bli föreståndarinna i en skola om hon bara gick i mässan...

Ologiskt nog anpassade sig Frederick Williams mycket väl i den enorma släkten del Valle och i Chile. Han måtte ha haft plåtmage, för han var den enda som inte blev magsjuk av dricksvattnet och som kunde äta flera *empanadas* utan att få halsbränna. Ingen chilenare vi kände, utom Severo del Valle och don José Francisco Vergara, talade engelska, de välutbildades andra språk var franskan, trots den talrika brittiska kolonin i hamnstaden Valparaíso, så Williams blev tvungen att lära sig spanska. Señorita Pineda gav honom lektioner och efter ett par månader lyckades han med möda göra sig förstådd på bruten men fungerande spanska, han kunde läsa tidningarna och umgås på Club de la Unión, där han brukade spela bridge med Patrick Egan, den amerikanske diplomaten som förestod legationen. Farmor fick honom antagen av klubben genom att antyda att han hade aristokratisk bakgrund vid engelska hovet, vilket ingen brydde sig om att kontrollera eftersom adelstitlarna hade varit avskaffade sedan Chile blev självständigt och det för övrigt räckte med att titta på karln för att tro det. En definition på Club de la Unións medlemmar var att de tillhörde "kända familjer" och var "fina herrar" – kvinnor släpptes inte över tröskeln – och om Frederick Williams rätta identitet blivit avslöjad skulle vilken som helst av de där höga herrarna ställt upp på duell av skam att ha gjorts till narr av en före detta hovmästare från Kalifornien, förvandlad till klubbens finaste, elegantaste och mest kultiverade medlem, den bäste bridgespelaren och antagligen en av de rikaste. Williams höll sig underrättad om affärer för att kunna ge råd åt min farmor Paulina, och om politik, ett obligatoriskt samtalsämne i sällskapslivet. Han sa sig vara avgjort konservativ, liksom nästan alla i vår släkt, och beklagade att det i Chile inte rådde monarki som i Storbritannien, för demokratin föreföll honom vulgär och föga effektiv. Under de obligatoriska söndagsluncherna i farmors hus diskuterade han med Nívea och Severo, de enda liberalerna i klanen. Deras åsikter gick isär, men de tre uppskattade varandra och jag tror att de i hemlighet skrattade åt de andra medlemmarna i den primitiva stammen del Valle. Vid de sällsynta tillfällen då vi träffade don José Francisco Vergara, som Frederick Williams hade kunnat samtala med på engelska, höll han sig på respektfullt avstånd; han var den ende som lyckades imponera på Williams med sin intellektuella överlägsenhet, antagligen den ende som genast skulle ha upptäckt att han förut tillhört tjänstefolket. Jag antar att många undrade vem jag var och varför Paulina hade adopterat mig, men det ämnet nämndes aldrig i min närvaro: vid familjeluncherna på söndagar samlades ett tjugotal kusiner och sysslingar i olika åldrar, men ingen frågade mig någonsin efter mina föräldrar, det räckte med att jag hade samma efternamn för att de skulle acceptera mig.

Det var svårare för farmor att finna sig till rätta i Chile än för hennes make, trots att hennes namn och förmögenhet öppnade alla dörrar. Hon kände sig kvävas av småaktigheten och hyckleriet i miljön där och saknade sin forna frihet; inte för intet hade hon levat i över trettio år i Kalifornien, men så snart hon slog upp portarna till sitt nya hus började hon bli ledande i Santiagos sällskapsliv, för hon gjorde allt i god stil och med stor skicklighet, väl medveten som hon var om hur avskydda de rika är i Chile, och allra mest om de också är anspråksfulla. Inga livréklädda betjänter som de hon hade anställda i San Francisco, utan diskreta husor i svart klänning och vitt förkläde; inget storstilat slöseri med faraoniska soaréer, utan måttfulla fester i anspråkslös stil, så att hon inte skulle bli utpekad som vulgär, eller nyrik, det värsta tänkbara epitetet. Hon hade förstås sina dyrbara vagnar, sina avundsvärda hästar och sin privata loge på stadsteatern, med egen liten försalong och buffé, där hon lät servera sina gäster glass och champagne. Trots sin ålder och fetma dirigerade Paulina del Valle modet, för hon hade ju nyligen kommit från Europa och det antogs att hon höll sig à jour med aktuell stil och med nyheter. I denna återhållsamma och tröga societet intog hon en plats som ledfyr i fråga om inflytande från utlandet, hon var ju den enda damen i sina kretsar som talade engelska, fick tidskrifter och böcker från New York och Paris, beställde tyger, skor och hattar direkt från London och offentligt rökte samma egyptiska cigarretter som sin son Matías. Hon köpte konst, och vid hennes bord serverades okända rätter, för till och med i de mest anspråksfulla familjer åt man fortfarande som de grovhuggna kaptenerna på erövrarnas tid: soppa, gryta, stek, bönor och tunga koloniala efterrätter. Första gången farmor serverade *foie gras* och ett urval ostar importerade från Frankrike var det bara de herrar som hade varit i Europa som kunde äta. En dam fick kväljningar när hon kände lukten av camembert och port salut och fick lov att rusa ut på toaletten. Farmors hus var träffpunkt för konstnärer och unga författare av bägge könen som samlades där för att presentera sina arbeten, allt inom den sedvanliga klassicismens ramar; om personen i fråga inte var vit och hade ett känt namn måste han eller hon ha stor talang för att bli accepterad, och i det avseendet skilde sig inte Paulina från den högre chilenska societeten i övrigt. I Santiago höll de intellektuella sina sammankomster på kaféer och klubbar, och enbart män deltog, för man utgick från att kvinnor passade bättre till att röra i soppa än till att skriva böcker. Farmors initiativ att också ha med kvinnliga konstnärer i sin salong blev en aningen dubiös nyhet.

Mitt liv förändrades i huset vid Ejército Libertador. För första gången sedan min morfar Tao Chi'ens död hade jag en känsla av trygghet, av att leva i något som inte rörde sig och inte förändrades, ett slags befästning med rötter i fast mark. Jag erövrade hela byggnaden, det fanns inte en vrå, inte ett skrymsle som jag inte utforskade, inte ens taket där jag brukade hålla till i timmar och titta på duvorna, eller tjänstefolkets rum, trots att jag var förbjuden att sätta min fot där. Den väldiga fastigheten gränsade till två gator och hade två ingångar, en huvudentré mot Ejército Libertador och så tjänstefolkets ingång mot bakgatan. Där fanns dussintals salonger och sovrum, trädgårdar, terrasser, gömställen, vindar och trappor. Där var den röda salongen, en annan i blått och en i guld, som bara användes vid högtidliga tillfällen, och en fantastisk vinterträdgård helt i glas där familjens vardagsliv utspelade sig bland kinesiska fajanskrukor, ormbunkar och burar med kanariefåglar. I stora matsalen fanns en pompejansk fresk som gick runt hela rummet, på alla fyra väggarna, där stod flera skänkskåp med en samling av porslin och silver, det fanns en *chandelier* med kristallprismor och en morisk mosaikfontän där det ständigt rann vatten.

När väl farmor hade gett upp försöken att sätta mig i skola, och lektionerna för señorita Pineda hade blivit en vana, var jag mycket lycklig. När jag ställde en fråga gav denna utomordentliga lärarinna inte svaret utan visade mig på hur jag skulle hitta det själv. Hon lärde mig sortera mina tankar, forska, läsa och lyssna, söka alternativ, lösa gamla problem på nya sätt, diskutera logiskt. Hon lärde mig framför allt att inte tro blint på något, att betvivla och ifrågasätta även sådant som kunde verka odiskutabelt sant, så som mannens överlägsenhet över kvinnan eller att en ras eller samhällsklass stod över en annan, nymodiga idéer i ett patriarkaliskt land där indianerna aldrig omnämndes och där man bara behövde flytta ned ett trappsteg på den sociala skalan för att försvinna ur det kollektiva minnet. Hon var den första intellektuella kvinna jag träffat på i mitt liv. Nívea, med all sin intelligens och bildning, kunde inte mäta sig med min lärarinna; det som utmärkte Nívea var intuitionen och själens enorma generositet, hon var ett halvsekel före sin tid, men hon gjorde aldrig anspråk på att vara intellektuell, inte ens vid min farmors berömda diskussionssamkväm där hon utmärkte sig genom sina lidelsefulla rösträttsanföranden och sina teologiska tvivel. Till det yttre var señorita Pineda hur chilensk som helst, den där blandningen av spanskt och indianskt som ger korta kvinnor med breda höfter, mörka ögon och svart hår, höga kindknotor och ett sätt att gå tungt, som om de satt fast i marken. Hennes intellekt var ovanligt för någon på hennes tid och av hennes villkor, hon kom från en härdig familj söderut i landet, hennes far var vid järnvägen och hon var den enda bland åtta syskon som hade fått studera. Hon var lärjunge och god vän till don Pedro Tey, bokhandeln Siglo de Oros ägare, en katalan med barskt sätt men gott hjärta som vägledde henne i läsningen och lånade eller gav henne böcker, eftersom hon inte hade råd att köpa dem. I varje diskussion, även om de mest vardagliga ämnen, intog Tey den motsatta positionen. Jag hörde honom till exempel påstå att sydamerikanerna är ena apekatter med anlag för att slösa, festa och lata sig, men det behövdes bara att señorita Pineda höll med för att han genast skulle byta sida och lägga till att de åtminstone är bättre än hans egna landsmän, som alltid går omkring och är förargade och som duellerar för minsta småsak. De där bägge kom mycket väl överens även om de omöjligt kunde enas om något som helst. Don Pedro Tey bör ha varit åtminstone tjugo år äldre än min lärarinna, men när de började prata dunstade åldersskillnaden bort: han föryngrades av entusiasm och hon växte till i klarhet och mognad.

På tio år fick Severo och Nívea del Valle sex barn och skulle fortsätta att föröka sig ända tills de fått femton. Jag har känt Nívea i över tjugo år och alltid sett henne med en baby i famnen; hennes fruktsamhet vore en förbannelse om det inte var för att hon tycker så mycket om barn. "Tänk om ni ändå kunde undervisa mina barn!" suckade Nívea när hon träffade señorita Matilde Pineda. "De är så många, señora Nívea, och med Aurora har jag händerna fulla", svarade min lärarinna. Severo hade blivit en ansedd advokat, han var en av samhällets yngsta stöttepelare och framstående medlem av liberala partiet. Han var oense med presidenten, liberal också han, på många punkter, och eftersom han inte kunde hålla tyst med sin kritik blev han aldrig uppmanad att ingå i regeringen. De där åsikterna ledde honom kort efteråt till att bilda en fronderande grupp som övergick till oppositionen när inbördeskriget bröt ut, vilket också Matilde Pineda och hennes gode vän på bokhandeln Siglo de Oro gjorde. Farbror Severo favoriserade mig bland de flera dussin brorsbarn han omgav sig med, han kallade mig sin "guddotter" och berättade att det var han som hade givit mig efternamnet del Valle, men varje gång jag frågade om han visste vem som var min far svarade han undvikande: "Vi kan ju låtsas att det är jag", sa han. Farmor fick migrän så fort ämnet kom upp, och om jag tjatade på Nívea skickade hon mig till Severo. Det var en ändlös rundgång.

– Farmor, jag kan inte leva med så många mysterier, sa jag en gång till Paulina del Valle.

– Varför inte? De som har en svår barndom blir mer kreativa, svarade hon.

– Eller också blir de tokiga till slut, föreslog jag.

– Bland del Valles finns inga som är bindgalna, Aurora, bara excentriska som i alla anständiga familjer, försäkrade hon.

Señorita Matilde Pineda intygade att hon inte visste något om mitt ursprung och la till att det inte var något att bekymra sig om, för det betyder ingenting här i livet var man kommer ifrån, bara var man hamnar, men när hon undervisade mig om Mendels genetiska teori fick hon lov att medge att det finns goda skäl att ta reda på vilka som är våra förfäder. Tänk om min far skulle vara en galning som gick omkring och skar halsen av unga flickor?

Revolutionen bröt ut samma dag som jag kom i puberteten. Jag vaknade med fläckar på nattlinnet av någonting som såg ut som choklad, och jag gömde mig skamsen i badrummet för att tvätta mig ren, men då märkte jag att det inte var avföring, som jag hade trott, jag hade blod mellan benen. Förfärad gick jag för att tala om det för farmor, men för en gångs skull hittade jag henne inte i den stora imperialsängen, vilket var ovanligt eftersom hon alltid brukade ligga fram till tolvtiden. Jag sprang nedför trapporna följd av Caramelo som skällde hela vägen, rusade in i skrivrummet som en vettskrämd häst och stötte ihop med Severo och Paulina del Valle, han resklädd och hon i sin morgonrock av mörklila satäng som fick henne att se ut som en biskop under påsken.

– Jag håller på att dö! skrek jag och störtade mig över henne.

– Det här är inte rätta tillfället, svarade farmor barskt.

I flera år hade folk klagat på regeringen, och i många månader hade vi hört sägas att president Balmaceda tänkte göra sig till diktator och på så sätt bryta med femtiosju års trohet mot konstitutionen. Den där konstitutionen, som lagts fast av aristokratin i avsikt att styra för all framtid, gav statschefen ytterst vidsträckta befogenheter; när makten hamnade i händerna på någon med andra åsikter gjorde överklassen uppror. Balmaceda, en snillrik man med moderna idéer, hade i själva verket inte skött sig illa. Han hade utvecklat skolväsendet mer än någon tidigare styresman, försvarat den chilenska salpetern mot de utländska bolagen, grundat sjukhus och igångsatt betydande offentliga arbeten, framför allt järnvägsbyggen, även om han påbörjade mer än han lyckades avsluta; Chile var militärt starkt till lands och sjöss, det var ett rikt land och valutan var den stabilaste i Latinamerika. Men aristokratin förlät honom inte att han hade givit medelklassen ett uppsving och hade för avsikt att regera med stöd av den, liksom prästerskapet inte kunde tolerera kyrkans skiljande från staten, borgerlig vigsel som ersatte den kyrkliga eller lagen som tillät att avlidna av vilken tro som helst kunde få begravas på kyrkogårdarna. Förut hade det varit ett elände att få någonstans att placera liken av dem som inte varit katoliker i sin livstid, liksom också liken av ateister och självspillingar, som ofta hamnade i raviner eller i havet. På grund av de där åtgärderna övergav kvinnorna presidenten i massor. Även om de inte hade någon politisk makt regerade de i sina hem och utövade ett enormt inflytande. Medelklassen, som Balmaceda hade gynnat, vände honom också ryggen, och han svarade med arrogans, för han var van att befalla och bli åtlydd, liksom alla storgodsägare på den tiden. Hans familj ägde ofantliga markområden, en hel provins med sina stationer, sin järnväg, sina byar och hundratals bönder; männen i hans klan hade inte rykte om sig att vara goda arbetsgivare utan att vara hårda tyranner som sov med vapen under huvudkudden och väntade sig blind hörsamhet av sina underlydande. Det var kanske därför som han försökte styra landet som sitt eget feodalgods. Han var en lång, stilig karl, manlig, med hög panna och ädel hållning, född i ett romantiskt kärleksförhållande, uppvuxen på hästryggen med piska i ena handen och en stor pistol i den andra. Han hade varit seminarist men var inte skapt för prästrocken, han var passionerad och hög-modig. Han kallades "kalufsen" för sin benägenhet att jämt ändra sin frisyr, sina mustascher och sina polisonger, och det skvallrades om hans alltför eleganta kostymer som beställdes från London. Man gjorde narr av hans högtravande talekonst och hans eldiga kärleksförklaringar till Chile, det påstods att han till den grad identifierade sig med fosterlandet att han inte kunde tänka sig det utan honom själv vid styret, "mitt eller ingens!" var ett uttryck som tillskrevs honom. Åren vid makten gjorde honom isolerad, och till slut uppträdde han oberäkne-ligt, växlande mellan mani och depression, men också bland sina värsta motståndare hade han anseende som skicklig stats-man och som oklanderligt hederlig, liksom nästan alla Chiles presidenter, vilka till skillnad från politiska stormän i andra latinamerikanska länder lämnade sin post fattigare än när de tillträdde den. Han hade en vision om framtiden och drömde om att skapa en stor nation, men han hade oturen att få uppleva slutet på en epok och förfallet inom ett parti som hade suttit för länge vid makten. Landet och världen höll på att förändras och den liberala regimen hade blivit korrumperad. Presidenter-na utsåg själva sina efterträdare och militära och civila myndig-heter ägnade sig åt valfusk, det var alltid det sittande regerings-partiet som segrade tack vare den styrka som med rätta kallas den råa: till och med döda och obefintliga röstade på den offi-cielle kandidaten, röster köptes och de tveksamma satte man skräck i med våld. Mot sig hade presidenten de konservativas oförsonliga opposition, några grupper av liberala dissidenter, hela prästerskapet och större delen av pressen. För första gång-en sammansmälte det politiska spektrets ytterligheter i ett enda syfte: att störta regeringen. Varje dag samlades demonstranter från oppositionen på Plaza de Armas där polisen gjorde chock och skingrade dem, och under presidentens sista rundresa i lan-det måste militären försvara honom med dragna sablar mot uppretade folkmassor som visslade ut honom och kastade grönsaker på honom. De där missnöjesyttringarna lämnade honom oberörd, som om han inte märkte att nationen var på väg att störta ned i kaos. Enligt Severo del Valle och señorita Matilde Pineda avskydde åttio procent av folket regeringen, och det anständigaste vore att presidenten avgick, för den spända atmosfären hade blivit outhärdlig och kunde när som helst få utbrott som en vulkan. Det hände också den där januarimorgonen 1891, när marinen gjorde uppror och kongressen avsatte presidenten.

– Här kommer att utlösas ett fruktansvärt förtryck, faster, hörde jag Severo del Valle säga. – Jag ger mig av norrut för att slåss. Jag ber dig skydda Nívea och barnen, för jag kommer inte att kunna göra det på vem vet hur länge...

– Du har ju redan mist ett ben i kriget, Severo, om du blir av med det andra också kommer du att se ut som en dvärg.

– Jag har inget val, i Santiago skulle jag också bli dödad.

– Var inte melodramatisk nu, vi är inte på operan!

Men Severo del Valle var bättre underrättad än sin faster, efter vad det visade sig några dagar senare, då terrorn bröt ut. Presidentens reaktion blev att upplösa kongressen, utropa sig själv till diktator och utse en man vid namn Joaquín Godoy att organisera förtrycket, en sadist som ansåg att "de rika ska få betala för att de är rika, de fattiga för att de är fattiga, och prästerna, de ska skjutas allesammans!". Armén stödde regeringen och det som hade börjat som en politisk revolt blev till ett fruktansvärt inbördeskrig när krigsmaktens bägge grenar stod emot varandra. Med kraftigt stöd från arméns höga befäl började Godoy fängsla dem av oppositionens kongressmän som han kunde lägga vantarna på. De medborgerliga rättigheterna avskaffades, husrannsakningar och systematisk tortyr inleddes medan presidenten stängde in sig i sitt palats, äcklad av sådana metoder men övertygad om att det inte fanns något annat sätt att få hans politiska fiender på knä. "Jag skulle helst inte vilja veta något om sådana åtgärder", hördes han säga mer än en gång. Vid gatan där bokhandeln Siglo de Oro låg gick det inte att sova om natten eller gå ut om dagen för jämmerropen från de misshandlade. Naturligtvis nämndes ingenting av allt detta i barnens närvaro, men jag fick reda på allt, för jag kände varenda vrå i huset och roade mig med att spionera på de vuxnas samtal, eftersom det inte fanns mycket annat att göra de där månaderna. Medan kriget rasade utanför levde vi där inne som i ett luxuöst kloster. Farmor Paulina tog emot Nívea med hennes regemente av barnungar, ammor och barnflickor och bommade igen huset, övertygad om att ingen skulle våga attackera en dam i hennes ställning, gift med en brittisk medborgare. För säkerhets skull hissade Frederick Williams en engelsk flagga på taket och höll sina skjutvapen väloljade.

Severo del Valle gav sig av för att slåss uppe i norr precis i rättan tid, för nästa dag hölls husrannsakan hemma hos honom och om han blivit påträffad skulle han ha hamnat i hemliga polisens fängelsehålor, där rik och fattig blev torterad på samma sätt. Nívea hade varit anhängare av den liberala regimen, liksom Severo del Valle, men hon blev en bitter motståndare när presidenten ville tillsätta sin efterträdare med hjälp av valfusk och försökte krossa kongressen. Under revolutionsmånaderna, medan hon gick havande med tvillingar och hade sex barn att ta hand om, hade hon tid och mod nog att agera inom oppositionen med metoder som skulle ha kostat henne livet om de blivit avslöjade. Hon gjorde det bakom ryggen på farmor Paulina, som hade givit stränga order att vi skulle hålla oss osynliga för att inte dra myndigheternas uppmärksamhet till oss, men Williams hade full kännedom om hennes agerande. Señorita Matilde Pineda befann sig exakt mitt emot Frederick Williams, den ena var lika mycket socialist som den andre var monarkist, men de förenades i sitt hat mot regeringen. I ett av rummen mot baksidan dit farmor aldrig gick in installerade de en liten tryckpress med hjälp från don Pedro Tey, och där framställde de revolutionära smädeskrifter och pamfletter som señorita Matilde Pineda sedan bar med sig gömda under sin kappa och spred från hus till hus. De fick mig att svära på att aldrig säga ett enda ord till någon om vad som pågick i det där rummet, och det gjorde jag inte heller, för jag·tyckte att hemligheten var en fascinerande lek, men jag anade ingenting om faran som tornade upp sig över vår familj. När inbördeskriget tog slut insåg jag att den där faran var verklig, för trots Paulina del Valles ställning gick ingen säker för hemliga polisens långa arm. Farmors hus var inte den säkra tillflyktsort vi trodde, det faktum att hon var gift med en engelsman och hade förmögenhet, relationer och namn skulle inte ha kunnat rädda henne undan husrannsakan och kanske fängelse. Vi drog fördel av förvirringen under de där månaderna och av att majoriteten av befolkningen hade vänt sig mot regeringen, varför det var omöjligt att få kontroll över så många människor. Till och med inom polisen fanns vissa som sympatiserade med revolutionen och hjälpte samma personer att fly som de hade till uppgift att gripa. I varje hus där señorita Pineda knackade på för att överlämna sina pamfletter blev hon mottagen med öppna armar.

För en gångs skull stod Severo och hans släktingar på samma sida, för i konflikten gick de konservativa samman med en del av liberalerna. Resten av släkten del Valle drog sig undan till sina lantegendomar, så långt från Santiago som möjligt, och de unga männen gav sig av för att slåss uppe i norr, där det samlades en kontingent frivilliga understödda av den upproriska flottan. Armén, som var regeringstrogen, planerade att besegra den där samlingen civila upprorsmakare på några dagar men hade aldrig föreställt sig vilket motstånd den skulle möta. Flottan och revolutionärerna begav sig norrut för att ta makten över salpeterfyndigheterna, landets största inkomstkälla, där den reguljära arméns regementen fanns förlagda. I den första allvarliga sammandrabbningen segrade regeringstrupperna, och efter slaget gjorde de slut på sårade och fångar, alldeles som de ofta hade gjort under salpeterkriget tio år tidigare. Den där brutala slakten eggade upp revolutionärerna så våldsamt att de vann en förkrossande seger nästa gång de mötte motståndarna ansikte mot ansikte. Då blev det deras tur att massakrera de besegrade. I mitten av mars kontrollerade kongressisterna, som de upproriska kallade sig, fem provinser i norr och hade bildat en "regeringsjunta", medan president Balmaceda förlorade anhängare för var minut. Vad som återstod av de regeringstrogna trupperna i norr måste retirera söderut för att förena sig med huvuddelen av armén; femtontusen man tog sig till fots över Anderna, gick in i Bolivia och vidare till Argentina, och sedan gick de på nytt över bergen för att ta sig till Santiago. De kom fram till huvudstaden dödströtta, skäggiga och trasiga, de hade gått flera hundra mil genom ogästvänliga trakter med berg och dalar, helvetisk hetta och evig is, och livnärt sig under vägen av lamadjur på högslätten, pumor och bältdjur på pampas och fåglar bland bergstopparna. De togs emot som hjältar. En sådan bedrift hade inte setts sedan de grymma spanska erövrarnas avlägsna tid, men alla deltog inte i välkomnandet, för oppositionen hade vuxit som en ohejdbar lavin. Vårt hus hade fortfarande fönsterluckorna stängda, och farmor gav order om att ingen fick sticka ut näsan på gatan, men jag kunde inte behärska min nyfikenhet utan klättrade upp på taket för att se trupperna defilera.

Gripanden, plundring, tortyr och beslagtagande höll oppositionsanhängarna i spänning, det fanns inte en familj som inte var splittrad, ingen slapp undan rädslan. Militären gjorde räder för att rekrytera unga män, gick oväntat in vid begravningar och bröllop, på lantgårdar och i fabriker för att gripa män i vapenför ålder och ta dem med sig med våld. Jordbruket och industrin blev stående stilla i brist på arbetskraft. Militärernas herravälde blev outhärdligt och presidenten insåg att han borde lägga band på det, men när han till slut ville göra det var det för sent, soldaterna hade blivit övermodiga och det var risk att de skulle avsätta honom och införa militärdiktatur, tusen gånger hemskare än förtrycket som utövades av Godoys hemliga polis. "Ingenting är så farligt som makt utan straffbarhet", varnade Nívea oss. Jag frågade señorita Matilde Pineda vad det var för skillnad mellan regeringens folk och revolutionärerna, och svaret blev att bägge sidor stred för att bli lagligen berättigade. När jag frågade farmor svarade hon att det inte var någon skillnad, bägge sidorna var ena skurkar, sa hon.

Skräcken knackade på vår port när poliserna grep don Pedro Tey och förde honom till Godoys fasansfulla fängelsehålor. De misstänkte, med all rätt, att han var ansvarig för de politiska pamfletterna mot regeringen som var i omlopp överallt. En kväll i juni, en sådan där kväll med trist regn och lömska storm-byar, medan vi satt och åt middag i vardagsmatsalen, slogs dörren plötsligt upp och señorita Matilde Pineda kom inrusande, upprörd, dödsblek och med kappan genomvåt.

– Vad är det nu då? frågade farmor illa berörd av lärarinnans oartiga sätt.

Señorita Pineda kastade ur sig att Godoys hejdukar hade gjort husrannsakan i bokhandeln Siglo de Oro, misshandlat alla som råkade befinna sig där och fört bort don Pedro Tey i en täckt vagn. Farmor blev sittande med gaffeln i luften och vänta-de på något mer som kunde ursäkta kvinnans skandalösa upp-trädande; hon kände knappt señor Tey och begrep inte varför den nyheten var så angelägen. Hon hade ingen aning om att bokhandlaren nästan varje dag kom till huset, gick in bakvägen och framställde sina revolutionära pamfletter på en tryckpress gömd under hennes eget tak. Nívea, Williams och señorita Pi-neda däremot kunde gissa sig till följderna om den stackars Tey blev tvingad att erkänna, och de visste att han skulle komma att göra det förr eller senare, för Godoys metoder var väl kända. Jag såg hur de tre växlade förtvivlade blickar, och även om jag inte insåg vidden av det som höll på att hända kunde jag före-ställa mig anledningen.

– Är det för maskinen vi har i rummet inne på gården? fråga-de jag.

– Vad då för maskin? ropade farmor.

– Det är ingen maskin, svarade jag, för jag kom ihåg den hemliga överenskommelsen, men Paulina del Valle lät mig inte fortsätta, hon tog mig i örat och ruskade mig med ett ursinne som hon aldrig brukade visa.

– Vad då för maskin frågade jag, djävla skitunge! skrek hon åt mig.

– Låt flickan vara, Paulina. Hon har ingenting med det här att göra. Det är fråga om en tryckpress... sa Frederick Williams.

– En tryckpress? Här, i mitt hus? vrålade farmor.

– Ja, jag är rädd för det, faster, mumlade Nívea.

– Förbannat! Vad ska vi göra nu! Och matriarken sjönk ned på sin stol med huvudet i händerna och muttrade att hennes egen familj hade svikit henne, att vi skulle få betala dyrt för att vi var så oförsiktiga, att vi var ena idioter, att hon hade tagit emot Nívea med öppen famn och se nu vad som var tacken, visste inte Frederick att det där kunde kosta dem skinnet, det här var inte England eller Kalifornien, när skulle han begripa hur det var i Chile, och aldrig mer i sitt liv ville hon se señorita Pineda och hon förbjöd henne att sätta sin fot i huset och att tala ett enda ord med hennes barnbarn.

Frederick Williams beordrade fram vagnen och meddelade att han gav sig av för att "lösa problemet", vilket ingalunda lugnade farmor utan bara gjorde henne ännu mera skräckslagen. Señorita Matilde Pineda gjorde en åtbörd till avsked åt mig och gick, och jag såg henne inte igen förrän många år senare. Williams for direkt till amerikanska legationen och begärde att få tala med mr Patrick Egon, sin gode vän och bridgepartner, som vid den tiden på kvällen satt som värd vid en officiell bankett med andra diplomater. Egon stödde regeringen men var också djupt demokratisk, som nästan alla yankees, och avskydde Godoys metoder. Han lyssnade i enrum på vad Frederick Williams hade att säga och agerade genast för att få tala med inrikesministern, som tog emot honom samma kväll men förklarade att det inte stod i hans makt att inskrida till förmån för den gripne. Han lyckades dock få företräde hos presidenten tidigt nästa morgon. Det där blev den längsta natt man hade upplevt i min farmors hus. Ingen gick till sängs. Jag satt hela natten uppkrupen i en fåtölj i hallen tillsammans med Carame-

170

lo, medan husor och betjänter gick fram och tillbaka med väskor och koffertar, barnflickor och ammor med Níveas småttingar sovande i famnen och kokerskor och köksor med matvaror i korgar. Till och med ett par burar med farmors älsklingsfåglar kom med i vagnarna. Williams och trädgårdsmästaren, en man som han hade förtroende för, monterade ned tryckpressen, grävde ned delarna längst bort på innersta gården och brände alla komprometterande papper. I gryningen stod familjens två vagnar och fyra beväpnade och beridna tjänare klara att ta oss ut ur Santiago. Den övriga tjänarstaben hade gett sig av för att söka tillflykt i den närmaste kyrkan, där andra vagnar skulle hämta upp dem lite senare. Frederick Williams ville inte följa med oss.

– Jag har ansvaret för det som har hänt och stannar kvar för att skydda huset, sa han.

– Ditt liv är mycket värdefullare än huset och allt annat jag äger, jag ber dig, kom med oss, bönföll Paulina del Valle.

– De vågar inte röra mig, jag är brittisk medborgare.

– Var inte naiv, Frederick, ingen går säker i dessa tider.

Men det gick inte att övertala honom. Han gav mig ett par kyssar på kinderna, höll farmors händer en lång stund i sina och tog adjö av Nívea, som flämtade som en ål på torra land, om det sedan var av rädsla eller bara på grund av grossessen. När vi startade hade en blek sol just börjat lysa upp bergens snöklädda toppar, det hade slutat regna och himlen höll på att klarna, men det blåste en kall vind som trängde in genom springorna i vagnen. Farmor höll mig tätt sluten i sin famn, insvept i hennes rävskinnscape, den som hade fått sina svansar uppätna av Caramelo i hans anfall av kåthet. Farmor satt med tänderna hopbitna av ilska och skräck, men hon hade inte glömt korgarna med vägkost och så snart vi hade hunnit ut ur Santiago på väg söderut öppnade hon dem och satte igång ett kalas på stekt kyckling, hårdkokta ägg, smördegsbakelser, ostar, nybakat bröd, vin och mandelmjölk som skulle fortsätta under hela resan.

Släktingarna, som hade dragit sig undan till landsbygden när upproret började i januari, tog emot oss med förtjusning eftersom vi kom som ett välkommet avbrott efter sju ohjälpligt tråkiga månader och dessutom hade med oss nyheter. Nyheterna var urusla men bättre än inga alls. Jag träffade kusiner och sysslingar igen, och den där tiden som var så påfrestande för de vuxna blev rena skollovet för barnen. Vi frossade på nymjölkad mjölk, färskostar och konserver sparade sedan sommaren, vi red på hästar, plaskade omkring i leran när det regnade, lekte i stall och på vindar, uppförde teaterpjäser och bildade en sångkör som lät bedrövligt, för ingen var särskilt musikalisk. Man kom fram till huset längs en väg kantad av höga popplar, i en lantlig dalgång där plogen inte hade lämnat många spår och där beteshagarna verkade övergivna; här och där såg vi rader av torra och dammiga käppar som enligt vad farmor sa var vinstockar. Om vi mötte någon bonde på vägen tog han av sig halmhatten och hälsade på herrskapet med blicken i marken, "ers nåd" sa han till oss. Farmor kom trött och på dåligt humör fram till landet, men efter bara ett par dagar beväpnade hon sig med ett paraply och utforskade omgivningen med stor nyfikenhet och med Caramelo i släptåg. Jag såg hur hon granskade de krokiga vinstockarna och samlade upp jordprover som hon la i mystiska små påsar. Huset, byggt i u-form, var av soltorkat tegel och hade tegeltak, det såg tungt och solitt ut, inte det minsta elegant men med tjusningen hos väggar som har sett mycket historia. På sommaren var stället ett paradis, med träd tyngda av söta frukter, med blomdoft, drillar från livliga fåglar och surr av flitiga bin, men om vintern såg det ut som en vresig gammal dam under det råkalla regnet och den mulna himlen. Dagen började mycket tidigt och slutade i solnedgången, då vi samlades i de väldiga rummen som var klent upplysta med stearinljus och fotogenlampor. Där var kallt, men vi satt kring runda bord med tjocka dukar som hängde ned och med glödande fyrfat under, så att vi kunde värma fötterna. Vi drack hett rödvin med socker, apelsinskal och kanel, enda möjligheten att få ned det. Del Valles framställde det där kärva vinet till husbehov, men farmor ansåg att det inte var lämpat för mänskliga strupar utan mera som färglösningsmedel. Alla jordbruk med självaktning hade vinstockar och gjorde sitt eget vin, somliga bättre än andra, men det här var särskilt strävt. I takets plafondrutor av trä vävde spindlarna sina eleganta spetsdukar och sprang mössen omkring i lugn och ro, för husets katter kunde inte klättra ända dit upp. Väggarna var vitkalkade eller målade i indigoblått och såg kala ut, men överallt fanns helgonstatyer och bilder av Kristus på korset. I entrén tronade en stor docka med huvud, händer och fötter i trä, ögon av blått glas och riktigt människohår, som föreställde Jungfru Maria och alltid var prydd med friska blommor och hade en ständigt brinnande lampa, och där vi alla korsade oss när vi kom förbi, man gick varken ut eller in utan att ge Madonnan sin hyllning. En gång i veckan byttes där kläder på henne, hon hade ett skåp fullt med klänningar i renässansstil, och till processionerna satte man på henne smycken och en hermelinsmantel, glanslös av ålder. Vi åt fyra gånger om dagen under långa ceremonier som knappt hann ta slut förrän den nästa började, så farmor reste sig bara från bordet för att gå i säng och för att gå i kapellet. Klockan sju varje morgon gick vi i mässan och tog nattvarden under ledning av fader Teodoro Riesco, som bodde i familjen, en tämligen ålderstigen präst som ägde fördragsamhetens dygd; i hans ögon fanns ingen oförlåtlig synd utom Judas förräderi, till och med den fasansfulle Godoy kunde få hugsvalelse i Herrens famn, ansåg han. "Nej så sannerligen, fader, om det finns förlåtelse för Godoy kommer jag hellre till helvetet med Judas och alla mina barn", invände Nívea. Efter solnedgången samlades familjen, med barn, tjänstefolk och boende på egendomen, för att be. Var och en tog ett tänt ljus och vi gick i en lång rad till det lantliga kapellet i södra änden av huset. Jag började tycka om de där dagliga riterna som markerade tidens gång, årstiderna och livet, jag sysselsatte mig med att ordna blommorna på altaret och putsa nattvardskärlen av guld. De heliga orden var poesi:

Ej mig driver, Herre, att dig älska
himmelen, den som Du har mig lovat,
icke heller tvingas jag av skräck
för helvetet att lyda Dina påbud.

Du själv, Herre, driver mig att se Dig
där på korset fäst och blodigt hånad;
då jag ser Din kropp så sårad, rörs jag,
driver mig Din död och oförrätten.

Så jag drives av Din kärlek, att jag
skulle älska Dig förutan himmel
och förutan helvete Dig frukta.

Kärleken begär ingen belöning,
ty om än mitt hopp ej bleve uppfyllt,
skulle jag Dig lika trofast älska.

Jag tror att någonting också mjuknade i farmors barska hjärta,
för i och med den där tiden på landet närmade hon sig religio-
nen gradvis, hon började gå i kyrkan av böjelse och inte bara
för att bli sedd, hon slutade upp att vanemässigt tala illa om
prästerskapet, så som hon gjort förut, och när vi kom tillbaka
till Santiago lät hon bygga ett vackert kapell med färgade glas-
rutor i sin fastighet vid Calle Ejército Libertador, och där bad
hon efter sin egen fason. Hon kände sig inte hemma med kato-
licismen, så därför rättade hon den efter sin egen smak. Efter
aftonbönen gick vi med våra ljus tillbaka till den stora salongen
för att dricka kaffe med mjölk, medan kvinnorna stickade eller
broderade och barnen skräckslagna lyssnade till spökhistorier
som farbröderna berättade för oss. Ingenting skrämde oss så
som *imbunche*, en ond varelse i den indianska mytologin. Det
påstods att indianerna rövade bort nyfödda barn för att göra
imbunches av dem, de sydde ihop ögon och analöppning på

dem, födde upp dem i grottor, livnärde dem på blod, bröt av benen på dem, vände deras huvuden bakfram och förde in deras ena arm under huden på ryggen, och på så sätt fick de övernaturlig förmåga av olika slag. Av rädsla för att bli föda åt en *imbunche* vågade vi barn inte sticka näsan utanför dörren efter mörkrets inbrott och somliga, däribland jag, sov med huvudet under täcket plågade av hemska mardrömmar. "Vad du är vidskeplig, Aurora! Det finns ingen *imbunche*. Tror du ett barn skulle kunna överleva sån tortyr?" försökte farmor tala förstånd med mig, men inget argument kunde få mig att sluta hacka tänder.

Eftersom Nívea jämt väntade barn brydde hon sig inte just om att hålla ordning på tiden utan beräknade nedkomstens närhet allt efter hur ofta hon behövde använda pottan. När hon fick stiga upp tretton gånger två nätter i följd meddelade hon vid frukosten att det var dags att hämta en läkare, och mycket riktigt började värkarna samma dag. Men det fanns inga läkare där i trakten, så någon föreslog att jordemodern i närmaste by skulle skickas efter, och hon visade sig vara en pittoresk *meica*, en mapucheindianska i obestämd ålder, hel och hållen i samma bruna färg: hud, flätor och till och med de växtfärgade kläderna. Hon kom ridande, med en säck med örter, oljor och medicinaldekokter och iförd en kåpa som hölls ihop över bröstet med en jättestor silverbrosch gjord av gamla koloniala mynt. Tanterna blev förskräckta, för denna *meica* såg ut att ha kommit direkt från djupaste Araukanien, men Nívea hälsade henne utan tecken på misstro; eldprovet skrämde henne inte eftersom hon hade gått igenom det sex gånger förut. Indianskan talade inte mycket spanska, men hon verkade kunna sitt yrke och när hon väl fått av sig kåpan kunde vi se att hon var renlig. Det var tradition att ingen som inte själv hade fött fick komma in i barnsängskvinnans rum, så de unga kvinnorna drog sig tillsammans med barnen bort till andra änden av huset och männen samlades i biljardrummet för att spela, dricka och röka. Nívea blev förd till paradsängkammaren tillsammans med indianskan och några äldre kvinnor i huset som turades om att be och hjälpa till. Två svarta hönor sattes att koka så att det skulle bli en kraftig buljong som kunde stärka modern före och efter förlossningen, och man sjöd också gurkört till en dekokt för den händelse föderskan skulle få andnöd eller hjärtsvikt. Min nyfikenhet var starkare än rädslan för farmor, som hotade att ge mig en örfil om hon kom på mig med att smyga omkring i Níveas närhet, och jag smet iväg genom de inre rummen för att spionera. Jag såg tjänsteflickorna gå förbi med vita dukar och handfat med varmt vatten och kamomillolja för att massera buken med, och de bar också på filtar och på kol till fyrfaten, för ingenting var så fruktat som "is i magen", alltså avkylning under förlossningen. Det hördes ett ständigt sorl av prat och skratt, jag tyckte inte det lät som en stämning av rädsla eller lidande på andra sidan dörren, tvärtom, det lät som kvinnor i feststämning. Eftersom jag ingenting såg från mitt gömställe och det spöklika draget i de mörka korridorerna fick nackhåret att resa sig på mig, tröttnade jag snart och gick och lekte med kusinerna, men i kvällningen när familjen hade samlats i kapellet smög jag dit igen. Vid det laget hade rösterna tystnat och man hörde tydligt Níveas ansträngda stönande, mumlet av böner och regnet som trummade på tegeltaket. Jag satt hopkrupen i en vrå i korridoren, darrande av rädsla för jag var säker på att indianerna skulle komma och stjäla Níveas baby... tänk om *meica*'n var en sån där häxa som gör *imbunches* av nyfödda? Att inte Nívea hade tänkt på den hemska möjligheten! Jag var på väg att springa tillbaka till kapellet där det fanns ljus och människor, men just då kom en av kvinnorna ut för att hämta något och lämnade dörren på glänt, och jag kunde skymta vad som hände inne i rummet. Ingen såg mig, för korridoren låg i dunkel, och innanför var det däremot ljust för där fanns två oljelampor och vaxljus var uppställda överallt. Tre fyrfat glödde i hörnen och höll luften mycket varmare än i resten av huset, och en gryta där eukalyptusblad låg och kokade fyllde luften med frisk skogsdoft. Nívea, klädd i ett kort linne, ett livstycke och tjocka yllesockor, satt på huk över en filt, höll med bägge händer hårt fast i ett par tjocka rep som hängde ned från takbjälkarna och stöddes bakifrån av *meica*'n som lågt mumlade ord på ett annat språk. I det fladdrande ljusskenet såg hennes stora mage med de grova blå ådrorna monstruös ut, som om den inte hörde till hennes kropp och inte ens var mänsklig. Nívea krystade genomvåt av svett, håret klibbade fast i pannan, ögonen var slutna och omgivna av blå ringar, läpparna var svullna. En av mina fastrar låg på knä och bad vid ett litet bord där de hade ställt en liten staty av den helige Ramón Nonato, barnaföderskornas skyddshelgon, det enda helgon som inte fötts på naturlig väg utan blivit uttagen genom en skåra i sin moders buk. En annan faster stod bredvid indianskan och höll ett tvättfat med varmt vatten och en trave rena dukar. Det blev en kort paus medan Nívea hämtade andan och *meica*'n böjde sig fram och masserade hennes mage med sina grova händer, som om hon la barnet till rätta där innanför. Plötsligt rann en ström av blodig vätska ut och dränkte in filten. *Meica*'n höll en duk för, som genast också blev genomdränkt, och så en till och en till. "Välsignelse, välsignelse, välsignelse", hörde jag indianskan säga på spanska. Nívea klängde sig fast vid repen och krystade så hårt att senorna i halsen och ådrorna i tinningarna såg ut att vilja brista. Ett dovt bölande kom över hennes läppar och så visade sig någonting mellan benen på henne, någonting som *meica*'n försiktigt tog tag i och stödde ett ögonblick, tills Nívea hann hämta andan och krystade på nytt, och så kom barnet ut. Jag trodde jag skulle svimma av fasa och äckel och snavade tillbaka genom den långa, dystra korridoren.

En timme senare, medan tjänsteflickorna tog undan de smutsiga trasorna och allt annat som använts vid förlossningen för att bränna upp det – på så sätt förhindrade man blödningar, troddes det – och *meica*'n lindade in moderkakan och navelsträngen för att gräva ned dem under ett fikonträd som brukligt var i de där trakterna, hade resten av familjen samlats i salen kring fader Teodoro Riesco för att tacka Gud för ett par tvillingars födelse, två gossar som med heder skulle bära namnet del Valle, efter vad prästen sa. Två av fastrarna höll de nyfödda i famnen, väl invirade i lindor av ylle och med små stickade mössor på huvudet, medan alla familjens medlemmar i tur och ordning kom fram och kysste dem på pannan och sa "Gud bevare honom" för att avvärja att de oavsiktligt skulle drabbas av onda ögat. Jag kunde inte hälsa mina kusiner välkomna så som de andra, för jag tyckte att de var ett par förfärligt fula små kräk, och synen av Níveas blåskiftande buk som tryckte ut dem som en blodig massa skulle alltid komma att plåga mig.

Andra veckan i augusti kom Frederick Williams och hämtade oss, ytterst elegant som alltid och mycket lugn, som om risken att falla i hemliga polisens händer bara hade varit en kollektiv hallucination. Farmor tog emot sin make som en brud, med lysande ögon och kinderna röda av rörelse, hon sträckte ut händerna mot honom och han kysste dem med någonting mer än aktning; jag insåg för första gången att det där märkliga paret förenades av något som var mycket likt kärlek. Vid det laget var hon ungefär sextiofem år, en ålder då andra kvinnor var gummor, nedbrutna av genomgångna sorgeår och tillvarons motgångar, men Paulina del Valle verkade oövervinnerlig. Hon färgade håret, ett koketteri som ingen dam i hennes kretsar tillät sig, och hon ökade på frisyren med löslockar; hon klädde sig med samma fåfänga som förr trots sin fetma och sminkade sig så elegant att ingen misstänkte rodnaden på hennes kinder eller svärtan i ögonfransarna. Frederick Williams var uppenbart yngre, och det verkade som om kvinnor fann honom högst tilldragande, för de viftade alltid med solfjädrar och råkade tappa näsdukar när han fanns i närheten. Jag såg honom aldrig återgälda sådana komplimanger, han verkade tvärtom totalt hängiven sin maka. Jag har ofta undrat om förhållandet mellan Frederick Williams och Paulina del Valle bara var ett konvenansäktenskap, om det var så platoniskt som alla antog eller om det fanns en viss attraktion dem emellan. Kom de att älska varandra? Det kan ingen någonsin veta, för han berörde aldrig ämnet och farmor, som på slutet var i stånd att berätta de privataste saker för mig, tog svaret med sig till en annan värld.

Genom farbror Frederick fick vi veta att tack vare presidentens personliga ingripande hade don Pedro Tey blivit frigiven innan Godoy lyckats tvinga ur honom ett erkännande, så vi kunde fara tillbaka till huset i Santiago, för i själva verket kom vår familjs namn aldrig med på polisens listor. Nio år senare, när min farmor Paulina dog och jag träffade señorita Matilde Pineda och don Pedro Tey på nytt, fick jag höra detaljerna i vad som hände då, vilket den gode Frederick Williams velat bespara oss. Sedan de hade gjort husrannsakan i bokhandeln, slagit de anställda, vräkt ut hundratals böcker i högar och satt eld på dem, förde de med sig den katalanske bokhandlaren till sitt dystra högkvarter och gav honom den vanliga behandlingen. Tey blev torterad tills han svimmade utan att ha sagt ett enda ord, och då hällde de en hink vatten med exkrementer över honom och band fast honom vid en stol, och där fick han sitta resten av natten. Nästa dag, när han om igen blev förd till sina torterare, kom den amerikanske beskickningschefen Patrick Egon med en adjutant från presidenten och begärde att få fången frigiven. Han släpptes med en varning att om han sa ett enda ord om det som hänt skulle han bli ställd inför en arkebuseringspluton. Drypande av blod och skit blev han ledd till envoyéns vagn, där Frederick Williams och en läkare väntade, och han fördes till Förenta Staternas legation där han fick asyl. En månad efteråt föll regeringen och don Pedro Tey kom ut, för att i stället ge plats åt den avsatte presidentens familj som fick skydd under samma flagga. I flera månader måste bokhandlaren ge sig till tåls medan såren efter misshandeln läktes och tills axlarna gick att röra igen, så att han kunde komma tillbaka till sin bokhandel. Hemskheterna han gått igenom avskräckte honom inte, han övervägde aldrig att fara tillbaka till Katalonien utan arbetade vidare i opposition, vilken regering som än satt vid makten. När jag många år senare tackade honom för den fruktansvärda prövning han gått igenom för att skydda min familj, svarade han att han inte hade gjort det för vår skull utan för señorita Matilde Pinedas.

Farmor Paulina ville stanna kvar på landet tills revolutionen var över, men Frederick Williams övertygade henne om att konflikten skulle kunna pågå i åratal och att vi inte borde ge upp vår ställning i Santiago. Sanningen att säga tyckte han nog att lantegendomen med sina undergivna bönder, eviga siestor och fähus fulla med lort och flugor var ett värre öde än fängelset.

– Amerikanska inbördeskriget varade i fyra år, det kan hålla på lika länge här, sa han.

– Fyra år? Då finns inte en enda levande chilenare kvar. Min brorson Severo säger att på några månader har redan tiotusen stupat i strid och över tusen blivit mördade i bakhåll, invände farmor.

Nívea ville följa med oss tillbaka till Santiago, fastän hon fortfarande var trött efter den dubbla nedkomsten, och hon insisterade så ivrigt att farmor till slut gav med sig. Först hade hon inte velat tala med Nívea för det där med tryckpressen, men hon förlät henne alldeles när hon såg tvillingarna. Snart var vi allesammans på väg mot huvudstaden med samma bagage som vi hade forslat med oss några veckor tidigare, och därtill två nyfödda, men utan kanariefåglarna som hade dött av skräck under vägen. Vi hade åtskilliga korgar med livsmedel och ett krus som innehöll brygden Nívea skulle dricka för att inte bli anemisk, en motbjudande blandning av gammalt vin och färskt tjurblod. Nívea hade inte hört något från sin man på månader, och som hon erkände för oss i ett svagt ögonblick började hon bli deprimerad. Men hon tvivlade aldrig på att Severo del Valle skulle komma helbrägda tillbaka till henne från kriget, hon har ett slags sjätte sinne när det gäller att se sitt eget öde. Alldeles som hon alltid visste att hon skulle bli hans hustru, även när han meddelade henne att han hade gift sig med en annan i San Francisco, och som hon vet att de kommer att dö tillsammans i en olyckshändelse. Det har jag hört henne säga många gånger, det blev ett skämt i familjen. Hon var rädd för att stanna kvar på landet, för där kunde det bli svårt för Severo att meddela sig med henne eftersom posten i revolutionens förvirring brukade komma bort under vägen, särskilt ute på landsbygden.

Ända sedan Severo och Nívea inledde sitt älskogsförhållande och det visade sig hur skamlöst fruktbar hon var, hade hon förstått att om hon följde anständighetens vanliga regler och stängde in sig i hemmet för varje grossess och förlossning, skulle hon komma att tillbringa resten av sitt liv innestängd. Så då beslöt hon att inte göra moderskapet till något mysterium, och lika väl som hon stoltserade med sin stora mage som en oblyg bondkvinna, till den "fina" societetens fasa, lika väl födde hon utan krumbukter, höll sig bara stilla i tre dagar – i stället för de fyrtio som läkaren krävde – och gick vart som helst, även på sina suffragettmöten, med hela följet av småttingar och barnflickor. Hon anställde unga flickor från landet, bestämda att tjäna hela livet, försåvitt de inte blev med barn eller gifte sig vilket var föga troligt. De där offervilliga flickorna växte upp, vissnade och dog i huset, sov i smutsiga, fönsterlösa rum och åt rester från herrskapets bord, de dyrkade barnen de var satta att sköta, i synnerhet pojkarna, och när döttrarna i familjen gifte sig tog de dem med sig som en del av sin utstyrsel för att de skulle fortsätta att tjäna nästa generation. På en tid då allt som hade med moderskap att göra hölls hemligt lärde mig samvaron med Nívea, vid elva års ålder, saker som alla flickor i mina kretsar var ovetande om. På landet, när djuren parade sig eller födde, blev vi flickor tvingade att hålla oss inomhus med stängda fönsterluckor, för man utgick från att de där funktionerna skadade våra känsliga själar och satte perversa idéer i huvudet på oss. Det stämde, för den kättjefulla åsynen av en magnifik unghingst som besteg ett sto, något som jag råkade bevittna på mina släktingars gård, gör mig fortfarande uppeggad. I dag, år 1910, när de tjugo årens åldersskillnad mellan Nívea och mig har utplånats och hon snarare är en väninna än en tant för mig, har jag fått reda på att det årliga barnafödandet aldrig utgjorde något allvarligt hinder för henne; havande eller ej ägnade hon sig ändå åt skamlös akrobatik tillsammans med sin man. Under ett av de där förtroliga samtalen frågade jag varför hon hade fått så många barn – femton, varav elva ännu lever – och hon svarade att hon inte rådde för det, ingen av de franska barnmorskornas beprövade metoder fungerade på henne. Vad som räddade henne från att bli totalt utsliten var okuvlig fysisk styrka och en sorglös läggning som hjälpte henne att inte gå ned sig i känslomässiga moras. Hon uppfostrade sina barn enligt samma metod som hon skötte sitt hushåll: genom att delegera. Så snart hon hade fött ett barn lindade hon brösten hårt och lämnade över ungen till en amma; i hennes hus fanns lika många barnsköterskor som barn. Níveas lätthet att föda, hennes goda hälsa och sättet att frigöra sig från barnen räddade hennes kärleksrelation med Severo, det är inte svårt att föreställa sig den passionerade kärlek som band dem samman. Hon har berättat för mig att de förbjudna böckerna som hon noga studerade i farbroderns bibliotek lärde henne kärlekens fantastiska möjligheter, även en del mycket lugna varianter för älskande som har begränsad akrobatisk förmåga, så som i deras bägge fall: för honom det amputerade benet och för henne den stora grossessmagen. Jag vet inte vad de där bägge hade för favoritkonster, men jag skulle föreställa mig att de skönaste stunderna fortfarande är då de leker i mörkret, utan minsta ljud, som om där i rummet funnes en nunna, kluven mellan valerianachokladens halvslummer och lusten att synda.

Alla nyheter om revolutionen censurerades strängt av regeringen, men allt blev känt, till och med innan det hände. Vi fick höra talas om sammansvärjningen genom en av mina äldre kusiner, som i tysthet dök upp i huset tillsammans med en av de underlydande från godset som var tjänare och livvakt. Efter kvällsmaten stängde han länge in sig med Frederick Williams och farmor; jag satt i en vrå och låtsades läsa men gick inte miste om ett ord av vad de sa. Kusinen var en lång och kraftig pojke med ljusa lockar och ögon som en flicka, impulsiv och sympatisk, han hade vuxit upp på landet och var skicklig i att rida in hästar, det är allt jag minns om honom. Han berättade att några unga män, däribland han, tänkte spränga ett par broar för att trakassera regeringen.

– Vem har kommit på den lysande idén? Har ni en ledare? frågade farmor sarkastiskt.

– Det finns ingen ledare ännu, vi väljer honom när vi samlas.

– Hur många är ni då, pojke?

– Omkring hundra, men jag vet inte hur många som kommer. Alla vet inte varför vi har sammankallat dem, det talar vi om senare, av säkerhetsskäl, tant förstår?

– Jag förstår. Är de fina gossar som du allihop? ville farmor veta, allt mer upprörd.

– Det finns hantverkare, arbetare, folk från landet och några vänner till mig också.

– Vad har ni för vapen? frågade Frederick Williams.

– Sablar, dolkar, och några karbiner tror jag. Vi måste skaffa krut förstås.

– Jag tycker det verkar som rena vansinnet! exploderade farmor.

De försökte avråda honom och han hörde på med låtsat tålamod, men det framstod klart att beslutet var fattat och att det inte var rätta tillfället att ändra åsikt. När han gick bar han med sig i en skinnväska några av skjutvapnen i Frederick Williams samling. Två dagar efteråt fick vi veta vad som hade hänt på gården där konspirationen inleddes, några kilometer från Santiago. Upprorsmännen kom några i taget till ett litet hus för boskapsskötare där de trodde sig säkra, de diskuterade i flera timmar men med tanke på att de hade så få vapen och att planen var bristfällig på alla håll och kanter beslöt de att skjuta upp det hela, stanna kvar där över natten i muntert sällskap och skingras följande dag. De anade inte att de hade blivit förrådda. Klockan fyra på morgonen blev de överrumplade av nittio ryttare och fyrtio fotsoldater ur regeringstrupperna i en manöver så snabb och välriktad att de belägrade inte hann försvara sig utan gav upp, övertygade om att de var säkra, för ännu hade de inte begått något brott utom att samlas utan tillstånd. Överstelöjtnanten som förde befäl över truppen tappade huvudet i stundens hetta och släpade, förblindad av ursinne, ut den första fången framför ledet och lät honom huggas i stycken med bajonett och skjutas ihjäl. Sedan tog han ut åtta till och lät dem bli arkebuserade, skjutna i ryggen, och på det sättet fortsatte misshandeln och slakten tills där i daggryningen låg sexton söndertrasade kroppar. Han lät öppna godsets vinlager och lämnade sedan ut böndernas kvinnor till soldaterna när de var berusade och övermodiga av att få härja fritt. De satte eld på byggnaden och torterade förvaltaren så grymt att han måste arkebuseras sittande. Under tiden utväxlades order med Santiago, men soldatesken blev inte lugnare av att vänta utan våldets feber bara ökade. Nästa dag, efter många timmars inferno, kom instruktioner egenhändigt skrivna av en general: "Alla skall omedelbart avrättas." Så skedde också. Efteråt fördes liken bort på fem kärror för att slängas i en massgrav, men protesterna blev så våldsamma att de till slut överlämnades till sina anhöriga.

I skymningen kom de med liket av min kusin, som farmor hade krävt att få ut med stöd av sin sociala ställning och sina kontakter. Han kom insvept i en blodig kappa och fördes i tysthet till ett rum där han skulle snyggas upp lite innan modern och syskonen fick se honom. Jag smög mig ned i trappan för att titta och såg en herre i svart bonjour och med en liten väska, som stängde in sig med den döda kroppen, medan tjänsteflickorna berättade att det var en balsameringsmästare som kunde få kulhålen att försvinna med hjälp av smink, fyllning och en tapisserinål. Frederick Williams och farmor hade ordnat för likvaka i den förgyllda salongen med ett provisoriskt altare och med gula vaxljus i höga kandelabrar. När det blev ljust och vagnarna började komma med anhöriga och vänner var huset fullt av blommor och kusinen, ren, välklädd och utan spår av sitt genomgångna lidande, vilade i en ståtlig, silverbeslagen kista av mahogny. Kvinnorna, djupt sorgklädda, satt i två rader på stolar, gråtande och bedjande, männen smidde hämndplaner i salongen, tjänstefolket serverade smörgåsar som om det varit en picknick och vi barn, svartklädda även vi, lekte muntert fnissande att vi arkebuserade varandra. För min kusin och flera av hans kamrater hölls likvaka i hemmen i tre dygn, medan kyrkklockorna oupphörligt klämtade för de döda gossarna. Myndigheterna vågade inte ingripa. Trots den stränga censuren var ingen i landet ovetande om det som hänt, nyheten spreds som en löpeld och regeringsanhängare liksom revolutionärer, alla greps av fasa. Presidenten ville inte höra några detaljer och avsvor sig allt ansvar, alldeles som han hade gjort för de skändligheter som begåtts av andra militärer och av den fruktansvärde Godoy.

– De mördade dem utan orsak, i raseri, som djur. Det är inte annat att vänta, vi är ett blodtörstigt land, utbrast Nívea, mera ursinnig än sorgsen, och så påminde hon om att vi hade haft fem krig under vårt århundrade; chilenarna verkade ofarliga och ansågs så försiktiga, vi till och med talade i diminutiv, men vid första bästa tillfälle förvandlades vi till kannibaler. Man måste veta var vi kom ifrån för att förstå det där anlaget för brutalitet, sa hon, våra förfäder var de mest krigiska och grymma bland de spanska erövrarna, de enda som var djärva nog att ta sig till fots ända till Chile, med rustningarna rödglödande av ökensolen, och de övervann naturens svåraste hinder. Sedan blandade de sig med araukanerna, lika hårda som de själva, det enda av kontinentens folk som aldrig underkuvats. Indianerna åt upp sina fångar, och deras hövdingar, *toquis*, använde ceremoniella masker gjorda av förtryckarnas torkade hud, helst från sådana som hade skägg och mustascher, för själva var de skägglösa. Så hämnades de på de vita som i sin tur brände dem levande, satte dem på lansarna, högg armarna av dem och slet ögonen ur dem. "Sluta nu! Jag förbjuder dig att säga såna där barbariska saker när min sondotter hör på", avbröt farmor henne.

Slakten på de unga konspiratörerna blev det som utlöste inbördeskrigets avgörande strider. Under dagarna som följde landsatte revolutionärerna en armé på niotusen man med stöd av marinens artilleri, de avancerade mot hamnstaden Valparaíso i snabb takt och i skenbar oordning som en hord av hunner, men där fanns en mycket klar plan i allt detta kaos, för på bara några timmar tillintetgjorde de sina fiender. Regeringens reservtrupper förlorade tre man av tio, den revolutionära armén intog Valparaíso och beredde sig att gå därifrån mot Santiago och göra sig till herrar över resten av landet. Under tiden ledde presidenten kriget från sitt ämbetsrum via telegraf och telefon, men informationen han fick var falsk och hans order kom bort i etervågornas töcken, för de flesta telefonister hörde till den revolutionära sidan. Presidenten fick underrättelsen om nederlaget medan han satt vid middagsbordet. Oberörd åt han färdigt, beordrade sedan sin familj att ta sin tillflykt till amerikanska legationen, tog sin halsduk, sin överrock och sin hatt och begav sig till fots, åtföljd av en god vän, till Argentinas legation som låg bara några kvarter från presidentpalatset. Där hade en kongressman ur oppositionen fått asyl, och det var nära att de hade mötts i dörren, den ene besegrad på väg in och den andre triumferande på väg ut. Förföljaren hade förvandlats till den förföljde.

Revolutionärerna tågade in i huvudstaden under jubel från samma befolkning som några månader tidigare hyllat regeringens trupper. Inom några timmar strömmade santiagoborna ut på gatorna med röda band om armen, de flesta för att fira men somliga för att hålla sig undan eftersom de fruktade det värsta från soldatesken och den övermodiga populasen. De nya myndigheterna utfärdade en maning om samarbete för ordningens upprätthållande, som folkmassan tolkade på sitt eget sätt. Man bildade grupper under en ledare, som sökte igenom staden med listor över hus som skulle plundras, vart och ett utmärkt på en karta och med exakt adress. Det påstods efteråt att de där listorna hade gjorts upp i ond avsikt och i syfte att hämnas, av damer i den högsta societeten. Det är möjligt, men jag vet bestämt att Paulina del Valle och Nívea inte var i stånd att göra något så tarvligt, trots att de hatade den störtade regeringen; tvärtom gömde de hemma hos sig ett par förföljda familjer tills den folkliga vreden hade svalnat och det långtråkiga lugnet från tiden före revolutionen, som alla saknade, hade återvänt. Plundringen av Santiago var en metodisk och nästan glad aktion – sedd på avstånd, förstås. I täten för "kommissionen", en eufemistisk beteckning för marodörerna, gick ledaren och ringde i sin lilla klocka och gav instruktioner: "här får ni stjäla, men slå inte sönder något, barn", "här ska ni ta vara på dokumenten åt mig, och sen sätter ni eld på huset", "här kan ni ta vad ni vill och bara slå sönder allting". "Kommissionen" följde lydigt hans order, och om husets ägare fanns på plats hälsade de artigt och satte så igång att plundra, glatt härjande som barnungar på kalas. De drog ut skrivbordslådor, tog fram privata papper och dokument och gav dem till sin chef, och sedan högg de sönder möbler med yxa, tog med sig vad de fick lust till och stänkte till sist fotogen på väggarna och satte eld på dem. Från sitt rum på argentinska beskickningen hörde den avsatte presidenten larmet av kalabaliken på gatorna. Han skrev sitt politiska testamente, och i fruktan för att hans familj skulle få betala för hatet mot honom själv sköt han sig sedan genom tinningen. Tjänstekvinnan som bar upp hans kvällsmat blev den sista som såg honom i livet; klockan åtta på morgonen hittades han liggande på sin säng, korrekt klädd och med huvudet på den bloddränkta kudden. Det där skottet gjorde honom genast till martyr, och under åren som följde kom han att bli symbol för frihet och demokrati, respekterad till och med av sina argaste fiender. Som farmor sa, Chile är ett land med dåligt minne. Under de få månader revolutionen varade dog fler chilenare än under salpeterkrigets fyra år.

Mitt i all denna oreda dök Severo del Valle upp där hemma skäggig och lerig, för att hämta sin hustru som han inte sett sedan i januari. Han blev enormt överraskad när han fann henne med två barn till, för i den revolutionära röran hade hon glömt att tala om för honom att hon var havande när han gav sig iväg. Tvillingarna började växa till sig och hade på ett par veckor fått ett mer eller mindre mänskligt utseende, de var inte längre sådana skrynkliga och blåaktiga små kryp som när de föddes. Nívea flög i sin makes famn, och då fick jag för första gången i mitt liv bevittna en lång kyss på munnen. Farmor blev generad och försökte distrahera mig men hon lyckades inte, och än i dag kan jag minnas vilken våldsam effekt det hade på mig, den där kyssen inledde uppväxttidens vulkaniska omvandling för mig. På några månader blev jag helt annorlunda, jag kunde inte känna igen den självupptagna unga flicka jag höll på att förvandlas till, jag kände mig fången i en upprorisk, fordrande kropp som växte och hävdade sig, skälvde och led. Jag tyckte att jag bara var ett yttre skal kring mitt sköte, denna grotta som jag föreställde mig som en blodig hålighet där vätskor jäste och en främmande och hemsk flora utvecklade sig. Jag kunde inte glömma den fascinerande scenen med Nívea som födde sittande på huk i skenet från ljusen, hennes enorma buk krönt av en utstickande navel, hennes smala armar som klängde sig fast vid repen som hängde ned från taket. Jag grät helt plötsligt utan påtaglig anledning, det hände också att jag fick ohejdbara ilskeanfall eller vaknade på morgonen så trött att jag inte orkade stiga upp. Drömmarna om de där pojkarna i svarta pyjamas kom tillbaka starkare och oftare; jag drömde också om en mild och havsdoftande man som slöt mig i sin famn, och då vaknade jag med armarna om kudden och längtade förtvivlat efter att någon skulle kyssa mig så som Severo del Valle hade kysst sin hustru. Jag var brännhet utanpå och iskall inuti, jag hade inte längre någon ro att läsa eller studera, jag gav mig till att rusa runt som en galning i trädgården för att inte ge efter för lusten att tjuta högt, jag badade fullt påklädd i dammen och trampade på näckrosorna och skrämde guldfiskarna, farmors stolthet. Snart hittade jag min egen kropps känsligaste ställen och smekte mig själv i hemlighet, utan att förstå varför det där, som ju skulle vara syndigt, gjorde mig lugn. Jag håller på att bli tokig, liksom alla såna där flickor som blir hysterikor, var min förfärade slutsats, men jag vågade inte säga något om det till farmor. Paulina del Valle höll också på att förändras, medan min kropp blommade upp var hennes på väg att vissna, tyngd av mystiska krämpor som hon inte talade med någon om, inte ens med sin doktor, trogen som hon var sin teori att det räckte med att gå rak och inte ge några åldringsljud ifrån sig för att hålla förfallet på avstånd. Fetman besvärade henne, hon hade åderbråck på benen, det värkte i skelettet, hon fick tungt att andas och kissade på sig droppvis, åkommor som jag anade mig till med ledning av små signaler men som hon höll strängt hemliga. Señorita Matilde Pineda hade varit mig till stor hjälp när jag var på väg att bli vuxen, men hon hade försvunnit ur mitt liv helt och hållet, bortdriven av farmor. Nívea gav sig också iväg med sin man, sina barn och sina barnflickor, lika obekymrad och gladlynt som när hon kom, och lämnade ett enormt tomrum efter sig i huset. Där var för många rum och för lite ljud, utan henne och barnen blev farmors stora hus som ett mausoleum.

Santiago firade att regeringen störtats med en oändlig rad parader, fester, kotiljonger och banketter. Farmor ville inte vara sämre, hon slog upp sina dörrar igen och försökte återuppta sitt sällskapsliv och sina kvällssamkväm, men det rådde en kvävande atmosfär, som september med sitt strålande vårväder inte lyckades skingra. De tusentals döda, sveken och plundringen tyngde segrares och besegrades sinnen lika mycket. Vi skämdes: inbördeskriget hade blivit en orgie i blod.

Det där var en underlig tid i mitt liv, min kropp förändrades, min själ vidgades och jag började på allvar undra vem jag var och varifrån jag kom. Den utlösande faktorn var att Matías Rodríguez de Santa Cruz kom hem, min far, fastän jag ännu inte visste att han var det. Jag tog emot honom som den "farbror" Matías jag hade träffat åratal tidigare i Europa. Redan då hade jag tyckt att han såg bräcklig ut, men när jag nu såg honom igen var han bara en utmagrad fågel där i sin rullstol. Den som förde honom med sig var en vacker, mogen kvinna, fyllig, med mjölkvit hy, klädd i en enkel, senapsfärgad poplindräkt och med en urblekt schal över axlarna. Det mest påfallande var en otuktad, krusig hårman, trasslig och grå, sammanhållen i nacken med ett smalt band. Hon såg ut som en gammal nordisk drottning i landsflykt, det var inte svårt att tänka sig henne i fören på ett vikingaskepp, seglande fram bland isflak.

Paulina del Valle fick ett telegram om att hennes äldste son skulle anlända till Valparaíso och förberedde sig genast att resa till hamnstaden tillsammans med mig, farbror Frederick och resten av det vanliga sällskapet. Vi for för att ta emot honom i en specialinredd järnvägsvagn som bolagets engelske verkställande direktör ställde till vårt förfogande. Den hade innerväggar i blänkande trä med polerade mässingsbeslag och säten klädda med oxblodsfärgad plysch, och där fanns två uniformerade uppassare som behandlade oss som kungligheter. Vi tog in på ett hotell med havsutsikt och väntade på båten, som skulle löpa in nästa dag. Vi infann oss på kajen så eleganta som till ett bröllop, det kan jag säga så säkert eftersom jag har ett fotografi i min ägo taget på torget strax innan båten la till. Paulina del Valle uppträder i ljust siden med många volanger, draperingar och pärlhalsband, hon har en monumental hatt med vida brätten krönt av en massa plymer som faller i en kaskad ned mot pannan, och en uppfälld solfjäder för att skydda sig mot ljuset. Hennes make, Frederick Williams, har svart kostym, cylinderhatt och promenadkäpp; jag är helt vitklädd med en organdirosett i håret, som en födelsedagspresent. Landgången lades ut från båten och kaptenen i egen hög person bjöd in oss att komma ombord och eskorterade oss ytterst ceremoniöst till don Matías Rodríguez de Santa Cruz hytt.

Det sista farmor hade väntat sig var att stå öga mot öga med Amanda Lowell. Överraskningen fick henne nästan att dö av förargelse, åsynen av den gamla rivalen gjorde mycket starkare intryck på henne än sonens bedrövliga tillstånd. På den tiden visste jag förstås alldeles för lite för att kunna tolka farmors reaktion, jag trodde att hon hade fått värmeslag. Den flegmatiske Frederick Williams däremot rörde inte en min när han fick se Lowellskan, han hälsade på henne med en kort men vänlig åtbörd och koncentrerade sig på att sätta farmor i en fåtölj och ge henne vatten, medan Matías betraktade scenen med en närmast road min.

– Vad har den där kvinnan här att göra! stammade farmor fram när hon kunde andas igen.

– Jag antar att ni önskar samtala inom familjen, jag går ut och får lite luft, sa vikingadrottningen och avtågade med bibehållen värdighet.

– Señorita Lowell är min goda vän, alltså min enda vän, mamma. Hon har följt med mig hit, utan henne skulle jag inte ha kunnat resa. Det var hon som insisterade på att jag skulle fara tillbaka till Chile, hon anser att det är bättre för mig att dö i familjen än liggande på sjukhus i Paris, sa Matías på svårbegriplig spanska med egendomlig fransk-tysk brytning.

Då såg Paulina del Valle på honom för första gången och märkte att hennes son bara var ett skelett täckt med ormskinn, hans ögon var glasartade och insjunkna och kinderna så tunna att tänderna avtecknade sig under huden. Han låg i en vilstol, stödd på kuddar och med en schal över benen. Han såg ut som en förvirrad och sorgsen gammal gubbe fastän han i själva verket måtte ha varit knappt fyrtio år.

– Herregud, Matías, vad är det med dig? frågade hon förfärad.

– Ingenting som går att bota, mamma. Du förstår nog att jag måste ha haft mycket starka skäl för att komma tillbaka hit.

– Den där kvinnan...

– Jag vet allt om Amanda Lowell och min far, det hände för trettio år sen på andra sidan jorden. Kan du inte glömma din förbittring? Vi är alla gamla nog för att kunna kasta känslor över bord som inte gör någon nytta och bara behålla såna som hjälper oss att leva. Toleransen är en sån känsla, mamma. Jag har stor tacksamhetsskuld till señorita Lowell, hon har varit min livskamrat i mer än femton år.

– Livskamrat? Vad menas med det?

– Det som du hör: livskamrat. Hon är inte min sköterska, inte min hustru, inte min älskarinna längre heller. Hon är min kamrat, på resor, i livet, och nu, som du kan se, i döden.

– Säg inte så där! Du kommer inte att dö, pojke, här ska vi sköta om dig på bästa sätt och snart blir du frisk och stark... försäkrade Paulina del Valle, men rösten brast och hon kunde inte fortsätta.

Det hade gått tre årtionden sedan min farfar Feliciano Rodríguez de Santa Cruz hade sin kärleksaffär med Amanda Lowell, och farmor hade bara sett henne ett par gånger på avstånd, men hon hade ögonblickligen känt igen henne. Inte för intet hade hon sovit varje natt i den teatraliska sängen som hon beställde från Florens för att utmana henne, och det måste hela tiden ha påmint henne om vilket ursinne hon känt mot sin mans skandalösa älskarinna. När nu denna kvinna dök upp inför hennes ögon åldrad och utan sin fåfänga, utan minsta likhet med det härliga ungsto som fick trafiken i San Francisco att stå stilla när hon gick förbi på gatan och svängde på sin bakdel, då såg Paulina henne inte som den hon nu var utan som den farliga rival hon en gång hade varit. Hatet mot Amanda Lowell hade legat vilande i väntan på att få blomma upp igen, men när hon hörde sonens ord sökte hon i själens skrymslen och kunde inte hitta det igen. I stället fann hon modersinstinkten, som aldrig hade varit något särskilt utmärkande drag hos henne men som nu fyllde henne med total och outhärdlig medkänsla. Medkänslan räckte till inte bara för den döende sonen utan också för kvinnan som hade följt honom i åratal, älskat honom troget, vårdat honom genom sjukdomens elände och nu reste över hela världen för att ge honom tillbaka i dödens stund. Paulina del Valle satt där i sin fåtölj och bara såg på sin stackars son, medan tårarna tyst rann nedför hennes kinder, plötsligt hade hon krympt och blivit gammal och skör, och under tiden stod jag där och klappade henne tröstande på ryggen utan att förstå mycket av det som hände. Frederick Williams måtte ha känt min farmor mycket väl, för han gick tyst ut och hämtade Amanda Lowell och förde henne tillbaka in i hytten.

– Förlåt mig, señorita Lowell, mumlade farmor från sin stol.

– Förlåt mig ni, señora, svarade den andra och gick tveksamt närmare tills hon stod framför Paulina del Valle.

De tog varandras händer, den ena stående och den andra sittande, bägge med tårar i ögonen, och så där förblev de oändligt länge tyckte jag, men plötsligt märkte jag att farmors axlar skakade och såg att hon skrattade för sig själv. Den andra log också, först satte hon förvirrad handen för munnen men så, när hon såg sin rival skratta, gav hon upp ett muntert skratt som blandade sig med farmors eget, och i nästa ögonblick vek de sig bägge två dubbla av skratt, smittade varandra med hejdlös och hysterisk uppsluppenhet och sopade med sitt oförfalskade gapskratt bort alla år av meningslös svartsjuka, fåfängt agg, mannens svek och andra avskyvärda minnen.

Huset vid Calle Ejército Libertador hyste många människor under de oroliga revolutionsåren, men ingenting var lika svårbegripligt och spännande för mig som då min far kom dit för att vänta på döden. Det politiska läget hade blivit lugnare efter inbördeskriget, som gjorde slut på många års liberalt styre. Revolutionärerna fick de förändringar som hade kostat så mycket blod: förut tillsatte regimen sin kandidat genom mutor och hot, med stöd från civila och militära myndigheter, nu var det arbetsgivare, präster och politiska partier som mutade i skön förening. Systemet var rättvisare, för ena sidan kompenserade sig med den andra och korruptionen betalades inte med allmänna medel. Det kallades för valfrihet. Revolutionärerna införde också en parlamentarisk regim som i Storbritannien, men den skulle inte bli långvarig. "Vi är Amerikas engelsmän", sa min farmor en gång, och Nívea svarade genast att engelsmännen var Europas chilenare. Hur som helst kunde det parlamentariska experimentet inte hålla i ett land av småpåvar; ministrarna växlade så ofta att det blev omöjligt att hålla reda på dem, och till slut miste alla i familjen intresset för den galna Sankt Veits-dansen, så när som på Nívea, som brukade kedja fast sig vid stängslet utanför kongressen tillsammans med ett par, tre lika entusiastiska damer för att propagera för kvinnlig rösträtt, och drog på sig de förbipasserandes gyckel, polisens ilska och de äkta makarnas skamsna vrede.

– När kvinnorna får rösta kommer de att rösta enhälligt. Vi är så starka att vi kan få maktens pendel att röra sig och få landet att förändras, sa hon.

– Du har fel, Nívea, de kommer att rösta på den som deras män eller präster säger åt dem, kvinnorna är mycket dummare än du tror. Å andra sidan är det en del av oss som regerar bakom tronen, du såg ju hur vi störtade den förra regeringen. Jag behöver ingen rösträtt för att göra vad jag har lust med, replikerade farmor.

– Därför att du är rik och bildad, faster. Hur många finns det som du? Vi måste slåss för rösträtten, det är det viktigaste.

– Du har tappat huvudet, Nívea.

– Inte ännu, faster, inte ännu...

Min far installerades i bottenvåningen, i en av salongerna som inreddes till sovrum, eftersom han inte kunde ta sig uppför trappan, och han fick en tjänarinna som skulle passa upp honom som en skugga, dag och natt. Husläkaren bjöd på en poetisk diagnos: "kronisk grumling av blodet", sa han till farmor, för han ville undvika att konfrontera henne med sanningen, men jag skulle tro att det var uppenbart för alla andra att min far tynade bort i en venerisk sjukdom. Han var i sista stadiet, när det inte längre fanns några omslag, plåster eller frätande sublimater som kunde hjälpa honom, det stadium som han hade föresatt sig att undgå till varje pris, men han var tvungen att uthärda det eftersom han inte haft mod nog att begå självmord innan dess, så som han i åratal hade planerat. Han kunde knappt röra sig för smärtan i skelettet, han kunde inte gå och tankeförmågan mattades. Somliga dagar låg han försjunken i onda drömmar utan att vakna helt och muttrade obegripliga historier, men han hade också helt klara stunder och när morfinet lindrade hans ångest kunde han skratta och minnas. Då kallade han på mig för att jag skulle sitta hos honom. Han tillbragte sin dag i en vilstol vid fönstret med att titta ut över trädgården, stödd på kuddar och omgiven av böcker, tidningar och brickor med medicin. Tjänarinnan satt och stickade strax bredvid, alltid beredd att passa upp honom men tystlåten och vresig som en fiende, den enda han tålde att ha i sin närhet därför att hon inte behandlade honom medlidsamt. Farmor hade sett till att hennes son hade det angenämt omkring sig, hon hade låtit sätta upp chintzgardiner och tapetsera väggarna i gula färgtoner, höll nyskördade blombuketter från trädgården på borden och hade lejt en stråkkvartett som kom flera gånger i veckan och spelade hans klassiska favoritmelodier, men ingenting kunde dölja lukten av medikamenter och vissheten om att det var någon där i rummet som höll på att ruttna bort. I början kände jag motvilja inför det där levande liket, men när jag lyckades behärska min rädsla och, tvingad av farmor, började hälsa på hos honom, blev min tillvaro förändrad. Matías Rodríguez de Santa Cruz kom till huset just när jag höll på att vakna upp till ung flicka och gav mig det jag bäst behövde: minne. Under en av sina klara stunder, när han hade fått lindring genom droger, talade han om att han var min far, och avslöjandet kom så odramatiskt att jag inte ens blev förvånad.

– Lynn Sommers, din mor, var den vackraste kvinna jag har sett. Jag är glad att du inte har ärvt hennes skönhet, sa han.

– Varför då, farbror?

– Kalla mig inte för farbror, Aurora. Jag är din far. Skönhet brukar vara en förbannelse därför att den väcker de sämsta känslorna hos männen. En alltför vacker kvinna kan inte komma undan den lust som hon väcker.

– Är det sant att du är min far?

– Det är sant.

– Tänk! Jag trodde att min far var farbror Severo.

– Severo borde ha varit din far, han är mycket bättre karl än jag. Din mor förtjänade att få en man som han. Jag har alltid varit en slarver, det är därför jag är som du ser mig nu, en fågelskrämma har jag blivit. Hur som helst så kan han berätta mycket mer för dig om henne än vad jag kan, förklarade han.

– Älskade min mamma dig?

– Ja, men jag visste inte vad jag skulle göra med den där kärleken utan jag rymde från den. Du är för ung för att förstå såna saker, min flicka. Nu vet du i alla fall att din mor var underbar, och det var synd att hon dog så ung.

Det tyckte jag också, jag hade gärna velat träffa min mor, men jag var mera nyfiken på andra gestalter från min tidigaste barndom som jag såg för mig i drömmen eller i obestämda minnesbilder som inte gick att hålla fast. Under samtalen med min far kom silhuetten fram av min morfar Tao Chi'en, som Matías bara hade träffat en enda gång. Det räckte med att han sa hela hans namn, och berättade att han var en lång och stilig kines, för att mina minnen skulle börja droppa ned undan för undan, som regn. När den där osynliga gestalten fick ett namn, den som alltid fanns med mig, slutade min morfar upp att vara en skapelse av min fantasi och blev i stället en uppenbarelse lika verklig som en människa av kött och blod. Jag kände en oändlig lättnad när jag fick veta att den milde mannen med sin doft av hav som jag såg i min fantasi inte bara hade funnits utan hade älskat mig, och att om han försvann så plötsligt var det inte därför att han velat överge mig.

– Jag har hört att Tao Chi'en dog, förklarade min far.

– Hur dog han?

– Jag tror det var en olyckshändelse, men jag är inte säker.

– Och vad hände med min mormor Eliza Sommers?

– Hon for till Kina. Hon trodde att du skulle få det bättre hos min familj, och hon tog inte fel. Mamma har alltid önskat sig en dotter, och hon har uppfostrat dig med mycket mera kärlek än hon gav mina bröder och mig, försäkrade han.

– Vad betyder Lai-Ming?

– Jag har ingen aning, hur så?

– För ibland tycker jag att jag hör det ordet...

Matías skelett var upplöst av sjukdomen, han blev fort trött och det var inte lätt att locka ur honom upplysningar, han brukade förlora sig i evighetslånga utvikningar som inte hade något att göra med det som intresserade mig, men undan för undan tråcklade jag ihop bitarna av det förflutna, stygn efter stygn, alltid bakom ryggen på farmor som var tacksam att jag hälsade på hos den sjuke, för hennes mod räckte inte till för att göra det, hon kom in i sonens rum ett par gånger var dag, gav honom en hastig kyss på pannan och snubblade ut igen med ögonen fulla av tårar. Aldrig frågade hon vad vi talade om, och naturligtvis sa jag det inte till henne. Jag vågade inte heller ta upp det ämnet i närvaro av Severo och Nívea del Valle, jag var rädd att minsta förflugna ord från mig kunde göra slut på pratstunderna med min far. Utan att vi direkt kommit överens om det visste vi bägge att våra samtal borde hållas hemliga, och det gjorde oss på ett egendomligt sätt till sammansvurna. Jag kan inte säga att jag lärde mig älska min far, för det blev där inte tid till, men under de korta månader vi hann bo tillsammans la han en skatt i mina händer genom att ge mig detaljer ur min historia, framför allt om min mor, Lynn Sommers. Han upprepade många gånger att jag var en äkta del Valle, det verkade vara mycket viktigt för honom. Senare fick jag veta att enligt förslag av Frederick Williams, som hade stort inflytande på alla husets invånare, testamenterade han till mig sin andel av familjearvet, placerad på diverse bankkonton och i aktier, till stor besvikelse för en präst som kom och besökte honom varje dag i hopp om att utverka något för kyrkan. Det var en gnällig herre som luktade som ett helgon – han hade inte badat eller bytt kaftan på åratal – och som var ökänd för sin religiösa intolerans och sin talang för att snusa rätt på rika döende och övertala dem att destinera sin förmögenhet till barmhärtighetsverk. Förmögna familjer såg honom dyka upp med sannskyldig fasa, för han varslade om död, men ingen vågade smälla igen dörren framför näsan på honom. När min far insåg att slutet närmade sig kallade han till sig Severo del Valle, fast de praktiskt taget inte brukade tala med varandra, för att de skulle göra en överenskommelse om mig. En notarie hämtades och de där bägge undertecknade ett dokument där Severo avsade sig faderskapet och Matías Rodríguez de Santa Cruz erkände mig som sin dotter. På det sättet garderade han mig gentemot Paulinas bägge andra söner, sina yngre bröder, som vid farmors död nio år senare la beslag på allt de förmådde.

Farmor klamrade sig fast vid Amanda Lowell med vidskeplig tillgivenhet, hon trodde att så länge Amanda fanns nära skulle Matías få leva. Paulina stod inte på intim fot med någon utom ibland med mig, hon ansåg att de flesta människor var ohjälpligt enfaldiga och sa det till vem som än hörde på, vilket inte var bästa sättet att skaffa sig vänner, men denna skotska kurtisan lyckades ta sig igenom farmors skyddande pansar. Man hade inte kunnat föreställa sig två mera olika kvinnor. Amanda Lowell hade inga ambitioner, levde för dagen, oengagerad, fri och orädd; hon fruktade inte fattigdom, ensamhet eller åldrande, allt accepterade hon med gott humör, för henne var tillvaron en lustresa som obevekligt ledde till ålderdom och död, det fanns ingen anledning att samla på sig ägodelar eftersom man ändå gick naken i graven, var hennes åsikt. Borta var den unga förförerskan som strödde så mycket kärlek omkring sig i San Francisco, borta var skönheten som erövrade Paris, nu var hon en kvinna på lite över femtio, utan något som helst koketteri eller samvetskval. Farmor tröttnade aldrig på att höra henne berätta om sitt förflutna, tala om berömda personer hon hade träffat och bläddra i albumen med tidningsurklipp och fotografier, där hon ofta syntes ung och strålande och med en boa constrictor lindad om kroppen. "Den stackaren dog av sjösjuka under en resa, ormar är inte gjorda för att åka omkring", berättade hon för oss. Med sin bildning och sin charm – hon kunde utan ansträngning utklassa mycket yngre och vackrare kvinnor – blev hon själen i farmors kvällssammankomster och förljuvade dem med sin usla spanska och sin franska med skotsk brytning. Det fanns inte ett ämne hon inte kunde diskutera, inte en bok hon inte hade läst eller en viktig europeisk stad där hon inte hade varit. Min far, som älskade henne och stod i stor tacksamhetsskuld till henne, sa att hon var en dilettant som visste lite om mycket och mycket om ingenting, men hon hade fantasi nog och övernog för att fylla i vad hon inte visste eller hade upplevt. För Amanda Lowell fanns det ingen stad galantare än Paris eller societet pretentiösare än den franska, den enda där socialismen med sin fatala brist på elegans inte hade den minsta chans att segra. Det höll Paulina del Valle helt och fullt med om. De bägge damerna upptäckte att de inte bara skrattade åt samma lustigheter, däribland åt den mytologiska sängen, de var också överens i nästan alla viktiga frågor. En dag när de satt och drack te vid ett litet marmorbord i vinterträdgården av glas och smidesjärn beklagade de bägge två att de inte hade lärt känna varann tidigare. Med eller utan Felicianos och Matías inblandning skulle de ha blivit mycket goda väninnor, kom de fram till. Paulina gjorde allt för att få behålla henne i sitt hem, överöste henne med presenter och introducerade henne i societeten som om hon varit en kejsarinna, men Amanda var en fågel som inte kunde leva i fångenskap. Hon blev kvar ett par månader, men till slut bekände hon i enrum för farmor att hon inte hade mod att se Matías bli allt sämre, och att Santiago uppriktigt sagt kändes som en småstad, trots överklassens lyx och prål, jämförbara med den europeiska adelns. Hon hade tråkigt, hennes rätta plats var i Paris där hon hade levat den bästa delen av sitt liv. Farmor ville ta farväl av henne med en bal som skulle bli legendarisk i Santiago, och där gräddan av societeten skulle vara med, för ingen skulle våga tacka nej till en inbjudan från henne trots de rykten som gick om gästens dunkla förflutna, men Amanda Lowell övertygade henne om att Matías var alltför sjuk och att en fest under de omständigheterna skulle vara mycket malplacerad, och dessutom hade hon ingenting att ta på sig som passade för ett sådant tillfälle. Paulina erbjöd henne sina kreationer i bästa välmening, utan en aning om hur hon sårade Amanda genom att antyda att de kunde ha samma storlek.

Tre veckor efter det att Amanda Lowell rest slog tjänarinnan som skötte min far larm. Läkaren tillkallades omedelbart, strax var huset fullt av folk, i procession kom farmors bekanta, regeringsfolk, släktingar, otaliga munkar och nunnor, däribland den penninghungrige trashanken till präst, som nu slog sina lovar kring farmor i hopp om att sorgen över att mista sin son snart skulle förpassa henne till ett bättre liv. Men Paulina hade inga tankar på att lämna denna världen, hon hade för länge sedan resignerat inför tragedin med äldste sonen, och jag tror att hon såg slutet närma sig med lättnad, för att bevittna detta utdragna lidande var mycket värre än att få begrava honom. De tillät mig inte att se min far, för det antogs att dödskamp inte var någon lämplig syn för flickor, och jag hade fått gå igenom tillräckligt många fasor i samband med mordet på min kusin och andra våldsdåd den senaste tiden, men jag lyckades få ta ett hastigt avsked av honom tack vare Frederick Williams, som öppnade dörren för mig när det för ett ögonblick inte fanns någon annan i närheten. Han ledde mig vid handen fram till sängen där Matías Rodríguez de Santa Cruz låg. Det fanns inte mycket kvar av honom längre, bara en genomskinlig benhög begravd bland kuddar och broderade lakan. Han andades fortfarande, men själen färdades redan i andra dimensioner. "Adjö, pappa", sa jag. Det var första gången jag kallade honom så. Han låg döende ännu i två dygn, och i gryningen den tredje dagen dog han som en liten kyckling.

När jag var tretton år gav mig Severo del Valle i present en modern kamera som fungerade med papper i stället för med de gammalmodiga plåtarna, och som nog var bland de första som kom till Chile. Det var kort efter min fars död och mardrömmarna plågade mig så svårt att jag inte ville gå och lägga mig utan gick omkring på nätterna som en osalig ande, tätt följd av den stackars Caramelo, som alltid var en dum och slö hund, men till slut tyckte farmor Paulina synd om oss och tog emot oss i sin väldiga förgyllda säng. Hon fyllde halva sängen med sin stora, varma, parfymdoftande kropp, och jag kröp ihop i andra hörnet, darrande av rädsla, med Caramelo vid fötterna. "Vad ska jag göra med er båda?" suckade farmor halvsovande. Det var en retorisk fråga, för varken hunden eller jag hade någon framtid, det var den allmänna meningen i släkten att det "skulle sluta illa" för mig. Vid det laget hade den första kvinnliga läkaren utexaminerats i Chile, och andra kvinnor hade beviljats inträde vid universitetet. Det fick Nívea på tanken att jag kunde göra likadant, om också bara för att utmana släkten och societeten, men det stod helt klart att jag inte hade den ringaste studiebegåvning. Då kom Severo del Valle med kameran och la den i mitt knä. Det var en präktig Kodak, en dyrgrip i varje detalj, intill minsta skruv, elegant, fantastisk, perfekt, skapt för konstnärshänder. Jag använder den fortfarande, den mankerar aldrig. Ingen flicka i min ålder hade en sådan leksak. Jag tog den vördnadsfullt och satt och såg på den utan en aning om hur den användes. "Tänk om du kunde fotografera de där dimfigurerna i dina mardrömmar", sa Severo del Valle på skämt, utan att ana att det skulle bli min enda strävan i flera månader och att jag, medan jag försökte sprida ljus över den där mardrömmen, till slut skulle bli förälskad i världen. Farmor tog mig med till Plaza de Armas, till don Juan Riberos ateljé. Han var Santiagos främste fotograf, en man som såg så torr ut som en gammal brödbit men som var generös och känslosam till sitt inre.

– Här får ni min sondotter som lärling, sa farmor och la en check på artistens skrivbord, medan jag höll mig fast i hennes klänning med ena handen och kramade min splitter nya kamera i den andra.

Don Juan Ribero, som var ett halvt huvud kortare än farmor och vägde hälften så mycket, rättade till glasögonen på näsan, läste noga siffran som stod skriven på checken och lämnade så tillbaks den till henne, medan han granskade henne från huvud till fot med oändligt förakt.

– Summan är inget problem... Sätt själv priset, sa farmor avvaktande.

– Det är inte en fråga om pris, utan om begåvning, señora, svarade han och förde Paulina del Valle mot dörren.

Under tiden hade jag hunnit se mig omkring. Väggarna var täckta av hans arbeten: hundratals porträtt av människor i alla åldrar. Ribero var överklassens favorit, societetsspalternas fotograf, men de som såg på mig från väggarna i hans ateljé var varken högdragna perukstockar eller vackra debutanter utan indianer, gruvarbetare, fiskare, tvätterskor, fattiga barn, gamlingar, många kvinnor av det slag som farmor brukade bistå med sina lån från Damklubben. Där fanns Chiles mångskiftande och plågade ansikte skildrat. De där ansiktena på porträtten skakade mig in i själen, jag ville lära känna alla de där människornas historia, jag kände ett tryck över bröstet, som ett knytnävsslag, och fick en hejdlös lust att börja gråta, men jag svalde mina känslor och följde efter farmor med högburet huvud. I vagnen försökte hon trösta mig: jag skulle inte vara ledsen, sa hon, vi skulle skaffa någon annan som lärde mig använda kameran, fotografer fanns det hur många som helst, vad hade den där tarvliga uslingen inbillat sig egentligen, att tala i den där fräcka tonen till henne, till ingen mindre än Paulina del Valle. Och så fortsatte hon att orera, men jag lyssnade inte för jag hade bestämt mig för att bara don Juan Ribero skulle bli min lärare. Nästa dag for jag hemifrån innan farmor hade stigit upp, sa till kusken att köra mig till ateljén och installerade mig på gatan utanför beredd att vänta i evighet. Don Juan Ribero kom vid elvatiden på förmiddagen, fann mig utanför sin dörr och beordrade mig att ge mig av hem igen. Jag var blyg på den tiden – det är jag fortfarande – och mycket stolt, jag var inte van att behöva be om något, för ända sedan jag föddes hade jag blivit bortskämd som en prinsessa, men jag måtte ha varit mycket fast besluten. Jag flyttade mig inte från dörren. Ett par timmar senare kom fotografen ut igen, kastade en ursinnig blick på mig och gick iväg nedåt gatan. När han kom tillbaka från sin lunch fann han mig fortfarande fastnaglad där, med min kamera tryckt mot bröstet. "Får gå då", muttrade han besegrad, "men jag varnar er, min unga dam, att jag inte tänker ta någon speciell hänsyn till er. Här ska man lyda utan att mucka och lära sig fort, har ni förstått?" Jag nickade, för jag fick inte fram ett ljud. Farmor, som var van att förhandla, accepterade min passion för fotografering på villkor att jag använde lika många timmar till att läsa ämnen som var vanliga i pojkskolor, däribland latin och teologi, för enligt henne var det inte intellektuell förmåga jag saknade, utan målmedvetenhet.

– Kan jag inte få gå i en allmän skola? bad jag, för jag kände mig lockad av talet om konfessionslös skolgång för flickor, som gjorde tanterna i släkten chockerade.

– Sånt är för folk av en annan klass, det kommer jag aldrig att gå med på, avgjorde farmor.

Alltså började om igen lärare defilera genom huset, varav somliga var präster villiga att undervisa mig i utbyte mot farmors saftiga donationer till deras församlingar. Jag hade tur, i allmänhet behandlade de mig överseende, för de väntade sig inte att min hjärna skulle ta åt sig kunskaper som en pojkes. Don Juan Ribero däremot krävde mycket mer av mig därför att han hävdade att en kvinna måste anstränga sig tusen gånger mer än en man för att bli respekterad som intellektuell eller som konstnär. Han lärde mig allt jag vet om fotografi, allt från hur man väljer en lins till framkallningens mödosamma process; jag har aldrig haft någon annan lärare. När jag lämnade hans ateljé två år senare var vi goda vänner. Nu är han sjuttiofyra år och har inte arbetat på flera år eftersom han är blind, men han styr fortfarande mina vingliga steg och hjälper mig. Allvaret är hans ledstjärna. Han älskar livet, och blindheten har inte hindrat honom från att fortsätta betrakta världen. Han har utvecklat ett slags klärvoajans. Liksom andra blinda har någon som läser för dem har han medhjälpare som iakttar och berättar för honom. Hans elever, hans vänner och hans egna barn hälsar på honom varje dag och turas om att beskriva för honom vad de har sett: ett landskap, en scen, ett ansikte, en ljuseffekt. De måste lära sig att iaktta mycket noga för att klara don Juan Riberos detaljerade förhör. På så sätt förändras deras liv, de kan inte längre gå genom världen med sin vanliga lättvindighet eftersom de måste se med mästarens ögon. Jag hälsar också på honom ofta. Han tar emot mig i det ständiga halvmörkret i sin våning vid Calle Monjitas, där han sitter i sin länstol vid fönstret med sin katt i knät, alltid lika gästfri och vis. Jag håller honom underrättad om de tekniska framstegen inom fotografin, beskriver i detalj varenda bild i böckerna jag skickar efter från New York och Paris, jag rådfrågar honom när jag tvekar om något. Han håller sig à jour med allt som händer i yrket, intresserar sig livligt för olika tendenser och teorier, vet namnen på alla framstående mästare i Europa och Förenta Staterna. Han har alltid varit häftig motståndare till artificiella poser, scenerier arrangerade i ateljé och fuskbilder tillverkade med flera negativ över varandra, som var så moderna för några år sedan. Han tror på fotografi som personligt vittnesbörd: ett sätt att se världen, och det sättet måste vara hederligt, med tekniken som hjälpmedel för att ge form åt verkligheten, inte deformera den. När jag gick igenom en period då jag fick för mig att fotografera flickor i enorma glaskärl, frågade han mig varför med ett sådant förakt att jag inte gick vidare i den riktningen, men när jag beskrev porträttet jag hade tagit av en familj artister på en fattig cirkus, nakna och sårbara, blev han genast intresserad. Jag hade tagit flera bilder av den där familjen framför ett eländigt vagnskrälle som tjänade dem till bostad, men så kom en liten flicka på fyra, fem år ut ur vagnen, alldeles naken. Då kom jag på idén att be dem allihop ta av sig kläderna. De gjorde det utan att ta illa upp och poserade med samma intensiva koncentration som när de var påklädda. Det är ett av mina bästa fotografier, ett av de få som har vunnit priser. Snart blev det tydligt att jag lockades mer av människor än av föremål eller landskap. När man gör ett porträtt får man en kontakt med modellen som visserligen är mycket kortvarig men ändå en relation. Vad bilden avslöjar är inte bara motivet utan också de känslor som strömmar mellan oss. Don Juan Ribero tyckte om mina porträtt fastän de var mycket olika hans egna. "Ni känner empati för era modeller, Aurora, ni försöker inte att dominera dem, utan att förstå dem, därför lyckas ni framkalla deras själ", sa han. Han uppmuntrade mig att lämna den trygga ateljén och gå ut på gatorna, förflytta mig med kameran, se med vidöppna ögon, övervinna min blyghet, sluta upp att vara rädd, närma mig människorna. Jag märkte att de i allmänhet bemötte mig vänligt och verkligen poserade, trots att jag bara var en flickunge: kameran ingav respekt och förtroende, människorna öppnade sig, utlämnade sig. Att jag var så ung innebar en begränsning, det dröjde många år innan jag kunde resa omkring i landet, ta mig ned i gruvorna, in bland strejkande, in på sjukhus, i fattiga kyffen, torftiga små skolor och enklaste härbärgen, på dammiga torg där pensionärerna satt och tynade bort, ut på landsbygden och till fiskarbyarna. "Ljuset är fotografins språk, världens själ. Det finns inget ljus utan skugga, alldeles som det inte finns någon lycka utan smärta", sa don Juan Ribero till mig för sjutton år sedan, under lektionen han höll med mig den där första dagen i sin ateljé vid Plaza de Armas. Det har jag inte glömt. Men jag ska inte gå historien i förväg. Jag har föresatt mig att berätta den steg för steg, ord för ord, som sig bör.

Medan jag var upptagen med min entusiasm för fotografering och förvirrad av förändringarna i min kropp, som antog överraskande proportioner, spillde farmor Paulina inte tid på navelskådande, utan hon funderade ut nya affärer med sin feniciska hjärna. Det hjälpte henne att hämta sig efter sonen Matías död och gjorde henne anspråksfull vid en ålder då andra brukar stå med ena foten i graven. Hon föryngrades, blicken blev klarare och rörelserna lättare, snart slutade hon gå sorgklädd och skickade sin make till Europa i ett mycket hemligt ärende. Den trogne Frederick Williams var borta i sju månader och kom tillbaka lastad med presenter till henne och till mig, förutom fin tobak åt sig själv, den enda last han hade, oss veterligen. Med i bagaget hade han, insmugglade, tusentals torra pinnar på ungefär femton centimeter, som såg oanvändbara ut men i själva verket var sticklingar från bordeauxvinstockar, som farmor tänkte plantera i chilensk jord för att framställa ett anständigt vin. "Vi ska konkurrera med de franska vinerna", hade hon förklarat för sin man innan han reste. Förgäves invände Frederick Williams att fransmännen har hundratals års försprång, att förutsättningarna där borta är paradisiska medan Chile är ett land av atmosfäriska och politiska katastrofer och att ett så omfattande projekt skulle kräva åratals arbete.

– Varken du eller jag är unga nog för att få uppleva resultatet av det experimentet, påminde han med en suck.

– Med såna åsikter kommer vi ingen vart, Frederick. Vet du hur många generationer hantverkare det behövs för att bygga en katedral?

– Paulina, vi är inte intresserade av katedraler. Vilken dag som helst faller vi döda ner.

– Det här skulle inte vara vetenskapens och teknikens århundrade om varenda uppfinnare tänkte på sin egen dödlighet, eller hur? Jag vill grunda en dynasti, så att namnet del Valle blir bestående i världen, om så bara i botten på glaset för alla fylltrattar som köper mitt vin, svarade farmor.

Alltså for engelsmannen resignerad iväg på sin safari till Frankrike, medan Paulina del Valle fogade ihop sitt företag i Chile. De första chilenska vinstockarna hade planterats av missionärer på kolonialtiden och producerat ett inhemskt vin som blev ganska gott, i själva verket så gott att Spanien förbjöd det för att`undvika konkurrens med moderlandets viner. Efter självständigheten växte vinindustrin till. Paulina var inte den enda som ville producera kvalitetsvin, men medan de andra köpte mark i Santiagos omgivningar av bekvämlighetsskäl, för att inte behöva ta sig mer än en dagsresa bort, sökte hon upp mark på längre avstånd, inte bara därför att den var billigare utan också därför att den var bättre lämpad. Utan att tala om för någon vad hon hade i sinnet lät hon analysera jordens beståndsdelar, vattentillgångens variationer och vindarnas huvudriktning, med början i de områden som tillhörde släkten del Valle. Hon betalade en spottstyver för vidsträckta, öde områden som ingen satte värde på därför att de inte bevattnades annat än av regnet. Den smakrikaste druvan, den som ger vin av bästa beskaffenhet och arom, den sötaste och rikaste, växer inte på bördig jord utan på stenig mark; med en mors tålamod övervinner plantan alla hinder, borrar sina rötter mycket djupt och tar vara på varje droppe vatten, och på det sättet koncentreras smaken i druvan, förklarade farmor för mig.

– Vinstockar är som människor, Aurora, ju hårdare villkor desto bättre frukt. Det är synd att jag skulle upptäcka den sanningen så sent, för om jag hade vetat det tidigare skulle jag ha tagit i med hårdhandskarna med mina söner och med dig.

– Det har du gjort med mig, farmor.

– Jag har varit mycket släpphänt mot dig. Jag borde skicka dig till nunnorna.

– Så att jag skulle lära mig be och brodera? Señorita Matilde...

– Jag förbjuder dig att nämna den kvinnans namn här i huset!

– Nå, farmor, men åtminstone lär jag mig fotografera. På det kan jag försörja mig.

– Hur kan du hitta på såna dumheter! utbrast Paulina del Valle. Min sondotter ska aldrig behöva försörja sig själv. Vad Ribero lär dig är ett tidsfördriv, men det är inte någon framtid för en del Valle. Din framtid är inte att bli kanonfotograf på torget, utan att gifta dig med någon av din egen klass och föda friska barn till världen.

– Du har gjort mer än så, farmor.

– Jag gifte mig med Feliciano och fick tre söner och en sondotter. Allt annat jag har gjort är på köpet.

– Så verkar det faktiskt inte.

I Frankrike anställde Frederick Williams en expert som kort efteråt kom för att bedöma den tekniska aspekten. Det var en hypokondrisk liten karl som tog sig runt farmors ägor på cykel, med en näsduk bunden för mun och näsa därför att han trodde att lukten av koskit och det chilenska dammet ledde till lungcancer, men det gick inte att tvivla på hans ingående kunskaper om vinodling. Bönderna såg med häpnad på denne stadsklädde herre som gled fram på velociped bland stenblocken och här och där stannade och luktade på marken som en spårhund. Eftersom de inte begrep ett ord av hans långa tirader på Molières språk blev farmor personligen, med träskor och parasoll, tvungen att traska efter fransosens cykel i veckotal och tolka. Det första Paulina la märke till var att alla plantor inte var likadana, det fanns minst tre olika sorter som var hopblandade. Fransmannen förklarade för henne att vissa mognade tidigare än andra, så att om vädret förstörde de ömtåligaste gav alltid de andra skörd. Han bekräftade också att företaget skulle ta många år, eftersom det inte bara gällde att skörda bättre druvor utan också att producera ett fint vin och marknadsföra det i utlandet, där det måste tävla med viner från Frankrike, Italien och Spanien. Paulina lärde sig allt som experten kunde lära ut, och när hon kände sig säker skickade hon honom tillbaka till hans land. Vid det laget var hon utmattad och hade insett att företaget krävde någon som var yngre och lättare än hon, någon som Severo del Valle, hennes favorit bland syskonbarnen, som hon kunde lita på. "Om du fortsätter att sätta barn till världen behöver du mycket pengar för att försörja dem. Som advokat kan du inte få det, försåvitt du inte stjäl dubbelt så mycket som alla andra, men vinet kommer att göra dig rik", frestade hon honom. Just det året hade det fötts en ängel, som folk sa, hos Severo och Nívea del Valle, en flicka så vacker som en fe i miniatyr, som de döpte till Rosa. Nívea menade att alla de tidigare födda bara hade varit en förövning till att slutligen frambringa denna perfekta varelse. Kanske Gud nu skulle nöja sig och inte skicka fler barn till dem, för de hade ju redan en hel flock. Severo tyckte att det där projektet med franska vingårdar verkade vansinnigt, men han hade lärt sig respektera sin fasters näsa för affärer och tänkte att det kunde vara värt att pröva; han visste inte att vinstockarna skulle förändra hans liv inom några månader. Så fort farmor förstod att Severo del Valle var lika fascinerad av vingårdarna som hon själv beslöt hon att göra honom till sin kompanjon, ge honom fältet fritt och resa till Europa med Williams och mig, för jag hade hunnit bli sexton år och gammal nog att skaffa mig kosmopolitisk polityr och brudutstyrsel, som hon sa.

– Jag tänker inte gifta mig, farmor.

– Inte ännu, men du måste göra det innan du blir tjugo, annars blir du en gammal ungmö, avgjorde hon tvärsäkert.

Det verkliga skälet till resan talade hon inte om för någon. Hon var sjuk och trodde att hon skulle kunna bli opererad i England. Där hade kirurgin gått mycket framåt sedan man infört narkos och aseptik. De senaste månaderna hade hon tappat aptiten och för första gången i sitt liv mått illa och haft magknip efter en bastant måltid. Hon hade slutat äta kött och föredrog mjuk föda som sockrad välling, soppor och sina kära bakelser, som hon inte avstod från fastän de föll som sten ned i hennes mage. Hon hade hört talas om den berömda kliniken som grundats av en doktor Ebanizer Hobbs, avliden för mer än tio år sedan, där Europas skickligaste läkare tjänstgjorde, så när väl vintern var över och vägen över Anderna hade blivit farbar igen gav vi oss ut på resan till Buenos Aires, där vi skulle ta atlantångaren till London. Som vanligt hade vi med oss ett helt hov av tjänstefolk, ett ton bagage och ett antal beväpnade livvakter till skydd mot banditerna som lurade där i ödemarken, men den här gången kunde min hund Caramelo inte följa med, för benen bar honom inte. Färden över bergen i vagn, till häst och slutligen med mulor, bland bråddjup som öppnade sig på bägge sidor liksom avgrundslika käftar beredda att sluka oss, var oförglömlig. Stigen såg ut som en ändlös, tunn orm som slingrade sig fram genom dessa överväldigande berg, Amerikas ryggrad. Bland stenarna växte enstaka buskar, pinade av det hårda klimatet och livnärda av tunna rännilar. Överallt fanns vatten, kaskader, bäckar, smältande snö; de enda ljud som hördes var vattnets sorlande och djurens hovar som slog mot Andernas hårda yta. När vi stannade till slöt sig en avgrundsdjup tystnad omkring oss som ett tungt täcke, vi var intränglingar som störde den totala ensligheten där på dessa höjder. Farmor fick kämpa mot yrseln och krämporna som satte åt henne så snart vi började färden uppåt, hon höll sig uppe tack vare sin järnvilja och Frederick Williams, som gjorde allt för att hjälpa henne. Hon var utstyrd i en tjock reskappa, skinnhandskar och en hatt för en forskningsresande, försedd med tjockt flor, för aldrig någonsin hade en aldrig så blygsam solstråle tilllåtits träffa hennes hy, och tack vare det tänkte hon gå i graven utan rynkor. Jag var helt fascinerad. Vi hade gjort den där resan förut, när vi kom till Chile, men då var jag för liten för att uppskatta denna majestätiska natur. Steg för steg tog sig djuren fram balanserande mellan tvärbranta stup och höga, renblåsta klippväggar, slipade av tidens tand. Luften var tunn som en genomskinlig slöja och himlen ett turkosblått hav där en kondor ibland seglade förbi på sina praktfulla vingar, enväldig härskare över dessa riken. Så snart solen började sjunka förvandlades landskapet totalt; den blåa friden i denna branta och högtidliga natur försvann och i stället kom en värld av geometriska skuggor som rörde sig hotande omkring oss, kringrände oss, slöt sig om oss. Ett enda felaktigt steg och mulorna skulle med oss på sina ryggar ha störtat ned i ravinernas djup, men vägvisaren hade beräknat avståndet väl och när mörkret föll befann vi oss i ett torftigt brädskjul, ett härbärge för resande. Djuren lastades av och vi satte oss till rätta på ridtygen av fårskinn och med filtar omkring oss, i ljuset från tjärbloss, även om det knappast behövdes någon belysning eftersom det djupa himlavalvet lystes upp av en strålande måne, som en sfärernas fackla över de höga topparna. Vi hade med oss ved som eldades på härden så att vi fick lite värme och för att koka vatten till mate. Snart gick den heta drycken bryggd på grönt och bittert gräs ur hand i hand, alla sög ur samma rör. Det gav min stackars farmor energin och ansiktsfärgen tillbaka, hon gav order att hennes korgar skulle hämtas in och så satte hon sig till rätta som en grönsaksförsäljerska på torget och delade ut provianten så att vi kunde stilla vår hunger. Flaskorna med brännvin och champagne kom fram, de doftande färskostarna, de läckra hemgjorda charkuterierna på griskött, bröden och kakorna som var inslagna i vita linneservetter, men jag märkte att hon själv åt ytterst lite och inte smakade spriten. Karlarna, som var skickliga med sina knivar, slaktade under tiden ett par getter som vi fört med oss bundna efter mulorna, flådde dem och satte dem att stekas korsfästa på två spett. Jag vet inte hur natten förlöpte, för jag somnade som en död och vaknade först i gryningen, när bestyren började med att blåsa liv i glöden för att koka kaffe och göra slut på resterna av getköttet. Innan vi drog vidare lämnade vi kvar ved, en säck bönor och några flaskor brännvin till nästa ressällskap.

Tredje delen
1896–1910

Hobbskliniken grundades av den berömde kirurgen Ebanizer Hobbs i hans egen bostad, ett stort, solitt och elegant hus mitt i stadsdelen Kensington. Sedan lät han ta bort väggar, mura igen fönster och sätta upp en massa kakelplattor, så att huset såg rent anskrämligt ut. Grannarna kände sig så illa berörda av att ha huset där på denna eleganta gata, att Hobbs efterträdare inte hade någon svårighet att få köpa upp grannhusen för att öka ut kliniken, men de behöll de edwardianska fasaderna så att de utifrån sedda inte skilde sig alls från kvarterets rader av hus, alla exakt likadana. Inuti var det hela en labyrint av rum, trappor, korridorer och inre fönster som inte vette mot någonting. Där fanns inte som på de gamla sjukhusen i London den typiska operationssalen byggd som en tjurfäktningsarena – en amfiteater med rundeln i mitten täckt av sågspån eller sand och åskådarläktare runt omkring – utan små kirurgisalar där väggar, tak och golv var klädda med kakel och metallplattor som tvättades av med lut och tvål varje dag, för framlidne doktor Hobbs hade varit bland de första som trodde på Kochs teori om smittspridning och gick in för Listers antiseptikmetoder, som största delen av läkarkåren fortfarande tog avstånd från av prestigeskäl eller lättja. Det var obekvämt att ändra på gamla vanor, hygien var långtråkigt och besvärligt och störde snabbheten vid operationer, som var en god kirurgs kännetecken eftersom den minskade risken för chock och blodförlust. Till skillnad från många av sina samtida, som menade att infektioner uppstår spontant i patientens kropp, insåg Ebanizer Hobbs direkt att bakterierna finns utanför, på händer, på golvet, på instrumenten och i luften, och därför sprutade han ett regn av fenol på allt ifrån såren till luften i operationssalen. Så mycket fenol andades den stackars mannen in att han till slut själv fick fullt med sår i huden och dog i förtid av en njursjukdom, vilket gav hans belackare stöd när de klamrade sig fast vid sina egna förlegade åsikter. Men Hobbs lärjungar analyserade luften och upptäckte att smittämnena inte svävade omkring som osynliga rovfåglar beredda till angrepp i hemlighet, utan att de koncentrerades på smutsiga ytor; infektionen uppstod genom direkt-kontakt, alltså var det viktigast att hålla instrumenten noga rengjorda och använda steriliserade bandage, och att kirurger-na inte bara borde tvätta sig ursinnigt utan i möjligaste mån också använda gummihandskar. Det handlade då inte om de grova handskar som användes av anatomerna för att dissekera lik eller av vissa arbetare för att hantera kemiska ämnen, utan en mjuk och raffinerad produkt tillverkad i Förenta Staterna. Den hade ett romantiskt ursprung: en läkare som var förälskad i en sköterska ville skydda henne från eksemet som orsakades av desinfektionsmedel och lät tillverka de första gummihand-skarna, som sedan kirurgerna började använda vid operatio-ner. Allt detta hade Paulina del Valle noga studerat i några ve-tenskapliga tidskrifter hon fick låna av sin släkting José Fran-cisco Vergara, som vid det laget var hjärtsjuk och hade dragit sig undan i sitt palats i Viña del Mar men läste lika flitigt som alltid. Farmor valde inte bara ytterst noga ut läkaren som skulle operera henne och satte sig i förbindelse med honom från Chile månader i förväg, hon beställde också från Baltimore flera par av de berömda gummihandskarna och hade dem med sig väl emballerade i kofferten med sina underkläder.

Paulina del Valle skickade Frederick Williams till Frankrike för att ta reda på vilka träslag som användes i faten där vinet jäste, och att utforska ostindustrin, för det fanns inget skäl var-för inte chilenska kor skulle kunna producera lika läckra ostar som de av mjölken från franska kor, som var precis lika dum-ma. Under färden över Anderna, och sedan ombord på atlantångaren, hade jag tillfälle att iaktta min farmor och märkte att det var något viktigt som började avta hos henne, något som inte var viljan, intelligensen eller girigheten utan snarare ilskan. Hon blev mild och mjuk och så tankspridd att hon kunde promenera omkring på fartygets däck utstyrd i muslin och pärlor men utan sina löständer. Det var tydligt att hon hade svårt att sova om nätterna, hon gick omkring med mörka ringar runt ögonen och alltid dåsig. Hon hade gått ned mycket i vikt, valkarna hängde på henne när hon tog av sig korsetten. Hon ville ha mig i närheten hela tiden "så att du inte flörtar med sjömännen", ett grymt skämt, för i den åldern var jag så totalt blyg att det räckte med ett oskyldigt manligt ögonkast åt mitt håll för att jag skulle rodna som en kokt krabba. Den verkliga orsaken var att Paulina del Valle kände sig bräcklig och behövde ha mig hos sig för att jaga bort tanken på döden. Hon sa aldrig något om sina krämpor, tvärtom talade hon om att tillbringa några dagar i London och sedan fara vidare till Frankrike med anledning av vinfaten och ostarna, men jag anade från början att hon hade andra planer, så som det visade sig genast vi kom fram till England och hon inledde sina diplomatiska manövrer för att övertala Frederick Williams att resa vidare ensam, medan vi gjorde inköp och sammanstrålade med honom lite senare. Jag vet inte om Williams for utan att misstänka att hans hustru var sjuk, eller om han gissade sig till sanningen och lät henne vara i fred därför att han förstod att hon kände sig besvärad. Hur som helst installerade han oss på Hotel Savoy, och när han väl var säker på att vi hade allt vi behövde tog han färjan över kanalen utan större entusiasm.

Farmor ville inte ha några vittnen till sin nedgångstid, och hon var särskilt återhållsam när det gällde Williams. Det var en del av det koketteri som hon la sig till med när hon gifte sig och som inte alls hade funnits när han var hovmästare hos henne. Då generade det henne inte att visa honom det sämsta i sin karaktär eller visa sig för honom hur som helst, men efteråt försökte hon göra intryck på honom med sin bästa fjäderskrud.

Den där höstliga relationen betydde mycket för henne och hon ville inte att ohälsan skulle sätta hennes fåfängas solida byggnad i gungning, det var därför hon försökte få bort sin man och om jag inte hade satt mig bestämt emot det skulle hon ha uteslutit mig också. Jag fick kämpa hårt för att hon skulle låta mig följa med vid läkarbesöken, men till slut gav hon efter för min envishet och sin egen svaghet. Hon hade ont och kunde nästan inte svälja, men hon verkade inte rädd även om hon brukade skämta om obehagen i helvetet och tristessen i himlen.

Hobbskliniken ingav förtroende från första början, med sin hall där det runt om stod hyllor med böcker och hängde porträtt i olja av alla kirurger som hade utövat sitt yrke inom dessa väggar. En prydlig översköterska tog emot oss och förde oss till läkarens besöksrum, en hemtrevlig salong med öppen spis där en brasa av stora vedträn sprakade och med eleganta engelska möbler i brunt skinn. Doktor Gerald Suffolk såg lika imponerande ut som sitt rykte. Han var en germansk typ, lång och med hög ansiktsfärg och ett stort ärr på kinden som inte alls gjorde honom ful utan i stället oförglömlig. På sitt skrivbord hade han breven från farmor, utlåtandena från de chilenska specialister hon konsulterat och paketet med gummihandskarna som hon hade skickat till honom med bud samma morgon. Senare fick vi veta att det var en onödig försiktighetsåtgärd, för de hade redan använts i tre år på Hobbskliniken. Suffolk hälsade oss välkomna som om vi hade kommit på artighetsvisit och bjöd oss på turkiskt kaffe aromatiserat med kardemumma. Han tog farmor in i ett rum intill, och när han hade undersökt henne kom han tillbaka och satte sig att bläddra i en diger bok tills hon kom in igen. Snart var patienten tillbaka och kirurgen bekräftade de chilenska läkarnas tidigare diagnos: farmor hade en tumör i magsäcken. Han tillfogade att operationen var riskabel med tanke på hennes ålder och därför att tekniken ännu befann sig på experimentstadiet, men han hade utvecklat en perfekt metod för fall som detta, det kom läkare från hela världen för att lära sig av honom. Han uttalade sig så överlägset att jag kom att tänka på min lärare don Juan Riberos åsikt: han ansåg att högfärd är de okunnigas privilegium; den vise är ödmjuk därför att han vet hur lite han vet. Farmor krävde att han i detalj skulle förklara vad han tänkte göra med henne vilket gjorde läkaren förvånad, van som han var vid att patienterna överlämnade sig undergivna som höns i hans händer med deras ovedersägliga auktoritet, men han utnyttjade genast tillfället att hålla en vidlyftig föreläsning, mera angelägen om att göra intryck på oss med sin virtuositet med skalpellen än om sin arma patients välfärd. Han ritade upp en modell av inälvor och organ som såg ut som en helvetesmaskin och pekade ut för oss var tumören fanns och hur han tänkte operera bort den, inklusive arten av stygn, allt detta information som Paulina del Valle tog emot tillsynes oberörd men som gjorde mig alldeles förstörd så att jag blev tvungen att gå ut ur rummet. I själva verket var jag mera rädd för min egen skull än för hennes, tanken på att bli ensam i världen gjorde mig skräckslagen. När jag satt där och begrundade att jag kanske skulle bli totalt övergiven kom en man förbi, och han måtte ha sett att jag var alldeles blek för han stannade upp. "Är det nånting på tok, lilla vän?" frågade han på spanska med chilensk accent. Jag ruskade förvånad på huvudet och vågade inte titta på honom, men jag måtte ändå ha sneglat på honom i smyg för jag märkte att han var ung och slätrakad, hade höga kindknotor, fasta käkar och sneda ögon, han liknade bilden av Djingis Khan i min historiebok fastän mindre vildsint. Han var helt och hållet honungsfärgad, håret, ögonen och huden, men det fanns ingenting honungslent i tonen när han förklarade för mig att han var chilenare liksom vi och skulle assistera doktor Suffolk vid operationen.

– Señora del Valle är i goda händer, sa han utan en skymt av blygsamhet.

– Vad händer om hon inte blir opererad? frågade jag stammande, som alltid när jag blir mycket nervös.

– Då fortsätter tumören att växa. Men var inte orolig, lilla vän, kirurgin har gått mycket framåt, det var mycket klokt av er farmor att komma hit, sa han så.

Jag hade gärna velat veta vad en chilenare gjorde på dessa breddgrader och varför han såg ut som en tartar – det var lätt att föreställa sig honom med en lans i handen och klädd i skinn – men jag höll förläget tyst. London, kliniken, läkarna och farmors drama var mer än jag kunde hantera ensam, jag hade svårt att förstå Paulina del Valles blygsel när det gällde hennes hälsa och vad hon hade för skäl att skicka Frederick Williams över kanalen just när vi bäst behövde honom. Djingis Khan gav mig en nedlåtande liten klapp på handen och gick sin väg.

Tvärtemot alla mina pessimistiska förutsägelser överlevde farmor operationen, och efter den första veckan när febern okontrollerat gick upp och ned stabiliserades tillståndet och hon började kunna inta fast föda. Jag vek inte från hennes sida utom när jag for till hotellet en gång om dagen för att bada och byta kläder, för lukten av bedövningsmedel, medikamenter och desinfektionsmedel bildade en klibbig blandning som lådde vid huden. Jag sov ryckvis, sittande i en stol bredvid patientens säng. Trots farmors uttryckliga förbud skickade jag ett telegram till Frederick Williams samma dag som operationen gjordes, och han kom till London trettio timmar senare. Jag såg honom mista sin legendariska fattning inför sängen där hans hustru låg omtöcknad av droger, jämrande vid varje andetag, med glesa hårtestar på huvudet och tandlös, som en hopskrumpen liten gumma. Han föll på knä bredvid Paulina, la sin panna mot hennes kraftlösa hand och viskade hennes namn, och när han reste sig igen var ansiktet vått av tårar. Farmor, som hävdade att ungdomen inte är en epok i livet utan ett sinnestillstånd, och att man har den hälsa man förtjänar, såg totalt besegrad ut där i sjukhussängen. Denna kvinna som hade lika stor aptit på livet som på mat låg med ansiktet vänt mot väggen, likgiltig för sin omgivning, försjunken i sig själv. Hennes enorma viljestyrka, hennes spänst, hennes vetgirighet, hennes äventyrslust och till och med hennes girighet, allt hade utplånats av kroppens lidande.

De där dagarna hade jag många tillfällen att se Djingis Khan, som övervakade patientens tillstånd och, som man kunde vänta, visade sig tillgängligare än den berömde doktor Suffolk eller etablissemangets stränga översköterskor. Han svarade på farmors oroliga frågor inte med obestämt tröstande prat utan med rationella förklaringar, och han var den enda som försökte lindra hennes kval, alla de andra intresserade sig för operationssårets tillstånd och för febern men brydde sig inte om patientens klagan. Begärde hon att det inte skulle göra ont, kanske? Hon borde allt hålla tyst och vara tacksam över att de hade räddat hennes liv. Den unge chilenske doktorn däremot sparade inte på morfinet, för han ansåg att patientens lidande tärde på den fysiska och moraliska motståndskraften och försenade eller hindrade tillfrisknandet, efter vad han förklarade för Williams. Vi fick veta att han hette Ivan Radovic och kom från en läkarsläkt, hans far hade utvandrat från Balkan till Chile i slutet av 1850-talet, gift sig med en lärarinna från norra Chile och fått tre söner, av vilka två följt i hans spår och blivit läkare. Fadern, sa han, hade dött i tyfus under salpeterkriget, där han tjänstgjorde som kirurg i tre års tid, och modern fick själv försörja familjen. Jag kunde iaktta personalen på kliniken av hjärtans lust, och hörde till exempel kommentarer som inte var avsedda för mina öron, för ingen av dem utom doktor Radovic visade någonsin tecken på att de märkte min existens. Jag skulle fylla sexton år men gick fortfarande med håret hopfäst med ett band och i kläder valda av farmor, som lät sy löjliga småflicksklänningar åt mig för att hålla mig kvar i barndomen så länge som möjligt. Första gången jag satte på mig någonting som var lämpat för min ålder blev när Frederick Williams tog mig med till Whiteney's utan tillstånd av henne och ställde hela affären till mitt förfogande. När vi kom tillbaka till hotellet och jag visade mig med håret uppsatt och klädd som en ung dam kände hon inte igen mig, men det var flera veckor senare. Paulina del Valle måtte ha varit stark som en oxe, de skar upp magen på henne, tog ut en tumör stor som en grapefrukt, sydde ihop henne igen som en sko, och inom ett par månader var hon sig själv på nytt. Efter hela detta obehagliga äventyr hade hon bara kvar ett sjörövararr tvärs över buken som minne, samt en våldsam aptit på livet och, förstås, på mat. Vi reste vidare till Frankrike så snart hon kunde gå utan käpp. Hon förkastade totalt dieten som doktor Suffolk hade ordinerat, för som hon sa hade hon inte kommit från världens ände till Paris för att äta barnvälling. Under förevändning att studera osttillverkning och fransk kulinarisk tradition proppade hon i sig alla läckerheter som det landet kunde erbjuda.

När vi väl var installerade i det lilla huset vid Boulevard Haussmann som Williams hade hyrt, tog vi kontakt med den obeskrivliga Amanda Lowell, som fortfarande uppträdde som en landsflyktig vikingadrottning. I Paris var hon i sitt esse. Hon bodde i en sjaskig men trivsam vindslägenhet, där man genom fönstergluggarna kunde se duvorna på taken i kvarteret och stadens fulländade himmel. Vi märkte att hennes berättelser om bohemlivet och om sin vänskap med berömda konstnärer var alldeles sanna; tack vare henne fick vi göra besök i ateljéerna hos Cézanne, Sisley, Degas, Monet och flera andra. Amanda Lowell fick lära oss att uppskatta deras tavlor, för vi hade inte fått vår blick för impressionismen uppövad, men mycket snart var vi totalt förförda. Farmor köpte en präktig kollektion arbeten som utlöste anfall av munterhet när hon hängde dem hemma i sitt hus i Chile; ingen uppskattade Van Goghs virvlande himlar eller Lautrecs levnadströtta kabaréer, utan de trodde att den dumma Paulina del Valle hade blivit dragen vid näsan i Paris. När Amanda Lowell märkte att jag alltid hade med mig min kamera och tillbragte timmar instängd i ett provisoriskt mörkrum som jag hade gjort i ordning i vårt hus, erbjöd hon sig att presentera mig för Paris namnkunnigaste fotografer. Alldeles som min läromästare Juan Ribero ansåg hon att fotografin är något helt annat än måleriet, de är i grunden olika: målaren tolkar verkligheten, fotografen skapar den. Allt i måleriet är fiktion, medan fotografin är summan av verklighet plus fotografens sensibilitet. Ribero tillät mig inte att använda några sentimentala eller exhibitionistiska knep, det var förbjudet att arrangera föremål eller modeller så att de skulle se ut som tavlor; han var motståndare till artificiell komposition, och inte heller tillät han mig att manipulera negativen eller kopiorna utan ringaktade generellt ljuseffekter och diffusa fokuseringar, han ville ha bilden ärlig och enkel, men ändå klar in i minsta detalj. "Om det du vill ha är en effekt som på en tavla, så måla då, Aurora. Om det du vill ha är verkligheten, lär dig då att använda din kamera", sa han ofta till mig. Amanda Lowell behandlade mig aldrig som ett barn, från första början tog hon mig på allvar. Hon var också fascinerad av fotografin, som ännu ingen hade börjat kalla för konst och som för många bara var ännu ett slags verktyg bland detta frivola århundrades många bisarra pinaler. "Jag är för utsliten för att lära mig fotografera, men du har unga ögon, Aurora, du kan se världen och tvinga andra att se den på ditt sätt. Ett bra fotografi berättar en historia, avslöjar en plats, en händelse, ett sinnestillstånd, det är mäktigare än sida efter sida med skriven text", sa hon till mig. Farmor däremot behandlade min passion för kameran som en ungdomlig nyck och var mycket mera intresserad av att förbereda mig för äktenskap och välja min utstyrsel. Hon satte mig i en skola för unga damer där jag varje dag fick lektioner i hur man graciöst går uppför och nedför en trappa, viker servietter till en bankett, gör upp olika menyer allt efter tillfälle, organiserar sällskapslekar och arrangerar blommor, talanger som farmor ansåg tillräckliga för att ha framgång i äktenskapet. Hon tyckte om att gå på inköp och vi tillbragte hela eftermiddagar i *boutiques* med att välja ut klädtrasor, eftermiddagar som jag hellre skulle ha använt till att ströva omkring i Paris med kamera i hand.

Jag vet inte hur det där året försvann. När Paulina del Valle av allt att döma hade hämtat sig efter sin sjukdom, och Frederick Williams blivit expert på virke till vinfat och på tillverkning av ostar, från de mest stinkande till de mest storpipiga, lärde vi känna Diego Domínguez vid en bal på chilenska beskickningen med anledning av självständighetsdagen den 18 september. Jag satt i evigheter hos frisören, som byggde upp ett torn av lockar och små flätor garnerade med pärlor på mitt huvud, ett sannskyldigt storverk eftersom mitt hår uppför sig som hästtagel. Min klänning var en fradgande marängkreation överströdd med paljetter som undan för undan lossnade under kvällen och ströddes ut över beskickningens golv som glittrande små ädelstenar. "Om din far ändå kunde se dig nu!" utbrast farmor beundrande när jag var färdigt utstyrd. Själv var hon klädd i malva, sin älsklingsfärg, från topp till tå, med spektakulära rosa pärlor kring halsen, löshår i en misstänkt mahognybrun ton upptornat på huvudet, perfekta porslinständer och en svart sammetscape kantad med blänkande gagat från halsen ned till golvet. Hon skred in i balsalen vid Frederick Williams arm, och jag vid en sjökadetts från den chilenska flotteskader som just avlade en artighetsvisit i Frankrike; en menlös yngling vars namn och utseende jag inte kan komma ihåg men som på eget initiativ åtog sig att undervisa mig om hur en sextant används vid navigation. Det kändes som en väldig lättnad när Diego Domínguez steg fram till farmor, presenterade sig med alla sina efternamn och frågade om han fick dansa med mig. Det där är inte hans rätta namn, jag har ändrat det här i texten därför att allt som rör honom och hans familj måste skyddas. Nog sagt att han existerade, att historien om honom är sann och att jag har förlåtit honom. Paulina del Valles ögon lyste av entusiasm när hon såg Diego Domínguez, för här hade vi äntligen en eventuellt acceptabel friare, av känd familj, säkert rik, med oklanderligt sätt och till och med stilig. Hon gav sitt bifall, han räckte mig sin hand och vi seglade ut. Efter första valsen tog señor Domínguez mitt dansprogram och fyllde i det egenhändigt, drog ett streck över sextantexperten och andra kandidater. Då tittade jag närmare på honom och måste medge att han såg mycket bra ut, han strålade av hälsa och kraft, hade ett tilltalande ansikte, blå ögon och manlig hållning. Han verkade besvärad av att uppträda i frack, men han rörde sig säkert och dansade bra, nå, i alla fall mycket bättre än jag som dansar som en anka trots ett års intensivundervisning i skolan för unga damer, och dessutom gjorde sinnesrörelsen mig ännu klumpigare. Den kvällen förälskade jag mig med den första kärlekens hela lidelse och obetänksamhet. Diego Domínguez förde mig med fast hand över dansgolvet, såg intensivt på mig men höll nästan hela tiden tyst, för hans försök att etablera en dialog strandade på mina enstaviga svar. Min blyghet var rena tortyren, jag kunde inte uthärda hans blickar och visste inte vart jag skulle rikta mina, när jag kände värmen från hans andedräkt snudda vid mina kinder vek sig mina knän och jag fick kämpa förtvivlat mot frestelsen att rusa ut och gömma mig under något bord. Säkert gjorde jag en slät figur och den stackars unge mannen höll sig envist kvar vid min sida bara därför att han övermodigt hade fyllt i mitt dansprogram med sitt namn. En gång sa jag att han inte behövde dansa med mig om han inte ville. Han svarade med ett gapskratt, kvällens enda, och frågade hur gammal jag var. Jag hade aldrig befunnit mig i armarna på en man, aldrig känt trycket av en manlig hand i min midjas inbuktning. Mina egna händer vilade den ena på hans axel, den andra i hans behandskade hand, men inte med den duvolika lätthet som min danslärarinna krävde, för han kramade mig hårt och bestämt. Under några korta pauser bjöd han mig glas med champagne, som jag drack därför att jag inte vågade tacka nej, med det förutsägbara resultatet att jag ännu oftare trampade honom på tårna under dansen. När chilenske ministern vid slutet av festen tog till orda för att utbringa en skål för sitt fjärran fosterland och för det ljuva Frankrike, ställde sig Diego Domínguez bakom mig, så nära som omkretsen på min marängkreation tillät, och viskade mot min hals att jag var "förtjusande" eller något i den stilen.

Under dagarna som följde vände sig Paulina del Valle utan minsta hymleri till sina diplomatbekanta för att få reda på så mycket hon kunde om Diego Domínguez familj och antecedentia, innan hon ville ge honom lov att ta mig med på en ridtur i Champs Elysées, övervakad på lämpligt avstånd av henne själv och farbror Frederick i en vagn. Efteråt åt vi glass alla fyra under parasoller, kastade brödsmulor till änderna och kom överens om att gå på operan samma vecka. Ridtur efter ridtur och glass efter glass förde oss in i oktober. Diego hade kommit till Europa skickad av sin far på den obligatoriska äventyrsresa som nästan alla chilenska ynglingar ur överklassen fick göra en gång i livet för att komma ut och se sig omkring. Nu hade han besökt diverse städer, pliktskyldigast gått runt i några museer och katedraler och tagit grundlig del av nattliv och galanta äventyr, som antogs bota honom för gott från sådana lustar och ge honom material att skryta med inför sina goda vänner, och han var klar att resa tillbaka till Chile, stadga sig, arbeta, gifta sig och bilda egen familj. Jämförd med Severo del Valle, som jag alltid var förälskad i som liten, var Diego Domínguez snarast ful, och jämförd med señorita Matilde Pineda var han dum, men jag var inte kapabel till sådana jämförelser, jag var övertygad om att jag hade träffat den perfekte mannen och kunde knappt tro på undret att han hade fäst sig vid mig. Frederick Williams menade att det inte var förståndigt att fastna för den förste som råkade dyka upp, jag var mycket ung ännu och skulle få mer än tillräckligt av friare så att jag kunde välja i lugn och ro, men farmor hävdade att den där unge mannen var det bästa äktenskapsmarknaden kunde erbjuda, trots olägenheten att han var lantbrukare och bodde ute på landet långt borta från huvudstaden.

– Med båt och järnväg kan man resa utan svårighet, sa hon.

– Farmor, ha inte så bråttom, señor Domínguez har inte antytt någonting för mig om det som du inbillar dig, förklarade jag, röd ända upp till öronen.

– Det är säkrast att han gör det snart, annars måste jag ställa honom mot väggen.

– Nej! utbrast jag förfärad.

– Jag tänker inte tillåta att min sondotter blir ringaktad. Vi har ingen tid att förlora. Om den här unge mannen inte har allvarliga avsikter måste han genast lämna fältet fritt.

– Men farmor, varför är det så bråttom? Vi har ju just träffats...

– Vet du hur gammal jag är, Aurora? Sextisex. Det är få som lever så länge. Innan jag dör måste jag se dig ordentligt gift.

– Du är odödlig, farmor.

– Nej, lilla vän, det är bara som jag ser ut, svarade hon.

Jag vet inte om hon gillrade den fälla som hon hade planerat för Diego Domínguez eller om han märkte vinken och själv fattade sitt beslut. Nu när jag kan se på den där episoden på visst avstånd och med viss humor, inser jag att han aldrig var förälskad i mig, han kände sig bara smickrad av min förbehållslösa kärlek och la säkert med i vågskålen fördelarna med ett sådant äktenskap. Kanske han kände begär till mig, för vi var ju bägge unga och obundna, kanske han trodde att han skulle komma att älska mig med tiden, kanske han gifte sig med mig av lättja och bekvämlighet. Diego var ett gott parti, men det var jag också, jag hade räntan som min far hade lämnat åt mig och det förmodades att jag skulle komma att ärva en förmögenhet efter min farmor. Vad han än hade för skäl anhöll han i alla fall om min hand och satte en diamantring på mitt finger. Varningstecknen var uppenbara för vem som helst med ögon i huvudet, utom för farmor som var förblindad av rädsla för att lämna mig ensam, och för mig, som var tokig av kärlek, men inte för farbror Frederick som från första början hävdade att Diego Domínguez inte var rätte mannen för mig. Men eftersom han inte hade gillat någon som hade kommit i närheten av mig på de senaste två åren brydde vi oss inte om honom utan trodde att det var faderlig svartsjuka. "Jag har ett intryck av att den unge mannen är en aning kall till sin läggning", kommenterade han mer än en gång, men farmor slog bort det och sa att det inte var kyla utan respekt, som det anstod en fulländad chilensk gentleman.

Paulina del Valle kastade sig ut i en köporgie. I brådskan hamnade paketen oöppnade i koffertarna, och efteråt när vi tog upp dem i Santiago visade det sig att där fanns två av somliga saker och att hälften inte passade mig. När hon fick höra att Diego Domínguez måste fara tillbaka till Chile kom hon överens med honom att vi skulle resa med samma båt, så att vi skulle få några veckor på oss att lära känna varandra bättre, som det hette. Frederick Williams blev lång i ansiktet och försökte få planerna ändrade, men ingen makt i världen kunde stå emot den damen när hon fick något i huvudet, och hennes mål för tillfället var att få sin sondotter bortgift. Jag minns inte mycket av resan, den förflöt i ett töcken av däckspromenader, shuffle-boardspel och kortspel, cocktails och dans ända till Buenos Aires, där vi skildes åt därför att han skulle köpa några avelstjurar och föra dem längs vägarna över södra Anderna till sin lantegendom. Vi fick ytterst få tillfällen att vara för oss själva eller tala med varandra utan vittnen, jag fick veta det viktigaste om hans tidigare tjugotre år och om hans familj men nästan ingenting om hans smak, åsikter och framtidsplaner. Farmor sa honom att min far, Matías Rodríguez de Santa Cruz, hade avlidit och att min mor var en amerikanska som vi aldrig lärde känna därför att hon dog när jag föddes, vilket ju stämde med verkligheten. Diego visade ingen lust att få veta mer, min passion för fotografin intresserade honom inte heller och när jag förklarade att jag inte tänkte avstå från den sa han att det inte fanns minsta hinder, hans syster målade akvarell och hans svägerska sydde korsstygn. Under den långa sjöresan lärde vi egentligen inte känna varandra, men vi trasslade in oss i den täta spindelväv som farmor i bästa välmening spann omkring oss.

Eftersom det i första klass ombord på atlantångaren inte fanns mycket att fotografera, utom damernas kläder och blomsterarrangemangen i matsalen, gick jag ofta ned på de undre däcken för att ta porträttbilder, framför allt av passagerarna i lägsta klassen, som levde hopträngda nere i fartygsskrovet: arbetare och utvandrare på väg till Amerika för att söka sin lycka, ryssar, tyskar, italienare, judar, människor som reste med ytterst lite i fickorna men med hjärtat svällande av förhoppningar. Jag tyckte att de trots bristen på bekvämlighet och medel hade det bättre än passagerarna i första klass, där allt var stelt, ceremoniöst och tråkigt. Bland emigranterna fanns ett slags otvunget kamratskap, karlarna spelade kort och domino, kvinnorna slog sig samman i grupper och berättade om sina liv och barnen gjorde improviserade metspön och lekte kurragömma. På kvällarna kom gitarrer, dragspel, flöjter och fioler fram, man ordnade glada fester med sång, dans och öl. Ingen verkade fästa sig vid att jag fanns där, de frågade inte ut mig och efter ett par dagar accepterade de mig som en av dem själva, så jag kunde fotografera dem av hjärtans lust. Ombord kunde jag inte framkalla negativen, men jag klassificerade dem noga för att sedan kunna göra det i Santiago. Under en av de där utflykterna till nedre däck stötte jag plötsligt ihop med den sista person jag hade väntat mig att finna där.

– Djingis Khan! utbrast jag när jag fick se honom.

– Jag tror att ni tar fel, señorita...

– Ursäkta, doktor Radovic... bönföll jag och kände mig som en idiot.

– Har vi träffats förut? frågade han undrande.

– Kommer ni inte ihåg mig? Paulina del Valles sondotter.

– Aurora? Nå, jag skulle då aldrig ha känt igen er. Vad ni har förändrats!

Visst hade jag förändrats. Han hade träffat mig ett och ett halvt år tidigare klädd som en liten flicka, och nu såg han framför sig en vuxen kvinna, med en kamera hängande om halsen och en förlovningsring på fingret. Under den resan inleddes en vänskap som med tiden skulle komma att förändra mitt liv. Doktor Ivan Radovic, passagerare i andra klass, fick inte komma upp på första klass däck utan inbjudan, men jag kunde gå ned och hälsa på honom och det gjorde jag ofta. Han berättade om sitt arbete med samma entusiasm som jag talade om fotografering med honom. Han såg mig använda kameran men jag kunde inte visa honom något av vad jag hade åstadkommit, för det låg nedpackat i koffertarna, men jag lovade göra det när vi kom till Santiago. Det blev inte av, för sedan skämdes jag för att ta kontakt med honom för en sådan sak, jag tyckte det skulle verka som fåfänga och ville inte ta upp tid för en man som var upptagen av att rädda liv. När farmor hörde att han fanns ombord bjöd hon genast in honom att dricka te på altanen till vår svit. "Med er i närheten känner jag mig trygg ute på havet, doktor Radovic. Om jag får en ny grapefrukt i magen kommer ni och tar ut den med en kökskniv", skämtade hon. Inbjudningarna till te upprepades många gånger och följdes av kortspel. Ivan Radovic berättade att han hade slutat sin praktiktid på Hobbskliniken och reste tillbaka till Chile för att börja tjänstgöra på ett sjukhus.

– Doktorn borde öppna en privatklinik, föreslog farmor, som hade blivit förtjust i honom.

– Jag kan aldrig få det kapital och de förbindelser som krävs, señora del Valle.

– Jag är beredd att investera om ni vill.

– På inga villkor kan jag tillåta att...

– Jag skulle inte göra det för er, utan därför att det är en god investering, doktor Radovic, avbröt farmor. Alla människor blir sjuka, sjukvård är en god affär.

– Jag anser inte att sjukvård är en affär utan en rättighet, señora. Som läkare är det min plikt att tjäna, och jag hoppas att hälsan en dag ska vara inom räckhåll för alla chilenare.

– Är ni socialist? undrade farmor med en grimas av motvilja, för efter señorita Matilde Pinedas "svek" misstrodde hon socialismen.

– Jag är läkare, señora del Valle. Att bota sjuka är det enda som intresserar mig.

Vi kom tillbaka till Chile i slutet av december 1898 och fann ett land som var mitt uppe i en moralisk kris. Ingen, från rika jordägare till skollärare och salpeterarbetare, var nöjd med sin lott eller med regeringen. Chilenarna verkade ha resignerat inför sina karaktärsfel, så som fylleri, lättja och tjuvaktighet, och inför samhällets defekter, så som den krångliga byråkratin, arbetslösheten, rättsväsendets ineffektivitet och fattigdomen som kontrasterade mot de rikas skamlösa vräkighet och födde ett dovt och växande ursinne som spreds från norr till söder. Vi mindes inte Santiago så smutsigt, med så många nödlidande, så mycket slum kryllande av kackerlackor, så många barn som dog innan de lärt sig gå. Pressen hävdade att dödligheten i vår huvudstad var lika stor som i Calcutta. Vårt hus vid Calle Ejército Libertador hade ett par fattiga tanter fått se efter, sådana avlägsna släktingar som alla chilenska familjer har, med hjälp av några tjänare. Nu hade tanterna fått styra och ställa i dessa domäner i mer än två år, och de tog emot oss utan större entusiasm tillsammans med Caramelo, som nu var så gammal att han inte kände igen mig längre. Trädgården var en skog av ogräs, de moriska fontänerna törstade, salongerna luktade grav, köket såg ut som en svinstia och det låg muslort under sängarna, men ingenting av det där kunde hejda Paulina del Valle, som kom hem uppfylld av planer på att fira århundradets bröllop och inte tänkte låta någonting, varken sin egen ålder eller hettan i Santiago, och inte heller min tillbakadragna läggning, stå i vägen. Hon hade sommarmånaderna på sig, då alla människor for till kusten eller ut på landet, till att sätta huset i stånd, för på hösten började det intensiva sällskapslivet och det gällde att förbereda mitt bröllop att hållas i september när våren började, de patriotiska festernas och bröllopens månad, precis ett år efter det första mötet mellan Diego och mig. Frederick Williams åtog sig att leja ett regemente av murare, snickare, trädgårdsmästare och tjänsteflickor som skulle ta sig an sin uppgift att råda bot på förödelsen, i den vanliga chilenska takten, det vill säga utan större brådska. Sommaren kom, dammig och brännhet, med sin doft av aprikos och med ropen från gatuförsäljarna som bjöd ut säsongens läckerheter. Alla som kunde reste på ferie till landet eller till kusten, staden verkade utdöd. Severo del Valle dök upp på besök medförande säckar med grönsaker, korgar med frukt och goda nyheter om vinstockarna, han kom solbränd, lite tjockare, och stiligare än någonsin. Han tittade häpet på mig, förvånad över att jag var densamma som den lilla flickunge han hade tagit adjö av två år tidigare, han lät mig virvla runt som en snurra för att få se mig ur alla vinklar och hans vänliga omdöme blev att jag hade fått en grace som påminde om min mors. Farmor tog mycket illa upp, mitt förflutna fick inte nämnas i hennes närvaro, för hennes vidkommande började mitt liv när jag var fem år och steg över tröskeln till hennes palä i San Francisco, allt som låg dessförinnan existerade inte. Nívea hade stannat kvar ute på egendomen med barnen, för hon skulle strax föda barn igen och var för tung för att göra resan till Santiago. Vinstockarnas avkastning såg mycket lovande ut det året, avsikten var att skörda vitvinsdruvorna i mars och rödvinsdruvorna i april, berättade Severo del Valle och tillfogade att det fanns några röda stockar som var alldeles olika de andra, de växte blandade med de övriga men var ömtåligare, fick lätt ohyra och mognade senare. Trots att de gav utmärkta druvor funderade han på att rycka upp dem för att få mindre problem. Genast spetsade Paulina del Valle öronen, och i hennes pupiller såg jag samma lilla giriga ljusgnista som brukade förebåda en lönsam idé.

– Så fort det blir sommar ska du plantera om dem för sig. Sköt om dem noga så gör vi ett speciellt vin med de druvorna nästa år, sa hon.

– Varför ska vi ge oss in på det där? frågade Severo.

– Om de druvorna mognar senare är de säkert finare och mer koncentrerade. Säkert blir vinet mycket bättre.

– Vi producerar redan ett av landets bästa viner, faster.

– Var nu så snäll, Severo, och gör som jag ber dig... bad farmor i den insmickrande ton som hon brukade använda innan hon gav en order.

Jag fick inte träffa Nívea förrän på själva min bröllopsdag, när hon kom dragande med ännu en nyfödd och hastigt viskade till mig den grundläggande information som varje brud bör få före smekmånaden, men som ingen hade gjort sig mödan att ge mig. Mitt jungfruliga tillstånd bevarade mig ändå inte från de instinktiva utbrotten av lusta som jag inte kunde sätta namn på, jag tänkte på Diego dag och natt och de tankarna var inte alltid kyska. Jag åtrådde honom men jag visste inte riktigt hur. Jag ville vara i hans famn, ville att han skulle kyssa mig så som han hade gjort vid ett par tillfällen, och ville se honom naken. Jag hade aldrig sett en naken man, och jag måste erkänna att nyfikenheten gjorde mig sömnlös. Det var det hela, fortsättningen var ett mysterium. Nívea med sin skamlösa ärlighet var den enda som skulle ha kunnat undervisa mig, men det var inte förrän åtskilliga år senare, när vi fick tid och tillfälle att fördjupa vår vänskap, som hon anförtrodde mig hemligheterna i sitt samliv med Severo del Valle och, halvdöd av skratt, i detalj beskrev de där ställningarna hon hade lärt sig ur farbror José Francisco Vergaras boksamling. Vid det laget hade jag lämnat oskulden bakom mig men var mycket ovetande i erotiska frågor, alldeles som nästan alla kvinnor och de flesta män likaså, efter vad Nívea försäkrade mig. "Om det inte varit för farbrors böcker skulle jag ha fått femton barn utan att veta hur det gick till", sa hon till mig. Hennes goda råd, som skulle ha fått håret att resa sig på släktens tanter, var mig till stor hjälp för kärlek nummer två, men de skulle inte ha varit till någon nytta för den första.

I tre långa månader levde vi lägerliv i fyra rum i huset vid Calle Ejército Libertador, flämtande i hettan. Jag behövde inte långledas, för farmor återupptog genast sitt välgörenhetsarbete trots att Damklubbens alla medlemmar var på sommarferie. I hennes frånvaro hade disciplinen slappnat och nu fick hon om igen fatta den påtvungna barmhärtighetens tyglar. Vi började på nytt besöka sjuka, änkor och dårar, dela ut matvaror och administrera lånen till fattiga kvinnor. Den idén, som blev förhånad till och med i tidningarna eftersom ingen trodde att låntagarna – alla ytterligt utfattiga – skulle betala igen pengarna, fick ett så utmärkt resultat att regeringen beslöt kopiera den. Kvinnorna inte bara betalade igen lånen samvetsgrant med månatliga belopp, de stödde också varandra så att om någon inte kunde betala gjorde de andra det i hennes ställe. Paulina del Valle kom nog på tanken att hon kunde ta ut ränta och förvandla välgörenhet till affär, men där stoppade jag henne tvärt. "Det finns en gräns för allt, farmor, till och med för snålheten", förebrådde jag henne strängt. Min lidelsefulla korrespondens med Diego Domínguez höll mig fixerad vid postgången. Jag upptäckte att jag i brev kunde uttrycka sådant som jag aldrig skulle ha vågat mig på ansikte mot ansikte, det skrivna ordet är högst befriande. Jag märkte att jag läste kärleksdikter i stället för romanerna jag förut hade tyckt så mycket om; kunde en poet på andra sidan jorden beskriva mina känslor så exakt, då måste jag ödmjukt acceptera att min kärlek inte var enastående, jag hade inte uppfunnit något, alla människor blir förälskade på samma sätt. Jag såg för mig min fästman ridande i galopp kring sina ägor som en legendarisk hjälte med breda skuldror, ädel, ståndaktig och välväxt, en karlakarl i vars händer jag skulle vara trygg; han skulle göra mig lycklig, ge mig beskydd, barn och evig kärlek. Jag föreställde mig en bomullsmjuk och sockersöt framtid där vi skulle sväva i varandras armar för alltid. Hur luktade min älskades kropp? Mylla, som skogarna han kom ifrån, eller sött som doften från bagerier, eller kanske som havsvatten, den där flyktiga aromen som hade förföljt mig i drömmen sedan jag var liten. Plötsligt blev kravet att få känna Diegos lukt så tvingande som ett anfall av osläcklig törst och jag bad honom per brev att skicka mig en av näsdukarna han brukade ha knutna om halsen eller en av sina otvättade skjortor. Min fästmans svar på dessa passionerade brev var lugna krönikor om livet på landet – korna, vetet, vingården, sommarhimlen utan regnmoln – och nyktra kommentarer som handlade om hans familj. På de sista raderna påminde han mig om hur mycket han älskade mig och hur lyckliga vi skulle bli i det svala huset av lertegel och med tegeltak som hans far höll på att bygga åt oss på egendomen, liksom han förut hade byggt ett åt brodern Eduardo, när han gifte sig med Susana, och som han skulle bygga åt systern Adela när hon gifte sig. I generationer hade familjen Domínguez alltid bott tillsammans, kärleken till Kristus, sammanhållningen mellan syskon, aktningen för föräldrarna och det hårda arbetet, sa han, det var grundvalen för hans familj.

Hur mycket jag än skrev brev och suckade över poesi hade jag ändå tid över, så jag började gå tillbaka till don Juan Riberos ateljé, jag gick omkring i staden och tog bilder och på kvällarna arbetade jag i mörkrummet som jag installerade i huset. Jag experimenterade med platinakopior, en nymodig teknik som ger mycket vackra bilder. Metoden är enkel, om än dyrare, men farmor stod för utgiften. Man målar över papperet med en platinalösning, och resultatet blir bilder i subtila nyansskiftningar, ljusfyllda, klara, med stort djup, som förblir oförändrade. Det har gått tio år, men de där fotografierna är de mest fantastiska i min kollektion. När jag ser dem kommer många minnen tillbaka lika oklanderligt tydliga som de där platinakopiorna. Jag kan se farmor Paulina, Severo, Nívea, vänner och släktingar, och jag kan se mig själv på några självporträtt sådan som jag var då, strax före händelserna som skulle förändra mitt liv.

När jag vaknade andra tisdagen i mars var huset klätt i galaskrud, där fanns en modern gasinstallation, telefon och en hiss för farmor, tapeter importerade från New York och ny klädsel på möblerna, parkettgolven var nybonade, mässingen putsad, kristallkronorna tvättade och samlingen av impressionisttavlor upphängd i salongerna. Där fanns en ny uppsättning tjänare i uniform under befäl av en argentinsk hovmästare som Paulina del Valle hade rekryterat från Hotel Crillon genom att betala honom dubbla lönen.

– Vi kommer att bli kritiserade, farmor. Det finns ingen som har hovmästare, det är snobberi, varnade jag.

– Det gör detsamma. Jag tänker inte slåss med mapucheindianskor i trätofflor som lägger hårstrån i soppan och kastar fram faten på bordet, svarade hon, fast besluten att göra intryck på huvudstadssocieteten i allmänhet och Diego Domínguez familj i synnerhet.

De nyanställda fick alltså ansluta sig till de gamla tjänstekvinnorna, som varit i huset i många år och naturligtvis inte kunde avskedas. Där fanns så mycket tjänstefolk att de gick omkring sysslolösa och snavade över varandra, och det blev så mycket skvaller och snatteri att Frederick Williams till sist ingrep för att få någon ordning, eftersom argentinaren inte hade en aning om var han skulle börja. Då blev det uppståndelse, aldrig hade man varit med om att herrn i huset nedlät sig till att syssla med husliga angelägenheter, men han gjorde det perfekt, inte för intet hade han ju lång erfarenhet i yrket. Jag tror inte att Diego Domínguez och hans familj, de första besökare vi hade, uppskattade den eleganta betjäningen, tvärtom kände de sig besvärade av all denna prakt. De tillhörde en gammal jordägardynasti nere i söder men till skillnad från de flesta chilenska godsägare, som tillbringar ett par månader på sina egendomar och resten av året lever på sina räntor i Santiago eller i Europa, föddes, levde och dog de på landsbygden. De var människor med solida familjetraditioner och med enkla seder, djupt religiösa katoliker, utan något av det raffinemang som farmor hade infört och som säkert kändes lite dekadent och föga kristligt för dem. Jag fäste mig vid att de alla hade blå ögon, utom Susana, Diegos svägerska, en mörk skönhet med trånande uppsyn, som ett spanskt porträtt. Vid bordet blev de förvirrade inför raden av bestick och de sex glasen, ingen av dem smakade på ankan i apelsinsås och de blev lite förskräckta när den flamberade efterrätten kom in med sina brinnande lågor. När doña Elvira, Diegos mor, såg på ledet av uniformerade tjänare frågade hon varför det fanns så mycket militär i huset. Åsynen av de impressionistiska tavlorna gjorde dem häpna, de trodde att det var jag som hade målat de där löjliga sakerna och att min farmor hängde upp dem på väggen av ren senilitet, men de uppskattade den korta konserten för harpa och piano som vi gav i musiksalongen. Konversationen dog ut vid andra meningen ända tills avelstjurarna gav tillfälle att komma in på kreatursuppfödning, vilket högeligen intresserade Paulina del Valle, säkert funderade hon på att grunda ostindustrin tillsammans med dem, eftersom de ägde så många kor. Om jag hade några betänkligheter i fråga om mitt framtida liv på landet tillsammans med min fästmans klan, så skingrades de av det där besöket. Jag blev förälskad i de där lantbrukarna av gammal stam, godhjärtade och anspråkslösa, den varmblodige och skrattlystne fadern, den så oskuldsfulla modern, den älskvärde och manlige äldre brodern, den mystiska svägerskan och den yngre systern så glad som en kanariefågel, alla dessa som hade rest i flera dagar för att lära känna mig. De accepterade mig helt naturligt, och säkert reste de tillbaka något förvirrade av vår livsstil men utan att kritisera oss därför att de inte verkade i stånd att tänka illa om någon. Eftersom nu Diego hade valt mig ansåg de mig som en i familjen, det räckte. De var så okonstlade att jag vågade slappna av, något som sällan hände mig i sällskap med främlingar, och snart kunde jag prata med dem allesammans, berätta om resan till Europa och mitt intresse för fotografering. "Visa mig dina foton, Aurora", bad doña Elvira, men när jag gjorde det kunde hon inte dölja sin besvikelse. Jag tror att hon hade väntat sig något mer uppbyggligt än strejkande arbetare, slumkvarter, barn i trasor lekande i bevattningsdiken, våldsamma folkupplopp, bordeller och tålmodiga emigranter sittande på sina knyten i skrovet på ett fartyg. "Men lilla vän, varför tar du inte vackra bilder? Varför går du till såna där rysliga ställen? Det finns så många vackra platser i Chile..." mumlade den goda señoran. Jag tänkte förklara för henne att jag inte var intresserad av vackra saker utan av de där ansiktena som var garvade av hårt arbete och lidande, men jag insåg att det inte var rätta tillfället. Det skulle finnas tid längre fram för att låta min blivande svärmor och resten av familjen lära känna mig.

– Varför visade du dem de där fotografierna? Alla Domínguez är gammaldags korrekta, du borde inte skrämma dem med dina moderna idéer, Aurora, förebrådde Paulina del Valle mig när de hade rest.

– De var i alla fall redan skrämda av lyxen här i huset och av de impressionistiska tavlorna, farmor, inte sant? Dessutom bör Diego och hans familj veta vilken sorts kvinna jag är, invände jag.

– Ännu är du inte någon kvinna, bara en flicka. Du kommer att förändras, du får barn, du måste anpassa dig till din mans miljö.

– Jag kommer alltid att vara samma person, och jag vill inte avstå från fotograferingen. Det är inte samma sak som Diegos systers akvareller och svägerskans broderi, utan det är en viktig del av mitt liv.

– Nå, du får gifta dig först så kan du göra vad du vill sen, avgjorde farmor.

Vi väntade inte till i september som planerat, utan vi fick gifta oss i mitten av april, för doña Elvira Domínguez fick en lindrig hjärtattack, och efter en vecka när hon hade hämtat sig sa hon att hon ville se mig som hustru till sin son Diego innan hon lämnade denna världen. Den övriga familjen höll med henne, för om Diegos mor gick bort måste bröllopet skjutas upp åtminstone till efter det hävdvunna sorgeåret. Farmor fann sig i att skynda på det hela och glömma den festliga ceremoni hon hade planerat, och jag drog en lättnadens suck, för tanken på att visa upp mig för halva Santiago när jag trädde in i katedralen vid Frederick Williams eller Severo del Valles arm under ett berg av vit organdi, så som farmor hade velat, gjorde mig mycket ängslig.

Vad kan jag säga om det första kärleksmötet med Diego Domínguez? Inte mycket, för minnet avbildar i svart och vitt, gråtonerna blir borta under vägen. Kanske blev det inte så olyckligt som jag minns det, men nyanserna har jag glömt, kvar finns bara en allmän känsla av besvikelse och ursinne. Efter det privata bröllopet i huset vid Calle Ejército Libertador for vi till ett hotell för att tillbringa natten, innan vi reste på två veckors smekmånad till Buenos Aires, för doña Elviras vacklande hälsa gjorde att vi inte kunde ge oss av alltför långt bort. När jag tog adjö av farmor kände jag att en period i mitt liv var definitivt slut. När jag kramade om henne märkte jag hur mycket jag älskade henne och hur mycket hon hade krympt, kläderna hängde lösa på henne och jag var ett halvt huvud längre än hon, jag fick en förkänsla av att hon inte hade lång tid kvar, hon verkade liten och sårbar, en liten gumma med darrande röst och ostadig på benen. Det fanns inte mycket kvar av den skräckinjagande matriarken som i mer än sjuttio år hade drivit sin vilja igenom och styrt familjens öden som hon behagade. Bredvid henne såg Frederick Williams ut som hennes son, för åren gjorde inget intryck på honom, som om han hade varit immun mot mänskligt åldrande. Ända till dagen innan hade den gode farbror Frederick bett mig, bakom ryggen på farmor, att jag inte skulle gifta mig om jag inte var alldeles säker, och varje gång hade jag svarat att jag aldrig hade varit säkrare på någonting. Jag tvivlade inte alls på min kärlek till Diego Domínguez. Allt eftersom bröllopet närmade sig växte min otålighet. Jag såg mig i spegeln naken eller bara i de florstunna spetsnattlinnen som farmor hade köpt i Frankrike, och undrade oroligt om han skulle tycka att jag var vacker. Ett födelsemärke på halsen eller mina mörka bröstvårtor kändes som förfärliga defekter. Skulle han åtrå mig som jag honom? Det fick jag veta den där bröllopsnatten på hotellet. Vi var trötta, hade ätit mycket, han hade druckit mer än lämpligt, jag hade också tre glas champagne i kroppen. När vi kom in på hotellet försökte vi verka likgiltiga, men risgrynen som ramlade ned på golvet efter oss avslöjade att vi var nygifta. Jag var så blyg därför att jag var ensam med Diego och tänkte att någon stod utanför och föreställde sig hur vi älskade, att jag stängde in mig i badrummet och mådde illa, ända tills min nyblivne make en lång stund senare försiktigt knackade på dörren för att ta reda på om jag fortfarande levde. Han tog mig vid handen och ledde mig in i sovrummet, hjälpte mig att ta av den komplicerade hatten, drog hårnålarna ur min frisyr, befriade mig från hjortskinnsjackan, knäppte upp de tusen pärlknapparna i blusen, lösgjorde mig ur den tunga kjolen och underkjolarna, tills jag inte hade mera på mig än det tunna batistlinnet som jag bar under korsetten. Allt eftersom han tog av mig kläderna kände jag mig flyta bort som vatten, försvinna som rök, reduceras till bara skelett och luft. Diego kysste mig på munnen, men inte så som jag många gånger hade föreställt mig under de månader som gått, utan hårt och hetsigt, sedan blev kyssen ännu mera fordrande medan hans händer rev och slet i mitt linne, som jag försökte hålla fast därför att tanken att han skulle se mig naken gjorde mig förfärad. De pockande smekningarna och känslan av hans kropp mot min fick mig på defensiven, jag var så spänd att jag skakade som om jag frös. Han frågade förargat vad det var med mig och gav mig order om att försöka slappna av, men när han märkte att den metoden bara gjorde saken värre ändrade han ton, sa att jag inte skulle vara rädd och lovade att vara försiktig. Han blåste ut lampan och lyckades på något sätt leda mig till sängen, och sedan gick resten snabbt. Jag gjorde ingenting för att hjälpa till. Jag låg stilla som en hypnotiserad höna och försökte förgäves komma ihåg Níveas råd. Plötsligt borrade han in sitt svärd i mig, jag lyckades hålla tillbaka ett skrik och kände blodsmak i munnen. Mitt klaraste minne från den natten är besvikelsen. Var det där passionen som poeterna slösade bort så mycket bläck på? Diego tröstade mig och sa att det alltid var så där första gången, med tiden skulle vi lära känna varandra och allt skulle gå bättre, och så gav han mig en dygdig kyss på pannan, vände ryggen åt mig utan ett ord till och somnade som ett spädbarn, medan jag låg vaken i mörkret med en handduk mellan benen och en svidande värk i underlivet och i själen. Jag var för okunnig för att förstå varför jag var så besviken, jag hade inte ens en aning om ordet orgasm, men jag hade utforskat min kropp och visste att någonstans fanns den där njutningen dold som kunde få jorden att bäva och livet att förändras. Diego hade känt den inne i mig, det var tydligt, men jag hade bara känt ångest. Jag kände mig som offer för en fruktansvärd biologisk orättvisa: för männen var könsumgänge enkelt – de kunde till och med få det med våld – men för oss var det utan lust och med allvarliga följder. Måste man, till den gudomliga förbannelsen att föda sina barn med smärta, också lägga den att älska utan njutning?

När Diego vaknade nästa morgon hade jag klätt mig för länge sedan och beslutat att gå tillbaka hem och ta min tillflykt till farmors trygga famn, men den svala luften och vandringen längs gatorna i centrum, nästan folktomma så dags på söndagsmorgonen, gjorde mig lugnare. Det sved fortfarande i slidan där jag ännu kände av Diegos närvaro, men undan för undan dämpades mitt ursinne och jag ställde in mig på att möta framtiden som en kvinna och inte som en ouppfostrad snorunge. Jag var medveten om hur bortskämd jag hade varit under mina nitton år i livet, men nu var den etappen förbi, den här natten hade jag blivit initierad i min nya ställning som gift och måste handla och tänka som en mogen person, tänkte jag och svalde mina tårar. Det var bara mitt eget ansvar om jag skulle bli lycklig. Min man skulle inte ge mig lyckan som en present inslagen i silkespapper, utan jag måste själv skapa den dag för dag med intelligens och ansträngning. Lyckligtvis älskade jag den här mannen och trodde, så som han hade försäkrat mig, att allt skulle bli mycket bättre mellan oss med tidens och vanans hjälp. Stackars Diego, tänkte jag, han måste vara lika besviken som jag. Jag kom tillbaka till hotellet i tid för att stänga igen resväskorna och börja smekmånadsresan.

Egendomen Caleufú, som ligger inbäddad i den vackraste delen av Chile, ett vildmarksparadis med kyliga skogar, vulkaner, sjöar och floder, hade tillhört släkten Domínguez sedan kolonialtiden då jorden delades ut till de förnäma spanska erövrarna. Släkten hade ökat sina rikedomar genom att köpa mera mark av indianerna för några flaskor brännvin och ägde nu ett av traktens mest blomstrande storgods. Egendomen hade aldrig blivit delad, enligt tradition ärvdes den ograverad av äldste sonen som var förpliktad att ge sina bröder arbete eller underhåll, försörja sina systrar och förse dem med hemgift och vårda sig om dem som bodde på godset. Min svärfar, don Sebastián Domínguez, var en av dessa människor som har gjort allt som väntats av dem, och nu åldrades han med gott samvete och tacksam för allt gott livet hade gett honom, framför allt för sin makas, doña Elviras, kärlek och omsorger. I sin ungdom hade han varit en kvinnojägare, det berättade han själv skrattande, och beviset var att flera av lantarbetarna på hans gods hade blå ögon, men doña Elviras milda men fasta hand hade tämjt honom utan att han själv märkt det. Han spelade godmodigt sin roll som patriark, de underlydande kom helst till honom med sina bekymmer, för hans bägge söner, Eduardo och Diego, var striktare och doña Elvira öppnade inte munnen annat än inom hemmets fyra väggar. Don Sebastiáns tålamod med de underlydande, som han behandlade som aningen efterblivna barn, omvandlades till stränghet när det gällde hans två söner. "Vi är mycket lyckligt lottade, därför har vi ett större ansvar. För oss finns det inga ursäkter eller förevändningar, vår plikt är att följa Guds bud och hjälpa vårt folk, det kommer vi att få stå till svars för i himlen", sa han. Han bör ha varit omkring femtio år men såg yngre ut, för han levde mycket sunt, red omkring på ägorna hela dagen, var den förste som steg upp och den siste som gick till sängs, var alltid med vid tröskning, inridning och rodeor, hjälpte själv till att märka och kastrera boskapen. Han började dagen med en kopp kolsvart kaffe med sex skedar socker och en skvätt konjak i, det gav honom krafter till arbetet på godset fram till klockan två, då han fick sitt middagsmål, fyra rätter mat och tre efterrätter nedsköljda med mängder av vin i familjens sällskap. Vi var inte många i det jättestora huset: mina svärföräldrars största sorg var att de bara fått tre barn. Det hade varit Guds vilja, så sa de. Vid kvällsmaten samlades vi alla som under dagen hade varit skingrade i olika göromål, ingen fick utebli. Eduardo och Susana bodde med sina barn i ett annat hus, byggt åt dem tvåhundra meter från stora huset, men där lagades bara frukost, de andra målen åts vid mina svärföräldrars bord. Eftersom vårt bröllop hållits i förtid var huset där Diego och jag skulle bo inte färdigt utan vi bodde i en flygel till svärföräldrarnas hus. Don Sebastián satte sig vid huvudänden i en högre och mera utsmyckad stol, mitt emot placerade sig doña Elvira och längs bägge sidorna vi andra, sönerna med sina hustrur, två fastrar som var änkor, några kusiner eller andra släktingar, en mormor så gammal att hon måste matas med flaska och så fanns alltid några gäster. På bordet dukades alltid några extra kuvert för gäster som kom oförberett och som ibland blev kvar i veckotal. De var alltid välkomna, för i isoleringen på landet var besöken det största nöjet. Längre söderut bodde några chilenska familjer mitt inne på indianskt territorium, liksom också tyska nybyggare, utan dem skulle trakten fortfarande ha varit nästan vildmark. Det tog flera dagar att rida runt familjen Domínguez ägor, som nådde ända till gränsen mot Argentina. Om kvällen var det bön, och årets kalender rättade sig efter de religiösa högtiderna som firades obligatoriskt och med glädje. Svärföräldrarna märkte att jag hade uppfostrats med ytterst lite katolsk undervisning, men i det avseendet hade vi inga svårigheter, för jag respekterade deras tro mycket noga och de försökte inte tvinga den på mig. Doña Elvira förklarade för mig att tron är en gudagåva. "Gud kallar på dig, han väljer dig", sa hon. Det gjorde mig fri från skuld i hennes ögon, Gud hade inte kallat på mig ännu, men att han hade placerat mig i denna varmt troende familj betydde att han snart skulle göra det. Min villighet att hjälpa till i hennes barmhärtighetsverk bland de underlydande uppvägde min ljumma tro, hon trodde att det var fråga om medkänsla, ett tecken på min goda karaktär, hon visste inte att det var min träning från farmors Damklubb och ett prosaiskt intresse för att lära känna lantarbetarna och fotografera dem. Förutom don Sebastián,

Eduardo och Diego, som hade gått på en god internatskola och gjort den obligatoriska europaresan, var det ingen i de där trakterna som anade hur stor världen var. Romaner var inte tillåtna där i huset, jag tror att don Sebastián inte hade lust att censurera dem, och för att undvika att någon läste en bok som stod på kyrkans svarta lista tog han hellre till ordentligt och förbjöd dem alla. Tidningarna kom fram med så stor försening att de inte innehöll några nyheter utan snarare historia. Doña Elvira läste sina bönböcker och Adela, Diegos yngre syster, ägde några poesiböcker, några biografier över historiska personer och reseskildringar, som hon läste om och om igen. Längre fram fick jag reda på att hon skaffade sig detektivromaner, rev bort pärmarna och ersatte dem med pärmar från böcker som hennes far hade godkänt. När mina koffertar och lådor kom från Santiago och hundratals böcker visade sig, bad mig doña Elvira på sitt vanliga milda sätt att jag inte skulle visa upp dem för resten av familjen. Varje vecka skickade farmor eller Nívea mig något att läsa, som jag gömde undan i mitt rum. Mina svärföräldrar sa ingenting, de var väl säkra på att den där dåliga vanan skulle gå över när jag fick barn och inte hade så mycket ledig tid, liksom min svägerska Susana som hade tre små bedårande och mycket ouppfostrade barn. Men de hade ingenting att invända mot att jag fotograferade, kanske anade de att det skulle vara mycket svårt att få mig att låta bli, och fastän de aldrig visade sig nyfikna på mitt arbete anvisade de ett rum längst in i huset åt mig där jag kunde installera mitt laboratorium.

Jag växte upp i staden, i en bekväm och kosmopolitisk omgivning hos min farmor, mycket friare än någon annan chilenska på den tiden, och även friare än i dag, för fastän vi nu är i slutet av nittonhundratalets första decennium har tillvaron inte moderniserats särskilt mycket för flickor i våra trakter. Förändringen när jag hamnade i familjen Domínguez sköte blev brutal, trots att de gjorde allt för att jag skulle känna mig hemma. De var mycket snälla mot mig, det var lätt att lära sig tycka om dem, deras vänlighet kompenserade Diegos reserverade och ofta avvisande sätt; bland andra människor behandlade han mig som en syster och när vi var för oss själva talade han knappt till mig. De första veckorna när jag försökte anpassa mig var mycket intressanta. Don Sebastián gav mig ett vackert svart sto med en vit stjärna i pannan, och Diego skickade ut mig tillsammans med en arbetsförman att rida omkring på ägorna och bekanta mig med lantarbetarna och med grannarna, som bodde så många kilometer bort att varje besök tog tre eller fyra dagar. Sedan släppte han mig lös.

Min man red ut med sin bror och sin far till arbetet i jordbruket och för att jaga, ibland kamperade de ute i markerna flera dagar i sträck. Jag stod inte ut med det tråkiga livet hemma i huset, med den enformiga sysselsättningen att dalta med Susanas barn, sylta och konservera, städa och vädra, sy och sticka. När jag var klar med mitt arbete i gårdens skola eller sjukstuga tog jag på mig ett par av Diegos byxor och satte av i galopp. Min svärmor hade varnat mig för att rida grensle som en man, för då skulle jag få "kvinnliga besvär", en eufemism som jag aldrig riktigt kunde tolka, men ingen skulle kunna rida i damsadel i den där naturen med dess berg och klippor utan att ramla av och spräcka skallen. Landskapet gjorde mig andlös, överraskade mig vid varje vägkrök, fyllde mig med förundran. Jag red över berg och genom dalar bort till de täta skogarna, ett paradis av lärkträd, lager, kanelträd, *mañíu*, myrten och tusenåriga araukarior, ädla träslag som Domínguez bearbetade vid sin såg. Doften av fuktig skog gjorde mig berusad, den sensuella aromen från röd jord, sav och rötter, friden i den täta underskogen som vaktas av tysta gröna jättar, det mystiska suset i dungarna, musiken från osynliga rännilar, luftens dans mellan grenarna, prasslet från rötter och insekter, de milda ringduvornas kutter och de högröstade *tiuque*-fåglarnas skrän. Stigarna slutade vid sågen, och när jag ville rida längre bort fick jag bana mig väg genom snåren och lita till stoets instinkt när hennes hovar sjönk ned i gulaktig, tjock och doftande gyttja, som växters blod. Ljuset silades genom trädkronornas väldiga kupol i klara snedställda ränder, men det fanns iskalla ställen där pumorna låg hopkrupna och spanade efter mig med sina glödande ögon. Jag hade ett gevär fastbundet vid sadeln, men i en nödsituation skulle jag inte ha hunnit få loss det och jag skulle ändå aldrig ha skjutit. Jag fotograferade de uråldriga skogarna, sjöarna med svarta sandstränder, de stormande vattendragen med sina ekande stenar och de oberäkneliga vulkanerna som krönte horisonten likt sovande drakar i torn av aska. Jag tog också bilder av folket på godset, som jag sedan gav dem i gåva och som de förläget tog emot utan att riktigt veta vad de skulle göra med de där porträtten av sig själva som de inte hade bett om. Jag var fascinerad av deras väderbitna och fattigdomstärda ansikten, men själva tyckte de inte om att se sig på det sättet, sådana som de var, med sina trasor och bekymmer fullt synliga, de ville ha handkolorerade porträtt där de poserade i den enda kostymen, den från sitt bröllop, noga tvättade och kammade och med sina barn nysnutna.

Om söndagarna låg arbetet nere och man gick i mässan – när vi hade en präst att tillgå – eller det hölls "mission", då kvinnorna i familjen besökte gårdsfolket i deras hem och undervisade dem i kristendom. Det var ett sätt att med hjälp av envishet och små gåvor bekämpa de indianska trosföreställningar som blandade ihop sig med de kristna helgonberättelserna. Jag deltog inte i predikandet men passade på att bekanta mig med lantarbetarna. Många var fullblodsindianer som fortfarande använde ord från sina egna språk och höll sina traditioner levande, andra var mestiser, alla ödmjuka och tillbakadragna i normala fall men trätgiriga och högljudda när de hade druckit. Spriten var en bitter tröst som för några timmar lindrade vardagens jordiska bekymmer, samtidigt som den gnagde på deras inälvor som en ond råtta. Fylleri och knivslagsmål straffades med böter, alldeles som andra förseelser, som att fälla ett träd utan tillstånd eller låta de egna djuren gå lösa utanför den lilla markbit som var och en tilldelats för att odla på åt sin familj. Stöld eller uppstudsighet mot överordnade straffades med prygel, men don Sebastián hyste motvilja mot kroppslig bestraffning. Han hade också avskaffat "rätten till första natten", den gamla traditionen från kolonialtiden som tillät godsherren att ta de unga flickornas mödom innan de giftes bort. Han hade själv praktiserat den seden i sin ungdom, men sedan doña Elvira kom till gården var det slut med sådana friheter. Han ogillade också bordellbesök i grannbyarna och insisterade på att hans egna söner skulle gifta sig tidigt för att undvika frestelser. Eduardo och Susana hade gift sig sex år tidigare, när de var tjugo år bägge två, och åt Diego som då var sjutton hade de sett ut en flicka som hörde till släkten, men hon hade drunknat i sjön innan de hann bli förlovade. Eduardo, den äldre brodern, var mera gladlynt än Diego, han var duktig i att berätta roliga historier och att sjunga, han kunde alla traktens legender och berättelser, han tyckte om att diskutera och förstod sig på att lyssna. Han var mycket förälskad i Susana, hans ögon lystes upp när han fick se henne och han blev aldrig otålig på hennes nyckfulla sinnesstämningar. Min svägerska led av huvudvärk som brukade göra henne på uruselt humör. Då låste hon in sig på sitt rum, åt ingenting, och det var order på att hon inte fick bli störd av någon som helst anledning, men när hennes anfall gick över kom hon ut alldeles återställd, leende och kärleksfull, och var som en helt annan kvinna. Jag la märke till att hon sov ensam och att varken hennes man eller barnen fick gå in i hennes rum objudna, dörren var alltid låst. Familjen var van vid hennes migrän och depressioner, men hennes krav på att få vara ostörd kändes nästan som en förolämpning för dem, lika väl som de tyckte det var underligt att jag inte lät någon komma in utan lov i det lilla mörkrummet där jag framkallade mina fotografier, fast jag hade förklarat för dem vilken skada en ljusstråle kunde göra på mina negativ. På Caleufú fanns varken dörrar eller skåp med nyckel, utom vinkällarna och kassaskåpet på kontoret. Det förekom snatteri, förstås, men det fick inga svårare följder, för i allmänhet såg don Sebastián genom fingrarna. "De här människorna är så okunniga, de stjäl inte av ondska eller av nöd utan av dålig vana", sa han, fastän de underlydande i själva verket led större nöd än godsherren ville erkänna. Lantarbetarna var fria, men i praktiken hade de levat i generationer där på egendomen och kom aldrig på tanken att det kunde vara annorlunda, de hade ingenstans att ta vägen. Det var få som blev gamla. Många barn dog som små i tarmsjukdomar, av råttbett och i lunginflammation, kvinnorna dog i barnsäng och av lungsot, männen genom olyckshändelser, av infekterade sår och spritförgiftning. Närmaste sjukhus ägdes av tyskar och där fanns en bayersk läkare med mycket gott anseende, men färden dit gjordes bara i yttersta nödfall, enklare sjukdomar behandlades med naturmedel och böner och med hjälp av *meica's*, indianska helbrägdagörerskor som kände till de lokala läkeväxternas egenskaper bättre än några andra.

I slutet av maj kom vintern plötsligt och obarmhärtigt, med sin ridå av regn som skurade landskapet som en ihärdig tvätterska och med sitt tidiga mörker som tvingade oss att dra oss inomhus klockan fyra på eftermiddagen och gjorde nätterna oändliga. Nu kunde jag inte mera ge mig ut på mina långa ridturer eller fotografera människorna på godset. Vi var isolerade, vägarna var som träsk, ingen kom och hälsade på. Jag höll mig sysselsatt med att experimentera i mörkrummet med olika framkallningstekniker och att ta bilder av familjen. Jag började upptäcka att allt som existerar hänger ihop, det ingår i ett tätt mönster; vad som vid första anblicken verkar som ett virrvarr av tillfälligheter avslöjar sig i sin perfekta symmetri. Ingenting är en slump, ingenting är banalt. Alldeles som det i skogens skenbara kaos av växter finns en strikt relation mellan orsak och verkan – för varje träd finns hundratals fåglar, för varje fågel tusentals insekter och för varje insekt miljoner organiska partiklar – är också lantarbetarna i sina sysslor eller familjen som söker skydd för vinterkölden i sitt hus oumbärliga beståndsdelar i en väldig fresk. Det viktigaste är ofta osynligt, ögat kan inte uppfatta det, bara hjärtat, men kameran lyckas ibland fånga en skymt av den där substansen. Vad min läromästare Ribero försökte åstadkomma i sin konst, och vad han försökte lära mig, var att nå utöver det enbart dokumentära och komma in till kärnan, till själva verklighetens själ. De där subtila förbindelserna som kom fram på fotokopian berörde mig djupt och uppmuntrade mig att experimentera vidare. Under vinterns isolering växte min vetgirighet, i samma mån som omgivningen blev trängre och mera kvävande där vi övervintrade innanför de tjocka tegelväggarna blev mina tankar allt oroligare. Jag började tvångsmässigt utforska allt som fanns i huset och invånarnas hemligheter. Jag granskade den välkända omgivningen med nya ögon, som om jag såg den för första gången, utan att ta något för givet. Jag lät mig styras av intuitionen, la bort förutfattade meningar, "vi ser bara det som vi vill se", sa don Juan Ribero och tillfogade att mitt arbete borde visa fram sådant som ingen förut hade sett. I början poserade familjen Domínguez med ansträngda leenden, men snart vande de sig vid min tysta närvaro och tänkte till sist inte alls på kameran, och då kunde jag fånga dem demaskerade, sådana som de verkligen var. Regnet sköljde bort blommor och blad, huset med sina tunga möbler och sina stora tomma utrymmen slöt sig mot omgivningen och vi var instängda i en märklig intern fångenskap. Vi gick omkring i rummen, lyste oss med vaxljus och undvek det iskalla draget, träverket jämrade sig som änkors gråt och man hörde mössen smyga omkring i sina flitiga bestyr; det luktade dy, fuktigt tegel, mögliga kläder. Tjänarna eldade i fyrfat och kaminer, husorna kom med varmvattenflaskor, filtar och ångande chokladkoppar, men det var omöjligt att inte bli påverkad av den långa vintern. Det var då som ensamheten överväldigade mig.

Diego var en chimär. När jag nu försöker komma ihåg någon stund då vi var tillsammans kan jag bara se honom för mig som en stum aktör på en scen, utan röst och åtskild från mig av ett brett dike. I mitt minne – och i min samling fotografier från den där vintern – har jag många bilder av honom i hans göromål ute i markerna och inne i huset, alltid upptagen av andra, aldrig med mig, avlägsen och främmande. Det var omöjligt att bli förtrolig med honom, det fanns en tyst avgrund mellan oss och mina försök att utbyta åsikter eller gissa vad han kände strandade på hans envist avvisande läggning. Han menade att allt redan var sagt oss emellan, om vi hade gift oss var det för att vi älskade varandra, inte behövde man gräva i någonting så självklart. I början blev jag sårad av hans envisa tystnad, men sedan förstod jag att det var så han uppförde sig mot alla utom mot sina brorsbarn, tillsammans med barnen kunde han visa sig glad och ömsint, kanske han önskade sig egna barn lika mycket som jag, men varje månad blev vi besvikna. Det där talade vi inte heller om, det var ännu ett av de många ämnen i samband med kroppen eller med kärlek som vi var för blyga för att gå in på. Några gånger försökte jag tala om för honom hur mycket jag tyckte om att bli smekt, men han blev genast avvisande, enligt hans åsikt borde inte en anständig kvinna känna den sortens lustar och ännu mindre visa dem. Snart hade hans tystnad, min blyghet och bägges vår stolthet byggt en kinesisk mur mellan oss. Jag skulle ha gett vad som helst för att kunna tala med någon om vad som hände innanför vår stängda dörr, men min svärmor var eterisk som en ängel, med Susana hade jag ingen riktig vänskap, Adela var knappt sexton år gammal och Nívea var för långt borta, jag vågade inte sätta de där bekymren på papper. Diego och jag fortsatte att älska – för att nu kalla det någonting – då och då, alltid likadant som första gången, samlivet förde oss inte närmare varandra men det kändes smärtsamt bara för mig, han var mycket nöjd med hur vi hade det. Vi grälade inte, och vi uppträdde ansträngt artigt mot varandra, fastän jag tusen gånger hellre hade velat ha öppet krig än den där envisa tystnaden. Min man undvek att bli ensam med mig, på kvällarna drog han ut på sitt kortspel ända tills jag var överväldigad av trötthet och gick och la mig, på morgnarna hoppade han ur sängen vid första hanegället, och till och med om söndagarna, när resten av familjen steg upp sent, hittade han någon förevändning för att ge sig ut tidigt. Jag däremot rättade mig hela tiden efter hans humör, ansträngde mig för att passa upp honom på tusen sätt, gjorde allt för att behaga honom och göra livet angenämt för honom, hjärtat skenade i bröstet på mig när jag hörde hans steg eller hans röst. Jag tröttnade aldrig på att se på honom, jag tyckte att han var vacker som en sagohjälte, i sängen kände jag på hans breda, starka axlar försiktigt så att han inte skulle vakna, och på hans tjocka, vågiga hår och benens och halsens muskler. Jag tyckte om hans lukt av svett, jord och häst när han kom in från fälten, och av engelsk tvål när han hade badat. Jag borrade in ansiktet i hans kläder för att känna lukten av man, eftersom jag inte vågade göra det med hans kropp. Nu, med avståndet i tid och med den frihet jag har erövrat de senaste åren, inser jag hur djupt jag förödmjukade mig av kärlek. Jag gav upp allt, från min personlighet till mitt arbete, för att drömma om ett husligt paradis som inte var för mig.

Under den långa, sysslolösa vintern måste familjen ta till diverse fantasiknep för att bekämpa tristessen. Alla var musikaliska, de spelade flera olika instrument och kvällarna ägnades åt improviserade konserter. Susana brukade roa oss klädd i en trasig sammetstunika, med en turkisk turban på huvudet och svärtad kring ögonen med kol, och sjunga med hes zigenerskeröst. Doña Elvira och Adela höll syskola för kvinnorna och försökte hålla byns lilla skola gående, men bara barnen till de lantarbetare som bodde närmast kunde trotsa vädrets makter och ta sig till lektionerna. Varje dag hela vintern hölls en bönestund som lockade stora och små, för efteråt serverades choklad och kaka. Susana fick idén att spela en teaterpjäs för att fira sekelskiftet, och det höll oss sysselsatta i veckor med att skriva manuskript och lära oss våra roller, bygga upp en scen i en av ladorna, sy dräkter och repetera. Temat var naturligtvis en förutsägbar allegori om det förgångnas laster och olyckor, övervunna av vetenskapens glimmande svärd, av nittonhundratalets teknologi och framsteg. Förutom teaterpjäsen höll vi tävlingar i målskytte, i svåra ord ur ordboken, mästerskap av alla slag från schack till tillverkning av handdockor och byggande av tändstickshus, men det blev alltid tid över. Jag värvade Adela som medhjälpare i mitt fotolaboratorium, och i smyg bytte vi böcker med varandra, jag lånade henne dem som jag fick skickade från Santiago och hon lånade mig sina detektivromaner som jag slukade med iver. Jag blev framstående som detektiv, oftast gissade jag vem som var mördaren före sidan åttio. Tillgången var begränsad, och hur vi än försökte dra ut på läsningen tog böckerna snart slut, och då roade vi oss, Adela och jag, med att vända på historierna eller hitta på ytterst invecklade mordgåtor som den andra skulle lösa. "Vad är det ni två viskar om?" frågade min svärmor ofta. "Ingenting, mamma, vi bara planerar mord", svarade Adela med sitt oskyldiga kaninleende. Doña Elvira skrattade, hon kunde inte ana att dotterns svar var alldeles sant.

Eduardo, som den förstfödde, skulle ärva egendomen efter don Sebastiáns död, men han hade bildat bolag med sin bror för att förvalta den gemensamt. Jag tyckte bra om min svåger, han var snäll och skojfrisk och brukade skämta med mig och komma hem med små presenter åt mig, genomskinliga agater från flodbädden, ett enkelt halsband från mapuchereservatet, vilda blommor, en modejournal som han beställt i byn. På så sätt försökte han kompensera sin brors likgiltighet mot mig, som var uppenbar för hela familjen. Han brukade ta min hand och oroligt fråga om jag mådde bra, om det var något jag behövde, om jag saknade min farmor, om jag hade tråkigt på Caleufú. Susana däremot, försjunken i sin odaliskartade lojhet som var bra lik lättja, ignorerade mig för det mesta och hade ett ohövligt sätt att vända mig ryggen medan jag talade till henne. Hon var fyllig, med guldbrun hy och stora mörka ögon, en skönhet, men jag tror inte att hon själv var medveten om hur vacker hon var. Där fanns ingen att göra sig vacker för, bara familjen, och därför brydde hon sig inte särskilt mycket om sitt utseende, ibland kammade hon sig inte ens och gick hela dagen i morgonrock och fårskinnstofflor, sömnig och dyster. Andra gånger däremot uppträdde hon praktfull som en morisk prinsessa, med sitt långa mörka hår uppsatt med sköldpaddskammar och en halsring av guld som framhävde halsens fulländade kontur. När hon var på gott humör poserade hon gärna för mig, en gång föreslog hon vid matbordet att jag skulle fotografera henne naken. Det var en provokation som detonerade som en bomb i denna så konservativa familj, doña Elvira höll på att få en ny hjärtattack och Diego for indignerad upp så häftigt att han välte stolen. Om inte Eduardo hade vänt det hela till ett skämt skulle det ha blivit ett drama. Adela, som såg minst bra ut av syskonen Domínguez, med sitt kaninansikte och med de blå ögonen omgivna av massor av fräknar, var utan tvekan den mest sympatiska. Hennes goda humör var pålitligt som dagens ljus, vi kunde vara säkra på att hon skulle lätta upp stämningen även de dystraste vinterdagar, när vinden tjöt bland takpannorna och vi hade tröttnat på att spela kort i skenet från ett vaxljus. Hennes far, don Sebastián, avgudade henne, han kunde inte neka henne någonting och brukade halvt på skämt, halvt på allvar be henne att bli en gammal ungmö så att hon kunde sköta om honom på hans ålderdom.

Vintern kom och gick och krävde tre liv bland godsets underlydande, två barn och en gamling dog i lunginflammation. Den gamla mormodern som bodde i familjen dog också, efter vad det beräknades hade hon levat i mer än hundra år, för hon hade redan blivit konfirmerad när Chile förklarade sig självständigt år 1810. Alla jordfästes de med knapphändiga ceremonier på Caleufús begravningsplats, som störtregnen hade förvandlat till ett träsk. Det slutade inte regna förrän i september, när våren knoppades överallt och vi äntligen kunde gå ut på gården och soltorka mögliga kläder och madrasser. Doña Elvira hade tillbragt vintermånaderna inlindad i schalar och bara flyttat sig mellan länstolen och sängen, allt svagare. En gång varje månad frågade hon mig mycket diskret om det inte "hänt något nytt", men eftersom det inte hade gjort det fördubblade hon sina böner om att Diego och jag skulle ge henne flera barnbarn. Trots de evighetslånga nätterna under den där vintern blev Diegos och mitt samliv inte bättre. Vi möttes i tysthet där i mörkret, nästan som fiender, och efteråt kände jag mig alltid lika besviken och fylld av ohejdbar ångest som första gången. Jag tyckte att vi bara låg med varandra när jag tog initiativet, men jag kanske tar miste, kanske var det inte alltid så. När nu våren kom kunde jag ge mig ut ensam igen bland skogar och vulkaner, när jag galopperade där i den oändliga naturen dämpades min hunger efter kärlek en aning, tröttheten och min av ritten mörbultade bakdel dövade mina förträngda känslor. Jag kom tillbaka framåt eftermiddagen fuktig av skogens väta och hästens svett, lät hälla upp ett varmt bad åt mig och låg i blöt i timmar i vatten parfymerat med apelsinblad. "Var försiktig, lilla vän, att rida och att bada är inte bra för magen, man kan bli steril", varnade min oroliga svärmor. Doña Elvira var en okonstlad kvinna, idel godhet och hjälpsamhet, med en ogrumlad själ som avspeglades i hennes klara blå ögon, den mor jag skulle ha önskat att jag haft. Jag satt hos henne i timtal, hon stickade åt sina barnbarn och berättade om och om igen samma små historier om sitt liv och om Caleufú, och jag lyssnade beklämd därför att jag visste att hon inte skulle stanna länge kvar i denna världen. Vid det laget anade jag redan att ett barn inte skulle kunna minska avståndet mellan Diego och mig, men jag önskade mig det bara för att kunna ge det till doña Elvira som en gåva. När jag föreställde mig hur det skulle bli att leva på godset utan henne kände jag mig ohjälpligt ångestfylld.

Århundradet nådde sitt slut och chilenarna kämpade för att ta del av det industriella framåtskridandet i Europa och Nordamerika, men familjen Domínguez, liksom många andra konservativa, såg med fasa hur man gick ifrån de gamla traditionerna och allt mer härmade efter utlandet. "Det är idel djävulens påfund", sa don Sebastián när han läste om tekniska framsteg i sina veckogamla tidningar. Hans son Eduardo var den ende som intresserade sig för framtiden, Diego levde försjunken i sina egna tankar, Susana led av sin migrän och Adela hade inte börjat bli vuxen ännu. Så långt borta vi än befann oss nådde ekot av framåtskridandet ända fram till oss, och vi kunde inte blunda för att samhället förändrades. I Santiago hade det väckts en frenetisk entusiasm för sport, friluftsspel och utomhusmotion, mera lämpad för excentriska engelsmän än för makliga avkomlingar av spanska ädlingar. En vindfläkt av konst och kultur från Frankrike friskade upp atmosfären och ett tungt gnissel av tyska maskiner bröt Chiles långa koloniala siesta. En driftig och välutbildad medelklass höll på att armbåga sig upp och ville leva som de rika. Den samhällskris som skakade landet i dess grundvalar, genom strejker, upplopp, arbetslöshet och polischocker med dragna sablar, var ett avlägset rykte som inte påverkade rytmen för vårt liv på Caleufú, men även om vi där på godset fortsatte att leva på samma sätt som förfäderna som sov i samma sängar hundra år tidigare, var nittonhundratalet på väg också till oss.

Min farmor Paulina hade tacklat av betydligt, skrev Frederick Williams och Nívea del Valle till mig, hon drabbades undan för undan av många ålderskrämpor och tyngdes av föraningar om döden. De insåg hur mycket hon hade åldrats när Severo del Valle kom till henne med de första flaskorna vin av de sentmognande druvorna, som de hade fått veta kallades *carmenere*, ett milt och sensuellt rödvin med ytterst lite garvsyra, lika gott som de bästa franska, och som de döpte till *Viña Paulina*. Äntligen hade de i sin hand en produkt som skulle ge dem berömmelse och pengar. Farmor smakade försiktigt på det. "Det är synd att jag inte kan njuta av det, andra får dricka det", sa hon och nämnde det inte mera. De fick inte höra den explosion av förtjusning och de arroganta kommentarer som alltid brukade följa på hennes framgångar som företagare. Efter ett liv utan skrupler höll hon nu på att bli ödmjuk. Det tydligaste tecknet på hennes svaghet var att den där ökände prästen med sin fläckiga kaftan syntes till där varje dag, han som slog sina lovar kring de svårt sjuka för att ta ifrån dem deras förmögenhet. Jag vet inte om det var av egen drift eller efter förslag från den där gamle olyckskorpen som farmor förvisade den berömda mytologiska sängen, där hon tillbragt halva sitt liv, till källaren och i stället installerade en militärbrits med tagelmadrass. Jag tyckte att det där var ett mycket oroande symptom, och så snart leran på vägarna hade torkat upp sa jag till min man att jag måste fara till Santiago och hälsa på min farmor. Jag hade väntat mig viss opposition, men det blev alldeles tvärtom, inom ett dygn hade Diego ordnat transport för mig med vagn till hamnen, där jag skulle ta båten till Valparaíso och sedan fortsätta med tåg till Santiago. Adela brann av lust att följa med, och hon satte sig i knät på sin far, nafsade honom i öronen, luggade honom i polisongerna och tiggde och bad så ivrigt att don Sebastián till sist inte kunde säga nej till hennes nya infall trots att doña Elvira, Eduardo och Diego inte alls var med på saken. De behövde inte förklara varför, jag anade att de inte tyckte det var någon lämplig miljö de hade sett hemma hos min farmor och att de ansåg att jag inte var mogen nog för att vederbörligen ta hand om flickan. Vi for alltså till Santiago, i sällskap med ett par tyska bekanta som skulle resa med samma båt. Vi hade ett skapular helgat åt Jesu Heliga Hjärta hängande på bröstet till skydd mot allt ont, amen, pengarna insydda i en liten påse under korsetten, noggranna instruktioner att inte tala med okända och mera bagage än vi skulle behövt för en världsomsegling.

I Santiago tillbragte Adela och jag ett par månader som skulle ha blivit fantastiska om inte farmor varit sjuk. Hon tog emot oss med låtsad entusiasm, fylld av planer på att göra utflykter, gå på teatern och åka tåg till Viña del Mar för att andas sjöluft, men i sista stund skickade hon iväg oss med Frederick Williams och stannade själv hemma. Likadant var det när vi begav oss på resa i vagn för att hälsa på Severo och Nívea del Valle ute bland vingårdarna, som vid det laget producerade de första buteljerna vin för export. Farmor tyckte att *Viña Paulina* var ett alldeles för sydamerikanskt namn och ville ändra det till något på franska för att kunna sälja i Förenta Staterna där ingen förstod sig på vin, enligt vad hon påstod, men Severo satte sig emot knep av det slaget. Jag fann Nívea med håret gråsprängt och en smula tyngre men lika rörlig, vanvördig och frispråkig som alltid, omgiven av sina mindre barn. "Jag tror jag äntligen har kommit i övergångsåldern, nu kan vi snart älska utan att vara rädda för fler barn", viskade hon i örat på mig, utan att ana att hon flera år efteråt skulle sätta Clara till världen, Clara den klärvoajanta, det märkligaste av alla barn som fötts i den stora och bisarra klanen del Valle. Den lilla Rosa, vars skönhet fick så många kommentarer, var fem år gammal. Tyvärr kan fotografiet inte återge hennes färger, hon ser ut som en havsvarelse med sina gula ögon och sitt gröna hår, som ärgad brons. Redan då var hon en änglalik varelse, lite sent utvecklad, som svävade fram som en uppenbarelse. "Var hon kommer ifrån? Hon måtte vara barn av den Helige Ande", skämtade hennes mor. Den vackra lilla flickan hade kommit för att trösta Nívea efter förlusten av två små, som hade dött i difteri, och för den långvariga sjukdom som förstörde en tredjes lungor. Jag försökte tala med Nívea om det – man säger ju att det inte finns något lidande mer fruktansvärt än att mista ett barn – men då bytte hon samtalsämne. Allt hon sa var att kvinnorna i alla tider har fött sina barn med smärta och begravt dem med sorg, hon var inget undantag. "Det vore mycket förmätet av mig att tro att Gud välsignar mig med många barn och att alla kommer att överleva mig", sa hon.

Paulina del Valle var inte ens en skugga av sitt forna jag, hon hade mist sitt intresse för mat och för affärer, hon kunde knappt gå eftersom knäna vek sig men hon var klarare i huvudet än någonsin. På hennes nattduksbord radade medicinflaskorna upp sig och det fanns tre nunnor som turades om att sköta henne. Farmor kände på sig att vi inte skulle få många fler tillfällen att vara tillsammans, och för första gången under vårt förhållande var hon beredd att svara på mina frågor. Vi bläddrade i fotografialbumen och hon förklarade bilderna för mig en efter en, hon berättade om hur det gick till när hon beställde sängen från Florens och om sin rivalitet med Amanda Lowell, som sedd i ålderns långa perspektiv snarast verkade komisk, och hon berättade om min far och om Severo del Valles roll under min tidigaste barndom, men hon undvek envist att tala om mina morföräldrar och om Chinatown, hon sa att min mor hade varit en mycket vacker amerikansk konstnärsmodell, det var allt. Somliga kvällar satt vi i vinterträdgården och pratade med Severo och Nívea del Valle. Medan Severo talade om åren i San Francisco och om sina senare upplevelser under kriget, påminde Nívea mig om saker som hade hänt under revolutionen, när jag bara var elva år. Farmor klagade inte, men farbror Frederick berättade för mig att hon hade skarpa smärtor i magen och att det var en enorm ansträngning för henne att klä sig varje morgon. Trogen sin åsikt att man är så gammal som man ser ut fortsatte hon att färga de få hårstrån som ännu syntes på hennes huvud, men hon ståtade inte längre med smycken värda en kejsarinna så som hon förut hade gjort. "Hon har inte många kvar," viskade hennes make mystiskt till mig. Huset såg lika förfallet ut som sin ägarinna, tavlorna som fattades hade lämnat ljusa fläckar efter sig på tapeten, där fanns färre möbler och mattor, de tropiska växterna i vinterträdgården var en torr och dammig snårskog och fåglarna teg i sina burar. Vad farbror Frederick hade förberett mig på i sina brev, om militärbritsen där farmor sov, visade sig stämma. Hon hade alltid haft husets största sovrum, och hennes berömda mytologiska säng hade stått på parad mitt i rummet som en påvetron. Därifrån hade hon styrt sitt imperium. Hela förmiddagarna hade hon legat där mellan lakan, omgiven av de mångfärgade havsvarelserna som en florentinsk konsthantverkare skurit ut fyrtio år tidigare, hon hade studerat sina räkenskaper, dikterat brev och funderat ut affärer. Under lakan försvann fetman och det gick att skapa en illusion av bräcklighet och skönhet. Jag hade tagit otaliga fotografier av henne i den där gyllene sängen, och nu fick jag idén att fotografera henne i anspråkslöst viyellanattlin-

ne och i en schal för en liten gumma, liggande på en botgörar-
brits, men hon vägrade absolut. Jag märkte att de vackra fran-
ska möblerna med sidenklädsel hade försvunnit från hennes
rum, det stora indiska skrivbordet i rosenträ med pärlemorin-
läggningar likaså, och även mattor och tavlor, den enda pryd-
naden nu var ett stort krucifix. "Hon ger möblerna och smyck-
ena till kyrkan", förklarade Frederick Williams, och med an-
ledning av det beslöt vi att byta ut nunnorna mot sjuksköter-
skor och finna ett sätt att, med våld om så var, hindra den kus-
lige prästens besök, för utom att han tog med sig saker därifrån
bidrog han till att sprida skräck. Ivan Radovic, den ende läkare
som Paulina del Valle hade förtroende för, höll helt och hållet
med oss om att det var det bästa. Det var skönt att träffa den
där gamle gode vännen igen – sann vänskap segrar över tiden,
avståndet och tystnaden, sa han – och att muntligt bekänna för
honom att han i mitt minne alltid uppträdde i Djingis Khans
gestalt. "Det är mina slaviska kindknotor", förklarade han
belåtet. Han såg fortfarande lite grand ut som en tatarisk höv-
ding, men kontakten med patienterna på fattigsjukhuset där
han arbetade hade gjort honom mildare, och dessutom såg han
inte lika exotisk ut i Chile som i England, han kunde ha varit en
araukansk *toqui*, fastän längre och renare. Han var en tystlåten
man som lyssnade med intensiv uppmärksamhet till och med
på Adelas ständiga pladder. Hon blev genast förälskad i ho-
nom, och van som hon var att linda sin far om fingret använde
hon samma metod för att göra Ivan Radovic betagen. Ledsamt
nog, för henne, uppfattade doktorn henne som en liten flicka,
oskyldig och rar men hur som helst en liten flicka. Adelas av-
grundsdjupa obildning och hennes inbilska sätt att påstå de
mest hårresande dumheter störde honom inte, jag tror snarare
att de roade honom, även om hennes oskyldiga utbrott av ko-
ketteri fick honom att rodna. Doktorn ingav förtroende, för
mig var det lätt att tala med honom om sådant som jag sällan
nämnde för andra av rädsla att tråka ut dem, till exempel foto-
grafin. Honom intresserade den, för den användes sedan åtskil-

liga år inom medicinen i Europa och Förenta Staterna. Han bad mig lära honom använda kameran till att dokumentera sina operationer och patienternas yttre symptom för att illustrera sina föredrag och lektioner. I den avsikten gick vi för att hälsa på don Juan Ribero, men vi fann ateljén stängd och en skylt med "till salu". Frisören intill talade om för oss att mästaren inte längre arbetade därför att han fått starr på bägge ögonen, men vi fick hans adress och gick och sökte upp honom. Han bodde i en byggnad vid Calle Monjitas, som hade sett bättre dagar, den var stor, gammalmodig och spöklik. En tjänsteflicka förde oss genom flera rum i fil, med väggarna klädda från golv till tak med Riberos fotografier, till en salong med gamla mahognymöbler och nedsuttna plyschfåtöljer. Där fanns inga lampor tända, och det tog några sekunder innan vi kunde vänja ögonen vid dunklet och skymta mästaren som satt med en katt i knät vid fönstret där kvällens sista återsken trängde in. Han reste sig och kom med säkra steg emot oss för att hälsa, ingenting i hans sätt avslöjade att han var blind.

– Señorita del Valle! Ursäkta, det är señora Domínguez nu, inte sant? hälsade han förtjust och räckte mig bägge sina händer.

– Aurora, don Juan, samma Aurora som förut, svarade jag och kramade om honom. Sedan presenterade jag doktor Radovic och berättade att han ville lära sig fotografera för medicinskt bruk.

– Jag kan inte lära ut någonting längre, min vän. Himlen har straffat mig där det smärtar mig mest, genom synen. Tänk er, en blind fotograf, vilken ödets ironi!

– Ser ni ingenting alls? frågade jag förskräckt.

– Med ögonen ser jag ingenting, men jag skärskådar världen fortfarande. Säg mig, Aurora, har ni förändrats? Hur ser ni ut nu? Den tydligaste bilden jag har av er är en liten flicka på tretton år som står och väntar utanför dörren till min ateljé envis som en mulåsna.

– Jag är precis likadan, don Juan, blyg, dum och envis.

– Nej, nej, tala om till exempel vad ni har för frisyr och vilken färg ni är klädd i.

– Señoran har en vit, lätt klänning med spets kring urringningen, av vilket tyg vet jag inte för sånt förstår jag mig inte på, och med gult skärp liksom rosetten på hatten. Jag kan försäkra att hon ser mycket vacker ut, sa Radovic.

– Låt mig slippa skämmas, doktor Radovic, så är ni snäll, avbröt jag.

– Och nu är señoran röd om kinderna... la han till och de skrattade bägge två.

Don Juan Ribero ringde på en klocka och tjänsteflickan kom med en kaffebricka. Vi tillbragte en mycket trevlig timme med prat om nya slags teknik och kameror som används i andra länder och vilka framsteg som gjorts inom vetenskaplig fotografi. Don Juan var väl underrättad om allt.

– Aurora har den intensitet, den koncentration och det tålamod som krävs av varje konstnär. Jag förmodar att en god läkare behöver detsamma, eller hur? Be henne visa sitt arbete, doktorn, hon är blygsam och gör det inte annat än om ni envisas, var min läromästares förslag till Ivan Radovic när vi tog adjö.

Ett par dagar senare blev det tillfälle att göra det. Farmor hade vaknat med svåra magsmärtor och hennes vanliga smärtstillande medel hjälpte inte, så vi kallade på Radovic som snabbt kom dit och gav henne starka opiedroppar. När hon så låg och hämtade sig i sängen gick vi ut ur rummet, och där ute förklarade han för mig att det var en ny tumör men att hon nu var för gammal för att man skulle försöka operera henne igen, hon skulle inte klara narkosen. Det enda han kunde göra var att hålla smärtan i schack och se till henne så att hon kunde få dö i frid. Jag undrade hur lång tid hon hade kvar, men det var inte lätt att avgöra, för trots sin höga ålder var farmor mycket stark och tumören växte mycket sakta. ”Var beredd, Aurora, för slutet kan komma inom ett par månader”, sa han. Jag kunde inte hålla tårarna tillbaka, Paulina del Valle var min enda rot, utan henne drev jag redlöst omkring, och att jag hade Diego till make lindrade inte känslan av att jag var skeppsbruten utan förvärrade den snarare. Radovic räckte mig sin näsduk och stod tyst, utan att se på mig, förvirrad av att jag grät. Jag fick honom att lova att han skulle underrätta mig i tid så att jag kunde resa in från landet och vara med min farmor i hennes sista stund. Opiet gjorde verkan och hon blev snabbt lugnare. När hon hade somnat följde jag Ivan Radovic ut. Vid porten frågade han om han fick stanna kvar en stund, han hade en ledig timme och det var förfärligt hett ute. Adela sov siesta, Frederick Williams var på klubben och simmade och det väldiga huset vid Calle Ejército Libertador kändes som ett stort, orörligt skepp. Jag bjöd honom på ett glas mandelmjölk och vi satte oss i vinterträdgården bland ormbunkar och fågelburar.

– Vissla, doktor Radovic, föreslog jag.

– Hur då vissla? Varför det?

– Indianerna säger att man ska vissla efter vinden. Vi behöver lite luftdrag för att lindra hettan.

– Medan jag visslar kan ni väl gå och hämta era fotografier? Jag skulle så gärna vilja se dem, bad han.

Jag hämtade flera askar och satte mig bredvid honom för att försöka förklara mitt arbete. Först visade jag honom några bilder tagna i Europa, när jag ännu var mer intresserad av det estetiska än av innehållet, sedan platinakopiorna från Santiago och porträtten av indianerna och människorna på godset och till sist de av familjen Domínguez. Han granskade dem lika noga som han brukade undersöka min farmor och ställde en eller annan fråga ibland. När vi kom till Diegos familj hejdade han sig.

– Vem är den här vackra kvinnan? ville han veta.

– Susana, min svåger Eduardos fru.

– Och det här är väl Eduardo? sa han och pekade på Diego.

– Nej, det är Diego. Varför tror ni att det är Susanas man?

– Jag vet inte, jag tyckte...

Den kvällen la jag ut bilderna på golvet och satt i timmar och såg på dem. Jag gick till sängs sent på natten, betryckt.

Jag blev tvungen att ta adjö av farmor, för det var dags att fara tillbaka till Caleufú. Det var solig december i Santiago och Paulina del Valle mådde bättre – vintern hade också blivit mycket lång och ensam för henne – och hon lovade att komma och hälsa på mig efter nyår tillsammans med Frederick Williams i stället för att fara på sommarferie till kusten, så som alla brukade göra som kunde fly bort från rötmånadshettan i Santiago. Hon mådde så bra att hon följde med oss på tåget till Valparaíso, där Adela och jag tog båten söderut. Vi var tillbaka på landet före jul, för vi kunde ju inte vara borta under den högtid som var årets viktigaste för familjen Domínguez. Flera månader i förväg började doña Elvira ordna presenter till lantarbetarna, hemtillverkade eller köpta i staden: kläder och leksaker åt barnen, tyger och stickgarn åt kvinnorna och verktyg åt männen. Vid julen delade man ut husdjur, mjölsäckar, potatis, *chancaca*, det vill säga farinsocker, bönor och majs, *charqui* eller torkat kött, mate, salt och kvittenmarmelad beredd i väldiga kopparbunkar över eld i det fria. Godsets underlydande kom från alla håll, somliga färdades i flera dagar med hustrur och barn för att komma till festen. Nötkreatur och getter slaktades, potatis och färska majskolvar kokades och hela grytor med bönor lagades till. På min lott kom det att dekorera långborden på innergården med blommor och kvistar av barrträd och att fylla kannor med vin, sockrat och utspätt med vatten, som inte gjorde de vuxna berusade och som barnen drack blandat med rostat mjöl. En präst kom till huset och stannade ett par, tre dagar för att döpa spädbarn, ta emot syndares bikt, viga sammanboende och förmana äktenskapsbrytare. Vid midnatt den 24 december gick vi alla i mässan vid ett altare som byggts upp ute i det fria, för så mycket folk fick inte plats i gårdens lilla kapell, och i gryningen, efter en smaklig frukost med kaffe, nybakat bröd, grädde, marmelad och sommarens frukter, gick man med Jesusbarnet i festlig procession så att alla kunde få kyssa hans porslinsfötter. Don Sebastián valde ut den familj som bäst utmärkt sig för moraliskt leverne till att få ta emot

Jesusbarnet. Ett helt år, ända till nästa jul, stod sedan glasbehållaren med den lilla statyetten på hedersplats i den där familjens stuga och gav dem sin välsignelse. Så länge den stod där kunde ingenting ont hända dem. Don Sebastián såg till att varje familj fick tillfälle att ge Jesus husrum under sitt tak. Det här året hade vi dessutom den allegoriska teaterpjäsen om nittonhundratalets inträde, där alla familjens medlemmar uppträdde utom doña Elvira, som var för klen, och Diego, som hellre åtog sig den tekniska sidan, belysningen och kulisserna. Don Sebastián tog med nöje på sig den sorgliga rollen som det gamla året, som muttrande måste gå sin väg, och ett av Susanas barn – en pojke som fortfarande använde blöjor – föreställde det nya året.

När ryktet spred sig om gratis mat kom också några pehuencheindianer dit. De var mycket fattiga – de hade förlorat sin mark och regeringens utvecklingsplaner omfattade inte dem – men på grund av sin stolthet ville de inte komma tomhänta, utan de bar med sig några äpplen under sina kappor, täckta med svett och smuts, och gav oss dem, och en död kanin som luktade as, samt några kurbitsskal med *muchi*, en dryck beredd på ett slags små violetta frukter som de tuggar och spottar ut i skopan blandade med saliv och sedan låter jäsa. Den gamle caciquen, hövdingen, gick före med sina tre hustrur och sina hundar, och efter kom ett tjugotal medlemmar av stammen. Männen släppte inte sina spjut, och trots fyra hundra års övergrepp och nederlag såg de fortfarande vilda och stolta ut. Kvinnorna verkade inte alls blyga, de var lika självständiga och kraftiga som männen, det fanns en jämlikhet könen emellan som Nívea del Valle skulle ha blivit glad att se. De hälsade ceremoniöst på sitt eget språk och kallade don Sebastián och hans söner för "broder". De hälsades välkomna och bjöds in att delta i kalaset, men de bevakades noga, för de stal så snart de fick tillfälle. Min svärfar hävdade att de saknar känsla för egendom därför att de är vana vid att leva i gemenskap och dela allt, men Diego gjorde gällande att indianerna, fastän de är så snabba att lägga sig till med andras ägodelar, inte tillåter någon att röra deras egna. Don Sebastián var rädd att de skulle berusa sig och bli våldsamma, så han erbjöd caciquen en kagge brännvin som avskedsgåva, för den fick inte öppnas på hans egendom. De satte sig i en stor ring, åt, drack, rökte alla i samma pipa och höll långa tal som ingen lyssnade på, allt utan att beblanda sig med godsets folk även om alla barn sprang omkring tillsammans. Festen gav mig tillfälle att fotografera indianerna så mycket jag önskade, och att bekanta mig med några av kvinnorna i tanke att de skulle låta mig få hälsa på i deras läger på andra sidan sjön, där de hade slagit sig ned för sommaren. När betet tog slut eller de tröttnade på omgivningen ryckte de upp stängerna som höll deras tak uppe, rullade ihop tältduken och gav sig av till nya trakter. Om jag kunde vara tillsammans med dem ett tag kanske de skulle vänja sig vid min närvaro och vid kameran. Jag ville fotografera dem i deras dagliga sysslor, en idé som gjorde mina svärföräldrar förskräckta, för det gick alla möjliga hemska rykten om seder och bruk bland de där stammarna som missionärernas tålmodiga arbete knappt alls hade lyckats påverka.

Farmor Paulina kom inte och hälsade på mig den sommaren, som hon hade lovat. Resan med tåg eller båt var nog uthärdlig, men tanken på ett par dagar i oxkärra från hamnen till Caleufú skrämde henne. Hennes brev som kom varje vecka utgjorde min huvudsakliga kontakt med yttervärlden, och allt eftersom veckorna gick växte min hemlängtan. Mitt lynne förändrades, jag blev otillgänglig, gick omkring tystare än vanligt och drog min missräkning efter mig som ett tungt brudklänningssläp. Ensamheten förde mig närmare min svärmor, denna milda och taktfulla kvinna, helt avhängig av sin man, utan egna åsikter, ur stånd att kämpa mot tillvarons svårigheter, men som kompenserade sin brist på bildning genom sin gränslösa godhet. Mina tysta upprorskänslor smulades sönder när jag var tillsammans med henne, doña Elvira hade en förmåga att få mig att ta mig samman och dämpa oron som ibland kändes som om den skulle kväva mig.

De där sommarmånaderna var vi sysselsatta med skörd, nyfödda djur och konservering, solen gick ned klockan nio på kvällen och dagarna blev oändligt långa. Vid det laget stod huset klart som min svärfar hade låtit bygga åt Diego och mig, det var solitt, svalt och vackert, med övertäckta pelargångar på alla fyra sidor, där luktade färskt lergods, nyhugget virke och basilika, som gårdsfolket satte längs väggarna för att hålla olycka och svartkonst borta. Svärföräldrarna gav oss en del möbler som hade funnits i familjen i generationer, resten köpte Diego i byn utan att fråga mig till råds. I stället för dubbelsängen där vi dittills hade sovit köpte han två sängar med mässingsgavlar och ställde upp dem med ett litet bord emellan. Efter middagsmålet höll sig familjemedlemmarna instängda på sina rum för att vila till klockan fem, det var obligatoriskt, för det antogs att hettan lamslog matsmältningen. Diego la sig en stund i en hängmatta i lövsalen av vildvin och rökte, och sedan gick han ned till floden och badade. Han gick helst ensam, och de få gånger jag ville följa med blev han irriterad, så jag envisades inte. Eftersom vi inte tillbragte de där siestatimmarna för oss själva i vårt sovrum använde jag dem till att läsa eller arbeta i mitt lilla fotolaboratorium, för jag kunde inte vänja mig vid att sova mitt på dagen. Diego bad mig inte om något, frågade mig ingenting, visade bara nätt och jämnt ett väluppfostrat intresse för vad jag hade för mig eller vad jag kände, han blev aldrig otålig över mina skiftande sinnesstämningar, över mina mardrömmar som hade kommit tillbaka oftare och starkare eller över min envisa tystnad. Det gick hela dagar utan att vi växlade ett ord, men han såg inte ut att lägga märke till det. Jag slöt mig inne i mitt tigande som i en rustning och räknade timmarna för att se hur länge vi kunde dra ut på tiden, men till slut var det alltid jag som gav efter, för tystnaden var mycket mera påfrestande för mig än för honom. Förut, när vi delade säng, brukade jag krypa intill honom och låtsas att det var i sömnen, jag tryckte mig mot hans rygg och trädde in benen mellan hans, och på det sättet tog jag mig ibland över det svalg som obönhörligt öppnade sig mellan oss. I de där sällsynta famntagen sökte jag inte efter njutning, eftersom jag inte visste att något sådant var möjligt, utan bara tröst och sällskap. I några timmar inbillade jag mig att jag hade fått honom tillbaka, men så dagades det och allt var som förut igen. När vi flyttade in i det nya huset försvann också den där osäkra intimiteten, för avståndet mellan de bägge sängarna blev vidare och mer oöverkomligt än de forsande vattenvirvlarna i floden. Men det hände ändå ibland, när jag vaknade skrikande, hotad av pojkarna i svarta pyjamas i mina mardrömmar, att han steg upp och kom och höll mig stadigt i famnen tills jag hade lugnat mig; det var nog de enda gånger vi möttes spontant. Han var bekymrad för de där mardrömmarna, han trodde att de kunde urarta till vansinne, och därför skaffade han en flaska opium och gav mig ibland några droppar i apelsinlikör, för att hjälpa mig att få sova och drömma vackra drömmar. Förutom när Diego och jag gjorde något med resten av familjen tillbragte vi inte mycket tid tillsammans. Ofta gav han sig av på långa färder över bergen till det argentinska Patagonien, eller red till byn för att göra inköp, ibland var han borta i två eller tre dagar utan förklaring och jag blev djupt orolig och rädd att det hänt en olycka, men Eduardo lugnade mig och försäkrade att brodern alltid hade varit likadan, en enstöring uppvuxen där i den väldiga, lantliga naturen, van vid tystnaden, ända sedan han var liten hade han behövt stora vidder omkring sig, han hade en vagabonds själ, och om han inte fötts i den där familjen med dess täta sammanhållning hade han kanske blivit sjöman. Vi hade varit gifta i ett år och jag kände mig otillräcklig, inte nog med att jag inte hade kunnat ge honom ett barn, jag hade inte ens lyckats få honom intresserad av mig och ännu mindre förälskad, det var något grundläggande fel på min kvinnlighet. Jag antog att han hade valt mig därför att han var gammal nog för att gifta sig och föräldrarnas påtryckning tvingade honom att söka sig en fästmö; jag var den första, kanske den enda, som kom i hans väg. Diego älskade mig inte. Det märkte jag från början, men i den första kärlekens och nittonåringens övermod tyckte jag inte att det var något oöverkomligt hinder, jag trodde att jag kunde förföra honom med hjälp av ihärdighet, dygd och koketteri, som i romanerna. I min oro för vad det kunde vara för fel på mig ägnade jag timmar åt att tillverka självporträtt, en del framför en stor spegel som jag tog in i mitt arbetsrum och andra genom att placera mig framför kameran. Jag tog hundratals bilder, på somliga är jag påklädd, på andra naken, jag granskade mig själv från alla håll och det enda jag upptäckte var en dyster sorgsenhet.

Från sin vilstol iakttog doña Elvira familjens liv utan att en enda detalj undgick henne, och hon märkte att Diego var så mycket borta och att jag var nedslagen, la ihop två och två och drog vissa slutsatser. Hennes finkänslighet och den så chilenska vanan att aldrig tala om känslor hindrade henne att ta itu med problemet direkt, men under våra många timmar för oss själva växte en intim närhet fram mellan oss, vi kom att bli som mor och dotter. Försiktigt och gradvis berättade hon om sina svårigheter med maken i början. Hon hade gift sig mycket ung och inte fått sin första son förrän fem år senare, efter flera missfall som rådbråkade henne till kropp och själ. På den tiden var Sebastián Domínguez för omogen och oansvarig som äkta man, han var häftig, förtjust i att festa och en riktig horkarl, det ordet använde hon förstås inte, jag tror inte att hon kände till det. Doña Elvira hade känt sig isolerad, långt borta från sin familj, ensam och rädd, övertygad om att äktenskapet var ett stort misstag med döden som enda utväg. "Men Gud hörde mina böner, vi fick Eduardo och över en natt förändrades Sebastián totalt. Det finns inte en bättre far eller make än han, vi har levat tillsammans i över trettio år och varje dag tackar jag himlen för vår lycka. Man måste be, lilla vän, det är till stor hjälp", rådde hon mig. Och jag bad, men säkert inte så intensivt och ihållande som jag borde ha gjort, för det blev ingen förändring.

Misstankarna hade börjat dyka upp flera månader tidigare, men jag hade avvisat dem och känt avsmak för mig själv, jag

kunde inte acceptera dem utan att det tydde på något slags ond-
ska i min egen natur. Jag intalade mig att sådana gissningar
bara kunde vara djävulens ingivelser som slog rot och grodde
som livsfarliga tumörer i min hjärna, tankar som jag obarm-
härtigt måste bekämpa, men svartsjukans termiter gnagde mer
än mina goda föresatser tålde. Först var det fotografierna av
familjen som jag visade för Ivan Radovic. Det som inte var
uppenbart för blotta ögat – eftersom vi brukar se bara det vi vill
se, som min läromästare Juan Ribero sa – avspeglade sig i svart
och vitt på papperet. Det omisskänneliga kroppsspråket, gester-
na, blickarna, allt kom fram där. Från och med de där första
misstankarna tog jag mer och mer hjälp av kameran; under
förevändning att jag ville göra ett album åt doña Elvira tog jag
ideligen ögonblicksbilder av familjen, som jag sedan framkal-
lade i ensamhet i mitt mörkrum och studerade abnormt noga.
På det sättet kom jag att få ihop en sorglig samling minimala
bevis, somliga så subtila att bara jag, förgiftad som jag var av
bedrövelse, kunde upptäcka dem. Med kameran framför an-
siktet, som en osynlighetsmask, kunde jag få in scenen i söka-
ren och samtidigt hålla ett iskallt avstånd. Mot slutet av april,
när hettan avtog, vulkanernas toppar kröntes av moln och na-
turen började samla sig till höst, såg jag tecknen som avslöjades
på fotografierna tillräckligt tydligt och den avskyvärda uppgif-
ten inleddes att bevaka Diego som vilken svartsjuk kvinna som
helst. När jag till slut blev medveten om den där gripklon som
pressade ihop min strupe och kunde sätta det namn på den som
står i ordboken, då kände jag att jag höll på att sjunka ned i ett
gungfly. Svartsjuka. Den som inte har känt den vet inte hur ont
den gör och kan inte föreställa sig vilka galenskaper som begås
i dess namn. Under mina trettio år i livet har jag bara lidit av
svartsjuka den där enda gången, men brännsåret blev så brutalt
att ärren ännu inte har utplånats, och jag hoppas att de aldrig
gör det heller utan finns kvar som en påminnelse så att jag kan
undvika att få flera i framtiden. Diego var inte min – ingen kan
någonsin tillhöra någon annan – och att jag var hans hustru gav

mig inga rättigheter över honom eller hans känslor, kärleken är ett frivilligt kontrakt som ingås tänt av en gnista och som kan ta slut på samma sätt. Tusen faror hotar den, och om kontrahenterna försvarar den kan den räddas, växa som ett träd och ge skugga och frukt, men så blir det bara om bägge gör sin del. Diego gjorde det aldrig, vårt förhållande var dödsdömt från början. I dag förstår jag det, men då var jag blind, först av rena ursinnet och sedan av sorg.

När jag spionerade på min man med klockan i handen upptäckte jag att hans frånvaro inte stämde med hans förklaringar. När han antogs vara ute på jakt tillsammans med Eduardo kom han tillbaka många timmar före eller efter sin bror; när de andra karlarna i familjen var på sågen eller på rodeo och märkte boskap dök han plötsligt upp inne på gården, och om jag sedan nämnde saken vid matbordet visade det sig att han inte hade varit med dem på hela dagen; när han for till byn för att handla brukade han komma tillbaka tomhänt, därför att han påstod sig inte ha hittat det han sökte, även om det var något så enkelt som en yxa eller en fogsvans. Under de många timmar som familjen tillbragte tillsammans undvek han till varje pris att prata med någon, det var alltid han som föreslog kortspel eller bad Susana sjunga. Om hon fick ett av sina migränanfall fick han mycket snart tråkigt och red ut med bössan på axeln. Jag kunde inte följa efter när han gjorde sina utflykter utan att han märkte det eller familjen anade oråd, men jag var uppmärksam och övervakade honom när han fanns i närheten. På så sätt märkte jag att han ibland steg upp mitt i natten och inte gick ut i köket för att ta något att äta, som jag hade trott, utan klädde på sig, gick ut på gården och var försvunnen i en eller ett par timmar och sedan tyst kom tillbaka och la sig igen. Att följa efter honom i mörkret var lättare än på dagen, när ett dussin ögon såg oss, det gällde bara att hålla mig vaken genom att undvika vinet till kvällsmaten och opiedropparna till natten. En natt i mitten av maj märkte jag när han smög sig ur sängen, och i det svaga skenet från oljelampan som vi alltid höll tänd framför krucifixet såg jag att han tog på sig byxor och kängor, tog sin skjorta och jacka och gick ut. Jag väntade ett litet tag, och så steg jag hastigt upp och följde efter med hjärtat vilt bultande i bröstet. Jag kunde inte se honom så bra inne i huset, men när han gick ut på gården avtecknade sig hans silhuett klart i ljuset från fullmånen som då och då kom fram. Himlen var delvis mulen, och ibland täcktes månen av moln och det blev mörkt omkring oss. Jag hörde hundarna skälla och tänkte att om de kom närmare skulle de avslöja mig, men de kom inte, och då förstod jag att Diego hade tjudrat dem tidigare. Min man gick runt omkring hela huset och styrde sedan snabbt sina steg mot ett av stallen, där familjens ridhästar stod, de som inte användes till arbetet på fälten, och så tog han bommen från dörren och gick in. Jag stod kvar och väntade i skuggan av en alm som växte några meter från stallbyggnaderna, jag var barfota och klädd bara i ett tunt nattlinne men vågade inte ta ett steg till, säker på att Diego skulle dyka upp igen till häst så att jag inte kunde följa efter. Det gick en stund som kändes mycket lång utan att något hände. Plötsligt skymtade jag ett ljussken genom springan i porten, kanske ett ljus eller en liten lampa. Jag hackade tänder och darrade konvulsiviskt av köld och rädsla. När jag nästan hade gett upp och tänkte gå tillbaka i säng fick jag syn på en annan figur som närmade sig stallet från östra sidan – uppenbarligen inte från stora huset – och som också gick in och drog igen dörren efter sig. Jag väntade i nästan en kvart innan jag kunde bestämma mig, men så tvingade jag mig att ta några steg, jag var stel av köld och kunde knappt röra mig. Jag närmade mig stallet skräckslagen, för jag visste inte hur Diego skulle reagera om han upptäckte att jag spionerade på honom, men jag kunde inte gå tillbaka. Försiktigt sköt jag upp stalldörren, som gav efter utan att ta emot, för bommen satt på utsidan, det gick inte att stänga inifrån, och så kunde jag smyga mig in som en tjuv genom den smala öppningen. Innanför var det mörkt, men längst bort glimmade ett litet ljus och ditåt smög jag på tå, utan att så mycket som andas, men det var onödig försiktighet eftersom halmen dämpade mina steg och flera av hästarna var vakna, jag kunde höra dem röra sig och frusta i sina krubbor.

I det svaga ljuset från en lykta som hängde från en takbjälke och gungade i draget såg jag dem. De hade brett ut filtar på en halmbal, som ett fågelbo, där hon låg på rygg, klädd i en tjock kappa, den var uppknäppt och under den var hon naken. Hennes armar och ben låg utspärrade, huvudet var vänt åt sidan, det svarta håret dolde ansiktet och hennes hud lyste som ljust trä i det dämpade skenet från lyktan. Diego, med bara skjortan på sig, låg på knä framför henne och slickade hennes sköte. Det fanns en så total hängivenhet i Susanas ställning och en så återhållen passion i Diegos rörelser att jag ögonblickligen insåg hur främmande jag var för allt detta. I själva verket existerade jag inte, och inte heller Eduardo eller de tre barnen, ingen annan, bara de där bägge som var förutbestämda att älska varandra. Aldrig hade min man smekt mig på det sättet. Det var lätt att inse att de hade legat så där otaliga gånger förut, att de hade älskat varandra i åratal; till slut förstod jag att Diego hade gift sig med mig därför att han behövde en täckmantel för sin kärleksaffär med Susana. Inom ett ögonblick föll bitarna i det där smärtsamma pusslet på plats, jag kunde förstå hans likgiltighet för mig, hans frånvaro som sammanföll med Susanas migränanfall, hans spända förhållande till brodern Eduardo, hans undvikande sätt gentemot resten av familjen och hur han såg till att alltid hålla sig i närheten av henne, röra vid henne, nudda vid hennes fot med sin, lägga handen på hennes armbåge eller axel och ibland, liksom av en tillfällighet, i hennes armhåla eller halsgrop, omisskänneliga tecken som fotografierna hade avslöjat för mig. Jag kom ihåg hur mycket Diego tyckte om barnen och undrade om de kanske inte var hans brorsbarn utan hans egna barn, de där tre med sina blå ögon, familjen Domínguez kännetecken. Jag stod där orörlig och frös undan för undan till is medan de älskade vällustigt, njöt av varje beröring, varje stönande, utan brådska, som om de hade hela livet framför sig. De såg inte ut som ett par älskande under ett brådskande hemligt kärleksmöte utan som ett nygift par under andra veckan av sin smekmånad, när lidelsen fortfarande är oförminskad men förtroligheten och den kroppsliga närheten redan har vuxit fram. Jag däremot hade aldrig upplevt en sådan intimitet med min man, och jag skulle inte heller ha kunnat föreställa mig den ens i mina djärvaste fantasier. Diegos tunga löpte kring insidan av Susanas vad och lår, från vristen och upp, stannade mellan hennes ben och fortsatte nedåt igen, medan händerna klättrade upp över hennes midja och knådade hennes runda, fylliga bröst, lekte med bröstvårtorna som var spända och glänsande som druvor. Susanas mjuka, lena kropp darrade och gick i vågor, hon var en fisk i floden, huvudet vreds från sida till sida i besinningslös njutning, håret hela tiden över ansiktet, läpparna var vidöppna i en lång jämmer, händerna sökte Diego för att vägleda honom i hennes kropps härliga landskap, ända tills hans tunga fick henne att explodera i extas. Susanas rygg böjdes som en sprättbåge i orgasmen som gick igenom henne som ett blixtnedslag, och hon gav ifrån sig ett hest skrik som han kvävde med sin mun över hennes. Efteråt höll Diego henne i sin famn, vaggade henne, smekte henne som en katt, viskade en lång ramsa hemliga ord i hennes öra, med en finess och en ömhet som jag aldrig hade trott var möjlig för honom. Så satte hon sig upp i halmen, tog av sig kappan och började kyssa honom, först pannan, sedan ögonlocken, tinningarna, munnen länge, länge, hennes tunga utforskade lekfullt Diegos öron, tog ett hopp över hans adamsäpple, gled längs halsen, hennes tänder naggade de manliga bröstvårtorna, fingrarna lindade in sig i håret på bröstet. Då var det hans tur att helt ge sig hän åt smekningarna, han la sig framstupa på filten och hon red på hans rygg, bet honom i nacken och halsen, drog över hans axlar med små korta lekfulla kyssar, fortsatte ned mot skinkorna, utforskade, luktade, smakade och lämnade ett spår av saliv efter sig. Diego vände sig på rygg och hennes mun fattade om hans styva, pulserande lem i en andlös iver att ge njutning, att ge och ta i den innerligaste intimitet, ända tills han inte kunde hålla ut längre utan kastade sig över henne och trängde in i henne, och de rullade runt som fiender i en härva av armar och ben och kyssar och flämtningar och suckar och kärleksord som jag aldrig hade hört. Sedan låg de halvsovande i varm omfamning, med filtarna och Susanas kappa över sig, som ett par oskyldiga barn. Jag drog mig tyst undan och började gå tillbaka till huset medan nattens isande köld obevekligt tog makten över min själ.

En avgrund öppnade sig framför mig, jag kände en svindel som drog mig ned mot bottnen, en frestelse att ta språnget och försvinna i lidandets och skräckens djup. Diegos svek och rädslan för framtiden gav mig en känsla av att driva redlöst omkring utan något att hålla fast vid, vilsen och förtvivlad, raseriet som skakade mig allra först varade inte länge, jag blev genast överväldigad av en känsla av död, av total sorg. Jag hade lagt mitt liv i Diegos händer, anförtrott mig åt hans beskydd som make, jag hade fullt och fast trott på orden i vigselceremonin: vi var ett tills döden skilde oss åt. Det fanns ingen väg ut. Scenen i stallet visade mig en sanning som jag hade känt på mig ganska länge men vägrat att erkänna. Min första impuls var att rusa till stora huset, ställa mig mitt på gården och tjuta som en vansinnig, väcka familjen, arbetarna, hundarna, ta dem till vittne på äktenskapsbrottet och blodskammen. Men min blyghet var starkare än min förtvivlan, jag släpade mig tigande och trevande i mörkret till rummet jag delade med Diego och satte mig darrande på sängen medan tårarna rann utför mina kinder och blötte ned bröstet och nattlinnet. Under minuterna, eller timmarna, som följde fick jag tid att tänka på det som hänt och inse min maktlöshet. Det där var inte ett sexuellt snedsprång, det som band Diego och Susana vid varandra var en grundmurad kärlek som var beredd att ta alla risker och riva ned alla hinder i sin väg, som en obeveklig ström av glödande lava. Varken Eduardo eller jag betydde något, vi var obehövliga, bara ett par insekter i de där bådas kärleksäventyr. Jag måste berätta det för min svåger först av alla, beslöt jag, men när jag så föreställde mig vilket dråpslag det avslöjandet skulle bli i den snälle mannens liv insåg jag att jag inte skulle ha mod att göra det. Eduardo skulle nog själv upptäcka det en dag, eller i bästa fall aldrig få veta det. Han kanske anade det, liksom jag, men ville inte få det bekräftat utan behålla den ömtåliga balansen i sina illusioner, där fanns ju också tre barn, hans kärlek till Susana och den fasta familjesammanhållningen.

Diego kom tillbaka sent på natten, kort före gryningen. I skenet från oljelampan såg han mig sitta på sängen, uppsvullen av gråt, ur stånd att få fram ett ord, och han trodde att jag hade blivit väckt av en ny mardröm. Han satte sig bredvid mig och försökte ta mig i famnen, som han brukade göra då, men jag ryggade instinktivt undan och måtte ha haft ett fruktansvärt hätskt uttryck i ansiktet, för han drog sig genast tillbaka. Vi såg på varandra, han häpen och jag med avsky, och till slut steg sanningen fram mellan de bägge sängarna, obeveklig och överväldigande, som en drake.

– Vad ska vi göra nu? var allt jag kunde stamma fram.

Han försökte varken neka eller rättfärdiga sig, utmanade mig bara med stålhård blick, beredd att försvara sin kärlek med vilka medel som helst, även om han måste döda mig. Då brast dammen av stolthet, uppfostran och hövlighet som hade hållit mig tillbaka genom månader av besvikelse, och de tysta förebråelserna blev till en ändlös lavin av anklagelser som han tog emot orörlig och tyst men utan att gå miste om ett enda ord. Jag anklagade honom för allt jag kunde komma på, men till slut bönföll jag honom att tänka om, jag sa att jag var villig att förlåta och glömma, att vi kunde resa långt bort där ingen kände oss, att vi kunde börja om på nytt. När mina ord och mina tårar tog slut var det redan ljust ute. Diego tog ett steg över klyftan mellan våra sängar, satte sig bredvid mig, tog mina händer och förklarade lugnt och allvarligt för mig att han hade älskat Susana i många år och att den kärleken var det viktigaste i hans liv, viktigare än hedern, den övriga familjen och hans egen själs salighet, han skulle kunna lova att skiljas från henne för att lugna mig, sa han, men det skulle vara ett falskt löfte. Och han la till att han hade försökt göra det när han reste till Europa och var borta från henne i ett halvår, men det hade inte lyckats. Han hade till och med gift sig med mig för att på så sätt försöka bryta det fruktansvärda bandet till sin svägerska, men i stället för att hjälpa honom att hålla sig borta från henne hade äktenskapet gjort det hela lättare, för det gjorde Eduardos och den övriga familjens misstankar svagare. Ändå var han glad att jag till slut hade fått sanningen klar för mig, för det gjorde honom ont att föra mig bakom ljuset, han kunde inte förebrå mig något, försäkrade han, jag var en mycket god hustru och han var mycket ledsen att inte kunna ge mig den kärlek som jag förtjänade. Han kände sig som en skurk varje gång han smet undan från mig för att träffa Susana, det skulle bli en lättnad att inte behöva ljuga mer för mig. Nu var ju situationen klar.

– Räknas inte Eduardo alls, då? frågade jag.

– Vad som händer mellan honom och Susana är deras sak. Nu är det förhållandet oss emellan som vi måste besluta om.

– Det har du redan beslutat, Diego. Jag har ingenting här att göra, jag reser tillbaka hem, sa jag.

– Det här är ditt hem nu, vi är ju gifta, Aurora. Vad Gud har förenat kan ingenting åtskilja.

– Det är du som har brutit mot flera av Guds bud, förklarade jag.

– Vi skulle kunna leva som bror och syster. Du ska inte behöva sakna något tillsammans med mig, jag ska alltid respektera dig, du får beskydd och full frihet att ägna dig åt dina fotografier eller åt vad du vill. Det enda jag ber dig är att du inte ställer till skandal.

– Du har ingenting att be mig om längre, Diego.

– Jag ber dig inte för min egen skull. Jag är tjockhudad och kan ta det som en man. Jag ber dig för mammas skull. Hon överlever det inte.

Jag blev alltså kvar för doña Elviras skull. Jag vet inte hur jag klarade att klä mig, skölja ansiktet med vatten, kamma mig, dricka kaffe och gå ut ur huset till mina dagliga sysslor. Jag vet inte hur jag kunde träffa Susana vid middagsmålet eller hur jag förklarade för svärföräldrarna varför mina ögon var svullna. Den dagen blev den värsta, jag kände mig mörbultad och omtöcknad, nära att brista i gråt vid första fråga. På natten hade jag feber och värk i kroppen, men nästa dag var jag lugnare, jag sadlade min häst och gav mig av upp i bergen. Snart började det regna, men jag fortsatte i trav tills det stackars stoet inte orkade mer, och då satt jag av och trängde mig vidare fram genom snåren och leran, under träden, halkade och föll och reste mig på nytt, skrikande av all min kraft, medan regnet gjorde mig genomblöt. Den dyvåta ponchon var så tung att jag slängde den ifrån mig och gick vidare, darrande av köld men brännhet inuti. Jag kom tillbaka i solnedgången, hes och febrig, drack lite varmt örtte och gick till sängs. Sedan minns jag inte mycket mer, för under veckorna som följde var jag fullt upptagen med att slåss mot döden och hade varken tid eller mod att tänka på mitt olyckliga äktenskap. Natten då jag hade stått barfota och halvnaken i stallet, och galoppen i regnet, skaffade mig en lunginflammation som nästan gjorde slut på mig. Jag blev körd på en kärra till tyskarnas sjukhus där jag kom i händerna på en germansk sköterska med gula flätor som räddade mitt liv tack vare sin ihärdighet. Denna ädla valkyria kunde lyfta mig som ett spädbarn i sina skogshuggararmar och mata mig skedvis med hönsbuljong, tålmodig som en amma.

I början av juli, när vintern definitivt hade infunnit sig och landskapet var idel vatten – brusande floder, översvämningar, leriga träskmarker, regn och åter regn – kom Diego och ett par av gårdsfolket och hämtade mig på sjukhuset och körde hem mig till Caleufú inlindad i filtar och skinn som ett paket. De hade gillrat upp en presenning över kärran, ställt dit en säng och till och med ett fyrfat med glöd för att stå emot fukten. Jag låg där och svettades i mitt filtpaket under den långsamma färden hem, medan Diego red bredvid. Flera gånger körde hjulen fast, oxarnas krafter räckte inte till för att dra loss kärran utan karlarna måste lägga plankor över leran och skjuta på. Diego och jag sa inte ett ord till varandra under den där långa dagens färd. På Caleufú kom doña Elvira och tog emot mig med glädjetårar, hon var nervös och skyndade på tjänsteflickorna så att de inte skulle slarva med fyrfaten, varmvattensflaskorna och soppan på kalvblod som skulle ge mig ny färg i ansiktet och lust att leva. Hon hade bett så mycket för mig, sa hon, att Gud hade förbarmat sig. Under förevändning att jag fortfarande kände mig mycket ömtålig bad jag att få lov att sova i stora huset, och hon installerade mig i ett rum intill sitt eget. För första gången i livet fick jag njuta av en mors omsorger. Min farmor Paulina del Valle, som tyckte så mycket om mig och hade gjort så mycket för mig, var inte lagd för ömhetsbevis fastän hon i grund och botten var mycket sentimental. Hon sa att ömheten, den där sirapssöta blandningen av tillgivenhet och medlidande som brukar framställas i kalendrar i form av mödrar i extas vid sina spädbarns vaggor, var förlåtlig när den ägnades försvarslösa djur, till exempel nyfödda kattungar, men rena dårskapen människor emellan. Mellan henne och mig rådde alltid en ironisk och krass ton, vi rörde sällan vid varandra utom när vi sov tillsammans i min tidiga barndom, och i allmänhet behandlade vi varandra med en viss kärvhet som passade oss bägge mycket bra. Jag tog till ett slags raljant ömhet när jag ville övertala henne till något, och det lyckades alltid, för min fantastiska farmor mjuknade mycket lätt, snarare för att slippa ömhetsbetygelser än av eftergivenhet. Doña Elvira däremot var en enkel själ som skulle ha blivit sårad av sådana sarkasmer som farmor och jag brukade använda oss av. Hon var ömsint av naturen, hon brukade ta min hand och hålla den mellan sina, hon kysste mig, kramade om mig, tyckte om att borsta håret på mig, serverade mig själv stärkande avkok på märgben och kabeljo, applicerade kamferplåster mot hosta och lät mig svettas ut febern genom att gnida mig med eukalyptusolja och linda in mig i varma filtar. Hon bekymrade sig för om jag åt ordentligt och fick vila, på kvällarna gav hon mig opiedropparna och satt kvar bredvid sängen och läste sina böner ända tills jag hade somnat. Varje morgon frågade hon om jag hade drömt mardrömmar och bad mig beskriva dem i detalj, "för om man pratar om såna saker slutar man upp att vara rädd för dem", som hon sa. Hennes egen hälsa var långt ifrån god, men hon fick krafter någonstans ifrån till att sköta om mig och hålla mig sällskap, medan jag låtsades känna mig svagare än jag egentligen var för att förlänga den där fridfulla tiden hos min svärmor. "Bli frisk snart, lilla vän, din man behöver ha dig hos sig", brukade hon bekymrat säga, fastän Diego ofta upprepade att det var bäst att jag bodde kvar i stora huset resten av vintern. De där veckorna under min svärmors tak blev en egendomlig upplevelse. Hon gav mig den omsorg och kärlek som jag aldrig skulle få från Diego. Den milda och villkorslösa kärleken verkade som balsam och botade mig undan för undan från längtan efter att dö och från agget jag kände mot min man. Jag kunde förstå Diegos och Susanas känslor och hur oundvikligt det var som hade hänt, deras kärlek måste ha varit en enorm kraft, ett jordskred som obevekligt drog dem med sig. Jag föreställde mig hur de kämpade mot den där dragningskraften innan de gav efter för den, hur många tabun de måste ta sig förbi för att komma tillsammans, hur fruktansvärt plågsamt det måste ha varit att varje dag inför omvärlden låtsas vara som syskon samtidigt som de brann av lust invärtes. Jag slutade upp att undra hur det var möjligt att de inte kunde behärska sin kättja och hur egoismen kunde hindra dem från att inse vilken katastrof de kunde utlösa bland sina närmaste, för jag anade hur sönderslitna de måste känna sig. Jag hade älskat Diego förtvivlat, jag kunde förstå vad Susana kände för honom, skulle jag också ha handlat som hon under samma omständigheter? Det trodde jag inte, men jag kunde omöjligt vara säker. Min känsla av att ha misslyckats var fortfarande densamma, men jag kunde frigöra mig från hatet, se det hela på avstånd och sätta mig själv i de andra olycksdrabbades ställe. Jag tyckte mera synd om Eduardo än om mig själv, han hade tre barn och älskade sin hustru, för honom skulle det här incestuösa otrohetsdramat vara svårare än för mig. Också för min svågers skull måste jag hålla tyst, men hemligheten tyngde inte längre som en kvarnsten om min hals, för min avsky för Diego hade mildrats, borttvättad av doña Elviras händer. Från första början hade jag känt aktning och tillgivenhet för den kvinnan, nu kom tacksamheten till, och jag tydde mig till henne som en knähund, jag behövde hennes närhet, hennes röst, hennes läppar mot min panna. Jag kände mig tvingad att skydda henne mot katastrofen som växte fram i familjens sköte, jag var beredd att stanna kvar på Caleufú och dölja min förödmjukelse som förkastad hustru, för om jag reste och hon fick veta sanningen skulle hon dö av sorg och skam. Hela hennes tillvaro kretsade kring denna familj, kring allas behov inom hemmets väggar, det var hela hennes värld. Min överenskommelse med Diego blev att jag skulle spela min roll så länge doña Elvira levde och sedan bli fri, han skulle låta mig resa och inte sätta sig i förbindelse med mig mera. Jag skulle bli tvungen att finna mig i en tillvaro – skamlig i mångas ögon – som "kvinna under hemskillnad" och inte kunna gifta om mig, men jag skulle åtminstone inte längre vara tvungen att leva tillsammans med en man som inte älskade mig.

I mitten av september, när jag inte längre hade någon ursäkt för att bo kvar i mina svärföräldrars hus och stunden var inne att flytta tillbaka till Diego, kom telegrammet från Ivan Radovic. På ett par rader meddelade läkaren att jag måste resa tillbaka till Santiago, för slutet närmade sig för min farmor. Jag hade väntat på det meddelandet i flera månader, men när jag fick telegrammet kändes chocken och sorgen som ett klubbslag, jag blev som bedövad. Min farmor var ju odödlig. Jag kunde inte se henne för mig som den lilla skalliga, bräckliga gumma hon verkligen var, utan bara som amasonen med dubbla peruker, slug och lysten på sötsaker, som hon hade varit åratal tidigare.

Doña Elvira tog mig i sin famn och sa att jag inte fick känna mig ensam, nu hade jag en ny familj, jag hörde hemma på Caleufú och hon skulle försöka ta hand om mig och skydda mig alldeles som Paulina del Valle hade gjort förut. Hon hjälpte mig att packa mina två resväskor, hängde skapularet med Jesu Heliga Hjärta om halsen på mig igen och överöste mig med tusen förmaningar. För henne var Santiago ett syndens näste och resan ett mycket farligt äventyr. Det var den tiden då sågen skulle sättas igång på nytt efter vinteruppehållet, vilket gav Diego en god ursäkt för att inte följa med mig till Santiago, trots att hans mor absolut ville att han skulle göra det. Eduardo följde mig till båten. Vid dörren till stora huset på Caleufú stod de alla och vinkade adjö: Diego, svärföräldrarna, Adela, Susana, barnen och flera av gårdsfolket. Jag visste inte att jag aldrig mer skulle se dem.

Innan jag for gick jag igenom mitt fotolaboratorium, där jag inte hade satt min fot efter den där olycksaliga natten i stallet, och då upptäckte jag att någon hade tagit bort fotografierna av Diego och Susana därifrån, men eftersom säkert ingen visste hur framkallningen gick till hade negativen inte försvunnit. Jag hade ingen användning för de där ynkliga bevisen, så jag förstörde dem. Jag la ned negativen som föreställde indianerna, folket på Caleufú och de andra familjemedlemmarna i mina väskor, för jag visste ju inte hur länge jag skulle vara borta och ville inte att de skulle bli förstörda. Eduardo och jag gav oss iväg till häst, med bagaget fastsurrat på en mulåsna, och gjorde uppehåll på boskapsuppfödarnas gårdar för att äta och vila. Min svåger, den store starke mannen som såg ut som en björn, hade samma milda läggning som sin mor, samma nästan barnsliga trohjärtenhet. Under vägen hade vi tillfälle att prata ostört, så som vi aldrig förut hade gjort. Han bekände att han hade skrivit dikter ända sedan han var pojke, "hur kan man låta bli när man lever mitt bland så mycket som är vackert?" sa han och visade på landskapet, skog och vatten, runt omkring oss. Han berättade att han inte hade några ambitioner, inte var nyfiken på att se andra horisonter så som Diego, för honom räckte det med Caleufú. När han var på europaresa i sin ungdom kände han sig bortkommen och djupt olycklig, han kunde inte leva långt borta från dessa trakter som han älskade. Gud hade varit mycket god mot honom, sa han, som hade satt honom mitt i det jordiska paradiset. Vi tog adjö i hamnen med en hård kram. "Måtte Gud alltid beskydda dig, Eduardo", viskade jag i hans öra. Han såg en aning förvirrad ut av det där högtidliga avskedet.

Frederick Williams stod och väntade på stationen och körde mig i vagnen hem till huset vid Calle Ejército Libertador. Han blev förvånad över att se mig så avmagrad, och min förklaring att jag hade varit svårt sjuk gjorde honom inte nöjd, han iakttog mig i smyg och frågade envist om Diego, om jag var lycklig, hurdan mina svärföräldrars familj var och om jag trivdes på landet. Farmors stora hus hade förr varit det elegantaste i denna stadsdel med dess herrskapliga bostäder, men nu hade det blivit lika illa medfaret som sin ägarinna. Flera av fönsterluckorna hängde snett i sina gångjärn, och trädgården var så vanskött att våren ännu inte hade börjat röra vid den utan där såg ut som grå vinter fortfarande. Inomhus var förödelsen ännu värre, de förr så vackra salongerna var nästan tomma, möbler, mattor och tavlor hade försvunnit. Ingen av de beryktade impressionistiska tavlorna fanns kvar, de som hade orsakat sådan uppståndelse ett antal år tidigare. Farbror Frederick förklarade att farmor i väntan på döden hade donerat nästan allt till kyrkan. "Men jag tror att hennes pengar är orörda, Aurora, för hon skriver fortfarande upp varenda centavo och har räkenskapsböckerna under sängen", la han till med en okynnig blinkning. Hon, som bara gick i kyrkan för att bli sedd, som avskydde den där svärmen av tiggande präster och beskäftiga nunnor som jämt ansatte de andra i familjen, hade testamenterat en hel del till katolska kyrkan. Affärsbegåvad som alltid tänkte hon vid sin död köpa det som föga gagnat henne i livet. Williams kände farmor bättre än någon annan, och jag tror att han älskade henne nästan lika mycket som jag. Tvärt emot de avundsjukas alla förutsägelser stal han inte hennes förmögenhet och övergav henne på hennes ålderdom, utan han försvarade familjens intressen i åratal, var en värdig make för henne, beredd att stå vid hennes sida ända till hennes sista andetag och skulle göra mycket mer för mig, så som det visade sig under åren som följde. Paulina var sällan vid klart medvetande nu längre, de smärtstillande drogerna höll henne nere i ett gränstillstånd utan minne eller önskningar. Under månaderna som gått hade hon krympt ihop till ett torrt skinn, för hon kunde inte svälja utan blev livnärd på mjölk genom en gummislang som hon fått införd genom näsan. Hon hade bara några vita testar kvar på huvudet, och hennes stora mörka ögon hade krympt, nu var de två små punkter på en karta av rynkor. Jag lutade mig ned för att kyssa henne, men hon kände inte igen mig utan vände bort ansiktet. Men hennes hand trevade i luften efter mannens, och när han tog den kom ett uttryck av frid över hennes ansikte och slätade ut det.

– Hon har inte ont, Aurora, vi ger henne mycket morfin, förklarade farbror Frederick.

– Har ni meddelat sönerna?

– Ja, jag telegraferade till dem för två månader sen, men de har inte svarat och jag tror inte att de kommer i tid, Paulina har inte långt kvar, sa han gripen.

Så blev det, Paulina del Valle avled tyst och stilla nästa dag. Hos henne fanns hennes man, doktor Radovic, Severo, Nívea och jag, sönerna dök upp långt senare med advokaterna för att slåss om arvet som ingen missunnade dem. Läkaren hade tagit bort slangen ur farmors näsa, och Williams hade satt på henne handskar, för händerna var iskalla. Läpparna hade blivit blå och hon var mycket blek, andningen blev hela tiden omärkligare, utan någon ångest, och plötsligt slutade hon bara upp att andas. Radovic kände på hennes puls, det gick en minut, kanske två, och så talade han om att hon hade gått bort. Det rådde en fridfull stillhet i rummet, någonting egendomligt hände, kanske det var farmors ande som hade gjort sig fri och fladdrade runt som en vilsen fågel ovanför hennes kropp och tog avsked. När hon gick bort kände jag mig fruktansvärt övergiven, en mycket gammal sinnesstämning som jag kände igen men inte kunde definiera eller förstå förrän ett par år efteråt då mitt förflutnas gåta äntligen blev förklarad och jag insåg att min morfar Tao Chi'ens död många år tidigare hade drabbat mig med en ångest av samma slag. Såret fanns oläkt kvar och gick nu upp igen med samma brännande smärta. Farmors död gav mig en känsla av värnlöshet alldeles som den som grep mig när jag var fem år och Tao Chi'en försvann ur mitt liv. Jag antar att det var gamla trauman från min första barndom – den ena förlusten efter den andra – som hade legat begravda i åratal i minnets djupaste skikt och som nu höjde sitt hotfulla medusahuvud för att sluka mig: min mor som dog när jag föddes, min far som inte visste om att jag fanns, min mormor som utan förklaring lämnade över mig till Paulina del Valle och, framför allt, den plötsliga förlusten av den människa jag älskade mest, min morfar Tao Chi'en.

Det har gått nio år sedan den där septemberdagen då Paulina del Valle gick bort. Den sorgen och andra har jag lämnat bakom mig, nu kan jag minnas min grandiosa farmor med lugnt hjärta. Hon försvann inte in i en slutgiltig döds oändliga svarta mörker, så som det först kändes, en del av henne stannade kvar här i närheten och kretsar alltid omkring mig tillsammans med Tao Chi'en, de är två sinsemellan mycket olika andar som håller mig sällskap och hjälper mig, den ena med tillvarons praktiska frågor och den andra med att lösa känslomässiga problem, men när farmor slutade upp att andas på militärbritsen där hon tillbragt sin sista tid anade jag inte att hon skulle komma tillbaka, och sorgen fick mig att tappa fotfästet. Om jag kunde leva ut mina känslor skulle jag kanske plågas mindre, men de fryser fast inom mig som ett väldigt isblock och det kan ta år innan isen börjar smälta. Jag grät inte när hon gick bort. Tystnaden i rummet kändes som en plump i protokollet, för en kvinna som hade levat så som Paulina del Valle borde dö sjungande, till full orkester, som på operan. I stället var avskedet tyst, det enda i hela sitt liv som hon skötte diskret. Männen lämnade rummet och Nívea och jag klädde henne försiktigt till den sista färden i karmeliternunnornas dräkt som hon i ett år hade haft hängande i sitt klädskåp, men vi kunde inte stå emot frestelsen att låta henne få på sig sina bästa franska underkläder av malvafärgat silke. När jag lyfte hennes kropp märkte jag hur lätt hon hade blivit, allt som fanns kvar var ett skört skelett och lite löst skinn. Tyst tackade jag henne för allt hon hade gjort för mig, sa de kärleksord till henne som jag aldrig skulle ha vågat yttra om hon kunnat höra mig, kysste hennes vackra händer, hennes ögonlock som liknade en sköldpaddas och hennes rena panna, och jag bad henne om förlåtelse för all min bångstyrighet som barn, för att jag hade kommit så sent för att ta adjö av henne, för den där torkade ödlan som jag hade låtsats hosta upp och för andra dåliga skämt som hon fått stå ut med, allt medan Nívea utnyttjade tillfället som Paulina del Valle erbjöd för att ljudlöst gråta över sina döda barn. När vi hade klätt min farmor stänkte vi lite av hennes gardeniaeaudecologne över henne och drog undan gardinerna och öppnade fönstren för att släppa in våren, så som hon skulle ha velat. Inga gråterskor, svarta draperingar eller övertäckta speglar, Paulina del Valle hade levat som en självsvåldig kejsarinna och förtjänade att bli firad med septemberljus. Det var Williams uppfattning också, för han for själv till marknadstorget och fyllde vagnen med friska blommor att smycka huset med.

När släktingar och vänner kom – sorgklädda och med näsduk i handen – blev de indignerade, för de hade aldrig sett en likvaka i solsken, med bröllopsblomster och utan tårar. De gick sin väg igen förstulet muttrande, och efter många år är det fortfarande några som pekar finger åt mig och är övertygade om att jag var glad åt att Paulina del Valle dog därför att jag tänkte lägga vantarna på arvet. Men jag ärvde ingenting, för det såg sönerna med sina advokater raskt till. Jag behövde det inte heller, eftersom min far hade lämnat tillräckligt åt mig för att jag skulle kunna leva anständigt, och vad därutöver är kan jag bekosta med mitt arbete. Trots farmors ändlösa goda råd och lektioner lyckades jag inte utveckla samma näsa för goda affärer som hon, jag kommer aldrig att bli rik och det gläder mig. Frederick Williams skulle inte heller behöva slåss med advokaterna, för pengar intresserade honom mycket mindre än vad elaka tungor hade tisslat och tasslat om i åratal. Dessutom gav hans hustru honom en hel del medan hon levde, och förutseende som han var räddade han undan det. Paulinas söner kunde inte bevisa att moderns äktenskap med sin före detta hovmästare skulle vara ogiltigt, utan de fick finna sig i att lämna farbror Frederick i fred, och inte heller kunde de ta över vingårdarna, för de stod i Severo del Valles namn. Återstod alltså att tussa advokaterna på prästerna för att försöka ta tillbaka tillgångar som de hade lyckats få tag i genom att skrämma den sjuka med helvetets eld, men ännu har ingen vunnit ett mål mot katolska kyrkan, för den har Gud på sin sida, som alla vet. Hur som helst fanns det gott om pengar och sönerna, diverse släktingar och även advokaterna borde kunna leva på dem ända till den dag i dag är.

Det enda glädjande under de där deprimerande veckorna var att señorita Matilde Pineda dök upp i våra liv igen. Hon läste i tidningen att Paulina del Valle hade avlidit och tog mod till sig att komma på besök i huset där hon hade blivit utkörd under revolutionen. Hon kom med en liten blombukett, i sällskap med bokhandlaren Pedro Tey. Hon hade åldrats under de där åren och först kände jag inte igen henne, men han var fortfarande samme lille skallige karl med tjocka sataniska ögonbryn och glödande pupiller.

Efter jordfästningen, de högtidliga mässorna, niodagarsbönerna och allmosorna och barmhärtighetsgåvorna som min avlidna farmor hade förordnat om sänkte sig dammet efter den pompösa begravningen och jag var ensam kvar med Frederick Williams i det tomma huset. Vi satte oss ned tillsammans i vinterträdgården, sörjde tyst över att farmor inte fanns med oss, för vi är inte särskilt bra på att gråta, och mindes henne med hennes många storslagna drag och de få småaktiga.

– Vad tänker du göra nu, farbror Frederick? undrade jag.

– Det beror på dig, Aurora.

– På mig?

– Jag har inte kunnat undgå att märka någonting konstigt med dig, min flicka lilla, sa han med sitt eget finkänsliga sätt att fråga.

– Jag har varit mycket sjuk, och jag är mycket ledsen över farmors död, farbror Frederick. Det är bara så, ingenting konstigt, det är säkert.

– Det är ledsamt att du underskattar mig, Aurora. Jag skulle behöva vara mycket dum eller mycket lite fäst vid dig för att inte märka hur det står till med dig. Berätta vad som har hänt, så kanske jag kan hjälpa dig.

– Ingen kan hjälpa mig, farbror.

– Sätt mig på prov så får vi se... bad han.

Och då insåg jag att jag inte hade någon annan här i världen som jag kunde lita på, och att Frederick Williams hade visat sig som en utmärkt rådgivare och den enda i familjen som hade sunt förnuft. Visst kunde jag berätta min olyckshistoria för honom. Han hörde på ända till slutet, mycket uppmärksamt, utan att avbryta mig en enda gång.

– Livet är långt, Aurora. Nu ser du allt i svart, men tiden läker och utplånar nästan allting. Den här etappen är som att gå i blindo genom en tunnel, du tror att det inte finns någon väg ut men jag lovar dig att det finns. Gå bara vidare, Aurora.

– Vad ska det bli av mig, farbror Frederick?

– Du kommer att bli kär på nytt, du kanske får barn eller blir den bästa kvinnliga fotografen i landet, sa han.

– Jag känner mig så osäker och ensam!

– Du är inte ensam, Aurora, jag är här hos dig nu och det ska jag vara så länge du behöver mig.

Han fick mig att inse att jag inte borde resa tillbaka till min man, att jag kunde hitta ett dussin förevändningar att skjuta upp det i åratal, fastän jag visserligen var säker på att Diego inte skulle fordra att jag kom tillbaka till Caleufú, eftersom det passade honom bra att hålla mig så långt borta som möjligt. Och vad den snälla doña Elvira beträffade fanns ingen annan utväg än att trösta henne med täta brev, det gällde att vinna tid, min svärmor hade dåligt hjärta och skulle inte leva länge till enligt vad läkarna ansåg. Farbror Frederick försäkrade att han inte hade någon som helst brådska att lämna Chile, jag var den enda anhöriga han hade, han var fäst vid mig som vid en dotter eller ett barnbarn.

– Har du ingen i England? frågade jag.

– Ingen alls.

– Du vet att det går rykten om ditt ursprung, det sägs att du är en ruinerad adelsman, och det har farmor aldrig förnekat.

– Ingenting är längre från sanningen, Aurora! utbrast han med ett skratt.

– Så du har inte någon vapensköld undangömd? sa jag och skrattade också.

– Titta här, Aurora, var hans svar.

Han tog av sig kavajen, knäppte upp skjortan, drog upp undertröjan och visade mig sin rygg. Den var överkorsad av hemska ärr.

– Jag blev piskad. Hundra slag prygel för stöld av tobak i en fångkoloni i Australien. Jag satt fem år i fängelse innan jag lyckades rymma på en flotte. Jag blev upplockad ute på havet av ett kinesiskt piratfartyg och blev satt att arbeta som slav, men så snart vi kom nära land rymde jag igen. På så sätt, en bit i taget, kom jag till slut till Kalifornien. Det enda jag har som liknar en brittisk adelsman är sättet att tala, och det lärde jag mig av en äkta lord, min förste husbonde i Kalifornien. Han lärde också upp mig till hovmästare. Paulina del Valle anställde mig 1870, och sen dess har jag stannat kvar hos henne.

– Kände farmor till den här historien, farbror? frågade jag när jag hade hämtat mig lite från överraskningen och kunde få fram ett ord igen.

– Naturligtvis. Paulina tyckte det var mycket lustigt att folk tog en fånge för en aristokrat.

– Vad blev du dömd för?

– För att jag stal en häst när jag var femton år. Jag skulle ha blivit hängd, men jag hade tur, jag fick straffet omvandlat och hamnade i Australien. Var inte rädd, Aurora, jag har aldrig mer stulit en cent i hela mitt liv, prygeln botade mig från den lasten, men inte från smaken för tobak, skrattade han.

Så vi fortsatte tillsammans. Paulina del Valles söner sålde huset vid Calle Ejército Libertador, som numera har blivit flickskola, och sålde på auktion det lilla som ännu fanns kvar i huset. Jag räddade den mytologiska sängen genom att smuggla undan den innan arvtagarna kom, och gömma den nedmonterad i ett förråd på allmänna sjukhuset där Ivan Radovic arbetade, ända tills advokaterna tröttnade på att snoka i alla vrår och leta efter de sista spåren av farmors forna ägodelar. Frederick Williams och jag köpte ett lantställe i utkanten av staden, vid vägen upp mot bergen, vi har tolv hektar mark inramad av aspar, full av doftande jasminbuskar och bevattnad av en anspråkslös bäck, där allt växer precis som det har lust till. Där föder Williams upp hundar och rashästar, spelar krocket och ägnar sig åt andra tråkiga engelska sysselsättningar, och där har jag mitt vinterkvarter. Huset är gammalt och skröpligt men har en viss charm, där finns utrymme för min fotografiateljé och för den beryktade florentinska sängen som tronar med sina färgrika havsvarelser mitt i mitt sovrum. Där sover jag beskyddad av farmor Paulinas vaksamma ande, som brukar komma fram lagom för att sopa ut de där mardrömspojkarna i sina svarta pyjamas. Santiago kommer säkert att växa i riktning mot centralstationen och lämna oss i fred i vår lantliga omgivning med aspar och kullar.

Tack vare min morbror Lucky, som blåste in sin lyckobringande andedräkt i mig när jag föddes, och tack vare min farmors och fars frikostiga beskydd, kan jag säga att jag har ett gott liv. Jag har tillgångar och frihet nog för att kunna göra vad jag vill, jag kan helt och fullt ägna mig åt att utforska den chilenska geografin med kameran om halsen, så som jag har gjort de senaste åtta eller nio åren. Folk pratar bakom min rygg, det går inte att undvika, åtskilliga släktingar och bekanta har tagit avstånd från mig och låtsas att de inte känner igen mig om vi möts på gatan, de kan inte tåla att en hustru lämnar sin make. Men kränkningar av det slaget gör mig inte sömnlös, jag måste inte behaga alla människor, bara dem som jag verkligen bryr mig om vilket inte är många. De sorgliga följderna av mitt förhållande med Diego Domínguez borde ju för all framtid ha avskräckt mig från ogenomtänkta och glödande kärlekshistorier, men så blev det inte. Visserligen gick jag omkring vingbruten i några månader och släpade mig fram från dag till dag i en känsla av totalt nederlag, av att jag hade spelat ut mitt enda kort och förlorat allt. Det är också sant att jag är dömd att vara en gift kvinna utan make, vilket hindrar mig från att "börja ett nytt och bättre liv", som tanterna i släkten kallar det, men den där egendomliga ställningen ger mig samtidigt stor frihet. Ett år efter det jag separerat från Diego blev jag förälskad på nytt, vilket vill säga att jag är ganska tjockhudad och har gott läkkött. Min kärlek nummer två var inte en angenäm vänskap som med tiden övergick i mogen kärlek, utan helt enkelt en plötslig lidelse som drabbade oss bägge och som av en ren slump föll väl ut... nå, hittills, vem vet hur det blir i framtiden. Det var en vinterdag, en sådan där dag med ymnigt, ihållande regn, enstaka blixtar och dysterhet i själen. Paulina del Valles söner och deras lagvrängare hade återigen öst över oss sina oändliga handlingar, var och en med tre kopior och elva sigill, som jag skrev under olästa. Frederick Williams och jag hade flyttat ut från huset vid Calle Ejército Libertador men bodde fortfarande på hotell, för reparationerna var ännu inte klara i huset där vi nu bor. Farbror Frederick stötte på gatan ihop med Ivan Radovic, som vi inte hade sett på rätt länge, och vi kom överens om att gå alla tre och se en spansk zarzuelatrupp som var på turné i Sydamerika, men på den utsatta dagen hamnade farbror Frederick i sängen med förkylning och plötsligt stod jag där ensam och väntade i hotellets entré, iskall om händerna och med värkande fötter därför att pampuscherna skavde. Det rann vattenfall utför fönsterrutorna och blåsten ruskade om träden på gatan som om de varit dammvippor, det var ingen inbjudande kväll att gå ut i, och ett ögonblick avundades jag farbror Frederick förkylningen som gav honom lov att ligga kvar i sängen med en god bok och en kopp het choklad, men när Ivan Radovic steg in glömde jag bort ovädret. Läkaren kom där i en genomvåt rock, och när han log mot mig insåg jag att han var mycket stiligare än jag mindes. Vi såg varann in i ögonen och jag tror att det var första gången vi verkligen sågs, åtminstone tittade jag på allvar på honom och tyckte om det jag såg. Det blev tyst en lång stund, en paus som under andra omständigheter skulle ha varit mycket tryckande, men just då kändes den som ett slags dialog. Han hjälpte mig på med min cape och vi började sakta gå mot utgången, tvekande, hela tiden med blickarna fästade vid varandra. Ingen av oss hade lust att trotsa stormen som rev och slet i himlen utanför, men vi ville inte heller skiljas åt. En portier dök upp med ett stort paraply och erbjöd sig att följa oss ut till vagnen som väntade framför porten, och då gick vi ut tvekande, utan att säga ett ord. Jag fick inte någon känslomässig uppenbarelse som ett blixtnedslag, ingen egendomlig föraning om att vi var tvillingsjälar, jag såg inte för mig början till en kärleksroman, inte alls, jag märkte bara att jag fick hjärtklappning, fick svårt att andas, blev het och kände kittlingar i huden, fick en enorm lust att röra vid den där mannen. Från min sida, är jag rädd, var det ingenting andligt över det där mötet, bara kättjefullt, fastän jag var för oerfaren då och mitt ordförråd var alldeles för litet för att kunna ge den där upprörda känslan det namn som den har i ordboken. Namnet betyder mindre, det intressanta är att den där omvälvningen i mitt inre segrade över min blyghet, och när vi väl var i skydd inne i vagnen där det inte var lätt att komma undan tog jag hans ansikte mellan mina händer och kysste honom utan vidare två gånger på munnen, alldeles så som jag många år tidigare hade sett Nívea och Severo del Valle kyssas, målmedvetet och glupskt. Det var en enkel och oåterkallelig handling. Jag kan inte gå in i detalj på vad som sedan hände, därför att det är lätt att föreställa sig, och därför att om Ivan skulle få läsa det, här i texten, skulle det bli ett kolossalt gräl. Det måste erkännas, våra bataljer är lika minnesvärda som vår försoning brukar bli passionerad, det här är ingen lugn och ljuv kärlek, men det kan sägas till dess beröm att den är varaktig, inga hinder tycks dämpa den utan snarare stärka den. För äktenskap måste man ha sunt förnuft, vilket vi bägge saknar. Att vi inte är gifta gör den goda kärleken lättare, var och en kan ägna sig åt sitt, vi har vårt eget utrymme och när vi är nära att explodera återstår alltid utvägen att skiljas åt ett par dagar och träffas igen när längtan efter kyssar blir för stark. Tillsammans med Ivan Radovic har jag lärt mig att höja rösten och spärra ut klorna. Om jag kom på honom med att bedra mig – det Gud förbjude – så som det hände mig med Diego Domínguez, skulle jag inte gråta mig fördärvad som jag gjorde då utan döda honom utan betänkande.

Nej, jag tänker inte berätta om kärlekslivet tillsammans med min älskare, men det finns en episod som jag inte kan hålla inne med, för den har med minnet att göra, och det är ju trots allt därför jag skriver de här sidorna. Mina mardrömmar är en färd i blindo in i de dunkla grottor där mina tidigaste hågkomster bor, instängda i medvetandets djupaste lager. Att fotografera och att skriva är ett försök att få grepp om ögonblicken innan de försvinner, fixera minnena för att få mening i mitt liv. Ivan och jag hade varit tillsammans i flera månader, vi hade vant oss vid att träffas diskret, tack vare den snälle farbror Frederick som från första början har beskyddat vår kärleksaffär. Ivan skulle hålla en medicinsk föreläsning i en stad uppe i norr, och jag följde med under förevändning att fotografera salpeterfyndigheterna, där arbetsförhållandena var mycket besvärliga. De engelska företagarna vägrade diskutera med arbetarna och det rådde en stämning av ökande våld som skulle brisera några år senare. När det hände, år 1907, råkade jag vara där av en slump, och mina fotografier är den enda ovedersägliga dokumentation som visar att blodbadet i Iquique verkligen ägde rum, för regeringens censur utplånade ur historien de tvåtusen döda som jag såg på torget. Men det är en annan historia som inte har någon plats på de här sidorna. Första gången jag reste till Iquique med Ivan hade jag ingen aning om den tragedi jag skulle få bevittna senare, utan för oss bägge var det en kort smekmånad. Vi skrev in oss på hotellet var för sig, och den kvällen, sedan var och en gjort sitt arbete för dagen, kom han till mitt rum där jag väntade med en underbar flaska *Viña Paulina*. Dittills hade vårt förhållande varit en rent köttslig upplevelse, en sinnenas forskningsfärd som var epokgörande för mig, för tack vare den lyckades jag komma över att jag blev ratad av Diego, och förstå att jag inte var en misslyckad kvinna så som jag fruktade. Varje gång jag hade varit tillsammans med Ivan Radovic hade jag fått bättre självförtroende, undan för undan övervunnit min blyghet och mina hämningar, men jag hade inte insett att den där härliga intimiteten övergått i en stor kärlek. Den kvällen låg vi tillsammans dåsiga av gott vin och efter dagens mödor, makligt, som ett par kloka gamlingar som har älskat niohundra gånger och inte längre kan bli vare sig förvånade eller besvikna. Vad var det som kändes så speciellt för mig? Ingenting, antar jag, utom att jag hade haft så många lyckliga upplevelser tillsammans med Ivan att de just den kvällen blev så många som behövdes för att bryta ned mitt försvar. Hur som helst, när jag vaknade upp ur orgasmen i min älskares fasta omfamning kände jag hur hela min kropp skakades av en snyftning, och sedan en till och en till, så att jag drogs med i en flodvåg av hopsparad gråt. Jag grät och grät, utlämnad, försvarslös, trygg i den där famnen så som jag inte mindes att jag någonsin förut hade varit. En fördämning brast inne i mig och den där urgamla smärtan flödade över som smältande snö.

Ivan frågade mig ingenting och försökte inte trösta mig, han höll mig stadigt tryckt mot sitt bröst och lät mig gråta tills tårarna tog slut, och när jag försökte förklara tystade han min mun med en lång kyss. Just då hade jag för övrigt själv ingen förklaring, jag skulle ha fått hitta på något, men nu vet jag – för det har hänt flera gånger – att när jag kände mig totalt trygg, beskyddad och försvarad började mina minnen komma tillbaka från de fem tidigaste åren i mitt liv, åren som min farmor Paulina och alla andra hade gömt under ett täcke av dunkel. Först, i en blixt av ljus, såg jag min morfar Tao Chi'en och hörde honom mumla mitt kinesiska namn, Lai-Ming. Det var ett mycket kort ögonblick, men klart som fullmånen. Så återupplevde jag i vaket tillstånd den där envisa mardrömmen som alltid har pinat mig, och i detsamma förstod jag att det finns ett direkt samband mellan min dyrkade morfar och de där demonerna i svarta pyjamas. Handen som släpper taget om mig i drömmen är Tao Chi'ens hand. Den som långsamt faller omkull är Tao Chi'en. Fläcken som obevekligt sprider sig över gatstenarna är Tao Chi'ens blod.

I lite över två år hade jag officiellt bott tillsammans med Frederick Williams, men allt mer och mer fördjupad i min relation med Ivan Radovic; jag kunde inte längre tänka mig en framtid utan honom. Då kom min mormor, Eliza Sommers, tillbaka i mitt liv. Hon var sig alldeles lik, med sin doft av socker och vanilj, såg ut att vara opåverkad av umbäranden och tidens gång. Jag kände igen henne vid första anblicken fastän det hade gått sjutton år sedan hon gick med mig till Paulina del Valles hus och lämnade mig där, och fastän jag på hela den tiden inte hade sett något fotografi av henne och hennes namn mycket sällan hade uttalats i min närvaro. Bilden av henne fanns inpräntad i min förträngda längtan och hade förändrats så lite att när hon plötsligt stod på tröskeln till vårt hus med sin kappsäck i handen var det som om vi hade skilts åt i går och allt som hänt under dessa år var en dröm. Enda skillnaden var att hon verkade kortare än jag mindes, men det kan ju ha berott på mig själv, sista gången vi sågs var jag en liten unge på fem år och tittade upp på henne underifrån. Hon var fortfarande rak i ryggen som en amiral, med samma ungdomliga ansikte och samma stränga frisyr, fastän håret nu hade gråa strimmor. Hon hade till och med samma pärlhalsband som jag alltid sett henne bära och som, det vet jag numera, hon aldrig tar av sig ens när hon sover. Hon kom tillsammans med Severo del Valle, som haft kontakt med henne i alla dessa år men inte berättat det för mig därför att hon inte tillät honom. Eliza Sommers gav Paulina del Valle sitt ord på att aldrig försöka sätta sig i förbindelse med sin dotterdotter, och det höll hon troget ända tills Paulinas död löste henne från löftet. När Severo skrev och berättade det för henne packade hon sina väskor och stängde sitt hus, så som hon hade gjort många gånger förut, och tog båten till Chile. När hon blev änka 1885 i San Francisco for hon på pilgrimsfärd till Kina med sin makes balsamerade kvarlevor för att begrava honom i Hongkong. Tao Chi'en hade levat största delen av sitt liv i Kalifornien och var bland de få kinesiska immigranter som lyckats bli amerikanska medborgare, men han sa alltid att han önskade få sina ben begravda i Kina, så att inte hans själ skulle behöva irra omkring i universums oändlighet utan att finna himmelens port. Men den försiktighetsåtgärden måtte inte ha varit tillräcklig, för jag är övertygad om att min oförliknelige morfar Tao Chi'ens ande fortfarande håller till i dessa trakter, annars förstår jag inte hur jag kan känna att han alltid är hos mig. Det är inte bara inbillning, min mormor Eliza har gett mig några bekräftelser, till exempel den där doften av hav som omger mig ibland och rösten som viskar ett magiskt ord: mitt kinesiska namn.

– Hallå där, Lai-Ming, hälsade denna otroliga mormor när hon fick se mig.

– Oi poa! ropade jag till.

Det ordet – mormor på kantonesiska – hade jag inte sagt sedan den där tiden långt tillbaka när jag bodde tillsammans med henne ovanpå en akupunkturklinik i kineskvarteret i San Francisco, men jag hade inte glömt bort det. Hon la handen på min axel och granskade mig uppifrån och ned, och så nickade hon gillande och tog mig till sist i famn.

– Jag är glad att du inte är lika vacker som din mor, sa hon.

– Precis detsamma sa min far.

– Du är lång, liksom Tao. Och Severo har sagt att du är klok liksom han också.

I vår familj serverar vi te när situationen är lite penibel, och eftersom jag nästan jämt känner mig generad serverar jag te ideligen. Den drycken har fördelen att den hjälper mig att hålla styr på mina nerver. Jag hade våldsam lust att ta min mormor om livet och dansa vals med henne, haspla ur mig hela mitt liv för henne och släppa fram alla de förebråelser som jag har muttrat tyst för mig själv i åratal, men ingenting av allt det var möjligt. Eliza Sommers är inte det slags person som inbjuder till förtrolighet, hennes värdighet verkar avskräckande och det skulle dröja månader innan hon och jag kunde prata avspänt med varandra. Som väl var lättades spänningen av teet och tack vare att Severo del Valle var där och att Frederick Williams kom tillbaka från en av sina promenader runt ägorna utstyrd som en upptäcktsresande i Afrika. Så fort farbror Frederick fick av sig sin tropikhjälm och solglasögonen och fick syn på Eliza Sommers, var det något som förändrades i hans hållning: han sköt ut bröstet, höjde rösten och fjädrade sig. Hans beundran fördubblades när han såg resväskorna med märken från hennes färder och fick höra att den där lilla damen var en av de få utlänningar som hade tagit sig ända till Tibet.

Jag vet inte om min *oi poa*'s enda skäl för att komma till Chile var att hon ville träffa mig, jag misstänker att hon var ännu mer intresserad av att resa vidare till sydpolen, där ingen kvinna ännu hade satt sin fot, men hur som helst blev hennes besök avgörande för mig. Utan henne skulle mitt liv fortfarande vara fullt av dunkla zoner, utan henne skulle jag inte kunna skriva de här memoarerna. Det var min mormor som gav mig bitarna som fattades i mitt livs pussel, berättade om min mor och om hur jag föddes och till slut gav mig nyckeln till mina mardrömmar. Det var också hon som längre fram följde med mig till San Francisco för att jag skulle få träffa min morbror Lucky, en framgångsrik kinesisk köpman, tjock och kortbent och alldeles förtjusande, och för att gräva fram de handlingar som krävdes för att knyta ihop de lösa trådarna i min historia. Förhållandet mellan Eliza Sommers och Severo del Valle går lika djupt som de hemligheter de hade tillsammans under många år; hon ser honom som min riktige far, för han var mannen som älskade hennes dotter och gifte sig med henne. Matías Rodríguez de Santa Cruz hade bara en funktion: att av en händelse stå till tjänst med några gener.

– Vem som har avlat dig spelar mindre roll, Lai-Ming, det kan vem som helst göra. Severo var den som gav dig sitt namn och tog ansvar för dig, hävdade hon.

– I så fall var Paulina del Valle min mor och min far, jag bär hennes namn och hon tog ansvar för mig. Alla andra for som kometer genom min barndom och lämnade bara lite stjärnstoft efter sig, invände jag.

– För henne var Tao och jag din far och mor, vi fostrade dig, Lai-Ming, förklarade hon, med all rätt, för morföräldrarna hade så starkt inflytande på mig att jag har burit dem inom mig i trettio år som någonting subtilt, alltid närvarande, och jag är övertygad om att jag kommer att ha dem med mig resten av livet.

Eliza Sommers lever i en annan dimension tillsammans med Tao Chi'en, vars död blev en allvarlig olägenhet men inte hindrade henne från att fortsätta älska honom som förut. Min mormor Eliza är en sådan människa som av ödet är bestämd för en enda storartad kärlek, och jag tror inte att någon annan ryms i hennes hjärta sedan hon blev änka. Sedan hon begravt sin make i Kina hos hans första hustru, Lin, och fullgjort de buddistiska riterna så som han skulle ha önskat, var hon fri. Hon kunde ha rest tillbaka till San Francisco till sin son Lucky och den unga hustru som han hade skickat efter från Shanghai utvald ur en katalog, men tanken att bli en fruktad och vördad svärmor var lika med att resignera och bli gammal. Hon kände sig varken ensam eller rädd för framtiden, eftersom Tao Chi'ens skyddande ande alltid är med henne; i själva verket är de varandra närmare än förut, de skiljs inte åt ett enda ögonblick. Hon har vant sig vid att tala lågt med sin man, för att inte verka förryckt i andras ögon, och om nätterna sover hon på vänstra sidan av sängen så att han ska få plats på den högra, så som de brukade. Den äventyrliga läggning som drev henne att rymma från Chile vid sexton års ålder som fripassagerare på ett segelfartyg på väg till Kalifornien vaknade på nytt hos henne när hon blev änka. Hon mindes ett uppenbarelsens ögonblick då hon var aderton år, mitt under guldfebern, när gnäggningen från hennes häst och gryningens första ljusstråle väckte henne mitt ute i ett vilt och ödsligt landskap. Den morgonen upptäckte hon frihetens berusning. Hon hade tillbragt natten ensam under träden, bland tusen faror: grymma banditer, vilda indianer, ormar, björnar och andra vilda djur, men för första gången i sitt liv var hon inte rädd. Hon hade vuxit upp insnörd i korsett, begränsad till kropp, själ och fantasi, skrämd till och med av sina egna tankar, men det där äventyret hade gjort henne fri. Hon blev tvungen att utveckla en styrka som hon kanske alltid hade haft men dittills inte varit medveten om därför att hon inte behövt använda den. Hon hade lämnat hemmets skydd när hon ännu bara var en flicka, följt en förrymd älskare i spåren, havande tagit sig ombord som fripassagerare på ett fartyg, där hon miste barnet och nära nog livet, kommit till Kalifornien, klätt sig i manskläder och berett sig att söka igenom staten från ena änden till den andra, utan andra vapen eller hjälpmedel än kärlekens desperata drivkraft. Hon klarade av att överleva ensam i ett land för män, där girigheten och våldet styrde, och under vägen fick hon sitt mod och sin smak för oberoende. Det där äventyrets intensiva lyckorus glömde hon aldrig. Av kärlek, likaså, levde hon i trettio år som Tao

Chi'ens anspråkslösa maka, som mor och finbagerska, och gjorde sin plikt utan en vidare horisont än sitt hem i Chinatown, men fröet som såddes under de där nomadåren fanns orört kvar i hennes sinne färdigt att börja gro i rätt ögonblick. När Tao Chi'en, den enda ledstjärnan i hennes liv, gick bort var stunden inne att ge sig ut på egen hand igen. "Egentligen har jag alltid varit en vagabond, vad jag vill är att resa utan något bestämt mål", skrev hon i ett brev till sin son Lucky. Men hon beslöt att först hålla löftet hon givit sin far, kapten John Sommers, att inte lämna sin faster Rose ensam på ålderdomen. Från Hongkong reste hon till England för att hålla den gamla damen sällskap under hennes sista år, det var det minsta hon kunde göra för den kvinnan, som var som en mor för henne. Rose Sommers var nu över sjuttio år och hennes hälsa började svikta, men hon fortsatte att skriva sina kärleksromaner, alla mer eller mindre likadana, och hade blivit den mest berömda romanförfattarinnan på engelska språket. Det hände att nyfikna reste långa vägar för att få en skymt av hennes lilla gestalt när hon promenerade med hunden i parken, och det påstods att drottning Victoria i sitt änkestånd fann tröst i att läsa hennes sirapssöta berättelser om allt övervinnande kärlek. När Eliza kom, som hon höll av som en dotter, blev det en enorm lättnad för Rose Sommers, inte minst därför att hennes handled hade börjat krångla och det blev allt besvärligare för henne att hålla i pennan. I stället började hon då diktera sina romaner för Eliza, och senare när hon dessutom började bli förvirrad låtsades Eliza anteckna men skrev i stället själv, utan att förläggaren eller läsarna någonsin misstänkte det, konsten var bara att använda samma recept om igen. Efter Rose Sommers död bodde Eliza kvar i samma lilla hus i bohemkvarteret – mycket värdefullt eftersom trakten hade kommit på modet – och ärvde det kapital som adoptivmodern hade samlat med hjälp av sina kärleksromaner. Först av allt for hon och hälsade på sin son Lucky i San Francisco och träffade sina barnbarn, som hon tyckte var ganska fula och tråkiga, och sedan gav hon sig av till mera ex-

otiska platser och fick äntligen leva ut sin läggning som vaga-
bond. Hon var en sådan resenär som envisas med att ta sig till
ställen som alla andra undviker. Ingenting gjorde henne så nöjd
som att se etiketter och stämplar på sitt bagage från jordens
mest fördolda länder, ingenting gjorde henne så stolt som att få
någon sällsynt smitta eller bli biten av något främmande djur. I
flera år reste hon omkring med sina upptäcktsresandekoffertar,
men hon vände alltid tillbaka till det lilla huset i London där
breven från Severo del Valle väntade med nya underrättelser
om mig. När hon fick veta att Paulina del Valle inte längre
fanns i denna världen beslöt hon att resa tillbaka till Chile, där
hon var född men som hon inte hade brytt sig om på över ett
halvsekel, för att få träffa sin dotterdotter igen.

Kanske att min mormor Eliza under den långa båtresan min-
des sina första sexton år i Chile, detta smala och blåsiga land,
sin barndom i en kärleksfull indianskas och den vackra miss
Roses vård, sin fridsamma och trygga tillvaro tills älskaren
kom som gjorde henne med barn och övergav henne för att leta
guld i Kalifornien och aldrig mer gav ett livstecken ifrån sig.
Eftersom min mormor Eliza tror på människans karma måste
hon ha dragit slutsatsen att den där långa världsomseglingen
krävdes för att hon skulle lära känna Tao Chi'en, som det var
hennes öde att älska i var och en av sina inkarnationer. "Vilken
okristlig tanke" var Frederick Williams kommentar när jag för-
sökte förklara för honom varför Eliza Sommers inte behövde
någon människa.

Mormor Eliza hade med sig åt mig en illa medfaren koffert
som hon gav mig med en okynnig glimt i sina mörka ögon. Den
innehöll gulnade manuskript med författarnamnet "En Ano-
nym Dam". Det var de pornografiska romanerna som Rose
Sommers skrev i sin ungdom, ännu en välbevarad familjehem-
lighet. Jag har läst dem noga, enbart i bildningssyfte, till direkt
behållning för Ivan Radovic. Den där underhållande litteratu-
ren – hur kom en ogift viktoriansk dam på så djärva idéer? –
och Nívea del Valles förtroenden har hjälpt mig att bekämpa

min blyghet, som i början utgjorde ett nästan oöverstigligt hinder mellan Ivan och mig. Det är visserligen sant att den där stormiga dagen, när vi skulle se zarzuela men aldrig kom iväg, tog jag mig för att kyssa honom i droskan innan den stackars karlen hann försvara sig, men längre än så sträckte sig inte min skamlöshet, sedan förlorade vi dyrbar tid på att slåss mot min enorma osäkerhet och hans skrupler, för han ville inte "fördärva mitt rykte", som han sa. Det var inte lätt att övertyga honom om att mitt rykte var tämligen skamfilat redan innan han dök upp på horisonten, och att det skulle så förbli, för jag tänkte aldrig gå tillbaka till min man eller avstå från mitt arbete eller mitt oberoende, saker som är så illa sedda på våra breddgrader. Efter mina förödmjukande erfarenheter av Diego kändes det otänkbart att jag skulle kunna inspirera till lust eller kärlek, jag var inte bara totalt okunnig om allt sexuellt utan kände mig också underlägsen, jag tyckte att jag var ful, otillräcklig, för lite kvinnlig, jag skämdes över min kropp och över lidelsen som Ivan väckte i mig. Rose Sommers, den avlägsna fostermormorsmor som jag aldrig hade träffat, gav mig en fantastisk gåva när hon lät mig få den lekfulla frihet som behövs till älskog. Ivan brukade ta allting för allvarligt, hans slaviska temperament har en dragning åt det tragiska hållet. Ibland blir han djupt förtvivlad över att vi inte kan bo tillsammans förrän min man är död, och vid det laget är vi säkert urgamla. När de där mörka molnen fördystrar hans sinne tar jag till "En Anonym Dam"s manuskript, där jag alltid hittar nya hjälpmedel för att bereda honom njutning eller åtminstone få honom att skratta. Medan jag ägnat mig åt att roa honom på det intima planet har jag samtidigt själv mist min blyghet och fått en säkerhet som jag aldrig förut har haft. Jag känner mig inte förförisk, så stor har manuskriptens positiva verkan inte blivit, men jag är åtminstone inte längre rädd för att ta initiativet för att sätta fart på Ivan, som annars skulle kunna slå sig till ro med samma rutin för all framtid. Det skulle vara slöseri att älska som ett gammalt äkta par när vi nu inte ens är gifta. Fördelen med att vara älskande är att vi måste vårda vårt förhållande noga, för allt sammansvär sig ju för att skilja oss åt. Beslutet att hålla ihop måste fattas om och om igen, det håller oss vitala.

Det här är historien som min mormor Eliza Sommers berättade.

Tao Chi'en kunde inte förlåta sig själv att hans dotter Lynn dog. Det lönade sig inte för Eliza och Lucky att upprepa att ingen mänsklig makt hade kunnat hejda ödet, att han som *zhong-yi* hade gjort allt och att läkarvetenskapen ännu inte var i stånd att förebygga eller hejda dessa ödesdigra blödningar som dödade så många kvinnor vid förlossningen. För Tao Chi'en var det som om han hade gått i cirklar och om igen stått på samma ställe som trettio år tidigare, i Hongkong, när hans första hustru, Lin, födde en flicka. Hon hade också börjat förblöda, och i sin desperation hade han erbjudit himlen vad som helst i utbyte mot Lins liv. Barnet hade dött inom några minuter och han hade trott att det var priset för Lins räddning. Han hade aldrig anat att han långt senare, på andra sidan jorden, skulle få betala på nytt med sin dotter Lynns liv.

– Säg inte så där, far, invände Lucky. Det är inte fråga om att byta ut ett liv mot ett annat, det där är vidskepelse som inte anstår en man så intelligent och bildad som du är. Min systers död har ingenting att göra med din första hustrus död eller med dig. Såna där olyckor händer ideligen.

– Vad är det för mening med åratals studier och erfarenhet om jag inte kunde rädda henne? klagade Tao Chi'en.

– Miljoner kvinnor dör i barnsäng, du gjorde allt du kunde för Lynn...

Eliza Sommers var lika förkrossad som hennes make av sorgen över att ha mist deras enda dotter, men dessutom föll ansvaret på henne för att ta hand om den lilla föräldralösa. Hon höll på att stupa av trötthet, men Tao Chi'en sov inte en sekund, hela natten grubblade han, gick runt i huset som en osalig ande och grät i det fördolda. De hade inte älskat med varandra på flera dagar, och så som stämningen var där i huset verkade det inte som om de skulle komma att göra det inom den närmaste framtiden. Efter en vecka tog Eliza till den enda lösning hon kunde komma på: hon la barnbarnet i Tao Chi'ens famn och sa honom att hon inte orkade med att sköta flickan, i tjugoett år av sitt liv hade hon inte gjort annat än att ta hand om hans barn Lucky och Lynn som en slavinna, och nu orkade hon inte börja om på nytt med den lilla Lai-Ming. Plötsligt hade Tao Chi'en ansvaret för ett moderlöst spädbarn som han måste mata med mjölk i en pipett en gång i halvtimmen, för hon kunde knappt svälja, och som han hela tiden måste vagga, för hon skrek i kolik dag och natt. Den lilla varelsen var inte ens vacker att se på, hon var pytteliten och skrynklig, med huden färgad av gulsot, ansiktet tillplattat av den svåra födseln och inte ett enda hårstrå på huvudet, men när Tao Chi'en hade haft hand om henne i tjugofyra timmar kunde han se på henne utan att bli förskräckt. När han i tjugofyra dagar hade burit omkring henne i en påse över axeln, matat henne med pipetten och sovit med henne intill sig började han tycka att hon var söt. Och när han i tjugofyra månader hade skött henne som en mor var han totalt förälskad i sin dotterdotter och övertygad om att hon skulle bli ännu vackrare än Lynn, trots att det inte fanns den ringaste anledning att tro det. Flickungen var inte längre någon mollusk, som när hon föddes, men hon var inte det minsta lik sin mor. Tao Chi'ens dagliga rutiner, som annars bara handlade om mottagningen och några få timmar som han och Eliza hade för sig själva, förändrades helt. Nu kretsade allt runt Lai-Ming, den krävande lilla flickan som levde som klistrad till honom, som han måste berätta sagor för, sjunga till sömns, övertala att äta, ta ut på promenad, köpa de vackraste kläder åt i de amerikanska butikerna och i Chinatown och presentera för alla han mötte, för aldrig hade man sett en så klok flicka, trodde morfadern förblindad av kärlek. Han var övertygad om att dotterdottern var ett geni, och för att bevisa det talade han med henne både på kinesiska och på engelska, vilket tillsammans med den spanska rotvälska som mormodern använde bildade en praktfull röra. Lai-Ming reagerade på Tao Chi'ens uppmuntran som vilken tvååring som helst, men för honom verkade hennes obetydliga framsteg som ovedersägliga bevis för överlägsen intelligens. Han drog ned på sina mottagningstider till ett par timmar på eftermiddagen, så att han kunde tillbringa hela förmiddagen tillsammans med sitt barnbarn och lära henne nya konster, som en dresserad apa. Motvilligt gick han med på att Eliza tog henne till tesalongen på eftermiddagarna, medan han arbetade, för han hade också fått för sig att hon kunde börja utbildas i medicin redan som liten.

– I min släkt har vi varit *zhong-yi* i sex generationer, Lai-Ming ska bli den sjunde, eftersom inte du har de ringaste anlag, meddelade Tao Chi'en sin son Lucky.

– Jag trodde att bara män kan bli läkare, invände Lucky.

– Det var tidigare. Lai-Ming ska bli historiens första kvinnliga *zhong-yi*, svarade Tao Chi'en.

Men Eliza Sommers tillät honom inte att fylla dotterdotterns huvud med medicinska teorier vid så späd ålder, sånt blev det nog tid för längre fram, nu var det nödvändigt att ta barnet ut ur Chinatown några timmar om dagen för att amerikanisera henne. Den saken var morföräldrarna åtminstone överens om, Lai-Ming skulle höra hemma i de vitas värld, där hon säkert skulle få större möjligheter än bland kineser. Det var en fördel att flickan inte hade asiatiskt utseende, hon hade råkat bli lika spansk som sin fars släkt. Möjligheten att Severo del Valle en dag kunde komma tillbaka och göra anspråk på sin föregivna dotter och ta henne med sig till Chile kändes outhärdlig, så det talade de aldrig om. De utgick bara från att den unge chilenaren skulle hålla överenskommelsen, eftersom han hade visat mer än tillräckliga prov på ädelmod. De rörde inte pengarna som han lämnade för flickans räkning utan satte in dem på banken till hennes framtida utbildning. Var tredje eller fjärde månad skrev Eliza ett kort brev till Severo del Valle och berättade om hans "skyddsling", som hon kallade flickan för att klart och tydligt markera att hon inte tillerkände honom någon fadersrätt. Under första året kom inget svar, för han var helt uppslukad av sin sorg och av kriget, men sedan såg han till att skicka svar då och då. Paulina del Valle såg de inte mer, för hon kom inte tillbaka till tesalongen och gjorde aldrig verklighet av sitt hot att ta flickan ifrån dem och ruinera dem.

Så gick fem lugna och harmoniska år i Chi'ens hus, fram till den obönhörliga kedja av händelser som skulle bli familjens undergång. Det hela började med ett besök av två damer som presenterade sig som presbyterianska missionärer och bad att få tala enskilt med Tao Chi'en. *Zhong-yi*'n släppte in dem på mottagningen, för han trodde att de kom av hälsoskäl, det fanns ingen annan förklaring till att ett par vita damer oväntat skulle komma till hans hus. De såg ut som systrar, var unga, långa, rosenkindade, med ögon så klara som vattnet i bukten, och bägge gjorde det strålande självsäkra intryck som brukar höra ihop med religiöst nit. De presenterade sig med förnamn, Donaldina och Martha, och förklarade så att den presbyterianska missionsverksamheten i Chinatown dittills hade bedrivits mycket diskret och försiktigt för att inte stöta sig med buddisterna där, men nu hade de fått nya medlemmar fast beslutna att införa åtminstone någon form av kristna anständighetsnormer där i området som, sa de, "inte var kinesiskt territorium utan amerikanskt, och det kunde inte tillåtas att lag och moral åsidosattes där". De hade hört talas om "sing-song girls", men kring slavhandeln med små flickor som prostituerade rådde en tystnadens konspiration. Missionärerna visste att amerikanska myndigheter tog mutor och såg genom fingrarna. Någon hade antytt för dem att Tao Chi'en skulle vara den ende som hade mod nog att berätta sanningen för dem och hjälpa dem, och därför hade de kommit. *Zhong-yi*'n hade väntat på den stunden i årtionden. I sitt utdragna arbete med att rädda de där olyckliga unga flickorna hade han bara kunnat räkna med hjälpen i det tysta från några få vänner som var kväkare och som åtog sig att föra ut de små prostituerade ur Kalifornien och låta dem börja ett nytt liv långt från *tongs* och kopplare. Hans uppgift var att köpa dem han fick råd till på de hemliga auktionerna och att ta emot dem som var för sjuka för att duga på bordellerna; han försökte läka deras kroppar och lugna deras själar, men det lyckades inte alltid, många dog i hans händer. I hans hus fanns två rum där "sing-song girls" kunde få skydd, och de var nästan alltid upptagna, men Tao Chi'en insåg att i samma mån som den kinesiska befolkningen ökade i Kalifornien blev problemet med slavflickorna allt värre, och ensam kunde han göra ytterst lite för att mildra det. De där bägge kvinnliga missionärerna kom som sända från himlen, först och främst hade de stöd från den mäktiga presbyterianska kyrkan, och dessutom var de vita, de kunde mobilisera pressen, allmänna opinionen och de amerikanska myndigheterna så att denna grymma handel fick ett slut. Alltså berättade han utförligt om hur flickorna blev köpta eller bortrövade i Kina, hur det kinesiska samhället föraktade barn av kvinnligt kön och hur det var vanligt där i landet att hitta nyfödda flickor dränkta i brunnar eller utkastade på gatan, bitna av råttor eller hundar. Familjerna ville inte ha dem, därför var det så lätt att köpa dem för några slantar och ta dem till Amerika, där de kunde utnyttjas med miljoner dollar i förtjänst. De forslades som djur i stora lårar nere i fartygens lastrum, och de som överlevde uttorkning och kolera kom in i Förenta Staterna med falska äktenskapskontrakt. Alla var de brudar i immigrationsmyndigheternas ögon, och deras låga ålder, eländiga fysiska tillstånd och förfärade ansikten väckte tydligen inga misstankar. De där småflickorna betydde ingenting. Vad som hände med dem angick bara "himmelens söner", inte de vita. Tao Chi'en förklarade för Donaldina och Martha att när "sing-song girls" väl initierats i yrket var deras beräknade livstid bara tre eller fyra år till: de fick ta emot ända till trettio män per dag, de dog av könssjukdomar, aborter, lunginflammation, svält och misshandel, en tjugoårig kinesisk prostituerad var en sällsynthet. Ingen förde något register över deras liv, men eftersom de kom in i landet med legala papper måste ett register föras över deras död, för den osannolika händelse att någon skulle fråga efter dem. Många blev galna. De var billiga, de gick att ersätta i en blink, ingen satsade något på deras hälsa eller på att de skulle hålla länge. Tao Chi'en angav för missionärerna ungefär hur många slavflickor som fanns i Chinatown, vid vilka tider auktionerna hölls och var bordellerna låg, allt ifrån de eländigaste, där de små flickorna behandlades som djur i bur, och till de elegantaste, som styrdes av den berömda Ah Toy, som hade blivit landets största importör av lammkött. Hon köpte elvaåriga småflickor i Kina, och under resan fick sjömännen ta hand om dem, så att de när de kom fram till Amerika redan kunde säga "betala först" och kunde skilja på brons och riktigt guld så att de inte blev lurade med falska pengar. Ah Toys flickor valdes ut bland de vackraste och hade bättre tur än de övriga, vilkas öde var att auktioneras ut som boskap och betjäna de uslaste männen på alla sätt som de krävde, även de grymmaste och mest förödmjukande. Många av flickorna blev förryckta, som vilda djur, och måste bindas med kedjor vid sängen och hållas bedövade med narkotika. Tao Chi'en gav missionärerna namnen på de tre eller fyra rika och ansedda kinesiska köpmän, bland dem hans egen son Lucky, som skulle kunna hjälpa dem med deras uppgift, de enda som var överens med honom om att utrota den där människohandeln. Donaldina och Martha antecknade, med darrande händer och tårar i ögonen, allt som Tao Chi'en berättade för dem, tackade honom sedan och frågade när de tog adjö om de kunde räkna med honom när tiden var inne att gå till aktion.

– Jag ska göra vad jag kan, svarade *zhong-yi*'n.

– Vi också, mr Chi'en. Den presbyterianska missionen kommer inte att vila förrän vi har gjort slut på det här sedefördärvet och räddat de arma flickorna, även om vi måste hugga upp dörrarna till dessa syndens nästen med yxa, försäkrade de.

När Lucky hörde vad hans far hade gjort blev han överväldigad av onda aningar. Han kände villkoren i Chinatown mycket bättre än Tao och insåg att fadern hade gjort något fatalt oförsiktigt. Tack vare sin smidighet och sympatiska utstrålning hade Lucky vänner inom alla skikt bland kineserna, i flera år hade han gjort inbringande affärer och vunnit stadigt men måttligt vid *fan-tan*-borden. Trots sin ungdom hade han blivit en person som var omtyckt och respekterad av alla, även inom *tongs* som aldrig hade trakasserat honom. I åtskilliga år hade han hjälpt sin far att rädda "sing-song girls" med det underförstådda förbehållet att inte väcka större uppmärksamhet, han hade fullt klart för sig att man måste iaktta absolut diskretion för att överleva i Chinatown, där den gyllene regeln gick ut på att aldrig blanda in de vita – de fruktade och avskydda *fan-güey* – utan lösa alla problem, i synnerhet allt som hade med brott att göra, landsmän emellan. Förr eller senare skulle det bli känt att hans far gav information till missionärerna, och de i sin tur till de amerikanska myndigheterna. Det fanns inget säkrare sätt att dra på sig olycka, och all hans egen goda tur skulle inte räcka till för att skydda dem. Det sa han till Tao Chi'en, och så blev det i oktober 1885, samma månad som jag fyllde fem år.

Min morfars öde avgjordes den minnesvärda tisdag då de bägge unga kvinnliga missionärerna, i sällskap med tre stadiga irländska poliser och den gamle kriminalreportern Jacob Freemont, kom till Chinatown mitt på ljusa dagen. Allt liv på gatan stannade upp och en folkmassa samlades och följde efter gruppen av *fan-güey*, en ovanlig syn i den stadsdelen, som med bestämda steg begav sig till ett eländigt hus där två "sing-song girls" visade upp sina vitpudrade och rödsminkade ansikten innanför den trånga gallerporten och bjöd ut sig till kunderna med sina jamande läten och nakna, outvecklade bröst. När flickorna såg de vita komma försvann de in i huset skrikande av fasa, och i stället visade sig en ursinnig käring som svarade poliserna med en radda okvädinsord på sitt eget språk. På ett tecken av Donaldina dök en yxa upp i handen på en av irländarna, och de började bräcka upp porten inför den häpna folksamlingens ögon. De vita rusade in genom den trånga porten, det hördes tjut, springande steg och kommandorop på engelska, och inom en kvart kom angriparna ut igen fösande framför sig ett halvdussin skräckslagna flickor, gumman som en av poliserna släpade med sig sparkande och sprattlande och tre karlar som gick slokörade med pistolen riktade mot sig. Ute på gatan blev det stor uppståndelse och några nyfikna försökte gå närmare med hotfulla miner, men de stannade tvärt när flera skott avlossades i luften. *Fan-güey*-sällskapet satte in flickorna och de andra gripna i en täckt polisvagn, och hästarna travade iväg med sitt lass. Hela dagen pratade folket i Chinatown sedan om det som hänt. Aldrig förr hade polisen ingripit i stadsdelen av något skäl som inte haft direkt med de vita att göra. Bland amerikanska myndigheter rådde stor tolerans mot "gulingarnas seder", som de kallade dem, ingen brydde sig om att ta reda på något om opienästena, om spelhålorna eller ännu mindre om slavflickorna, som de betraktade som ännu en av "himmelens söners" groteska perversiteter, i klass med att äta hund i sojasås. Den ende som inte visade sig förvånad utan i stället belåten var Tao Chi'en. Den berömde *zhong-yi*'n var nära att bli överfallen av ett par våldsverkare från en av *tongs* på restaurangen där han alltid brukade äta lunch tillsammans med sin dotterdotter, när han med tillräckligt hög röst för att höras över larmet i lokalen uttryckte sin tillfredsställelse över att stadens myndigheter äntligen tog itu med frågan om "sing-song girls". Visserligen tyckte de flesta matgästerna vid de andra borden att i en befolkning som nästan enbart bestod av män var slavflickorna en oumbärlig konsumtionsvara, men de skyndade sig ändå att försvara Tao Chi'en, för han var den högst aktade personen i hela stadsdelen. Om det inte varit för att värden på restaurangen gripit in i rätta ögonblicket skulle det ha blivit fullt slagsmål. Tao Chi'en gick uppbragt sin väg, med sin dotterdotter vid ena handen och sin mat inlindad i en bit papper i den andra.

Bordellepisoden skulle kanske inte ha fått några nämnvärda följder om den inte två dagar senare upprepats på liknande sätt vid en annan gata: samma presbyterianska missionärer, samma journalist, Jacob Freemont, och samma tre irländska poliser, men den här gången hade de med sig fyra tjänstemän till, som stöd, och dessutom två stora ilskna hundar som slet i sina kedjor. Manövern tog åtta minuter och Donaldina och Martha fick med sig sjutton små flickor, två kopplerskor, ett par gorillor och ett antal kunder som kom ut med byxorna på halv stång. Ryktet om vad den presbyterianska missionen och *fan-güey*-regimen hade föresatt sig spreds som en löpeld i Chinatown och nådde till och med in i de smutsiga cellerna där slavflickorna levde. För första gången i deras eländiga liv blåste där en fläkt av hopp. Det hjälpte inte att de hotades med stryk om de inte lydde, eller att de fick höra hemska historier om hur de vita djävlarna skulle föra bort dem för att dricka deras blod, från den stunden försökte flickorna ge sig till känna för missionärerna och på några veckor blev polisrazziorna allt fler, liksom också tidningsartiklarna. Den här gången tjänade Jacob Freemonts försåtliga penna äntligen ett gott ändamål, för han lyckades skaka om stadsbornas samveten med sina vältaliga skildringar av de små slavflickornas fasansfulla öde mitt i hjärtat av San Francisco. Den gamle journalisten skulle komma att avlida inte långt efteråt utan att få veta vilken verkan hans artiklar gjorde, men Donaldina och Martha skulle få se frukten av sina strävanden. Aderton år efteråt träffade jag dem under en resa till San Francisco, de har fortfarande skära kinder och samma messianska trosiver i blicken, de patrullerar fortfarande Chinatown varje dag, lika vaksamma som förr, men nu blir de inte längre kallade förbannade *fan-güey* och ingen spottar efter dem. Nu blir de tilltalade med *lo-mo*, kärleksfulla moder, och de hälsas med bugningar. De har räddat tusentals barn och avskaffat den grymma handeln med småflickor, även om de inte har lyckats göra slut på andra former av prostitution. Min morfar Tao Chi'en skulle vara mycket nöjd.

Andra onsdagen i november gick Tao Chi'en, liksom varje dag, och hämtade sin dotterdotter Lai-Ming på sin hustrus tesalong vid Union Square. Flickan var hos sin mormor Eliza på eftermiddagarna tills *zhong-yi*'n var klar med den sista patienten på sin mottagning och kunde gå och hämta henne. Det var bara sju kvarter därifrån och hem, men Tao Chi'en brukade ta en promenad längs Chinatowns bägge huvudgator så där dags, när papperslyktorna tändes i butikerna och människorna slutade sina arbeten och gick ut för att handla till kvällsmaten. Med dotterdottern vid handen gick han omkring bland marknadsstånden bland exotiska frukter som låg staplade, glaserade ankor som hängde på sina krokar och svamp, insekter, skaldjur, växter och organ från djur som man bara kunde hitta där. Eftersom ingen hade tid att laga mat hemma hos dem valde Tao Chi'en noga ut vilka rätter han skulle ta med till kvällsmat, nästan alltid desamma, för Lai-Ming var mycket bortskämd när det gällde mat. Morfadern frestade henne med smakbitar av läckra kantonesiska anrättningar som såldes i stånden längs gatan, men i allmänhet slutade det med samma *chow-mein* av olika slag och med revbensspjäll. Den där dagen bar Tao Chi'en för första gången en ny kostym, sydd av stadens bäste kinesiske skräddare, som bara hade de mest distingerade herrar till kunder. Han hade klätt sig enligt amerikansk sed i många år, men sedan han blev amerikansk medborgare försökte han klä sig utsökt elegant, som bevis på aktning för sitt adoptivland. Han såg mycket stilig ut i sin perfekta mörka kostym, med stärkskjorta, plastrong, överrock av engelskt kläde, cylinderhatt och elfenbensfärgade glacéhandskar. Den lilla Lai-Mings klädsel var helt annorlunda än morfaderns västerländska uppenbarelse, hon hade varma långbyxor och vadderad sidenjacka i lysande gula och blå färgtoner, kläder så tjocka att flickan rörde sig klumpigt som en björn, hon hade håret samlat i en stram fläta och på huvudet en svart, broderad mössa i Hongkong-stil. Båda väckte de uppmärksamhet i den brokiga folkmängden där nästan alla var av mankön och klädda i de typiska svarta byxor och jackor som var så vanliga att kinesbefolkningen verkade uniformerad. Människor hejdade sig och hälsade på *zhong-yi*'n, för om de inte var hans patienter kände de honom i alla fall till utseendet och till namnet, och handelsmännen gav barnbarnet någon småsak för att ställa sig in med morfadern: en fosforescerande skalbagge i sin lilla bur, en solfjäder av papper, en karamell. När det mörknade kom där alltid en festlig stämning över Chinatown, med ljudet av hojtande samtal, prutandet och försäljarnas rop, där luktade flottyrstekt mat, kryddor, fisk och avfall, för skräpet samlades längs mitten av gatan. Morfar och barnbarn gick förbi ställen där de brukade handla, pratade med männen som satt på trottoarerna och spelade mahjong, gick till örtförsäljarens lilla bod för att hämta några mediciner som zhong-yi'n hade beställt från Shanghai, stannade till vid en spelhåla för att titta på fan-tan-borden från ingången, för Tao Chi'en var fascinerad av spel men skydde det som pesten. De drack också en skål grönt te i morbror Luckys affär, där de fick beundra den senaste leveransen av antikviteter och snidade möbler som just hade anlänt, och så vände de tillbaka och gick i lugn och ro hemåt. Plötsligt kom en pojke springande mycket upprörd och bad zhong-yi'n komma fort, för det hade hänt en olycka, en man hade blivit sparkad i bröstet av en häst och nu spottade han blod. Tao Chi'en skyndade sig efter pojken, utan att släppa sin dotterdotters hand, längs en tvärgata och så en till och en till, in genom trånga passager i Chinatowns labyrint, tills de stod ensamma i en återvändsgränd där den enda belysningen kom från papperslyktor i några fönster, glimmande som fantastiska lysmaskar. Pojken var försvunnen. Tao Chi'en hann uppfatta att han hade gått i en fälla och försökte ta sig tillbaka, men det var för sent. Ur skuggorna dök flera män beväpnade med påkar upp och omringade honom. Zhong-yi'n hade studerat kampsporter i sin ungdom och hade alltid en kniv i bältet under kavajen, men han kunde inte försvara sig utan att släppa flickans hand. Han fick några sekunder på sig för att fråga vad de ville, vad det var fråga om, och höra namnet Ah Toy, medan männen i svarta pyjamas, med näsdukar för ansiktet, dansade runt omkring honom, och så fick han det första slaget i ryggen. Lai-Ming kände hur hon rycktes baklänges och försökte klamra sig fast vid sin morfar, men den trygga handen släppte henne. Hon såg påkarna höjas och slå ned på morfaderns kropp, såg en ström av blod forsa ur hans huvud, såg honom falla framstupa ned på marken, såg hur de fortsatte att slå ända tills han bara var ett blodigt bylte på gatans stenläggning.

"När Tao blev hemburen på en provisorisk bår och jag såg vad de hade gjort med honom, var det något som brast i tusen bitar inne i mig, som om jag varit av glas, och min förmåga att älska rann bort för alltid. Jag torkade ut invärtes. Aldrig mer har jag blivit densamma som förut. Jag håller av dig, Lai-Ming, och Lucky och hans barn också, och jag höll av miss Rose, men jag kan inte älska någon annan än Tao. Utan honom bryr jag mig inte mycket om någonting, varje dag jag lever är en dag mindre i den långa väntan tills jag får förena mig med honom på nytt", bekände min mormor Eliza Sommers för mig. Hon sa också att hon hade tyckt synd om mig därför att jag fem år gammal tvingades att se den jag högst älskade lida, men hon antog att tiden skulle utplåna traumat. Hon hade trott att livet hos Paulina del Valle, långt från Chinatown, skulle vara nog för att låta mig glömma Tao Chi'en. Hon hade aldrig föreställt sig att upplevelsen där i gränden skulle leva kvar för alltid i mina mardrömmar, och inte heller att doften, rösten och den lätta beröringen av min morfars händer skulle följa med mig i vaket tillstånd.

Tao Chi'en kom levande hem till sin hustru, aderton timmar senare vaknade han till medvetande och efter några dagar kunde han tala. Eliza Sommers hade tillkallat två amerikanska läkare som vid flera tillfällen hade tagit hjälp av *zhong-yi*'ns kunskaper. De ställde sorgset sin diagnos: han hade fått ryggraden knäckt, och om han mot förmodan överlevde skulle halva kroppen bli förlamad. Läkarvetenskapen kunde ingenting göra för honom, sa de. De fick nöja sig med att tvätta såren rena, lägga brutna ben lite till rätta, sy såren i huvudet och förse honom med starka doser narkotika. Under tiden satt dotterdottern, bortglömd av alla, inkrupen i ett hörn vid sin morfars säng och ropade tyst på honom – *oi goa!, oi goa...!* – utan att förstå varför han inte svarade, varför de inte lät henne komma upp till honom, varför hon inte fick sova i hans famn som förut. Eliza Sommers doserade patientens smärtstillande medel lika tålmodigt som hon försökte få i honom soppa genom en tratt. Hon lät sig inte överväldigas av sorg, lugn och tårlös vakade hon hos sin man dag efter dag ända tills han förmådde tala till henne med sina uppsvullna läppar över de sönderslagna tänderna. *Zhong-yi'n* visste säkert att han varken kunde eller ville leva i det tillståndet, och det lät han sin hustru förstå och bad henne låta bli att ge honom att äta eller dricka. Deras djupa kärlek och den totala förtrolighet de hade levat i under mer än trettio år gjorde att de kunde läsa varandras tankar, det behövdes inte många ord. Om Eliza var frestad att be sin man leva vidare som sängliggande invalid bara för att inte lämna henne ensam i världen, höll hon inne med de orden, för hon älskade honom alltför mycket för att begära ett sådant offer av honom. Tao Chi'en för sin del behövde ingenting förklara, eftersom han visste att hon skulle göra allt som krävdes för att hjälpa honom att få en värdig död, alldeles som han skulle ha gjort för henne om situationen varit annorlunda. Han tänkte att det inte heller var någon mening med att be henne föra hans döda kropp till Kina, för det kändes inte längre så viktigt och han ville inte lägga ännu en börda på Elizas axlar, men hon var ändå fast besluten att göra det. Ingen av dem kände lust att diskutera det som ändå var uppenbart. Eliza sa bara att hon inte kunde låta honom svälta och törsta ihjäl, för det kunde ta många dagar, kanske veckor, och hon kunde inte låta honom lida så länge. Tao Chi'en talade om för henne hur hon skulle göra. Han sa att hon skulle gå till hans mottagning, leta i ett visst skåp och hämta en blå flaska. Hon hade hjälpt till på kliniken de första åren de varit tillsammans och gjorde det fortfarande när assistenten inte kunde komma, och hon kunde tyda de kinesiska tecknen på förpackningarna och kunde också ge en injektion. Lucky kom in i rummet för att få sin fars välsignelse och gick genast ut igen, skakande av snyftningar. "Varken Lai-Ming eller du behöver vara bekymrad, Eliza, för jag ska inte överge er, jag kommer alltid att finnas nära för att skydda er, ingenting ont ska kunna hända någon av er", mumlade Tao Chi'en. Eliza lyfte upp sin dotterdotter och förde henne närmare morfadern så att de fick ta avsked av varandra. Flickan såg det uppsvällda ansiktet och ryggade förskräckt, men så upptäckte hon de svarta ögonen som såg på henne med samma trygga kärlek som förut, och då kände hon igen honom. Hon klängde sig fast vid sin morfars axlar, och medan hon kysste honom och förtvivlat ropade på honom rann hennes varma tårar ned över hans ansikte. Men så rycktes hon hastigt undan och blev utburen, och landade i sin morbror Luckys famn. Eliza Sommers gick tillbaka in i rummet där hon hade varit så lycklig tillsammans med sin man, och stängde sakta dörren efter sig.

– Vad hände sen, *oi-poa*? frågade jag.

– Jag gjorde vad jag måste göra, Lai-Ming. Sedan la jag mig bredvid Tao och kysste honom länge. Hans sista andetag blev kvar hos mig.

Efterskrift

Om det inte hade varit för min mormor Eliza, som kom långt bortifrån för att sprida ljus över de dunkla vrårna i mitt förflutna, och för de där tusentals fotografierna som samlas i mitt hus, hur skulle jag då ha kunnat berätta den här historien? Jag skulle ha varit tvungen att tänka ut den med hjälp av min fantasi, utan annat underlag än flyktiga ledtrådar ur andra människors liv och några drömlika minnen. Minnet är en fiktion. Vi väljer ut det klaraste och det mörkaste, vi bortser från sådant som vi skäms över, och på så sätt broderar vi vårt livs breda gobeläng. Med hjälp av fotografin och det skrivna ordet försöker jag desperat hålla fast den flyktiga bilden av min tillvaro, fånga ögonblicken innan de förtonas, skingra oklarheten om mitt förflutna. Varje minut blåser bort för en fläkt och blir genast en del av det förgångna, verkligheten är förgänglig och flyktig, bara saknaden finns kvar. Med hjälp av de här fotografierna och de här sidorna håller jag minnena levande, de är min dörr som leder in till en verklighet som är undflyende men ändå påtaglig, de bevisar att de här händelserna är sanna och att de här människorna har passerat genom min tillvaro. Tack vare dem kan jag återuppliva min mor som dog när jag föddes, min stridbara farmor och mormor och min vise kinesiske morfar, min stackars far och andra länkar i min långa släktkedja, alla av hett och blandat blod. Jag skriver för att sprida ljus över de gamla hemligheterna från min tidiga barndom, få grepp om min identitet, skapa min egen livsberättelse. Sist och slutligen är minnet som vi själva har vävt det enda vi helt och fullt äger. Var och en väljer tonen för att berätta sin egen historia, jag skulle vilja använda det gedigna ljuset i en platinareproduktion, men ingenting i mitt liv har den ljuskvaliteten. Jag lever bland diffusa nyanser, beslöjade mysterier, i ovisshet, och tonen i berättelsen om mitt liv liknar mera ett porträtt i sepia.